늑대와 향신료

II

하세쿠라 이스나 지음
아야쿠라 쥬우 일러스트
박소영 옮김

"아. 죄, 죄송합니다."

양치기 소녀 노라 아렌트

로렌스는 계약 체결의 증거로
악수를 청하려다가
아직 양치기 소녀의 이름을
물어보지 않았다는 것을 깨달았다.

"성함을 여쭤도 될까요?"

"너만——!"
소리를 버럭 내지른 뒤에야
자신의 실수를 깨달았으나 이미 떼는 늦었다.

이곳을 지나 무사히 람트라까지 갔다가
금을 가지고 돌아가지 않으면 내일은 없다.
다들 얼굴을 마주하며
약속한 듯이 고개를 끄덕였다.

"신의 가호가 함께하시기를."

레메리오 상회의 마틴 리베르트

CONTENTS

제1막 ---------- 11

제2막 ---------- 69

제3막 ---------- 129

제4막 ---------- 173

제5막 ---------- 241

제6막 ---------- 299

종막 ---------- 365

늑대와 향신료 ⓘ

학산문화사

작은 언덕이 줄줄이 이어진다.

바위만 눈에 띌 뿐 초목도 별로 없다.

길은 언덕과 언덕 사이를 꿰어 연결하듯이 나 있기 때문에 좁은 곳에서는 짐마차 한 대가 지나기에도 벅찬 경우가 종종 있었다.

계속 오르막길인가 싶으면 이따금씩 내리막길로 변하고, 온통 바위투성이에 관목만 있으려나 싶으면 별안간 드넓은 풍경을 맞이한다.

휑뎅그렁한 초원을 가는 것보다는 덜 심심한 길이긴 했지만, 그것도 닷새 정도 되면 웬만한 사람들은 싫증이 나기 마련이다.

다가올 겨울을 연상하게 하는 쓸쓸한 색조로 변해 가는 초원길에서 바위투성이라 일 년 내내 황토색이 지배하는 길로 처음 들어섰을 때는 울퉁불퉁 기복이 생긴 길과 풍경에 신이 나서 시끄럽더니 이제는 그 소리마저 들리지 않는다. 뭘 하나 했더니 마부석에 앉아 있기도 지겨워졌는지 짐칸에서 누워 뒹굴며 꼬리털을 다듬고 있다.

단짝의 그런 변덕스런 행동에는 익숙한지 청년은 태연하게 짐마차를 몰았다. 행상인이라는 것을 한눈에도 알 수 있는 차림의 이 청년의 이름은 그래프트 로렌스. 행상인으로서 독립한 지 올해로 7년, 나이 스물다섯인 로렌스는 깊어가는 가을에 이제 곧 찬바람이 불어올 것을 증명이라도 하듯 목에서부터 온몸을 푹 둘러싼 가죽 외투를 입고 있다.

여느 행상인들처럼 수염을 적당히 기른 턱을 이따금씩 쓰다듬는 것도, 꼼짝 않고 앉아 있기만 하면 너무 춥기 때문이다. 해가 기울면 조금 더 하얗게 변할 것 같은 숨을 내쉬면서 로렌스는 어깨너머로 짐칸 쪽을 힐끗 돌아보았다.

늘 적재량을 꽉 채우기 일보직전까지 다양한 상품이 쌓여 있는 짐칸도 이번만큼은 한산했다. 가장 눈에 띄는 것은 밤에 온기를 느끼기 위해 쌓아 놓은 장작과 짚단 정도로, 짐이라고는 어린아이도 들 수 있을 만한 자루가 장작과 짚단 사이에 놓여 있을 뿐이다.

하지만 그 자루에 들어 있는 상품은 이 마차의 짐칸 가득 특상의 보리를 쌓고도 남을 만큼의 가치가 있다.

자루의 내용물은 상등품의 후추로, 그 총액은 트레니 은화라는 이름의 은화로 따져 약 1천 냥에 달한다. 저것을 산간 마을에서 팔면 어림잡아 7천백 냥은 될 테지만, 그런 최고급품이 담긴 자루도 현재로서는 짐칸에서 뒹굴며 털 손질이나 해대는 단짝의 베개 대용일 뿐이다.

작은 몸집에 앳된 생김새를 하고 있는 주제에, 자기가 무슨 왕궁에 거하시는 여왕님이라도 된 듯이 후추자루에 기대어 나른한 표정으로 꼬리를 손질하고 있는 그 녀석은 지금 로브의 후드도 벗어 뾰족한 귀를 그대로 내놓고 있다.

꼬리, 뾰족한 귀, 행상인의 단짝이라고 하면 개를 연상하기 십상이지만— 저 녀석은 개는 아니다.

머나먼 북쪽 대지의 숲에 사는 현랑(賢狼)이라는데, 저 녀석을 단순히 늑대라고 불러도 되는 것인지가 로렌스에게는 의문이었다.

왜냐하면 저 현랑은 소녀의 형상을 하고 있는 것이다. 늑대라고 부르는 게 영 이상할 정도다.

"이제 곧 마을이 가까워지니까 조심해."

소녀가 짐승의 귀와 꼬리를 가지고 있는 것을 다른 누군가에게 들키면 큰일이다. 하긴, 저 녀석의 치밀함은 상인 뺨칠 정도이니 굳이 뭐라 하지 않아도 괜찮을 듯싶지만, 그래도 한마디 하지 않을 수 없을 만큼 털 손질에 정신이 팔려 있다.

로렌스가 암만 주의를 줘 봐야 고개 한 번 돌리지 않고 늘어지게 하품이나 한다.

아후, 하는 얼빠진 숨을 토하며 하품을 마치는가 싶더니 이번에는 꼬리가 가려운지 짙은 갈색 털에 끝만 눈처럼 희고 폭신폭신한 꼬리를 끌어안고는, 이갈이 하는 강아지 마냥 끝을 질겅질겅 씹어대고 있다. 조심하라는 로렌스의 말에는 대답할 생각조차 없는 모양이다.

자칭 현랑이라는, 늑개의 귀와 꼬리를 가진 소녀 호로는 적어도 동물 저리 가라로 늘어져 있는 것만은 틀림없는 듯했다.

"…음."

대답인지, 그게 아니면 가려움이 해소되어 만족한 것인지 구별하기 어려운 소리가 로렌스의 귀에 들려온 것은, 대답을 기다리다 못해 앞쪽으로 돌아앉은 뒤였다.

이런 호로와 로렌스가 만난 것은 시간을 거슬러 올라가 약 2주일 전. 행상을 하는 도중에 들른 마을에서 뜻밖에 호로를 주운 뒤로 한동안 함께 여행을 하게 됐다. 늑대 귀와 꼬리를 가진 호로는 세간에서 말하자면 악마가 들렸다고 불리는 존재이자, 이 세상의 신의 질서를 수호하려는 교회 측의 표적이 될 만한 존재다.

그러나 호로가 단순히 늑대의 귀와 꼬리를 가진 사람의 자식이 아니라, 정말 스스로 칭하는 대로 북쪽 숲에 사는 현랑이라는 것을 지금의 로렌스는 한 점 의심도 없이 확신하고 있었다.

딱 9일 전에 막을 내린 일이었다. 파치오라는 도시에서 발생한 은화를 둘러싼 소동 끝에 로렌스는 호로의 참모습을 보았다.

호로라는 이름의 거대한 갈색 늑대는 사람의 말을 이해하고 압도적인 존재감을 가진, 영락없는 신(神)이었다.

하지만 신으로 불리는 현랑 호로와 로렌스의 관계를 말하자면, 금전적인 관계에서는 '채무자와 채권자', 남들이 보기에는 '여행의 길동무', 개인적으로는 '친구'라고— 적어도 로렌스는 그렇게 믿고 있다.

로렌스가 다시 뒤돌아보니 호로는 몸을 둥글게 웅크리고 잠이 든 모양이다. 로브 밑에 바지를 입고 있으므로 다리가 드러나는 일은 없었으나, 꼬리 손질을 하기 위해 로브를 허리까지 올린 채 누워 있는 지금의 모습은 선정적이라고 보자면 꽤 선정적이다.

무방비하다는 표현이 더없이 딱 들어맞을 잠든 호로의 모습은 체구가 작은 탓도 있긴 하겠지만, 굳이 따지자면 늑대 자신이라기보다는 늑대에게 잡아먹히는 힘없는 소녀로 보인다.

그래도 로렌스는 그 소녀를 우습게 보지 않는다.

돌연 소녀가 귀를 쫑긋 움직였나 싶더니 손을 주섬주섬 움직여 후드를 뒤집어쓰고 로브 자락을 원상태로 되돌려 꼬리를 감췄다.

로렌스가 앞으로 몸을 돌리자마자, 언덕의 경사면을 따라 오른쪽으로 휘어지는 길 맞은편에서 터벅터벅 걸어오고 있는 행상인의 모습이 나타났다.

역시 주의를 줄 것까지도 없었던 것이다.

연세 수백 살을 잡수셨다는 현랑 호로는 고작 스물다섯 해밖에 못 살아 본 애송이로서는 도저히 따라잡을 수 없는 위치에 계신 모양이다.

하지만 실제 연령이 몇 십 배를 더 먹었건 어쨌건 아무리 뜯어봐도 호로의 외모는 로렌스보다 연하로 보이니, 그런 호로에게 휘둘리는 것에 조금 저항감을 느끼기도 한다.

요는 겉모습에서 느껴지는 나이 차이만큼, 호로에게 주의를 주면 순순히 그 말에 따르고, 그 덕분에 온갖 어려움을 피하게 된 호로가 로렌스에게 고마움을 갖는 것이 로렌스의 희망사항이지만 아쉽게도 현실은 그 반대이기 일쑤다.

로렌스는 다시 한 번 짐칸 쪽을 살피시 돌아보았다.

천천히 소리 없이 돌아봤는데도 후추가 든 자루를 끌어안다시피 하고 자던 호로가 로렌스 쪽을 힐끗 보았다.

약간 뜨끔 하자, 뭐든 다 꿰뚫어 보고 있다는 듯이 짓궂은 표정을 짓더니 다시 눈을 감는다.

로렌스는 자세를 바로 했다.

마차를 끌던 말이 우습다는 듯이 꼬리를 좌우로 흔들었다.

'포로손' 이라는 별난 이름의 마을이었다.

이 마을을 거쳐 드넓게 펼쳐진 고원지대를 북쪽으로든 동쪽으로든 며칠씩 달려서, 그보다 더 안쪽에 있는 도시와 마을마저도 지나 더 들어가면 이윽고 입는 옷과 먹거리, 떠받드는 신조차 다른— 말 그대로 모든 것이 딴판인 이국으로 이어진다.

포로손은 얼마 전까지는 다른 세상으로 통하는 입구로 불렸다는 얘기를 로렌스는 들은 적이 있다.

사방에 온통 바위만 눈에 띄는 고원지대를 서쪽을 향해 내려가면 그 후엔 북쪽으로 가건, 남쪽으로 가건, 서쪽으로 가건 비옥한 대지와 숲이 펼쳐진다. 하지만 바위가 널린 데다 그 틈새로 솟는 물의 양도 얼마 되지 않아 농사를 지을 수 있는 땅이 별로 없는 이런 곳에 굳이 마을을 세웠다는 것은 그야말로 왕년에는 이곳이 다른 세상으로 들어가는 입구였기 때문이다.

로렌스는 아침 안개 너머로 산양의 울음소리가 들려오는 밭 사이를 지나면서 곳곳에 서 있는 묘비 같은 말뚝의 수를 헤아렸다. 말뚝에는 교회의 오랜 역사상 길이 남을 역대 성인들의 이름이 새겨져 있어서 이 땅을 지금도 정화하고 있었다.

다른 세상으로 통하는 관문이라고 불리기 훨씬 이전에 포로손은 어떤 이교도의 성지였다고 한다.

교회가 신의 가르침에 따라 이교도들을 개종시키고, 잘못된 문화로 오염된 땅을 정교도들의 손으로 깨끗이 하는 싸움을 시작한 지 이미 오랜 세월이 흘렀다. 포로손은 그런 과정 중에 멸망한 여러 이교 가운데 하나의 정신적인 지주였던 장소다. 교회가 격렬한 싸움 끝에 이 일대의 이교도들을 몰아낸 뒤 정교도들이 이곳을 자신들의 마을로 삼았다고 전해지고 있다.

그 후 포로손은 북쪽이나 동쪽으로 옮겨 들어간 이교도들의 땅으로 진군하는 선교사들과 기사들의 거점이자 사람들과 물자의 중계지점 역할을 하면서 번창하여 오늘날에 이르렀다고 한다.

다만, 은자(隱者)로 착각할 만큼 낡은 옷으로 몸을 감싼 선교사들과, 이교도들에게 점령된 땅을 되찾아 올바르신 신의 품으로 돌려놓기 위해 칼을 거머쥐고 이 땅을 출발하는 기사들의 모습은 이제 볼 수 없다.

지금 이 마을을 통과하는 것은 북쪽이나 동쪽에서 오는 모직물, 철, 소금과 서쪽이나 남쪽에서 오는 곡물, 모피 등이다. 이교도들과 싸우는 무대는 이미 옛날에 먼 곳으로 옮겨가 버렸고, 지금은 악착스런 상인들이 들어왔다 떠났다를 반복하고 있었다.

호로가 있는 탓에 일부러 인적이 드문 상업로를 지나왔는데, 오랜 옛날부터 있어온 상업로인 만큼 진귀한 물품을 실은 짐마차가 쉴 새 없이 스쳐 지났다. 특히 직물에 관해서는 진귀한 물품이 많았다.

하지만 무역이 번성한 데 비해 포로손이 소박한 것은 이 마을에 사는 사람들의 특징 때문이었다. 마을을 지키는 성벽은 주위에서 풍부하게 채석되는 돌 덕분에 훌륭했으나, 마을 안으로 들어서면 간단히 돌을 쌓은 위에 짚단을 얹었을 뿐인 조악한 건물투성이다. 물건과 사람이 오가는 곳에는 반드시 돈이 떨어져 풍요롭게 되기 마련이나, 포로손은 사정이 좀 다르다.

다들 독실한 정교도들이라 벌어들인 돈의 대부분을 교회에 기부하는 것이다. 게다가 이 마을은 어느 왕국의 영토가 아니라, 포로손 북서쪽에 위치한 교회도시 뤼빈하이겐의 관리 하에 있기 때문에 기부금은 포로손의 교회가 아니라 그쪽으로 흘러들어가고 만다. 그뿐 아니라, 토지의 납세 장부도 뤼빈하이겐의 성당참사회가 관리하고 있어서 세금조차 포로손 마을에 직접 납부되고 있지 않다.

포로손 사람들은 조신하게 사는 일상생활 외에는 흥미가 없었던 것이다.

그래서 아침 안개 너머로 종소리가 들려오면 밭에서 작업을 하던 사람들은 일제히 일손을 멈추고 종이 울리는 쪽을 향해 서서 두 손을 모으고 눈을 감는다.

다른 마을 같으면 이 시간쯤에는 얼굴이 시뻘게진 상인들이 팔 물건을 시장으로 옮기기 위해 황급히 돌아다니고 있을 터인데, 이 마을 인근에는 그런 불손한 자들은 없다.

로렌스도 주위 사람들의 기도를 방해해서는 안 된다는 생각에 마차를 멈춰 세웠다.

그런 뒤 자신도 양손을 모으고 신께 기도드렸다.

다시 종소리가 울리고 마을 사람들이 작업으로 돌아가는 것을 가늠한 뒤 말을 몰기 시작하자 호로가 느닷없이 한마디 했다.

"뭐야, 당신도 교회 끄나풀이었어?"

정말로 하는 소리는 아닐 것이라고 생각하면서도 로렌스는 도로 옆에 쌓여 있는 채소 더미를 조심하면서 건성으로 대답했다.

"여행의 안전과 돈벌이를 약속해 준다면 상대가 누구건 기도를 올리지."

"나도 풍작이라면 약속할 수 있는데?"

호로가 그런 소리를 하면서 로렌스를 쳐다보니, 로렌스도 곁눈으로 호로를 본다.

"기도를 바쳤으면 좋겠어?"

신이라 칭해지는 자들의 고독을 잘 알기 때문에 그것을 싫어하는 호로다. 그러니, 그럴 리 없다는 것은 알지만 그래도 일부러 그렇게 말해 준다.

심심해서 그냥 말장난이 하고 싶은 거라는 걸 눈치 챘기 때문이다.

아니나 다를까, 그 말에 호로는 짐짓 어리광을 부리는 목소리로 대답했다.

"응. 기도를 바쳤으면 좋겠어."

"뭐라고 기도를 바쳤으면 좋겠는데?"

호로를 다루는 데에 웬만큼 익숙해진 로렌스는 하는 수 없이 그렇게 물어본다.

"아무거나 좋아. 풍작은 물론이고, 여행의 안전 정도는 나도 보장할 수 있거든. 비와 바람도 약간은 읽을 수 있고, 좋은 샘물인지 안 좋은 샘물인지도 알지. 늑대와 들개 퇴치에도 안성맞춤이고."

고향을 떠난 소년이 상회에 자신의 가치를 팔고자 할 때 하는 소리 같았지만, 로렌스는 잠시 생각한 뒤 대답했다.

"뭐, 여행의 안전에는 상당히 이득이 있을 것 같네."

"그렇지?"

호로는 함박웃음을 지으며 작은 머리를 갸웃거렸다.

티 없이 해맑은 웃음을 보아 하니, 그냥 단순히 교회의 신보다도 자신이 더 대단하다는 소리를 하고 싶었던 것이 아닌가 하는 생각이 들었다. 가끔 묘하게 어린애 같은 면이 엿보이는 호로였다. '평소에도 이러면 훨씬 귀여성이 있을 텐데.' 하고 생각한다.

"그럼, 여행의 안전을 부탁할까? 늑대를 피하는 점에서는 확실히 마음 든든하니까."

"음. 여행의 안전 말이지?"

"그래."

대답을 하면서 고삐를 조정해 길에서 느긋하게 잡초를 뜯어먹고 있는 짐마차용 당나귀를 피한다.

조금만 더 가면 성벽 입구다. 검문소 앞에서 대기하고 있는 줄의 끝이 아침 안개 속으로 보이기 시작했다.

마을 전체가 교회 같은 포로손이긴 했으나, 이교도의 땅에서 찾아오는 상인들도 많은 탓에 의외로 융통성이 있어서 검문은 사람에 대한 검사보다는 상품 검사 쪽이 엄격했다. 짐칸에 실려 있는 후추에 세금이 얼마나 매겨질까 하고 머릿속으로 생각을 하고 있다가 로렌스는 문득 옆에서 날아드는 시선을 알아차렸다. 다른 누구일 리가 없다. 호로다.

"그게 다야?"

조금 화가 난 듯한 목소리였다.

"뭐?"

"여행의 안전을 기원하면서 그게 다냔 말이야."

로렌스는 약간 멍하여 호로를 쳐다보다가 깨달았다.

"뭐야, 손이라도 모으고 기도를 바쳤으면 좋겠어?"

"멍청이."

호로는 초조한 듯이 노려보았다.

"나한테 여행의 안전을 부탁하면서, 배도 못 채우는 기도만 달랑 하고 끝낼 거냐고?"

로렌스의 머리가 물레방아처럼 회전하여 이내 결론에 도달했다.

"공물이라도 내놓으라는 거야?"

"우후후."

호로는 만족스럽게 고개를 끄덕였다.

"뭐가 갖고 싶은데?"

검문의 차례를 기다리고 있는 줄의 꽁무니에 붙으면서 한숨 섞인 질문을 해보았다.

"양고기 육포."

"어제 실컷 먹었잖아? 네가 어제 먹은 양만 해도 사실 일주일

치는 된다고."

"양고기는 얼마든지 먹을 수 있어."

기가 죽기는커녕, 호로는 고기 맛이 떠올랐는지 혀를 핥고 있다. 고귀한 늑대 님도 육포 앞에서는 개와 매한가지인 모양이다.

"구운 것도 좋지만 육포는 씹는 맛이 있어서 죽인다니까. 여행의 안전을 기도할 거면 양고기 육포야."

호로의 눈이 반짝반짝 빛을 내며, 로브 아래로 꼬리가 파닥대고 있다.

그러나 로렌스는 그것을 싹 무시하고 앞에 있는 상인이 데리고 있는 말 등에 시선을 주었다. 말 등에는 따뜻해 보이는 양털이 산더미처럼 쌓여 있었다.

"저 양털은 어때? 좋은 거야, 나쁜 거야?"

양털, 하는 소리에 양을 연상했는지 호로는 기대에 찬 눈으로 시키는 대로 앞에 있는 양털 더미를 본 뒤 바로 로렌스를 돌아보았다.

"꽤 괜찮아. 먹은 풀의 좋은 냄새가 날 것 같을 정도야."

"역시 그런가? 후추도 비싸게 팔릴 듯하고."

털의 질이 좋으면 그 고기도 상당히 맛있어진다. 그리고 고기가 맛있으면 그만큼 고기의 소비도 늘어난다. 그렇게 되면 양념과 보존에 쓰이는 후추도 값이 올라가기 마련이라, 로렌스는 후추가 얼마에 팔릴지 벌써부터 기대가 되었다.

"그리고 말이지, 육포는 소금간이 충분히 밴 것이 좋아. 소금간이 옅은 건 안 돼. 그리고 다리가 아니라 옆구리 언저리에서 나온 고기가 제일이야. 이봐, 듣고 있는 거야?"

"응?"

"소금간이 잘 밴 것 말이야. 그리고 옆구리에 가까운 거라고."

"입도 고급이다. 그게 값이 얼만데?"

"그 정도는 싼 거지."

하긴, 호로가 여행의 안전을 보장해 준다면 양고기쯤은 싼 것이다. 호로의 참모습은 거대한 늑대다. 여차하면 성질 더러운 도적들로 탈바꿈하는 용병 집단에 포위된다 해도 구해 줄 수 있을지 모른다.

하지만, 로렌스는 일부러 못 알아듣는 척하며 호로를 다시금 돌아보았다.

오랜만에 호로가 먹을 것에 눈이 팔려 있는 것이다. 골려 주지 않을 수가 없다.

"흐음, 너 참 돈도 많다? 그럴 돈이 있으면 빚 좀 갚지?"

그러나 상대 또한 현랑을 자칭하는 호로다. 로렌스의 속셈을 바로 간파한 듯하다.

표정이 금세 굳어지더니 로렌스를 노려보았다.

"다시는 당신 신세 안 져."

지난번 사과 건으로 학습이 된 모양이다. 로렌스는 혀를 작게 찬 뒤 마찬가지로 굳은 표정을 지었다.

"그럼 처음부터 솔직히 부탁을 하지 그래? 그러는 게 더 귀엽성이 있는데."

"귀엽게 부탁하면 사 줄 거야?"

그런 말을 하는 시점에서 이미 귀엽지가 않다. 줄이 줄어들자 로렌스는 말을 앞으로 몰면서 딱 부러지게 말했다.

"사긴 뭘 사? 소나 양을 본받아서 어제 먹은 것이나 되새김질하든지."

로렌스는 스스로 생각해도 말 한번 잘했다며 웃었으나, 순간 표정이 사라졌을 만큼 화가 난 호로는 마부석 위에서 입을 꾹 다문 채 로렌스의 발을 냅다 걷어찬 것이었다.

땅을 밟아 다져 만든 길. 거칠게 깎아낸 돌을 쌓아 그 위에 짚단만 얹은 간소한 집.

노점을 내어 봐야 이곳 사람들은 생활에 필요한 것 외에는 사지 않는 탓에 포로손에는 노점상의 모습이 놀랄 정도로 적다.

마을 안을 다니는 사람들의 수는 결코 적다 할 수 없고, 상품을 가득 실은 짐마차와 수많은 짐을 등에 진 상인들이 오가는데도, 마을 전체에 마치 솜과 같은 공기가 감돌고 있어서 사람들의 떠들썩한 소리를 죄다 흡수하는 것처럼 조용했다.

조용하고 간소하며 먼지 날리는 이 마을이 이역만리 먼 나라들과의 중요한 무역 중계점이 되어 매일 눈이 빙빙 돌 만한 거액을 벌어들이고 있다는 것이 조금 믿어지지 않는다.

그도 그럴 것이, 다른 마을에서는 눈에 띄지도 않는 떠돌이 선교자들이 하는 가두 설교를 사람들이 무리지어 감사한 표정으로 경청하는 이런 마을에서 어떻게 돈을 벌어들일 생각을 할 수가 있는 것이냔 말이다.

로렌스는 늘 이 마을이 불가사의하기만 했다.

"따분한 마을이네."

그러나 마을 전체가 교회 같은 독특한 분위기도 호로에게 걸리면 그 한마디로 끝나는 모양이었다.

"먹을 것을 파는 노점이 없어서 그렇지."

"내가 꼭 먹을 것만 밝히는 것처럼 말하네?"

"그럼 설교라도 들으러 갈래?"

마침 앞쪽에 사람들이 모인 앞에서 떠돌이 선교사가 성경책을 한 손에 들고 뭔가 설교를 하고 있었다.

청중들은 마을 사람들뿐 아니라, 평소에는 자신의 돈벌이 외엔 기도할 일이 없을 것 같은 상인들도 몇 명 있었다.

하지만 호로는 로렌스가 가리킨 쪽을 보더니 쓴물이라도 삼킨 듯한 표정을 지으며 "흥."하고 코웃음을 쳤다.

"나한테 설교를 하다니 5백 년은 빨라."

"근검절약에 대한 설교는 한번 들어 두는 게 나을 것 같은데?"

호로가 마부석 위에서 따분한 듯이 만지작거리고 있는 실크 허리띠를 보면서 로렌스가 한마디 하자, 호로는 입에 손을 대고 늘어지게 하품을 했다.

"나는 늑대라서 설교같이 어려운 건 이해 못해."

눈초리에 달린 눈물을 훔치며 천연덕스럽게 말하는 것이었다.

"하긴 뭐, 근검절약에 대한 신의 가르침 같은 거야 이 마을에서나 설득력이 있을 얘기지."

"흐응?"

"이 마을에 들어오는 돈은 대부분 북서쪽에 있는 교회도시 류겐하이겐으로 흘러들어가거든. 그래서 그곳에서는 성실하게 설교를 경청할 마음이 영 안 들어."

이 일대를 장악하고 있는 교회도시 뤼빈하이겐은 조만간 성벽이 금으로 바뀔 거라는 얘기가 나돌 정도로 돈이 차고 넘치는 도시다. 도시를 좌지우지하는 성당 참사회의 상층조직은 교회가 몇 백 년에 걸쳐 추진해 온 이교도 토벌조차 돈벌이 수단으로 삼고 있다 할 만큼 상인 뺨치는 주교들과 사제들이 널려 있다.

'하기야 그런 만큼 돈벌이 기회도 한층 많지만.' 하고 로렌스가 생각을 하고 있노라니 호로가 골똘한 표정으로 고개를 갸웃거렸다.

"뤼빈하이겐이라고 했어?"

"알아?"

호로를 곁눈질하면서 로렌스는 짐마차를 몰아 두 갈림길 중 오른쪽 길로 들어섰다.

"아, 생각났다. 하지만 내가 들은 바로는 도시 이름이 아닌데? 사람이야."

"아아, 틀린 것은 아니야. 지금은 도시 이름이지만 원래는 이교도 토벌에 나선 성(聖)기사단을 이끈 성인(聖人)의 이름이거든. 옛날 이름이라 요즘에는 별로 얘기를 듣지 못하지만."

"음. 그럼 혹시 그놈이 그놈이었나?"

"설마."

가볍게 웃어 넘겼으나, 문득 그럴 수도 있겠다 싶다. 호로는 여행에 나선 지 수백 년도 더 됐다고 했으니까.

"불타는 듯한 붉은 머리와 수염을 무성하게 기르고 엄숙한 낯빛을 한 남자였어. 귀여운 내 귀와 꼬리를 보더니만, 나를 악마의 끄나풀이라면서 기사 놈들과 함께 검과 창을 들고 막 쫓아오잖아? 화가 너무 나서 본모습으로 돌아가 기사 놈들을 다 걷어차 주고, 맨 끝으로 뤼빈하이겐은 엉덩이를 확 깨물어 줬지. 힘줄이 질겨서 뜻대로 안 됐지만."

흥, 하고 코웃음을 치면서 호로는 자랑스럽게 무용담을 늘어놓았지만, 로렌스는 약간 놀라서 말이 나오지 않았다.

교회도시 뤼빈하이겐에는 성인 뤼빈하이겐의 머리털이 붉었던 것이며, 지금은 도시 안쪽 어느 곳에 있는 요새를 세웠을 당시 이교도의 신들과 싸웠다는 기록이 남아 있다.

다만, 성인 뤼빈하이겐이 이교도의 신들과 싸울 때 방심하여 왼쪽 팔을 먹혔다는 이야기가 있었다. 그래서 대성당 벽화에는 왼팔이 없는 피투성이에 너덜너덜한 옷을 입었으면서도 신의 가호를 등에 지고 기사단을 과감하게 이끌면서 이교도에게 맞서는 성인의 모습이 그려져 있다.

성인 뤼빈하이겐의 그림이 늘 알몸이나 진배없는 누더기를 입고 있는 것도 어쩌면 호로에게 물린 탓인지도 모른다. 무엇보다 호로의 본모습은 참으로 거대한 늑대다. 슬쩍 치기만 해도 피투성이가 될 것 같은 기분이 든다.

게다가 만약 호로의 말이 사실일지라도, 엉덩이를 물렸다는 소리는 창피해서 이야기로 남기지 않으리라. 그렇게 생각하니, 왼팔만 먹혔다는 얘기는 너무 말이 안 되는 소리였다.

어쩌면 호로가 물어뜯은 상대는 정말로 뤼빈하이겐이었을 수도 있다.

역사의 뒷이야기를 들은 것 같아서 로렌스는 피식 웃었다.

"아, 그런데 당신."

"응?"

"난 놈을 물어뜯기만 했지, 죽이진 않았어."

아까까지와는 달리 로렌스의 반응을 살피는 듯한 표정으로 호로가 말했다.

로렌스는 호로가 무슨 말을 하는지 순간 이해가 가지 않았으나, 곧 알아차렸다.

아마도 사람을 죽였다면, 마찬가지로 사람인 로렌스가 화를 낼 거라 생각했으리라.

"괜한 신경을 쓰고 그러네."

"중요한 일이야."

호로가 진지한 얼굴로 말하니 로렌스도 진지하게 동의했다.

"그나저나 정말 따분한 마을이야. 숲속도 여기보다는 시끄럽겠다."

"후추를 팔면 곧바로 새 물건을 싣고 뤼빈하이겐으로 갈 테니까 그때까지만 참아."

"큰 마을이야?"

"뤼빈하이겐은 파치오보다도 커. 마을이라기보다는 도시야.

번화한 거리에 노점도 많거든."

호로의 얼굴이 확 밝아진다.

"사과도?"

"생으로 있을지는 모르겠네. 다가올 겨울에 대비해 절여 놓았을 것으로 생각되지만."

"…절여?"

호로가 의아한 얼굴로 되묻는다. 북쪽 땅의 보존음식은 죄다 소금을 쳐서 절이니, 사과를 소금에 절였으리라고 생각한 것이리라.

"벌꿀에 재는 거야."

쫑긋 하고 호로의 머리를 덮은 후드의 형태가 바뀔 만큼 귀가 움직였다.

"배를 꿀에 잰 것도 맛있어. 그리고 흔하지는 않지만 복숭아를 잰 것도 있지. 그 중에서도 가장 고급스러운 건 그거야. 복숭아를 얇게 저미며 통 속에 차곡차곡 쌓는데, 사이사이에 무화과랑 아몬드를 끼워가면서 한 통 가득히 채운 다음, 그 위에 꿀을 듬뿍 흘려 넣고 마지막으로 생강을 조금 넣어서 재지. 그런 상태로 두 달쯤 놔뒀다가 먹는 거야. 한 번 먹어본 적이 있는데 교회가 금지를 논의할 만큼 단 것이…. 어이, 침 나왔어."

로렌스의 말에 호로는 퍼뜩 정신을 차리고 입가를 닦았다.

그런 뒤 주위를 두리번거리다가 돌연 로렌스 쪽을 이상한 듯이 쳐다보았다.

"당신… 혹시 또 날 속이려고 그러는 거 아냐?"

"내가 거짓말을 하는지 어떤지 다 아는 거 아니었어?"

호로는 할 말이 없어졌는지 턱을 살짝 뒤로 뺐다.

"거짓말은 아니지만, 실제로 거기 있을지 없을지는 잘 몰라. 대개 귀족이나 부자들이 먹는 거니까. 가게엔 보통 나오지 않거든."

"만약, 만약에 나와 있다면?"

파닥 파닥 파닥. 로브 밑에서 강아지라도 수선을 떨고 있는 게 아닌가 싶을 만큼 꼬리가 난리를 친다. 기대에 부풀 대로 부푼 눈은 애절한 빛으로 촉촉하게 젖어 있다.

그런 호로의 얼굴이 로렌스의 어깨 위에 얹힐 만큼 가까이 다가왔다.

눈이 무서우리만치 진지했다.

"…알았어. 사 줄게."

그 순간, 호로는 두 손으로 로렌스의 팔을 꽉 붙들었다.

"꼭이지?"

머리를 가로저었다가는 그대로 물어뜯을 기세였다.

"조금만이야. 조금만."

그렇게 못을 박았지만 호로가 그 말을 듣고 있는지 어떤지는 의심스러웠다.

"당신, 약속했다? 알았지?"

"알았어, 알았다니까."

"그럼, 어서 가자. 자, 빨리 가자."

"야, 그렇게 잡아당기지 마."

매몰차게 뿌리쳤건만, 호로의 생각은 어디론가 별세계로 날아 간 모양이었다. 시선은 먼 곳으로 향한 채, 가운데손가락의 손톱 을 씹으면서 뭔가 중얼대기 시작했다.

　"다 팔렸을지도 몰라. 그럼 어쩌지…?"

　복숭아 꿀절임 같은 얘기를 하는 게 아니었다고 속으로 중얼 거렸지만 이미 후회한들 늦었다.

　이제 와서 못 사겠다고 했다가는 물려 죽을지도 모른다.

　복숭아 꿀절임은 일개 행상인이 쉽사리 살 수 있는 것이 아니 건만.

　"다 팔리기는커녕 팔지 어떨지도 모른다니까. 그 점은 양해해 둬."

　"복숭아랑 꿀이라니 믿어지지가 않네. 도저히 믿어지지가 않 아."

　"내 말 듣고 있어?"

　"하지만 배도 포기하기 어렵겠지?"

　되레 호로는 로렌스를 향해 그렇게 물었다.

　로렌스는 땅이 꺼져라 한숨을 짓는 것으로 대답을 대신한 것 이었다.

　로렌스가 후추를 팔러 간 곳은 라토페아론 상회라는, 포로손 이라는 마을 이름에 지지 않을 만큼 묘한 이름의 상회였다.

　필시 역사를 거슬러 올라가면 이곳에 이런 마을이 들어서기

이전 이 일대에 살던 이교도들에게까지 이를 것이다. 별난 이름은 전부 옛날의 명칭들이 남은 것이라고 한다. 지금에야 하나에서 열까지 완전히 정교도 신자들로 채워져 있는데, 이렇게 신심이 깊은 신자들은 별로 찾아볼 수 없을 정도다. 라토페아론 상회의 주인장도 이제 나이 쉰을 넘긴 까닭도 있고 하여 점점 더 신앙심이 두터워지고 있는 모양이었다.

그러니 반년 만에 상회에 발을 들여놓은 로렌스에게, 오랜만에 무사히 자신의 가게를 찾은 것을 축복하는 인사로 시작하여, 새로이 교회에 부임한 사제의 설교가 참으로 훌륭하니 한번 들으러 가야 한다고 설득하는 한편, 그런 설교로 인해 우리들의 영혼이 얼마나 구원되는지를 한바탕 가르치는 것이었다.

설상가상 상회의 주인장은 로브를 입은 호로를 순례 중인 수도녀로 생각했는지, 로렌스에게 좀 더 단단히 말씀을 일러 달라며 호로에게 부탁까지 하기에 이르렀다.

호로는 알아들었다는 듯이 로렌스를 호되게 비판하면서 로렌스에게만 보일 정도로 생글생글 웃었다.

마침내 주인장과 호로의 설교에서 해방된 순간, 로렌스는 '내가 꿀절임을 절대 사 주나 봐라.' 하고 마음속 깊이 맹세했던 것이었다.

"자, 조금 늦어졌습니다만 상담에 들어가 볼까요?"

"예, 부탁드리겠습니다."

로렌스는 약간 녹초가 된 모습으로 그리 말했으나, 주인장의 얼굴이 돌연 상인의 얼굴로 변하니 방심할 수는 없다.

어쩌면 일부러 설교를 길게 늘어놓아 상대의 힘을 쏙 빼놓은 다음 날름 삼키려는 상술인지도 모른다.

"오늘은 어떤 상품을 가져오셨는지요?"

"이겁니다."

로렌스도 마음을 다잡고 후추가 든 가죽 자루를 내놓았다.

"오, 후추입니까?"

그러면서 자루의 입구를 묶은 가죽 끈을 풀기 전에 내용물을 맞히는 것을 보고 내심 놀라기는 했으나, 애써 겉으로 내색하지 않고 웃음으로 대응했다.

"잘 아시는군요."

"냄새가 나니까요."

짓궂게 웃으며 주인장은 그렇게 말했으나 가루를 내기 전의 후추는 그렇게 냄새가 나지는 않는다.

곁에 선 호로를 힐끗 곁눈질하자, 호로는 재미있다는 듯이 웃고 있었다.

"저는 아직도 한참 미숙한 모양입니다."

"연륜이 다른 게지요."

전혀 거들먹대는 기색 없이 온화하게 웃는 여유로운 모습을 보아하니, 어쩌면 호로를 수도녀로 착각한 것도 일부러 그랬을 수도 있다.

"그나저나 로렌스 씨는 참 절묘한 때에 상품을 들고 오신단 말입니다. 올해는 신의 은총으로 풀이 잘 자란 덕분에 마을 안에 그냥 풀어놓기만 해도 돼지가 살이 찔 정도이지요. 앞으로 한동안은 후추의 수요가 폭등할 겁니다. 거참, 1주일만 일찍 오셨어도 싼 값에 살 수 있었는데.”

명랑하게 웃는 주인장의 모습에 로렌스는 쓴웃음을 지을 수밖에 없었다. 대화의 주도권은 완전히 저쪽이 쥐고 있다. 이로써 이쪽에서 강하게 밀고나갈 여지가 없어졌다. 만회하기는 어려울 것이다.

이런 상인이 작은 상회를 운영하고 있으니 장사꾼들의 세계가 무섭다는 것이다.

“으음, 그럼 계량을 해볼까요? 저울은 가지고 오셨습니까?”

정확한 저울에 명예를 거는 환전상들과는 달리, 상인들이 갖고 있는 저울은 조작되어 있는 것이 당연하다. 후추나 사금처럼 눈금을 살짝 조작하기만 해도 큰 차이가 나는 상품을 계량할 때에는 파는 쪽도 저울을 준비하여 사는 쪽의 저울과 병행하여 재기도 한다.

하지만 로렌스는 후추 같은 고급품을 늘 취급하는 것이 아니기 때문에 저울은 갖고 있지 않았다.

“아니오. 가지고 오지 않았습니다만, 저는 신을 믿습니다.”

로렌스의 말에 주인장은 웃으면서 고개를 끄덕인 뒤 책상 위에 놓여 있던 두 개의 저울 중 안쪽에 있는 것을 일부러 꺼내왔다.

얼굴에 드러나지는 않았으리라 확신하지만, 그래도 마음속으로는 휴우 안도의 한숨을 쉬었다.

신의 가르침에 충실하며 정교도로서 더할 나위 없을 만큼 정직한 사람이라도 상인은 상인인 것이다. 필시 앞에 놓여 있던 저울은 조작이 돼 있을 것이다.

조작된 저울로 계량을 했다가는 얼마를 손해 볼지 알 수 없는 일이다. 후추 한 알에 은화 한 냥이라 해도 과언이 아닌 것이다.

로렌스는 신께 감사의 말씀을 올렸다.

"신의 공정함을 믿고 있다 해도 사람은 눈앞에 있는 성경이 진짜인지 어떤지를 가릴 만한 분별력은 갖고 있어야 합니다. 올바르신 신을 믿고 있어도 가짜 성경의 내용을 외우고 있다면 그것은 신께 대한 모욕이나 다름없는 것이지요."

주인장은 가까이에 있는 탁자 위에 저울을 올려놓고 그렇게 말했다.

요는, 저울에 조작이 돼 있지 않다는 것을 로렌스도 확인하라는 뜻이리라.

속 다르고 겉 다른 것이 상인들의 일상이라 할지라도, 신뢰라는 것이 전혀 필요치 않은 것은 아니다.

"그럼 잠시 실례하겠습니다."

로렌스의 말에 고개를 끄덕인 후, 주인장은 뒤로 한걸음 물러섰다.

탁자 위에 놓여 있는 것은 둔한 금빛 놋쇠로 만들어진 아름다운 저울이었다. 큰 도시의 유복한 환전상이 갖고 있을 듯한 일등품 저울이 이런 가게에 있다니 좀 어색했다.

라토페아론 상회의 건물은 일반 가정집인가 싶을 만큼 간소했고, 가게에서 일하는 사람도 주인장을 빼고는 몇 사람 없었다.

가게 내부도 소박함에 걸맞게 벽에 선반이 두 개 달려 있을 뿐이었다. 선반에는 향신료와 건물(乾物)이 들어 있을 것으로 보이는 단지들과 종이와 양피지로 된 서류 다발이 놓여 있을 뿐이다.

하지만 가게와 영 어울리지 않는 저울이라도 균형은 정확한 듯했다.

정중앙에 딱 정지해 있는 저울의 좌우 접시에 추를 각각 올려 놓아도 저울은 꼼짝하지 않고 정중앙을 가리켰다.

조작은 되어 있지 않은 듯하다.

로렌스는 안심하여 주인장 쪽을 돌아보며 웃었다.

"그럼 후추를 계량해 보기로 할까요?"

그 제안을 거절할 이유는 없었다.

"종이와 잉크가 필요하겠지요. 잠시만 기다려 주십시오."

그러면서 주인장은 방구석에 놓여 있는 책상의 서랍에서 잉크병과 종이를 꺼냈다. 로렌스는 그 모습을 멍하니 지켜보면서 기다리고 있었는데, 문득 옷자락을 잡아당기는 느낌이 들어 돌아보았다. 다른 누가 있을 리가 없다. 호로다.

"왜?"

"목말라."

"참아."

문득 말을 해놓고 다시 생각했다.

현랑을 자칭하는 호로다. 갑자기 뜬금없이 이런 소리를 하는 데에는 뭔가 깊은 뜻이 있는지도 모른다.

로렌스는 그렇게 생각하고 다시 물으려 했으나, 그 순간 주인장의 목소리가 들렸다.

"성인이라도 물 없이는 못 사는 법이지요. 물이 좋으십니까, 아니면 포도주를?"

"물을 주실 수 있을까요?"

웃으면서 말하는 것을 보아하니 단순히 목이 말랐던 것뿐인 듯했다.

"잠시만 기다려 주십시오."

탁자 위에 메모를 겸한 계약용 종이와 잉크, 그리고 깃털 펜을 올려놓더니, 주인장은 누군가를 부르는 게 아니라 자신이 직접 물을 가지러 방에서 나갔다.

그런 모습은 상인이 아니라 정교도의 귀감이란 느낌이다.

로렌스는 그런 주인장에게 감탄하면서 호로를 살짝 흘겼다.

"너한테는 어떻게 되건 상관없을지 모르겠지만, 거래 상담은 우리들 상인에게는 전쟁 같은 거야. 물은 나중에도 얼마든지 마실 수 있잖아?"

"하지만 목이 마른걸."

화가 난 것인지, 마음에 들지 않는 것인지 호로는 뿌루퉁하여 외면한다. 무서우리만큼 머리가 확확 돌면서도 묘한 데서 어린애 같은 모습을 보인다. 더 이상은 말을 해봐야 듣는 척도 하지 않을 것이다.

로렌스는 어깨를 으쓱하고는 머리에서 호로에 대한 생각을 쫓아내고 후추 계산에 힘을 쏟았다.

한참 후 주인장이 나무 쟁반 위에 철제 주전자와 컵을 들고 왔다. 거래 상대, 그것도 연상의 상인에게 이런 일을 시키게 된 로렌스는 그야말로 황공하기 짝이 없었으나, 주인장은 계산 없는 웃음을 짓고 있었다.

"그럼 계량에 들어갈까요?"

"예."

조금 떨어진 벽 앞에서 철제 컵을 양손으로 들고 물을 마시는 호로가 지켜보는 가운데 후추 계량이 시작되었다.

계량 자체는 단순하다. 한쪽 계량접시 위에 추를 올려놓고, 다른 한쪽 접시 위에는 후추를 올려놓는다. 균형이 딱 맞으면 일단 계량 접시 위의 후추를 내려놓은 뒤, 새로운 후추를 올려 균형을 맞춘다.

단순한 작업이긴 해도, 예를 들어 추 쪽으로 살짝 저울이 기울었는데도 귀찮아서 그냥 됐다 넘어가고 다음 계량을 해가다 보면 그것이 쌓여 뜻밖의 큰 손해를 초래하게 된다.

그래서 주인장과 로렌스 둘이서 저울의 균형을 확인한 뒤 쌍방이 납득한 시점에서 다음 계량으로 넘어간다.

단순한 데에 비해서는 신경을 많이 써야 하는 작업이었지만 그것도 마흔다섯 번 정도로 끝이 났다. 후추의 원산지에 따라 다르나, 로렌스가 가져온 후추의 가격은 대체로 추 한 개와 균형을 이루는 양을 기준으로, 뤼미오네 금화로 불리는 화폐의 한 냥 어치에 해당할 것이다. 로렌스가 아는 화폐 시세로 계산하자면, 파치오에서 흔히 유통되는 트레니 은화 34냥과 3분의 2가 뤼미오네 금화 한 냥에 해당한다. 그런 것이 45냥이니까 트레니 은화로 따지만 1560냥이다.

매입 가격이 트레니 은화 천 냥이었으니 계산하면 은화 560냥의 이득이 된다. 향신료 무역은 역시 짭짤하다. 사실 금이나 보석, 그리고 고급 염료의 원료 같은 것은 매입가의 두 배 내지는 세 배로 팔리기도 한다. 그런 데에 비하면 얼마 안 되는 벌이지만, 길바닥에서 살다시피 하는 행상인으로서는 이것도 너무 충분할 만큼의 이익률이다. 돈 없는 행상인은 귀리 같은 최하급 곡물을 제 몸의 한계에 이를 정도까지 등에 지고 산을 넘어 기진맥진하여 들어간 마을에 팔아넘겨 봐야 겨우 1할의 이득밖에 못 남기는 경우가 비일비재하다.

가벼운 후추 자루 하나를 싣고 와서 은화 5백 냥 벌이라면 참으로 괜찮은 거래라 할 만했다.

로렌스는 웃는 얼굴로 후추를 다시 바라보았다.

"음― 추 45개 분량이군요. 그런데 이 후추의 원산지는?"

"리든 왕국의 라마파타에서 수입된 물품입니다. 이것은 수입을 담당한 밀로네 상회의 증명서입니다."

"라마파타 산(産)입니까? 참으로 먼 곳에서 여행 온 후추로군요. 저로서는 상상도 가지 않는 곳입니다."

로렌스가 내민 양피지 증명서를 받아들면서 주인장은 눈을 가늘게 뜨며 웃었다.

마을 상인들은 대개 자신이 태어난 마을 밖으로 나가 본 적 없이 평생을 마친다. 가끔 은퇴한 뒤에 순례 여행을 나서는 상인들도 있긴 하지만, 현역인 경우에는 그럴 만한 여유가 없다.

하지만 이곳저곳을 떠도는 행상인인 로렌스라도 리든 왕국이라는 곳은 향신료의 명산지라는 이야기는 들었어도 어떤 나라인지는 알 수 없다. 파치오에서 출발한다면 일단 강을 따라 내려가 바다로 나간 뒤 거기에서 남쪽을 향해 빛깔이 다른 바다 두 개를 지나야 도착하는 나라로, 거대한 초장거리용 선박으로도 약 두 달 간 항해를 해야 한다고 한다.

말은 물론 통하지 않는다. 들은 바로는 리든 왕국은 일 년 내내 여름이라 매우 무덥고, 사람들은 다들 볕에 그을려 태어날 때부터 새카맣다고 한다.

도저히 믿기지 않는 이야기였지만 그 나라에서 왔다는 향신료, 금, 은, 철이 있는데다, 무엇보다 밀로네 상회가 자사의 명예를 걸고 이 후추는 라마파타에서 가져온 것이라는 증명서를 붙여 놓았다.

그러니 역시 실제로 존재하는 나라일 것이다.

"증명서도 진짜인 듯하군요."

마을 상인의 손을 거쳐나가는 외환통지서며 신용어음, 그리고 계약서의 종류는 막대하다. 이국땅에 본점을 차린 대상회는 물론이고, 먼 나라의 작은 상회가 발행한 것이라도 필적을 구분할 수 있다고 한다.

밀로네 상회만한 큰 상회의 계약서는 눈에 익었을 테니, 인장의 진위 여부를 순식간에 구분할 수 있을 것이다. 사인도 중요하지만 계약서의 생명은 분명한 인장이었다.

"그럼, 추 하나 당 뤼미오네 금화 한 냥으로 하면 어떻겠습니까?"

"뤼미오네 금화의 시세는 얼마인지요?"

금화의 시세는 어느 정도 파악하고 있었지만 로렌스는 즉석에서 그렇게 물었다.

금화는 대부분이 계산용 화폐로서 이용되고 있기 때문이다. 요컨대 금화는 단순한 계산 기준으로 쓰이면서, 세상에 나와 있는 수많은 여러 화폐들의 가치 기준이 된다. 계산은 금화로 한 뒤 지불 화폐를 새로이 정하는 것이다. 다만, 그렇게 되면 당연히 지불되는 화폐와의 시세가 문제가 된다.

로렌스가 가장 긴장하는 순간이었다.

"로렌스 씨는 스승의 뒤를 이어 성인(聖人) 메트로기우스의 순례길을 따라 행상을 하고 계신다 하셨지요?"

"예. 성인 메트로기우스의 가호로 길 위에서도 안전하고 장사도 순조롭습니다."

"그러시면 주요 화폐는 트레니 은화로 드리면 되겠습니까?"

행상인들은 미신을 믿는 이들이 많다. 그러니, 빙글빙글 도는 행상로도 마음대로 정하는 것이 아니라 그 옛날 성인들이 걸었다는 순례길을 따라가는 것이 일반적이다.

그리고 그렇게 되면 각 행상인이 사용하는 화폐도 자연히 정해진다.

즉각 해당 화폐를 제시하는 면을 보더라도 라토페아론 상회의 주인장은 보통내기가 아닌 일류 상인이라는 뜻이리라.

"트레니 은화는 32냥과 6분의 5가 이곳의 시세입니다."

기억 속에 있는 것보다 시세가 낮다.

하지만 그것은 이 마을이 주요 무역지점인 점을 감안하면 허용 가능한 범위다.

수많은 마을에서 수많은 화폐가 대량으로 흘러드는 곳은 대개 계산 화폐에 대한 실제 화폐의 가치가 낮아진다.

로렌스의 머리가 전광석화의 기세로 회전하여 후추의 총액은 트레니 은화 1천4백70냥쯤 된다는 계산 결과를 내놓았다.

예상보다는 적지만 그래도 나쁘지 않은 가격이다. 이제 또 한 걸음, 내 가게를 가질 꿈에 크게 다가갔다.

로렌스는 숨을 한껏 들이마신 뒤, 주인을 향해 오른손을 내밀었다.

"그 가격으로 부탁드리겠습니다."

주인장도 만면에 웃음을 지으면서 손을 내밀었다. 상인의 기분이 가장 고조되는, 계약 성사의 순간.

그야말로 바로 그럴 순간이었다.

"으음….."

호로의 그런 매가리 없는 소리가 끼어들었다.

"왜 그러십니까?"

로렌스와 함께 호로를 돌아본 주인장은 벽 앞에서 흔들흔들 몸이 휘청대는 호로를 보고 걱정스레 물었다.

그러나 로렌스는 순간적으로 밀로네 상회에서의 가죽 거래 사건을 떠올리고 긴장했다.

이 상회의 주인장은 혼자서 가게를 꾸려온 일류 상인이다. 웬만한 잔꾀는 들통이 나 호된 꼴을 당하게 될 것이다.

아무리 호로라 해도 그렇게 날이면 날마다 잔꾀를 부릴 수 있을 리 없다.

로렌스는 그런 생각이 들었으나, 이윽고 '어럽쇼?' 생각했다. 호로의 모습이 이상했던 것이다.

"으, 음. 잠시, 현기증이…"

"오오, 큰일이로군요."

컵을 손에 든 호로의 몸이 차츰 크게 흔들대는 것이 당장이라도 컵 안의 물이 쏟아질 것만 같다.

주인장은 걱정스러운 표정으로 호로에게 다가가 컵을 받치고 가느다란 어깨를 부축했다.

호로도 주인장에게 약간 기대다시피 하여 자세를 바로 잡은 뒤 조그맣게 감사의 인사말을 했다.

정말로 단순히 현기증이 일어난 것뿐일 수도 있다. 로렌스도 호로 곁으로 다가갔다.

"진정이 되셨습니까?"

"…거의요. 고맙습니다."

연약하게 그렇게 말하더니 주인장의 부축을 받으면서 그제야 똑바로 선다.

그런 모습이 단식을 되풀이하여 빈혈을 일으킨 수도녀인 것만 같다. 굳이 독실한 정교도의 주인장이 아니더라도 부축해 주고 싶을 정도였으나, 로렌스는 약간 이상한 점을 알아챘다.

후드 밑의 늑대 귀가 별로 늘어져 있지 않은 것이다.

"오랜 여행길의 피로가 겉으로 나온 것이겠지요. 여행은 장정들도 피곤한 법이니까요."

호로는 조그맣게 고개를 끄덕이고 난 후로 천천히 입을 열었다.

"확실히 여행의 피로가 쌓였는지도 모르지요. 별안간 눈앞이 기울어지는 듯한 느낌이 들더니…."

"저런. 아, 그래요. 원기를 북돋우기 위해 오늘 아침에 짠 산양 젖을 가져다 드리지요."

사람 좋아 보이는 주인장은 호로에게 의자를 권하더니 대답도 채 기다리지 않고 재빨리 산양 젖을 가지러 가려고 했다.

주인장이 권한 의자에 호로가 앉기 전에, 손에 들고 있던 철제 컵을 탁자 위에 올려놓으려고 하는 동작에서 어떤 예감을 느낀 것은 로렌스뿐이었으리라.

"어르신."

하며 호로가 탁자에 컵을 내려놓을락 말락 하면서 주인장의 등에 대고 소리쳤다.

"저, 아직도 현기증이 일어나는 것 같네요."

"저런. 의사선생님이라도 불러올까요?"

돌아보는 주인장의 얼굴이 자못 걱정스러운 표정이다.

하지만 그에 비해 후드 아래 호로의 얼굴은 현기증이 나는 듯한 약한 모습은 전혀 아니었다.

"어, 이것 봐라. 내 눈앞의 물건이 기울어지고 있네."

그러면서 호로는 나무 탁자 위에 컵 속의 물을 약간 흘렸다.

그러자 물은 주르륵 거침없이 오른쪽으로 흘러가더니 작은 소리를 내며 탁자 끝에서 바닥으로 떨어졌다.

"!"

로렌스는 그 순간 눈이 휘둥그레져서 허겁지겁 탁자로 다가가 저울을 잡았다.

방금 전 꼼꼼히 균형을 확인했던 저울이다. 약간이라도 균형이 맞지 않았다가는 큰 손해로 이어진다는 생각에 확인하고 또 확인했던 저울은 탁자 위를 흘러간 물에 평행으로 놓여 있었다.

거기에서 도출되는 결론.

계산이 끝나 한쪽 접시에만 추가 놓여 있는 저울을 손에 들고 방향을 반대로 한 뒤 추를 제거해 보았다.

들어 올린 탓에 균형이 흐트러졌던 저울은 다시금 조용히 탁자 위에 올려놓자 서서히 흔들림이 가라앉으면서 이윽고 정지했다.

눈금을 보자 탁자가 기울어 있는데도 훌륭하게 균형이 맞았다. 만약 저울이 정확하다면 탁자가 기울어져 있으니 균형의 위치가 어긋났을 것이다.

명백한 조작.

"그런데 내가 마신 것이 물인가, 포도주인가?"

호로가 주인장을 돌아보자 로렌스도 그쪽으로 돌아섰다.

두 사람의 시선을 받은 주인은 얼어붙은 얼굴에 비지땀을 흠뻑 흘리고 있었다.

"내가 마신 것은 포도주지. 그렇죠?"

씨익 웃는 소리가 들려올 것처럼 즐거운 듯한 호로의 목소리.

그에 비해 주인장의 얼굴은 창백하다 못해 흙빛이었다. 이 신앙심 두터운 마을에서 저울을 조작해 사기나 다름없는 짓을 하고 있었다는 것이 공개됐다가는 재산은 몰수당하고 즉시 파산에 이르게 된다.

"흥청대는 술집의 주인일수록 술을 마시지 않는다는 속담이 있는데. 오호라, 바로 이런 얘기로군요."

궁지에 몰린 상인은 토끼와 다름없다. 그 연약한 목을 확 물어뜯는다 해도 비명 소리 하나 내지 못한다.

로렌스는 주인을 돌아보며 웃는 얼굴로 다가갔다.

"그 자리에서 유일하게 맨 정신으로 있는 것이 거래 성사의 비결— 이라는 뜻인가요?"

흐르는 비지땀으로 그림이 그려질 것만 같다.

"저도 제 일행도 똑같은 술에 취했던 모양입니다. 그러니, 지금 이 자리에서 본 것, 들은 것은 대충 잊어버리게 되겠지요. 하지만 술 취한 사람은 자칫 쓸데없는 소리를 하게 마련이라서요."

"…무, 무슨 소리를."

주인장의 얼굴이 공포에 질려 부들부들 떨리는 것으로 바뀐다.

그러나 이때 분풀이 삼아 섣부른 행동에 나서서는 상인 자격 실격이다.

로렌스의 머릿속에는 속았다는 것에 대한 분노는 티끌만큼도 없었다.

48

대신 있는 것이라고는 뜻밖에 잡은 상대방의 약점을 이용해 과연 얼마만큼의 이익을 끌어낼 수 있을까 하는 냉철한 계산뿐이었다.

하늘에서 뚝 떨어진 절호의 기회.

로렌스는 웃는 표정을 유지한 채, 말투도 평소의 영업용 말투로 밀고 나갔다.

"이 돈과, 필시 당신이 이득을 보게 되었을 몫. 그리고 그 배에 해당하는 물건을 신용거래로 구입할 수 있을까요?"

얼마간의 현금을 담보로 하는 대신에 그 이상의 금액을 구입할 수 있게 해달라는 얘기다. 투자하는 금액이 많으면 많을수록 이익이 크게 나는 것은 자명한 이치. 손안에 든 것은 은화 한 냥밖에 없다 해도, 두 냥 어치의 물품을 살 수 있다면 벌이는 단순히 두 배가 된다.

그러나 한 냥의 은화로 두 냥 어치의 물품을 살 수 있게 해달라는 얘기이니, 당연히 담보물이 필요하게 된다. 요컨대, 돈을 빌리는 셈이니 빌려주는 쪽에서는 당연히 담보물을 요구할 권리가 있는 것이다.

하지만 이런 상황에서는 주인장이 담보물 운운할 처지가 못 된다는 것을 알기 때문에 로렌스는 이 무모한 카드를 꺼내든 것이다. 약점을 파고들지 못하는 상인은 삼류다.

"그, 그렇지만… 아무리 그래도 그건 좀."

"안 되겠습니까? 유감이네요. 제 취기가 깨 버리려고 합니다만?"

얼굴이 녹아 버릴 듯이 줄줄 쏟아지는 비지땀 속에는 눈물도 약간 섞였는지 모른다.

"상품은… 그러네요. 금액이 금액인 만큼 고급 병구류(兵具類)는 어떨까요? 뤼빈하이겐을 대상으로 한 상품이 많이 있으시죠?"

"…병구류, 요?"

주인이 약간 광명의 빛을 본 것처럼 고개를 들었다. 돈을 빌려 달라는 것을 전제로 로렌스가 그런 제안을 했을 것으로 생각했었는지 모른다.

"안전하고 확실한 이익을 보장하는 방법이죠. 게다가 그것으로는 빌린 돈을 금방 갚을 수 있습니다. 어떠십니까?"

뤼빈하이겐은 이교도 토벌을 위한 보급기지로서의 역할도 담당하고 있다. 따라서 싸움에 관한 온갖 종류의 물건이 일 년 내내 날개 돋친 듯 팔린다. 병구류라면 가격 하락에 따른 투자금을 잃을 염려도 별로 없다.

투자금의 배로 상품을 팔면 가격 하락의 영향도 두 배가 되기 마련이니, 안정되게 팔리는 병구류는 신용거래에 적합하다 할 수 있었다.

주인장의 얼굴이 계산에 밝은 상인의 얼굴로 변해 간다.

"병구류… 말씀이시군요."

"뤼빈하이겐이라면 이 상회와 단골로 거래하는 상회가 있을 테니, 거기에다 팔면 빌리고 갚는 과정도 생략할 수 있겠지요."

요는 로렌스가 라토페아론 상회에서 돈을 빌려 산 병구류를 류겐하이겐에 있는 상회에 가져다 판 뒤, 굳이 일부러 대금을 들고 라토페아론 상회까지 다시 돌아오지 않아도 되게끔 하는 것이다.

금전이 오가야 하는 경우, 특정 거래상대와는 장부상의 덧셈 뺄셈만으로 정리가 된다.

상인들의 기발한 지혜였다.

"어떠십니까?"

'영업용 미소' 라는 것은 때에 따라 대단히 무시무시한 힘을 발휘한다.

그 중에서도 으뜸의 미소를 얼굴에 착 깔고 주인장에게 다가가니, 라토페아론 상회를 이끄는 남자는 거절할 도리도 없이 고개를 세로로 끄덕인 것이었다.

"감사합니다. 그럼 신속하게 상품의 수배를 부탁드릴 수 있을까요? 가능한 빨리 뤼빈하이겐으로 갔으면 해서요."

"아, 알겠습니다. 저어, 계산은."

"알아서 해주십시오. 저는 신을 믿으니까요."

주인장의 입술이 더할 나위 없이 야릇하게 경직됐는데, 아마도 쓴웃음을 지은 것이리라. 물론 주인장은 병구류를 상당히 저렴하게 계산하지 않을 수 없다.

"그럼 당신들 이야기는 끝이 났는가?"

일방적인 상담이 끝이 난 것을 가늠하고 호로가 묻자, 주인장의 입에서는 "아아."하는 한숨소리가 들려올 것만 같았다. 골치 아픈 녀석이 아직 남아 있는 것이다.

"나도 술기운이 달아날 것 같은데?"

귀엽게 웃으며 작은 머리를 갸웃대는 것이 영락없는 악마로 보였으리라.

"특급 포도주와 양고기 육포만 있으면 나야 기분이 날아갈 텐데. 아, 고기는 옆구리 살이 좋아."

사양이라고는 전혀 모르는 주문에 주인은 그저 고개를 세로로 끄덕일 뿐이었다.

"가능한 빨리."

그 말은 호로의 가벼운 농담이었겠지만, 저울이 조작된 것을 멋들어지게 꿰뚫어본 호로의 말에 주인장은 엉덩짝을 두드려 맞은 멧돼지 마냥 허둥지둥 방에서 나갔다.

약간 너무했나 싶기도 했으나, 저울을 조작한 사기 행위는 고발을 당했다가는 즉각 재산이 몰수되어 파산이다. 이 정도로 끝나면 싼 것이다.

물론 그대로 눈치 못 채고 넘어갔더라면 로렌스도 엄청난 금액을 도둑맞았을 것이다.

"쿠후후후. 가엾어라."

즐거운 듯이 웃으면서도 정말 딱하다는 듯한 표정이 참으로 심술궂었다.

"그나저나 여전히 잘도 알아챘네. 나는 전혀 몰랐는데."

"나는 기량, 꼬리털, 머리도 모두 뛰어나지만, 눈과 귀도 밝아. 이 방에 들어오자마자 알아차렸지. 하지만 뭐, 당신 만한 사람을 속이다니 저쪽도 상당한 솜씨였지."

그런 뒤 손을 휘휘 내저으며 질린 듯이 한숨을 짓는다.

'그래, 실컷 떠들어라.' 하는 생각이 들지 않은 것도 아니었지만, 사실 저울을 조작한 것은 눈치 채지 못했었고, 호로가 그것을 알아챈 덕에 큰 손해가 날 뻔하다가 되레 한몫을 챙기게 됐다.

그러니 지금은 잠자코 있어야 할 것이다.

"할 말이 없네."

순순히 그렇게 말하자 호로는 그것이 의외였는지 눈을 조금 깜박였다.

"당신도 어른이 다 됐네."

이 말에는 그야말로 대꾸할 도리가 없어 경직된 쓴웃음을 지었던 것이었다.

'봄병' 이라는 게 있다.

겨울 동안 바다와 강에서 멀리 떨어진 지방 사람들의 식생활은 극단적인 편식을 보인다. 눈이 내리고 강이 얼어붙을 쯤 되면 날마다 소금에 절인 고기와 딱딱한 빵만 먹으며 지내게 되는 것이다. 서리가 내리는 지역에서도 야채가 전혀 자라지 않는 것은 아니지만, 겨울철 야채는 먹기보다는 내다 파는 것이 이득이다. 야채는 먹어도 따뜻해지지 않으나 야채를 판 돈으로 장작을 넉넉히 사면 난롯불이 커지기 때문이다.

하지만 고기만 먹고 술만 마시다 보면 봄이 올 무렵이면 온몸에 발진이 돋는 병에 걸린다.

그것이 바로 '봄병'이다. 말하자면 영양 불균형의 증표 같은 것이다.

물론 가능한 고기의 유혹에 지지 않고, 기분 좋은 포도주에도 너무 빠져들지 않으면 이 병은 거의 나타나지 않는다는 것은 잘 안다. 매주 일요일 교회의 설교에서도 야채를 섭취하고 육류를 삼가라는 말을 귀가 따갑게 듣는다.

그러니 봄철에 이 병에 걸리는 사람은 교회 사제들에게 호된 야단을 맞게 된다.

지나친 식욕은 신께서 정하신 일곱 가지 죄악 중 하나인 것이다.

그것을 아는지 모르는지.

로렌스는 호로의 식욕에 어이없는 한숨을 지었던 것이다.

"꺼억…. 맛있었다."

최고급 양고기에 최고급 포도주를 부어 넣었으니 그야말로 기분이 날아갈 것 같을 만도 하다.

게다가 전부 공짜. 먹고 마시다가 잠이 오면 짐칸에 드러누우면 그만인 것이다.

제아무리 낭비벽이 있는 상인이라도 이튿날 장사를 고려해 스스로 자제를 하기 마련이지만, 호로에게는 그런 것이 없다.

희희낙락하여 발장난을 치며 먹고 마신 끝에 이제야 어느 정도 마무리가 지어진 모양이었다.

만약 로렌스가 여행길의 양식으로서 저것들을 조금씩 나눠 먹

54

는다면, 3주일은 버틸 자신이 있을 정도의 양을 먹어치웠다. 포도주는 대체 어디로 그만한 양이 다 들어갔을까 싶을 만큼 부어라 마셔라 했다.

라토페아론 상회의 주인장에게서 얻어낸 고기와 포도주를 즉시 내다팔았으면 호로의 빚은 상당 부분 변제되었을 것이다.

로렌스는 그런 의미에서도 어이가 없었다.

"그럼 난 이만 잘래."

그러니, 무절제의 표본과 같은 그런 소리를 듣고도 눈길조차 돌리지 않았다.

라토페아론 상회에서 양고기와 포도주를 얻어낸 데에다, 저렴한 가격에 대량의 병구류를 입수한 로렌스와 호로는 정오의 종소리가 울리기를 채 기다리지 않고 포로손 마을을 나섰다. 그 후로 시간도 별로 흐르지 않았건만, 벌써 태양이 머리 꼭대기를 지나고 있었다.

화창하게 개어 햇볕도 따스하겠다, 낮술도 마셨겠다— 뒹굴뒹굴 하기엔 딱 좋은 날씨였으리라.

병구류를 실은 덕분에 짐칸이 다소 어수선하기는 했으나 술을 마신 덕에 신경이 쓰이지 않을 터였다.

더욱이, 로렌스 일행이 뤼빈하이겐을 향해 가고 있는 이 상업로는 포로손 마을에서 나온 직후에는 가파르게 경사가 지고 구불구불했으나 지금은 전망이 좋은 드넓은 언덕길로 변해 있다.

그런 길이 계속 이어지는 것이다.

자주 이용되는 길이라 땅도 단단하고, 구멍 난 곳은 메워져 있다.

잠자리에 칼자루가 빼곡히 들어차 있다 하더라도 그 위에서 누워 뒹굴면 우아한 오후의 한때를 보낼 수 있을 것이 자명하다.

그러니, 혼자 술도 못 마신 채 말 엉덩짝만 바라보면서 고삐를 쥐고 있을 수밖에 없는 로렌스는 부러움도 한몫을 하여 호로 쪽은 절대 돌아보지 않았던 것이었다.

"아, 그 전에 꼬리 손질을 해둬야겠다…."

그 점에서만큼은 성실한 호로가 꾸물꾸물 꼬리를 내놓았다. 역시나 주의를 하는 기색조차 안 보인다.

하기야 탁 트인 길이니 별안간 누가 튀어나올 위험도 없지만.

그런 까닭에 호로는 빗으로 꼬리털을 빗기 시작하여, 이따금씩 벼룩인지 뭔지를 잡거나 손을 핥았다.

한결같이 묵묵히 작업을 수행하는 것을 보니 어지간히 꼬리에 신경이 가는 모양이다.

짙은 갈색의 털이 덮인 엉덩이 쪽 부분에서부터 손질하기 시작해 흰 털이 난 꼬리 끝 쪽에 도달한 순간 문득 고개를 들었다.

"아, 맞다."

평탄한 길과 따스한 햇살에 깜박깜박 졸고 있던 로렌스는 그 목소리에 확 정신이 들었다.

"…왜?"

"다음 마을에 도착하면 기름 좀 사 줘."

"……기름?"

늘어지게 하품을 하면서 되물었다.

"응. 꼬리를 손질할 때 쓰면 좋다고 들은 적이 있어."

로렌스는 말없이 시선을 호로에게서 앞으로 되돌렸다.

"사 줄 거지?"

호로는 작은 머리를 갸웃거리며 웃는 얼굴로 그렇게 말했다.

돈 많은 부자가 아니더라도 죄다 사다 바치고 싶어질 만한 웃음이었으나, 로렌스는 그것을 힐끔 곁눈질했을 뿐이었다.

로렌스의 눈앞에는 호로의 그런 웃는 얼굴보다 더 큰 숫자가 난무하고 있었다. 호로가 로렌스에게 진 빚의 액수다.

"네가 지금 입고 있는 옷과 여벌의 옷, 빗, 여행비, 술값, 식비를 계산해 본 적 있어? 마을에 들어설 때 내야 하는 인두세(人頭稅)도 있어. 설마 덧셈을 못하는 건 아니겠지?"

호로의 말투를 흉내 내 그렇게 말해 보았는데, 호로는 의연히 웃음을 짓고 있다.

"덧셈 정도야 할 수 있지. 덧셈은 물론이고 뺄셈도 특기거든."

그런 뒤 무엇이 우스운지 키득키득 웃었다.

로렌스는 호로가 뭔가 굉장한 카드를 숨기고 있는 것은 아닌가 하는 생각이 들었으나, 모습이 좀 야릇하다. 어쩌면 취해서 저럴 수도 있다.

짐칸에 놓여 있는 포도주 자루를 힐끗 보았다. 라토페아론 상회에서 얻은 포도주는 총 다섯 자루였는데, 그 중 두 자루가 비어 있었다.

취할 만도 하다.

"그럼 자신이 얼마나 돈을 썼는지 계산해 보라고. 머리 좋은 현랑이라면 그 숫자에서 내 대답이 바로 나오지 않겠어?"

호로는 여전히 웃으면서 순순히 고개를 끄덕였다.

'늘 저러면 얼마나 좋아.' 하는 생각을 하면서 앞을 바라보고 있는데 호로가 말을 계속 걸어왔다.

"당신은 틀림없이 사 주게 될 거야."

곁눈질로 보자 호로는 빙그레 웃었다. 역시 취한 것이리라. 귀여운 웃음이었다.

"현명함을 자랑하는 현랑의 모습도 술에 취하면 어디로 사라져 버리는군."

혼잣말처럼 중얼거린 뒤 웃으니, 호로의 목이 반대편으로 확 기울었다.

취해서 마부석에서 떨어지기라도 하면 다칠지 모른다. 로렌스는 호로의 가느다란 어깨에 팔을 뻗으려고 했는데, 그 순간 호로는 늑대를 떠올리게 하는 민첩함으로 로렌스의 왼팔을 확 붙들었다.

"무엇보다 내 덕분에 짐칸의 저 상품들을 싼값에 입수했으니까. 꽤 많이 벌 거 아냐?"

이런 호로는 전혀 귀엽지 않다.

"무, 무슨 근거로…"

"나를 물로 보면 곤란하지. 당신이 희희낙락 일방적으로 그 주인장과 교섭하는 것을 내가 못 봤을 줄 알아? 나는 기량, 머리, 눈이 모두 뛰어나지만, 당연히 귀도 밝거든. 당신이 교섭하는 것을 못 들었을 리가 없지."

호로는 두 개의 송곳니를 내보이면서 히죽 웃었다.

"기름, 사 줄 거지?"

로렌스가 다행히 약점을 잡아 교섭을 진행한 것은 확실했고, 거의 원하는 바대로 일이 성사된 것 또한 사실이었다.

그 순간 로렌스는 호로의 눈앞에서 의기양양하게 계약을 추진한 자신을 꾸짖고만 싶었다.

하지만 돈이 벌릴 줄 알게 되면 한몫 단단히 잡고 싶은 것이 사람의 마음인 것이다.

"윽. 그, 그렇지만, 네가 나한테 얼마나 빚을 졌는지 알아? 은화 140냥이란 말이야. 그게 얼마나 거금인 줄 알긴 해? 그런데도 쓸데없는 것까지 사 달라고?"

"응? 뭐야? 당신은 그렇게 빚을 돌려받고 싶어?"

로렌스의 반격에 호로는 조금 놀란 듯한 얼굴로 로렌스를 쳐다보았다.

마치 빚은 언제라도 갚을 수 있다는 표정이다.

빌려준 돈을 돌려받고 싶지 않은 사람이 어디 있으랴. 로렌스는 호로를 노려보면서 분명하게 말해 주었다.

"당·연·하·지."

호로가 쓴 돈을 한 푼도 빠지지 않고 다 돌려받을 수 있다면 짐칸에 실을 물품의 양을 늘리고, 질도 향상시킬 수 있다. 그렇게 되면 이익도 확 늘어나게 된다. 자본이 많으면 많을수록 이윤도 많아지는 것은 장사의 기본 중의 기본이다.

하지만 로렌스의 말에 호로는 표정이 확 변했다. '아, 그러서?' 하는 듯한 싸늘한 표정이었다.

전혀 예상치 못한 종류의 표정에 로렌스는 다시금 주눅이 들고 만다.

"당신이 그런 식으로 생각하고 있었을 줄이야."

그러더니 그런 말을 했다.

"…무, 무슨?"

뜻이냐— 는 물음은 호로가 재빨리 덧붙인 말에 묻히고 말았다.

"뭐, 당신한테 진 빚을 갚고 나면 나는 자유의 몸이니까. 그냥 확 갚아 버릴까?"

그 말에 호로가 무슨 소리를 하고 싶어 하는 건지 깨달았다.

며칠 전 강변의 도시 파치오에서 일어난 소동의 와중에서 로렌스는 호로의 늑대 모습에 겁을 먹고 뒷걸음을 치고 말았다. 그런 로렌스에게 상처를 받은 호로는 로렌스의 앞에서 사라지려했다. 그것을 막기 위해 로렌스가 쓴 방책이, 호로가 찢어먹은 옷값을 북쪽 숲까지 쫓아가서 받아내겠다고 하는 것이었다.

기필코 받아낼 테니까 지금 내 앞에서 사라져도 소용없다고 말했던 것이다.

결국 호로는 북쪽 숲에까지 돈을 받으러 쫓아오면 귀찮다는 핑계로 로렌스의 곁에 머물기로 했는데, 돈을 받아내느니 어쩌니 하는 말은 서로에게 구실에 불과하다고 로렌스는 생각한다.

아니, 믿고 있다.

가령 호로가 빚을 갚았다 하더라도 북쪽 숲으로 돌아가기 전까지는 자신과 둘이서 여행을 하기를 바라고 있다고 믿는다. 물론 창피해서 그런 얘기를 말로 할 수는 없지만.

그리고 호로는 지금 그것을 역으로 이용하고 있었다. 서로에게 구실에 불과하다는 것을 아니까, 그것을 거래의 수단으로 끄집어내는 것이다.

가슴속에서 널을 뛰는 짤막한 한마디.

약았다. 호로는 정말 약았다.

"그럼 얼른 갚고 북쪽 숲으로 돌아갈까. 파로와 뮤리는 잘 지내고 있으려나."

호로는 반대편으로 얼굴을 돌리고는 들으란 듯이 한숨을 폭 쉬었다.

로렌스는 할 말을 잃은 채 곁에 앉아 있는 작고 얄미운 늑대소녀를 못마땅한 얼굴로 노려보았다. 어떻게 한 방 먹여 줘야 좋을지 고심하면서.

이 자리에서 로렌스가 고집을 부리면서 그럼 얼른 갚고 어디든 가 버리라고 말하면 호로는 정말로 그럴 것만 같다. 만약 그렇게 되면 그것은 로렌스가 바라는 바가 아니다. 바로 이 점이 로렌스가 울고 싶은 부분이다.

호로는 정말로 귀엽지가 않다.

로렌스는 호로를 노려보면서 필사적으로 반격할 말을 찾았으나 호로는 여전히 외면을 하고 있었다.

그러고 있은 지 얼마나 시간이 흘렀을까.

결국 손을 든 것은 로렌스였다.

"…빚 갚는 기한이 정해진 것은 아니야. 북쪽 숲에 도착할 때까지만 갚으면 돼. 그럼 된 거지?"

하지만 로렌스에게도 오기라는 것이 있다. 가슴속의 감정을 있는 그대로 이 건방진 늑대소녀에게 털어놓을 수는 없다. 그러니 항복도 이 정도 선이 최대한이다.

그리고 그 점은 호로도 알고 있는 듯했다. 호로는 천천히 돌아보더니 만족스럽게 미소 지었다.

"응. 북쪽 숲에 도착할 무렵에는 꼭 빚을 갚을게."

일부러 들으란 듯이 그렇게 말하고는 몸을 기대어 왔다.

"그리고 난 당신 돈에 이자를 붙여서 돌려줄 생각이야. 요는, 빌려준 돈이 클수록 당신도 돈을 많이 벌게 된다는 뜻이지. 그러니까, 응?"

호로의 눈이 로렌스를 올려다본다.

불그스름한 호박색의 아름다운 눈이다.

"기름…?"

"응. 내 빚으로 달아 놓아도 되니까. 사 줄 거지?"

참으로 이상한 논리였으나, 생글생글 웃는 호로에게 뭐라 대꾸해 줄 재주가 로렌스에게는 없다.

그래서 결국 로렌스는 기력이 다한 듯이 고개를 세로로 끄덕이는 수밖에 없었던 것이다.

"고마워."

그러나 그런 식으로 말을 한 뒤 고양이가 어리광을 부리듯이 어깨에 몸을 기대어 오면 로렌스도 기분 나쁘지는 않다.

호로가 의도한 대로라는 것은 알면서도 어쩔 수 없는 것이 독신생활이 길었던 행상인의 서글픈 심정이다.

"그런데 그거 상당히 후려친 거 아니었어?"

로렌스에게 기댄 채 다시 꼬리 손질을 하기 시작한 호로가 무심히 물었다.

이 늑대는 사람의 거짓말을 꿰뚫어볼 줄 안다. 거짓말을 해봐야 소용없다는 생각에 솔직히 대답했다.

"후려쳤다고 해야 할까, 저쪽에서 값을 확 깎아 주지 않을 수 없게끔 한 거지."

하지만 병구류는 그다지 이율이 높지 않다. 가장 돈을 벌 수 있는 방법은 병구류의 재료를 수입하여 조립한 뒤 그것을 되파는 것이다. 완성된 병구류를 가져다 파는 장사는 병구류를 대량으로 필요로 하는 곳에 가져가면 확실히 돈을 벌 수 있을 뿐이지, 싸게 구입했다고 해봐야 기대할 수 있는 수익률은 한정돼 있다.

로렌스가 포로손에서 짐을 싣고 뢰빈하이겐으로 향하고 있는 것도 그런 확실한 이유가 있어서다.

"어느 정도?"

"그걸 알아서 뭐하게?"

몸을 기댄 채로 호로는 얼굴을 들어 로렌스를 힐끗 보더니 이내 시선을 되돌렸다.

그러자 왠지 알 것 같았다.

기름은 고집스레 졸라댔으면서, 로렌스의 벌이를 염려해 주고 있는 것이다.

　"아니, 그냥. 주머니 사정도 신통찮은 행상인을 우려먹는 것도 옳은 일은 아니다 싶어서."

　하지만 정작 입에 담은 말이라고는 그런 밉살스런 소리였던지라 가볍게 꿀밤을 먹여 주었다.

　"병구류는 뤼빈하이겐에서는 가장 잘 팔릴 테지만 들고 오는 상인들 수도 많거든. 그래서 이율이 떨어지니까 싼값에 구입했다고 해봐야 돌아오는 수익금은 빤해."

　짐칸에 가득 실었다 해도 과언이 아닐 상당한 양이다. 확실히 팔릴 것이 분명하기 때문에, 투자 금액에 대한 비율로 따져 이율이 낮기는 해도 절대적인 양을 따져 본다면 확실히 짭짤한 장사다. 게다가 이번에는 전 재산의 두 배라는 엄청난 돈을 들이부었다. 티끌도 쌓이면 뭔가 된다 하니, 후추에 이어 괜찮은 벌이가 되어 줄지도 모른다.

　사실은 기름 정도가 아니라 짐칸이 미어질 정도로 사과를 사줘도 무방할 만큼 이윤을 얻게 되겠지만, 그 말을 했다가는 호로가 어떤 요구를 해올지 알 수 없으므로 입을 다물었다.

　그러니, 그런 쪽 사정은 알 도리 없는 호로는 부질없이 꼬리만 만지작대고 있다.

　그런 모습을 보고 있자니 로렌스의 마음속에도 죄책감이 일었다.

　"뭐, 네 기름값 정도야 벌 수 있겠지."

할 수 없이 그렇게 말을 해주자 호로는 안심한 듯이 고개를 끄덕였다.

"하지만 그런 면에서 보자면 향신료가 역시 짭짤하네."

병구류의 구입가와 이윤을 얼추 따져 보면서 무심코 중얼거렸다.

"먹어 봤어?"

"내가 넌 줄 알아? 벌이가 그렇다고."

"홍. 그럼 또 향신료를 가져가면 되잖아?"

"뤼빈하이겐과 포로손은 가격 차이가 별로 없어. 오히려 관세를 물게 되는 만큼 손해지."

"그럼 포기해야겠네."

쌀쌀맞게 대답한 뒤 꼬리 끝을 깨물어댄다.

"향신료만하거나 그 이상의 이윤이 나는 장사를 할 수 있으면 가게도 금방 내게 될 수 있을 텐데."

돈을 벌어서 자신의 가게를 차리는 것이 로렌스의 꿈이다. 며칠 전 파치오에서 큰 소동 끝에 한몫 크게 잡긴 했어도 아직 그 꿈으로 이르는 길은 멀고도 멀다.

"뭔가 좀 없어? 예를 들면… 보석이라든가 금 같은 게 확실하지 않아?"

"그런 것도 뤼빈하이겐에 한해서는 벌이가 신통치 않아."

꼬리를 핥고 있다가 콧속에 털이라도 들어갔는지, 호로가 조그맣게 재채기를 했다.

"에취…. 왜?"

"관세가 너무 높거든. '보호정책' 때문에. 일부 상인들을 제외하고는 수입하려고 하는 금에 엄청난 관세를 매겨. 그러니 도저히 장사가 안 되는 거지."

상업적 기반이 취약한 경우에는 다양한 상품에 대해 이런 보호정책을 쓰는 곳이 적지 않다.

하지만 뤼빈하이겐의 보호정책은 명백하게 독점적인 수익을 얻기 위한 것이었다. 뤼빈하이겐의 성당에 금을 들고 가서 얼마간 기부를 하면 성당의 성스러운 각인을 금에 찍어 주는데, 그 각인이 새겨진 금은 여행의 안전과 미래의 행복을 보장할 뿐 아니라, 전쟁 시 신변의 안전과 무훈에도 효과가 있으며, 나아가 사후의 행복까지 약속해 주는 성스러운 금으로 기막히게 비싼 값에 팔린다.

뤼빈하이겐을 좌지우지하는 성당 참사회의 인물들은 자신들이 키운 상인들과 결탁하여 그런 금의 이윤을 독점하기 위한 방편을 세워 놓았다. 도시로 반입되는 금의 양을 조정할 목적으로 엄청난 금액의 관세가 설정돼 있고, 밀수도 철저히 엄격하게 규제한다.

"흐응."

"만약 밀수에 성공하게 되면 열 배쯤 되는 값으로 팔 수 있을 거야. 하지만 그런 만큼 위험이 따르니까 낮은 이율로 얌전히 버는 수밖에 없는 것이지."

로렌스는 어깨를 으쓱한 뒤 먼 길 저편으로 생각을 내달렸다.

뤼빈하이겐만한 도시쯤 되면 로렌스가 평생을 바쳐야 벌어들일 만한 돈을 단 하루에 버는 상인들이 널려 있다.

왠지 그것이 굉장히 불합리한 듯이— 아니, 너무 불합리한 나머지 이상하게 여겨지기조차 했다.

"그런 건가?"

호로가 불쑥 한마디 던졌다.

"뭐 짚이는 것이라도 있어?"

현랑을 자칭하는 호로. 뭔가 생각지도 못한 발상이 있는지도 모른다.

기대에 찬 눈빛으로 쳐다보자, 호로는 빗에 엉킨 털을 제거하던 손을 멈추고 이상하다는 듯이 로렌스를 올려다보았다.

"숨겨서 가지고 들어가면 되잖아?"

'늘 요 정도로만 멍청하다면 귀여울 텐데.' 하고 속으로 중얼거리고 말았을 만큼 얼빠진 해답이었다.

"그게 가능하면 다들 그랬겠지."

"그럼 뭐는 되는데?"

"관세가 높으면 밀수도 증가하는 게 세상의 이치야. 짐 검사가 철저하다고."

"소량이라면 안 들킬 거 아냐?"

"들켰다가는 최소한 한쪽 팔 절단형이야. 그런 모험을 감수해도 좋을 만큼 이윤이 맞아떨어지는 것도 아니고. 대량으로 갖고 들어갈 수 있는 방법이 있다면야 또 모르겠지만…. 도저히 무리지."

호로는 마지막으로 정성스럽게 꼬리를 쓰다듬더니 만족한 듯이 고개를 끄덕였다. 로렌스가 보면 별 차이도 없는 듯했으나, 호로 나름의 털 손질법이란 게 있는 모양이다.

"하긴. 당신 장사는 순조롭잖아. 차곡차곡 벌면 되지."

"그야 그렇지만, 그렇게 차곡차곡 벌어들인 돈을 낭비하는 아무개 씨가 있으니 말이지."

주섬주섬 꼬리를 되돌려 넣은 호로는 그런 도발에는 넘어가지 않는다는 듯이 하품을 하더니 눈초리의 눈물을 훔친 뒤 몸을 일으켜 짐칸으로 옮겨갔다.

로렌스도 딱히 진심에서 한 말은 아니다. 호로를 지켜보다 시선을 돌려 앞을 바라본다. 혼자 들어가서 자려고 하는 것에 대해서도 말을 해봐야 소용없으니 포기했다.

한동안 뒤쪽에서 부스럭부스럭 병구류를 옮겨 잠자리를 만드는 소리가 나더니 이윽고 조용해지면서 만족스러운 한숨 소리가 들렸다.

말로 표현하지는 않아도 다양한 의미에서 호로는 역시 곁에 있었으면 한다.

"깜박하고 말 안 했는데, 그 가게에서 얻어낸 포도주를 독차지할 생각은 없어. 밤이 되면 같이 마시자고. 육포를 안주 삼아."

조금 놀라서 돌아보자 호로는 이미 몸을 웅크리고 있었다.

하지만 그런 모습에 다시금 자연스레 얼굴에 웃음이 떠오른다.

자세를 바로 한 뒤 고삐를 고쳐 잡았다.

로렌스는 가능한 마차가 출렁이지 않도록 말을 몰았다.

제 2 막

완만한 내리막길도 끝나고 한동안은 기복이 있다고 하기에도 무안할 정도의 작은 언덕이 펼쳐진, 참으로 짐마차를 몰기 편안한 길이었다.

어젯밤 술의 여운이 아직 가시지 않은 로렌스에게는 마침 잘된 일이라고 할 수 있었다.

이야기 나눌 상대가 있고, 술도 안주도 고급품이라 그만 과음을 하고 말았다. 이런 상태로 산길을 갔다가는 필시 낭떠러지 바닥으로 곤두박질을 치게 될 것이다.

하지만 주변에는 낭떠러지는커녕 강조차 없으니 한동안은 말이 가는 대로 길을 따라가면 되는 것이다.

그래서 로렌스는 이따금씩 마부석 위에서 졸기도 했는데, 호로로 말할 것 같으면 짐칸에 완전히 뻗어 있었다. 피유— 피유— 바보처럼 코까지 골고 있다. 로렌스는 마부석 위에서 눈을 뜰 때마다 이 평화로운 행상길을 신께 감사드렸다.

그런 조용한 시간을 보낸 뒤, 점심 무렵이 되어서야 짐칸에서 호로가 꿈지럭꿈지럭 일어나 마부석으로 건너왔다. 어떤 자세로 잤는지 볼에 자국을 선명히 새긴 채 졸린 듯이 눈을 비빈다.

마부석으로 나오더니 멍한 얼굴로 물주머니를 입에 대고 꿀꺽꿀꺽 물을 마셨다. 다행히 숙취 증상은 없는 모양이다. 숙취로 속이 좋지 않다 하면 짐마차를 멈춰 세우는 수밖에 없다.

만의 하나 구토를 해서 상품에 튀기라도 하면 차마 눈뜨고 볼수 없는 사태가 벌어질 것이기 때문이다.

"오늘도 날씨가 좋으려나 보네."

"그러네."

느긋이 한마디씩 나눈 뒤 나란히 하품을 하는 것이었다.

지금 로렌스와 호로가 가고 있는 이 길은 북쪽으로 이어지는 주요 상업로 가운데 하나로, 오가는 사람들의 모습도 다양했다. 개중에는 수입상품의 증명서에서밖에 본 적이 없는 머나먼 나라의 깃발을 높이 쳐든 상인도 있었다. 호로는 그것을 보고 자기네 나라를 선전하는 것인 줄 아는 모양이었으나, 먼 나라에서 와 있는 상인들은 자기네 나라의 작은 깃발을 세워 두어 같은 고향 출신과 스쳐지나갈 때 한눈에 알아볼 수 있도록 하는 경우가 있다. 대개는 자기네 고향의 정보를 교환하기 위해서다. 곳곳을 떠도는 행상인이라도 언어, 음식, 복장마저 다른 이국땅에 와 있다 보면 향수가 일어나기 마련이기 때문이다.

로렌스가 그렇게 설명하자 호로는 감개무량한 듯이 스쳐 지나가는 상인의 깃발을 바라보았다.

호로는 수백 년도 더 전에 고향을 떠나왔다. 같은 고향 사람과 이야기를 나누고 싶은 기분은 먼 나라에서 와 있는 상인들보다 한층 더 절실할 것이다.

"너무 멀어지기 전에 돌아가면 되잖아."

그러면서 웃었으나 역시 약간 쓸쓸한 듯했다.

로렌스는 무슨 말을 해줘야 할지 고심했으나 그다지 좋은 말을 떠올리지 못한 채 말을 계속 몰았다. 결국은 느긋한 오후의 햇살이 그 모든 것을 흐지부지하게 만들고 만다.

추운 계절에 따스한 햇살만큼 반가운 것은 없다.

그런데 그 같은 정적이 별안간 깨졌다.

로렌스와 호로가 마부석 위에서 나란히 졸기 시작한 순간, 불현듯 호로가 목청을 높인 것이다.

"이봐."

"…응?"

"사람들이 많이 있어."

"뭐라고?"

허둥지둥 고삐를 당겨 말을 세운 뒤, 잠이 싹 달아난 눈을 가늘게 뜨고 먼 곳을 응시했다.

다소 기복이 있긴 해도 평탄한 길은 상당히 멀리까지 내다보였다.

하지만 로렌스의 눈에는 사람의 형체가 보이지 않는다. 옆을 보자 호로는 마부석 위에 서서 앞을 바라보고 있었다.

"역시 있어. 무슨 일이 있나?"

"무기는 들고 있어?"

상업로 한가운데에 사람들의 무리라면 생각할 수 있는 폭이 넓지 않다. 대량의 물자를 단번에 옮기는 행상단이거나, 목적지가 같은 순례자 일행, 그리고 왕후귀족들의 타국방문단 정도의 '원만한' 무리일 가능성.

그에 비해 원만한 것으로는 끝나지 않을 무리도 있다.

도적, 불한당, 전쟁터에서 돌아온 부상병들, 그리고 용병단. 특히 전쟁터에서 돌아온 부상병들이나 용병단과 마주쳤다가는 전 재산을 포기해야만 한다. 재산만 빼앗기면 다행이고, 여차했다가는 목숨이 날아갈 수도 있다.

더욱이 여자를 데리고 있는 경우에는 어떻게 될지 말할 것까지도 없다.

"무기는… 없는 것 같아. 적어도 무서운 용병 놈들은 아닌 모양이야."

"용병을 만난 적이 있어?"

조금 놀라서 묻자 호로는 송곳니를 드러내고 웃으면서 대답했다.

"그놈들은 긴 창을 들고 있기 때문에 좀 귀찮거든. 그래 봐야 내 날렵한 몸놀림은 못 따라오지만."

의기양양한 모습을 보고는, 용병단과 무슨 일이 있었는지 굳이 묻지 않았다.

"사람은… 없는 것 같네."

그러더니 호로는 앞뒤를 살핀 뒤 후드를 훌떡 넘겨 늑대 귀를 드러냈다.

꼬리털, 머리카락과 같은 색의 뾰족한 귀다. 호로의 귀는 꼬리와 마찬가지로 감정을 표시하는지라, 호로가 거짓말을 할 때에는 꽤 쓸모 있는 기준이 된다.

그런 귀가 쫑긋 서더니 앞으로 향해진다.

이런 모습은 초원에서 적의 사정을 탐색하는 늑대 그 자체다.

로렌스는 그런 늑대와 딱 한 번 눈이 마주친 적이 있다.

바람이 세차고 구름이 덮여 어둑한 저녁 무렵이었다. 초원 사이로 난 길을 가다가 늑대의 울음소리가 귀에 들려왔을 때에는 이미 그들의 영역 안에 있었다. 자신이 그들에게 둘러싸여 있다는 것을 깨달은 순간에는 이미 울음소리가 사방팔방에서 들려왔고, 짐마차를 끄는 말은 당장이라도 폭주를 하기 일보직전이었다.

그런 때에 늑대 한 마리의 모습을 보았다.

날쌔고 사나운 몸집의 늑대는 로렌스를 똑바로 응시하고 있었다. 숨 쉬는 것조차 구분할 것 같이 귀를 꼿꼿이 세우고 있던 그 모습. 그것을 보자 이대로 무리하게 구역을 빠져나가는 것은 불가능하다고 판단하여 순간적으로 육포며 빵 같은 양식이 든 자루를 뒤집어 그 늑대에게 보이게끔 흩뿌린 뒤, 늑대의 시선에서 도망치듯 말을 몰아 자리를 떠났다.

한동안 늑대의 시선이 등 뒤로 느껴졌으나 이윽고 울음소리는 식량을 흩뿌린 부근으로 모여들었고, 로렌스는 무사히 빠져나왔다.

그때의 그 늑대. 호로는 그것을 쏙 빼닮았다.

"흐음, 뭔가 잡담을 하고 있는 것 같은데?"

호로의 그 말에 현실로 돌아와 순식간에 머리를 회전시킨다.

"갑자기 선 시장 같은 건가?"

길 한가운데에서 정보 교환을 하다가 거래로 발전하는 일이 전혀 없는 것은 아니었다.

"글쎄. 하지만 싸우는 냄새는 안 나. 그건 확실할 거야."

호로는 후드를 다시 뒤집어쓰고 마부석 위에 앉았다.

짐마차를 이대로 몰 것인지, 뒤로 돌릴 것인지는 로렌스에게 일체 맡기겠다는 걸까. '어떡할래?' 하는 눈빛으로 로렌스를 쳐 다본다.

로렌스는 머릿속에 이 일대의 지도를 떠올리면서 묵묵히 생각 에 잠겼다.

짐칸에 쌓여 있는 병구류는 교회도시 뤼빈하이겐으로 가져가 야만 한다. 뤼빈하이겐에 가게를 내고 있는 상회에 가서 팔겠노 라고 약속한 뒤 계약서를 교환했기 때문이다.

하지만 그렇게 되면 우회로를 지나는 수밖에 없는데, 짐마차 가 지나갈 만한 길은 일단 뒤로 돌아갔다가 상당히 먼 길을 돌아 가야만 한다. 다른 길은 도보로 넘을 수밖에 없는 거친 길뿐이 다.

"피 냄새가 나는 느낌은 없는 거지?"

로렌스의 말에 호로는 똑똑히 고개를 끄덕였다.

"그럼 가 보자. 우회로는 좀 너무 멀거든."

"뭐, 설령 용병단이 있다 해도 내가 있으니까."

목에 걸고 있는, 보리가 든 가죽주머니를 꺼내 보이며 호로는 그렇게 말했다. 이 이상 마음 든든한 호위병은 없다.

로렌스는 신뢰를 나타내듯이 웃은 뒤 말을 앞으로 몰았다.

"여기에서 우회하는 길이라면 라인 성인로(聖人路)인가?"

"아니, 미츠하임으로 이어지는 초원길을 경유하는 것이 빠를 거요."

"그보다, 용병단 얘기는 사실이오?"

"이 피륙 안 사시겠소? 소금과 교환해도 되는데."

로렌스와 호로가 사람들의 무리에 도착하자 그런 말이 난무하고 있었다.

길 중간에 모여 있는 것은 한눈에 보기에도 상인들이라는 것을 알 수 있는 이들과, 여행을 통해 다양한 지역에서 실력을 닦은 떠돌이 직인들이었다.

도보로 다니는 이들도 있었고 짐마차도 있었으며, 당나귀 등에 짚단을 쌓아 놓고 있는 이도 있다. 오가는 말도 다양하여, 겹치는 언어가 없는 이는 손짓 몸짓 다 동원하여 상황을 파악하려고 애쓰고 있었다.

하지만 로렌스도 그의 말은 알아들을 수가 없다. 딱하다는 생각이 들었지만 어쩔 도리가 없었다. 게다가 상황도 잘 모르는 것이다.

호로에게 마부석에 얌전히 앉아 있으라는 눈짓을 한 뒤 짐마차에서 뛰어내려 가까이 있는 상인에게 말을 걸었다.

"실례합니다."

"응? 오오, 여행길의 형제이시로구만. 지금 오는 참이오?"

"예, 포로손에서요. 그런데 무슨 일입니까? 설마 백작님께서 이곳에 장을 열기로 결정하신 것은 아니겠지요?"

"하하. 그랬다가는 지금쯤 다들 자리를 펴고 장사를 하느라 난리겠지. 실은 뤼빈하이겐으로 이어지는 길을 용병단이 가로막고 있다는 소문이 있다오. 그래서 다들 여기서 발이 묶여 있는 것이지."

터번을 머리에 두르고 헐렁헐렁한 바지를 입은 데다 목이 묻힐 정도로 두터운 망토를 몸에 휙 감은 채 커다란 배낭을 등에 진 상인은 중무장을 한 차림을 보아하니 필시 북쪽을 중심으로 도는 행상인일 것이다.

게다가 길바닥의 흙먼지와 더불어 눈에 탄 흔적이 얼굴에 뚜렷이 남아 있다. 깊은 주름과 피부의 빛깔이 이 상인의 오랜 행상 인생을 나타내 주고 있었다.

"용병단? 이 부근이라면 라스퇴이유 장군이 이끄는 부대인가요?"

"아니, 진홍빛 천에 독수리 그림이 그려진 깃발을 들고 있다고 하더이다."

로렌스는 이맛살을 찌푸렸다.

"하인츠베르그 용병단?"

"호오, 당신도 북쪽을 도는 상인이었소? 그렇다오. 하인츠베르그의 거친 독수리들이라고 하더군. 짐을 잔뜩 가지고 있을 때에는 도적들보다도 만나고 싶지 않은 놈들이지."

그들이 지나간 자리에는 돈 될 만한 것은 순무 잎 한 장 남지 않는다고 할 만큼 탐욕스러운 놈들이다. 북쪽 지방에서는 이름을 떨친 용병단으로, 만약 그들이 길을 차지하고 있다면 그 길을 이용하는 것은 자살행위다.

하인츠베르그 용병단은 하늘을 나는 독수리보다도 더 빨리 적을 발견한다는 평판이다. 천천히 길을 가는 행상인은 눈 깜짝할 새에 붙들리고 말 것이다.

그건 그렇다 치고, 북쪽 싸움터를 무대로 활동하는 용병단이 남하해 있다는 것이 조금 마음에 걸리는 부분이었다. 용병단은 이익이 있어야만 움직이니, 그 행동 원리는 상인들과 닮았다. 그들이 돌발적인 행동을 취할 때에는 시장에도 뜻밖의 사건이 일어나는 경우가 많다는 뜻이다.

예를 들어, 상품의 폭락과 폭등.

로렌스는 행상인의 버릇대로 좋지 않은 상황을 떠올리고 말았으나, 지금은 오는 길에 이미 물건을 사 버린 뒤다. 좋지 않은 쪽으로 사태를 생각해 봐야 별 도리가 없다. 지금 오로지 생각해야 할 일은 뤼빈하이겐까지 어떻게 가느냐 하는 것뿐이었다.

"그럼 상당히 먼 길을 우회해야 한다는 얘기입니까?"

"그렇겠지. 들은 바로는 카슬라타 쪽으로 이어지는 길에서 뤼빈하이겐으로 가는 길이 새로이 생겼다고 하는데, 그쪽은 요즘 좀 뒤숭숭하거든."

이 부근에 오는 것은 반년 만이라 그 새로운 길에 대한 소식은 들은 적이 없다. 그쪽으로는 초원이 주욱 펼쳐져 있고, 초원의 북측에는 불길한 소문이 끊이지 않는 숲이 있는 것으로 기억하고 있다.

"뒤숭숭하다니요?"

"아아, 원래부터 늑대가 어슬렁거리는 초원이라는데, 요즘에는 특히 심해졌다 하더이다. 2주일 전에 대상을 이루고 가던 이들이 통째로 당했다는 이야기도 들었다오. 소문으로는 이교도 마술사가 늑대를 소환했다더군."

그 바람에 생각이 났다. 기분 나쁜 숲에 대한 소문은 대부분 늑대와 얽힌 얘기다. 그런 생각을 하면서 필시 귀를 세우고 듣고 있을 호로 쪽을 훔쳐보니 입가가 살짝 웃고 있었다.

"그 새로운 길은 어디로 들어갑니까?"

"하하, 그리로 갈 작정이오? 꽤나 무모한 양반이네. 이 길을 곧장 가다가 두 갈래 길이 나오면 오른쪽으로 가시오. 그런 다음 길을 따라가다 보면 또 두 갈래로 갈라지지. 거기에서 왼쪽으로 가면 되오. 그냥 여기서 얌전히 이삼 일 시간을 죽이는 게 나을 것 같은데? 용병단이 정말 있을지 없을지는 반반이지만, 만에 하나 마주친 뒤에는 이미 늦으니까. 생선과 생고기를 갖고 있는 이들은 다른 마을로 갈 테지만, 나는 안전한 쪽을 택할 거요."

로렌스는 고개를 끄덕인 뒤 자신의 짐칸을 보았다. 짐칸에 쌓여 있는 것은 다행히 썩지 않는 것들뿐이지만, 뤼빈하이겐으로 팔러 가고 싶다.

잠시 생각한 후 이야기를 해준 상인에게 인사를 하고 짐마차로 돌아갔다.

호로는 시킨 대로 얌전히 앉아 있었으나 로렌스가 짐마차에 오르자 "소환?" 하며 웃었다.

"그래서 현랑 호로가 볼 때는 어떤데?"

"응?"

고삐를 쥔 뒤 말을 출발시킬까 말까 생각하면서 로렌스는 호로에게 물었다.

"초원에 늑대."

"흥."

호로는 가볍게 코웃음을 친 뒤 새끼손톱을 송곳니로 깨물었다.

"사람을 상대로 하는 것보다 편하지. 적어도 말이 통하니까."

듣기 좋은 농담이다.

"그럼 결정됐군."

로렌스는 고삐를 당겨 말머리를 돌린 뒤 이런저런 이야기를 나누고 있는 상인들을 피해 앞으로 나아가기 시작했다.

그런 로렌스를 보고 놀란 목소리를 지르는 상인이 몇 사람 있었으나, 대부분은 모자나 망토를 들고 흔들어 주었다.

힘내라는 뜻이다.

위험한 다리를 건너지 않는 상인은 없다. 위험한 다리를 건넌 끝에는 대체로 큰 이윤이 기다리고 있기 때문이다.

용병단이 어딘가의 길을 지나고 있다는 정보는 전염병보다도 빨리 주위로 퍼져나간다. 그 정도로 용병단이라는 것은 위협이자 위험한 존재인 것이다.

하지만 상인으로서 시간이라는 것은 더없이 소중한 장사 수단이다. 그것을 놓치는 것도 큰 손실이라 할 수 있다.

그래서 로렌스는 호로가 곁에 있기도 하니, 늑대가 나온다는 초원길을 가기로 했다.

용병단이 마을 가까이에 있다는 이야기는 뢰빈하이겐의 시장에도 영향을 미칠 것이므로, 그 점을 잘 이용해 부지런히 움직이면 짭짤한 수익을 거둘 수 있을지도 모른다는 속셈도 있었다. 아까는 순간적으로 좋지 않은 방향으로 사태를 생각했지만, 당연히 그 반대인 경우도 있는 것이다.

또한, 행상에는 뜻밖의 사건이 따르기 마련이다. 그렇기 때문에야말로 재미가 있기도 하다.

"왠지 기분이 좋네?"

옆에서 호로가 이상하다는 듯한 얼굴을 했으나, 로렌스는 "그냥 뭐."하고 짤막하게 대답했다.

길의 끝에는 이윤이 있다. 행상인의 좌우명이었다.

초원으로 들어가는 길에는 이튿날 점심 전에 도착했다.

새로운 상업로는 자연스럽게 생기는 경우도 있고, 그 지방의 권력자가 만드는 경우도 있다. 길이 나도록 풀을 깎아내는데, 돈이 많은 곳에서는 돌을 깐 위에 목판을 올려놓아 마차가 빠른 속도로 지나갈 수 있도록 만들기도 한다.

물론 그런 길은 공짜가 아니라 상당히 많은 통행세를 내야 하는데, 그런 길에는 도적에 대한 대응도 철저하기 때문에 시간과 안전을 고려하면 오히려 싸게 먹힐 수도 있다.

늑대가 빈번하게 출몰하는 길은 전자와 후자의 중간인 경우였던 모양이다.

갈림길에는 행선지를 표시하는 푯말이 서 있었고, 분기점에 뭔가를 세우려 했는지 얼마간의 목재가 쌓인 채 방치돼 있다. 길을 제대로 잘 닦아서 통행세를 부과할 목적이었겠지만 지금은 푯말만이 쓸쓸하게 우뚝 서 있을 뿐이다.

또한, 분기점은 다소 봉긋한 언덕 위에 서 있는 덕분에 거기에 서서 보면 길이 뻗어 있는 방향을 충분히 관찰할 수 있다. 여기에서 점심이라도 먹으면 기분이 좋을 것이다. 겨울이 가까운데도 나름대로 푸른 풀도 나 있어서 양치기들이 앞 다투어 양을 방목할 것 같은 초원이 펼쳐져 있었다.

하지만 그 앞으로 뻗어 있는 길에는 짐마차의 바퀴자국이 남아 있을 뿐, 풀에 묻혀 좁아진 길이 주욱 서쪽으로 이어져 있다. 당연히 여행하는 나그네의 모습도 없다.

로렌스의 머릿속에 든 지도에 따르면 이 길의 북쪽에는 늑대가 서식지로 삼기에 최적인 숲이 있긴 했지만, 늑대가 꼭 숲에서만 사는 것은 아니다. 멀리 키 높이로 풀이 무성하게 자란 장소도 보이니, 늑대에게는 더더욱 안성맞춤인 초원이다.

굳이 호로가 아니어도 늑대가 있을 성 싶은 예감이 들긴 했으나, 일단은 확인할 겸 물어보았다.

"어때? 늑대가 있을 것 같아?"

그러자 호로는 마부석 위에서 양고기 육포를 빨면서 어이없다는 표정으로 로렌스를 바라보았다.

"이렇게 훤히 내다보이는 곳에서 쉽사리 눈에 띨 만큼 우리 늑대들은 멍청하지 않아."

예의 없이 쩝쩝 소리를 내며 육포를 빨던 호로의 입에서 때때로 엿보이는 송곳니는 인간의 것이 아니다.

로렌스는 그 말과 송곳니로 역시 호로는 사람이 아니라 늑대 쪽이라는 것을 떠올리고는 조금 착잡한 기분이 들었다.

혹시라도 늑대와 마주치면 이야기가 복잡해질 것만 같았다.

"뭐, 별일 있겠어? 설령 떼로 모여 있어도 양고기 육포라도 주면 괜찮을 거야. 난 쓸데없는 싸움은 하고 싶지 않거든."

호로의 말에 로렌스는 고개를 끄덕인 뒤 말을 몰기 시작했으나, 온화하게 부는 바람결에 왠지 짐승 냄새가 섞여 있는 것만 같아, 제발 무사히 통과할 수 있도록 조그맣게 신께 빌었던 것이었다.

"팔람 은화."

"아니. 가짜 마린느 은화."

"가짜 마린느인지 뭔지는 이쪽 거 아냐?"

"그건 후기 라데온 주교령 은화."

"……."

조그만 손에 은화를 수북이 올려놓고 호로는 그만 입을 다물어 버리고 말았다.

하도 심심하다고 성화를 부리기에 화폐 이름을 가르쳐 주었는데, 천하의 현랑 호로도 비슷비슷한 크기와 무늬의 화폐 앞에서는 애를 먹고 있는 듯했다.

"쓰다 보면 저절로 외워지겠지."

너무 열심인 바람에 놀려 주기도 두려워 딴에는 생각해서 그렇게 말한 것이건만, 되레 그것이 호로의 자존심에 상처를 입힌 모양이었다. 로렌스를 노려보며 후드 밑의 귀가 순간 쫑긋 서 있다.

"다시 한 번!"

그리고 그렇게 소리쳤다.

"그럼 위에서부터 간다?"

"음."

"트레니 은화, 필링 은화, 류트 은화, 가짜 마린느 은화, 팔람 은화, 랜드바르트 독두왕 은화, 미츠핑 대성당 은화, 가짜 미츠핑 대성당 은화, 성 미츠핑 은화, 미츠핑 성탄제 은화, 그리고 이 건⋯."

"⋯다, 당신."

"응?"

호로의 손 위에 있는 화폐를 손가락으로 가리키고 있다가 시선을 들자 호로가 화가 난 것도 같고, 울 것도 같은 복잡한 표정으로 로렌스를 쳐다보고 있었다.

"⋯날 놀리고 있는 거지?"

통화의 종류와 이름을 외울 때 로렌스도 스승에게 같은 소리를 했던 것이 생각났다. 그래서 그만 큰 소리로 웃고 말았다.

"⋯크르르르르."

그러나 호로가 송곳니를 드러내며 으르렁대는 소리를 냈기 때문에 허겁지겁 얼버무린다.

"미츠핑 주교구에서 발행되는 은화는 특히 종류가 많아. 놀리고 있는 거 아니야."

"그럼 웃지 마."

화를 내면서도 다시금 화폐에 시선을 되돌리는 호로를 보자 로렌스는 역시 피식 웃음이 나는 것이었다.

"그런데 왜 이렇게 화폐가 많은 거야? 복잡한 것도 정도가 있지."

"새로운 나라가 생겼다가 몰락하고 또 생겨나고, 게다가 지방 권력자들이나 교회 권력도 화폐를 발행하는 데다 그 위에 화폐 위조가 끊이지 않거든. 류트 은화만 해도 원래는 가짜 트레니 은화라고 불렸었는데 유통되는 숫자가 너무 많아지니까 결국은 독자적인 화폐가 됐지."

"전부 동물 가죽이라면 단번에 다 외울 텐데."

코를 킁킁대더니 끝에는 흥 하고 한숨을 내쉰다. 냄새라면 판별할 수 있겠지만— 어디까지 진심인지는 알 수가 없다.

"하지만 심심풀이는 됐지?"

그 말에는 웃지도 않고 손바닥 위의 화폐를 모아 로렌스에게 내밀었다.

"흥. 됐어. 난 낮잠이나 잘래."

쓴웃음을 짓는 로렌스를 무시하고 자리에서 일어나 짐칸으로 들어가려는 호로의 등 뒤에 대고 말을 걸었다.

"자더라도 늑대가 오면 알 수 있는 거지?"

"그 정도야 알지."

"포위되면 귀찮아지니까."

용병단이나 산적들에게 포위되는 것도 물론 곤란하지만, 그들과는 말이 통하는 만큼 편하다. 하지만 늑대는 말 같은 건 통하지 않는다. 무엇을 계기로 덮쳐올지 알 수가 없는 것이다.

호로가 있어도 역시 불안하다.

"걱정도 많네."

그런 로렌스의 속마음을 알아차렸는지 호로가 돌아보며 쓴웃음을 지었다.

"보통은 어떤 동물이건 깨어 있거나 자고 있거나 별로 다를 게 없어. 당신네 인간들이 잠잘 때 너무 무방비한 것뿐이지."

"코까지 골고 자면서 설득력이 있나."

로렌스의 말에 호로의 얼굴이 샐쭉해졌다.

"난 코 같은 거 안 골아."

"…그렇게 크게 골진 않아."

굳이 따지자면 귀여운 쪽에 속하니 그렇게 말을 덧붙였건만, 호로는 점점 눈살을 찌푸렸다. 그런 문제가 아닌가 보다.

"안 곤다고 했잖아."

"알았어, 알았어."

웃으면서 그렇게 말해 주니 도로 마부석에 앉아서는 몸을 붙여 왔다.

"안 곤다니까."

"알았다니까."

호로는 체면과 관계되는 일이라는 식으로 정색을 하고 있으나, 로렌스는 그런 찌를 듯한 시선이 간지러웠다. 처음 만났을 때야 그저 당하기만 했으나, 호로를 다루는 것에 많이 익숙해졌다는 실감이 들었다.

결국 호로는 그 이상은 할 말이 없는지 불만스럽게 입술을 삐쭉 내민 채 고개를 획 돌렸다.

"그나저나 진짜 아무도 없네."

호로의 모습에 빙긋 웃으면서 로렌스는 무심하게 중얼거렸다.

실제로 드넓게 초원이 펼쳐져 있는데 사람 하나 걸어가는 이가 없다.

늑대의 소문이 영향을 미쳤다 해도, 일단은 뤼빈하이겐으로 가는 지름길인 모양이니 얼마간은 있어야 하는 게 아닌가 싶었으나 뒤를 돌아봐도 역시 아무도 없었다.

"소문의 위력이 의외로 컸나 보네."

외면을 하고 있으면서도 맞장구를 쳐 주는 것이 또 어린애 같아서 우습다. 로렌스는 살짝 웃으면서 "하긴." 하고 고개를 끄덕였다.

"하지만 아무도 없는 건 아닌 모양인데?"

방금 전까지와는 다른 투로 말하면서 주섬주섬 꼬리를 로브 속으로 넣기 시작했다.

그런 뒤 재미없다는 듯이 한숨을 쉰다.

지금까지는 다른 상인들과 스쳐지나가도 태연히 꼬리 손질을 했었다. 굳이 꼬리를 감추는 것을 보고 로렌스는 웬일인가 했으나 그 이유는 이내 알게 됐다.

"양 냄새가 나. 내가 싫어하는 인간이 저 앞에 있어."

양 냄새가 초원에서 난다면 거기 있는 것은 양치기다. 꼬리를 감추는 것은 양치기가 늑대에 관한 한 예사롭지 않은 후각을 갖고 있다는 것을 알기 때문일 것이다.

작은 콧등에 주름을 잡으며 그렇게 말하는 것을 보니, 어지간히 싫은 모양이다.

양치기와 늑대는 숙명의 원수다.

원래 같으면 늑대는 행상인의 적이기도 하지만, 이 자리에서는 그냥 입 다물고 있기로 했다.

"어쩔래? 돌아갈까?"

"도망치는 건 저쪽이 해야 할 일이지. 내가 피할 필요는 없어."

언짢은 듯한 말에 그만 웃음이 나온다. 호로가 빤히 노려봤으나 로렌스는 시치미를 뚝 떼고 고개를 돌렸다.

"네가 그렇다면 그냥 이대로 갈까? 초원으로 가면 바퀴가 잘 빠지기도 하니까."

호로가 말없이 고개를 끄덕이자 로렌스는 고삐를 고쳐 잡았다.

짐마차는 변함없이 초원에 난 좁은 길을 따라갔다. 잠시 후 드디어 멀리 양처럼 보이는 흰 점이 나타나기 시작했다. 호로는 입을 다문 채 여전히 언짢은 얼굴을 하고 있다.

그런 호로를 곁눈질로 흘낏거리니까 눈치 빠른 현랑은 로렌스의 시선을 알아챈 모양이다.

흥, 하고 코를 울리더니 입술을 약간 삐죽 내밀었다.

"난 당신이 태어나서 지금껏 살아온 것보다도 더 오랫동안 양치기를 미워해 왔거든? 새삼스럽게 친해지는 건 불가능해."

호로는 그렇게 말하더니 고개를 숙이고 한숨을 지었다.

"저렇게 맛있게 생긴 먹이가 눈앞에서 어슬렁대고 있는데 그냥 손가락만 빨고 있어야만 하는 입장이 되어 보라고. 밉지 않게 생겼어?"

그런 심각한 말투가 재미있었으나, 호로의 입장에서는 실제로 심각한 일인지도 몰라 애써 무표정하게 앞을 바라보았다.

양떼는 로렌스의 눈에도 한 마리 한 마리가 구분될 만한 거리에 있었다.

옹기종기 뭉쳐서 움직이고 있기 때문에 정확한 수는 알 수 없었지만, 다 합해 봐야 열네 마리쯤이나 될까. 그런 양들이 느긋이 풀을 뜯어먹으면서 천천히 이동하고 있다.

물론 거기에는 양들만 있을 리 없다. 호로가 질색하는 양치기가 양들 옆에서 양치기견을 데리고 있다.

양치기는 마른 풀색의 로브를 입었고, 빛바랜 회색 허리띠에는 뿔피리가 매달려 있다. 손에는 키보다도 더 큰 지팡이를 들었는데, 그 끝에는 손바닥에 겨우 올라갈 정도 크기의 종이 달려 있다.

그런 주인의 주위를 경계하듯이 어슬렁대는 것은 검은 털을 가진 양치기견이었다. 네 다리가 훌쩍하니 길고, 그런 다리로 뛰어다니니 마치 검은 불꽃처럼 보인다. 입 주위와 네 발 끝만 흰 털이 나 있다.

여행하는 도중에 양치기를 만나게 되면 나그네는 두 가지를 주의해야 한다고 한다.

하나는 양치기의 기분을 해치지 말 것. 또 하나는 로브 속에 있는 것이 악마가 아닌지 잘 확인할 것.

그런 알 수 없는 주의사항을 떠올리게 하는 양치기는 행상인보다도 한층 더 외로운 직업이다.

이 휑뎅그렁한 초원에서 양치기견만 데리고 양떼와 함께 이동하고 있는 것만 봐도 알 수 있는 일이지만, 무엇보다 저들은 일의 성격상 제대로 된 사람으로 여겨지지 않는 경우가 많다.

오로지 홀로 몇날 며칠이고 초원의 한복판에서 수많은 동물을 데리고 다니면서 한 손에 지팡이를 든 채 뿔피리를 불어 동물을 마음대로 조종하는 모습을 보면 이교도의 주술사를 쉽사리 연상하게 된다.

여행하는 도중에 양치기를 마주치게 되면 대지의 정령에게 가호를 받아 일주일 동안은 사고가 일어나지 않는다는 말이 있는 대신, 악마가 변신을 하는 경우도 있어서 자칫하면 양치기가 거느리고 있는 양 속에 영혼이 봉인되는 수도 있다고 전해진다.

로렌스 생각에도 충분히 그런 일이 일어날 수 있을 것 같다. 양치기에게는 그렇게 믿기에 충분한 분위기가 있기 때문이다.

그래서 양치기와 만나게 되면 의식처럼 으레 오른손을 들고 세 번 돌려 보였을 때, 양치기가 그에 대해 지팡이를 네 번 위아래로 올렸다 내렸다 해주면 조금 안심을 하게 된다. 적어도 상대는 유령은 아닌 것이다.

하지만 제일 중요한 것은 무사히 통과할 수 있느냐다. 악마가 변신을 하고 있는지를 확인하기 위해서는 조금 더 가까이 다가가야 알 수 있다.

"나는 곳곳을 떠돌아다니는 행상인 로렌스, 이쪽은 일행인 호로."

양치기가 입고 있는 옷의 누덕누덕 기운 부분이 보일 정도로 거리가 가까워지자 로렌스는 말을 멈춰 세우고 먼저 자신들의 이름을 댔다. 양치기는 의외로 몸집이 작아서 호로보다 약간 키가 큰 정도였다. 로렌스가 이름을 대는 사이 양떼를 몰고 있던 개가 주인 곁으로 달려와 충실한 기사처럼 그 옆에 앉았다.

푸른 기가 도는 회색 눈이 로렌스 일행을 빈틈없이 살폈다.

양치기는 입을 다문 채 대답하지 않는다.

"내가 이 길에서 당신을 만난 것이 신의 인도하심이고, 또한 당신이 선한 양치기라면 당신은 올바른 행동을 취할 수 있을 것이오."

선한 양치기라면 그것을 증명하는 노래와 춤을 출 수 있을 것이다.

양치기는 천천히 고개를 끄덕이더니 긴 지팡이를 몸의 정면에 세웠다.

가냘픈 손에 놀란 로렌스는 그 다음 순간에는 더욱 놀랐다.

"하늘에 계신 신의 축복으로."

노래를 부르기 시작한 양치기의 목소리는 아직 어린 소녀의 것이었던 것이다.

"대지의 정령의 가호로."

양치기 소녀는 긴 지팡이를 솜씨 좋게 조작하면서 익숙한 손놀림으로 작은 화살표를 그린 뒤, 그 꼭지에서 시작하여 왼쪽으로 몸과 지팡이를 함께 돌려나가며 원을 그렸다.

"양은 양치기가 인도하고, 양치기는 신께서 인도하시니."

맨 마지막에 화살표의 꼭지로 다시 돌아온 지팡이의 끝을 자신의 발부리에 갖다 댄다.

"신의 인도하심으로 양치기는 바른 길로 나아가네."

어느 나라에 가더라도 거의 비슷한 양치기의 노래와 춤이다. 양치기에게는 직인이나 상인들처럼 확고한 조합을 구성하는 습관이 없음에도 불구하고 이 노래와 춤은 만국 공통이라 해도 과언이 아니었다.

양치기가 바람결에 말을 실어 멀리 있는 사람과 대화를 할 수 있다는 소문마저 진실되게 들리는 순간이다.

"의심한 무례를 용서하시오. 당신은 선한 양치기가 틀림없소."

짐마차에서 내려 로렌스가 그렇게 말하자 양치기 소녀는 입가에 웃음을 머금으며 미소 지었다. 후드에 가려져 있어 분명치 않았지만, 입가에서 엿보이는 얼굴은 꽤 아름다웠다.

가능한 신사답게 행동하려 노력하고 있는 로렌스도 가슴속은 호기심으로 가득했다.

여자 상인도 드물지만 여자 양치기는 더더욱 드물다. 그것도 나이가 젊을 듯한 미인이라면, 가뜩이나 호기심 왕성한 상인이 흥미를 갖지 않을 수가 없다.

그러나, 말은 그렇게 해도 장사 이외에는 도무지 젬병인 것이

또한 상인이라는 사람들이니.

로렌스는 그 좋은 표본인 모양이다. 길에서 우연히 만났다가 스쳐 지나는 상인과 양치기 이상의 대화의 실마리를 찾지 못한 채 결국 가슴속의 호기심에는 뚜껑을 덮고, 상투적인 인사말을 했던 것이다.

"신의 인도하심으로 만난 양치기 분께 여행길의 안전에 대한 기도를 부탁드려도 될까요?"

"기꺼이."

양이 풀을 뜯어 먹는 것 같은 느긋한 목소리에 로렌스의 가슴속에서 일어난 호기심은 여름 하늘의 구름보다도 크게 솟구쳐 오른다. 그런 심정이 얼굴에 드러나지는 않았으나, 애써 그 호기심에 뚜껑을 덮어야만 했다. 넉살좋게 신상에 대한 질문을 하는 성품도 못되는 데에다, 말주변 또한 없기 때문이다. 기도를 받기 위해 양치기의 곁으로 다가가면서 파치오의 환전상 와이즈의 달변이 조금 부럽게 생각되지 않는 것도 아니었다.

게다가 짐마차에는 양치기는 딱 질색이라는 호로가 있다.

왠지 모르겠으나 그 마지막 이유가 고개를 쳐들던 호기심을 억누르는 가장 큰 누름돌이 되었다.

그런 생각을 하고 있노라니, 로렌스에게 안전 기원을 부탁받은 양치기는 긴 지팡이를 양손으로 들고 서서히 치켜 올리면서 읊조리듯이 기도하기 시작했다.

"파르티, 미스, 투에로, 모로우. 루, 스핀치오, 리탓트, 쿨."

성경책에 실려 있는 고대 언어, 현재 각국에서 쓰이고 있는 그 어떤 언어와도 전혀 다른 양치기들의 독특한 언어는 몇 번을 들어도 신비롭다.

양치기들 자신도 참뜻을 알지 못한다고 하는데, 여행의 안전을 기원할 때에는 어느 나라의 양치기이건 입을 맞춘 듯이 이 문구를 외운다.

끝으로 지팡이를 내리고 뿔피리를 길게 부는 것도 똑같다.

로렌스는 안전을 기도해 준 데 대해 감사의 인사를 전하고 갈색 동화를 하나 내밀었다. 양치기에 대한 답례는 금화도, 은화도 아닌 동화를 주어야 하는 것이 관습이고, 양치기가 그 답례를 거절하지 않는 것도 관습이다. 호로보다 조금 큼지막한 느낌의 손이 내밀어지자 그 위에 동화를 올려놓고 다시 한 번 감사의 인사를 했다.

역시나 말을 붙여 볼 구실을 찾지 못한 것이 약간 유감스럽긴 했지만 어쩔 수 없이 체념했다.

그러나, 작별인사를 하고 돌아서려는 발걸음이 멈췄다.

뜻밖에도 양치기 소녀가 말을 걸어온 것이었다.

"저어, 뤼빈하이겐으로 가시나요?"

호로와는 또 다른 느낌의 맑은 음성이었다. 가혹한 직업의 하나로 꼽히는 양치기의 음성으로 도저히 들리지 않는다. 로렌스는 양치기를 돌아보려다가 호로에게 힐끗 시선을 던졌다. 호로는 마부석 위에서 따분한 듯이 고개를 돌리고 있었다.

"예. 포로손에서 그리로 가는 길입니다."

"이 길에 대해서는 어디에서 들으셨는지요?"

"성인 메트로기우스의 순례로에서요. 들은 지 며칠 안 됐습니다."

"그러세요…. 저어, 늑대 이야기는 들으셨나요?"

그 말에 양치기 소녀가 일부러 말을 걸어온 이유를 알았다.

로렌스가 전후 사정도 모르고 이 길을 선택한 행상인인 줄 아는 것이리라.

"들었습니다. 하지만 바삐 가야 하기 때문에 이 길을 택했지요."

굳이 호로의 얘기를 할 필요는 없다. 늑대가 나온다는 위험한 길이라도 돈을 벌기 위해서라면 주저 않고 가는 것이 상인이니 의심을 살 일은 없을 것이다.

그러나 양치기 소녀의 반응은 어째 야릇한 것이었다.

왠지 유감스러운 느낌이었던 것이다.

"그러시군요…."

어깨를 떨어뜨리며 조용히 말하는 그 모습은 뭔가를 기대했던 것이 분명한 것 같다. 하지만 무엇을 기대하고 있단 말인가.

대화를 곱씹으면서 머리를 굴려 봐도 짚이는 바가 별로 없다.

로렌스가 늑대에 대해 몰랐을 줄 알았나? 아니면, 길을 서둘러 가리라고는 생각지 않았나?

오고 간 대화에서 추측할 수 있는 것은 그 정도뿐이다.

"왜 그러시는지요?"

여기에서 이렇게 묻지 않는다면 직업이 상인인 것을 떠나서 남자로서도 말이 안 될 것이다. 로렌스는 영업용 미소를 지으며 애써 신사적으로 행동했다.

　뒤쪽에서 필시 언짢은 표정을 짓고 있을 호로는 머리 한 구석으로 밀어붙여 두었다.

　"어, 저기, 아니… 그게…."

　"뭐든 말씀하세요. 아니면 뭔가 필요한 것이라도 있으신가요?"

　거래에 관한 것이 되면 로렌스의 혀와 머리도 잘만 돌아가는 것이다.

　뭔가를 파는 김에, 진귀하기로 따지자면 요정만큼이나 진귀하지 않을까 싶은 양치기 소녀에 대해서 물어볼 수 있을지도 모른다. 물론 '자, 무엇을 팔아치울까?' 하면서 웃는 얼굴 밑으로 궁리도 한다.

　하지만 그런 것들은 다음의 한마디로 확 날아가고 말았다.

　"저를… 고용해 주실 수 없으신지요…?"

　긴 지팡이를 거기에 매달리듯이 양손으로 껴안으면서 그런 말을 꺼낸 양치기 소녀 앞에서 로렌스의 머릿속이 소리를 내며 팽팽 돈다.

　양치기 소녀가 자신을 고용해 달라는 얘기는, 당신의 양을 자신에게 맡겨 달라는 뜻이다.

　하지만 로렌스는 양을 키우지 않는다. 키우는 것이 있다면 시건방진 늑대소녀다.

　"어—, 저는 보시다시피 행상인이라 양은 거래하지 않습니다. 모처럼 부탁을 하셨지만…."

"아, 아니오. 그런 게 아니라."

양치기 소녀는 당황하여 손을 내젓더니 뭔가를 생각하는 시간을 벌려는 것처럼 두리번거렸다.

후드를 눈 있는 데까지 깊이 눌러 쓰고 있어서 시선은 보이지 않았으나 뭔가를 찾고 있는 것은 명백해 보였다.

그리고, 그것을 곧 찾은 듯했다.

그것을 어찌 알았느냐 하면, 후드 밑에 호로처럼 귀가 달려 있는 게 아닌가 싶을 만큼 깊이 안심하는 모습이 전해져 왔기 때문이다.

양치기 소녀가 찾은 것은, 그런 주인의 곁에 빈틈없는 자세로 앉아 있던 충실한 종복이자 검은 털을 가진 네발 달린 기사. 양치기견이었다.

"저는 양치기입니다. 양을 키우는 것 외에도 늑대를 쫓아낼 수가 있지요."

그렇게 말하면서 오른손을 흔들자 검은 개가 자리에서 쓱 일어났다.

"만약 저를 고용하시면 당신의 여행을 늑대에게서 지켜 드릴 수 있습니다. 어떠신지요?"

개도 주인의 그런 서투른 요청을 뒷받침하기라도 하듯이 한 번 짖더니 냉큼 달려나가 흩어지기 시작한 양떼를 모았다.

치안이 좋지 않은 길을 갈 때에 용병이나 기사를 고용하는 일은 있어도, 늑대에게서 몸을 지키기 위해 양치기를 고용한다는 얘기는 들어본 적이 없다. 확실히 생각해 보면 우수한 양치기를 곁에 둔다는 것은 늑대에 대해 예민한 눈과 귀를 갖게 된다는 뜻이다. 하지만 그래도 그런 얘기를 들어 본 적이 없는 것은, 그런 요청을 하는 양치기가 전혀 없기 때문이다.

로렌스는 늑대에게서 양을 지키는 예행연습을 하는 것 마냥 이리저리 달리는 개를 바라보다가 눈앞의 양치기 소녀에게로 시선을 돌렸다.

고독하게 지내는 양치기 소녀는 남의 비위를 맞추기 위해 웃을 기회도 없을 것이다. 후드 아래로 입가에 어색한 웃음이 어려 있었다.

잠시 생각한다. 그런 뒤 입을 열었다.

"잠시만 기다려 주십시오. 일행에게도 물어보겠습니다."

"그, 그러세요."

로렌스로서는 무조건적으로 고용해도 상관없을 것 같을 만큼 필사적인 느낌이었으나, 누군가를 고용한다는 것은 그 사람에게 돈을 지급해야 한다는 뜻이다. 돈이 나갈 때에는 상인의 머릿속에는 오직 손익 계산에 대한 생각만이 남게 마련이다.

로렌스는 종종걸음으로 마부석을 향해 달려가, 그 위에서 한가롭게 하품을 하고 있는 호로에게 말을 걸었다. 늑대와 대항하는 양치기에 관해서라면 당사자인 늑대에게 묻는 것이 제일이라는 생각에서였다.

"저 양치기, 어떻게 생각해?"

"응? 음….."

눈초리를 비비면서 호로가 시선을 양치기 쪽으로 돌리자 로렌스도 덩달아 그쪽을 쳐다보니, 양치기 소녀는 이쪽을 보지 않고 개를 부리고 있었다.

그렇다고 꼭 솜씨를 자랑하려는 것이 아니라 단순히 양이 흩어지지 않게 하려는 것뿐이리라.

양들은 이동할 때보다 서 있을 때에 더 제멋대로 흩어지는 것이다.

호로는 시선을 되돌리더니 귀찮은 듯이 말했다.

"내가 더 예뻐."

말이 웃는 것처럼 푸르륵 댔다.

"그런 것 말고 솜씨 말이야."

"솜씨?"

"양치기로서 어떤지 알 수 없어? 솜씨가 좋다면 고용해 볼 가치는 있는데. 얘기 들었지?"

양치기를 힐끗 본 뒤 호로는 이내 시선을 돌리고는 원망스러운 듯이 말했다.

"내가 있잖아?"

"그건 물론 그렇지. 하지만 양치기를 늑대 호위에 쓰는 발상은 이제껏 없었거든. 새로운 장사거리가 될지도 모르잖아?"

사람이 거짓말을 하고 있는지 어떤지를 구분할 수 있는 현랑이니, 지금 그 말에 거짓이 없다는 것은 알 터이건만 의심스러운 시선을 보내온다.

그러나 로렌스는 곧 호로의 목적을 알아챘다.

"미모에 유혹된 게 아니야. 네가 훨씬 예쁘니까."

'이러면 됐냐?'는 식으로 어깨를 으쓱하자 "간신히 합격점."
이라는 대답이 돌아온다. 점수는 박했지만 즐거운 듯이 웃고 있
으니 어디까지가 농담인 것인지.

"그래서, 솜씨는?"

그렇게 묻자 순간 얼굴이 떨떠름해진다.

"실제로 늑대와 마주한 것을 본 적이 없으니 뭐라 말할 수 없
지만, 뭐, 중상(中上) 정도라고 할까."

"조금 더 구체적으로."

"나라면 양을 습격할 수 있지. 하지만 보통 늑대들은 무리지어
공격해도 쉽사리 물리칠 거야."

뜻밖의 높은 평가다.

"양을 다루는 데에 이골이 나 있어. 귀찮은 양치기들은 똑똑한
개를 거느린 데에다 그 개와 호흡이 척척 맞는데, 저 사람은 두
가지를 다 갖추고 있는 것 같아. 목소리로 봐서는 아직 젊은 듯
한데 앞으로는 더 잘하겠지. 차라리 이참에—."

"알았어. 고마워."

농담인지 본심인지 알 수 없지만 꼬리를 탁탁 치는 것을 보니
반쯤은 진심일지도 모르겠다.

하지만 양치기로서의 솜씨 얘기를 들었으니 충분하다. 시험
삼아 고용해 보는 것이라도 돈을 들여서 고용하는 것이니 어수
룩해서는 안 된다. 그런 생각을 하면서 뒤를 돌려다가 호로의 말
에 멈춰 섰다.

"이봐."

"응?"

"저 사람을 정말로 고용하려고?"

호로의 목소리에 비난하는 듯한 느낌이 어려 있었다.

그 말을 듣고 나서야 생각이 났다. 호로는 양치기를 싫어한다.

"아… 그렇게 싫어?"

"싫으냐 좋으냐를 따지자면 물론 싫지만, 그런 얘기가 아니야. 내가 아니라 당신이야말로 괜찮겠느냐고 묻고 있는 거야."

허를 찔렸다는 것은 바로 이런 것을 두고 한 말이리라.

"…뭐가?"

호로의 말뜻을 이해하지 못해 솔직히 되묻자 호로는 작게 한숨을 쉰 뒤 언짢은 듯이 눈을 가늘게 떴다. 붉은 기가 도는 호박색 눈동자가 싸늘한 불꽃처럼 예리해진다.

"저 사람을 고용한다는 것은 한동안 함께 여행을 한다는 뜻이잖아? 그러면 아무 문제가 없겠느냐고 묻고 있는 거야."

호로의 눈은 로렌스를 차갑게 응시하고 있었다.

마부석에 앉아 있기 때문에 호로의 눈높이는 로렌스보다 위다.

그래서 그런 것은 아니겠지만 왠지 굉장히 화가 나 있는 것 같은 느낌이 들었다.

로렌스는 당황하여 머리를 굴렸다. 양치기를 고용하는 것에 대해 호로가 어째서 화를 내는 것인가 하고.

호로가 양치기를 싫어한다는 가장 큰 이유를 제외하고는 별달리 짚이는 바가 없다는 것이 솔직한 심정이었다. 그럼에도 호로가 저렇게 나오게 된 가능성을 차례차례 지워나가자 한 가지 결론이 남았다.

어쩌면 호로는 단둘이서만 여행을 하는 것이 좋은 것인가 하는.

"싫어?"

"싫은 건 아니야."

무뚝뚝하게 대답하는 그 모습이 오히려 삐친 것처럼 보인다. 호로에게도 이런 면이 있었는가 싶어 절로 흐뭇해지자 로렌스는 살짝 웃으며 말했다.

"뤼빈하이겐까지는 앞으로 이틀쯤이야. 안 될까?"

"…누가 안 된대?"

힐끔 쳐다보며 하는 말이 참 귀엽다.

"미안하지만 조금만 참아 줘."

뜻밖에 보게 된 귀여운 호로의 모습에 그만 얼굴이 웃음을 짓고 만다.

하지만 호로는 이맛살을 찌푸렸다.

"내가 뭘 참아?"

그러면서 호로는 그렇게 말했다.

"응, 그거야…"

하고 로렌스는 얼버무렸다. 호로가 질투를 해서 그런다고는 말할 수 있을 리가 없다. 그런 소리를 했다가는 틀림없이 고집을 부리며 반론을 펼 게 뻔하다.

"정말로 단순히 양치기가 늑대를 막아내는 호위로 쓸모가 있는지 시험해 보는 것뿐이야. 이틀 정도는 참을 수 있지?"

"…못할 것은 없지만 문제는 그게 아닐 텐데?"

"그럼…."

양치기 소녀 쪽을 신경 쓰며 로렌스가 입을 떼려는 순간, 호로가 말을 가로챘다.

"섣불리 다른 사람과 여행을 했다가는 내 일이 들통 나지 않을까 하는 생각이 들었어. 나야 상관없지만, 당신은 곤란할 거 아냐?"

그 말이 떨어지자마자 로렌스는 등줄기가 딱 얼어붙는 소리를 들었다. 그것이 단순한 기분 탓도, 과장된 표현도 아닌 것은 멀리 있는 양치기 소녀가 그런 로렌스의 모습을 보고 이쪽을 살피듯 고개를 갸웃거린 것만 봐도 알 수 있다.

맞다. 그랬다. 그럴 가능성이다. 어째서 그런 당연한 것을 잊고 있었던 것인가 하고 로렌스는 등줄기에서 일제히 솟구치는 진땀과 함께 자신의 과오를 씻어 버리고만 싶었다.

호로가 자신과 단둘이 여행하고 싶어서 그럴지도 모른다는 생각이 앞서다니— 제정신이 아니다. 그것은 지나치게 심한 자신감이었다.

호로의 시선이 뒤통수에 꽂혀들었다.

멀리서 봐도 로렌스의 모습이 이상하다는 것을 알아차릴 정도다. 바로 옆에 있는 현랑은 마음의 티끌까지도 훤히 들여다볼 수 있으리라.

"흐으~응. 역시 그렇군."

그 말 한마디에 로렌스의 얼굴로 단숨에 피가 몰렸다.

"당신은… 아아, 그래. 이렇게 얘기해 주길 바란 거군?"

그런 뒤 가볍게 모은 손을 입가에 대고는 얌전을 떨면서 말을 하는 것이었다.

"난 있지…. 당신이랑 둘이서만 여행하는 게 좋아…."

일부러 몸을 살짝 꼬는 동작까지 취하면서 그렇게 말하고는 얼굴을 확 돌렸다가 다시 흔든다. 그 짧은 순간 동안 표정이 교차하면서 싸늘한 시선과 함께 한마디 톡 쏜다.

"멍청하긴."

로렌스는 끽소리도 못한 채, 창피하기도 하고 분하기도 하여 제대로 맞설 수조차 없었다.

그저 좌우간 호로의 눈앞에서 사라지고 싶다는 마음에 뒤로 확 돌아 걸음을 내딛으려 하는데 호로가 불러 세웠다.

아직도 놀릴 거리가 남아 있나 싶어 로렌스가 돌아보자 호로는 마부석 위에서 웃고 있었다.

어이가 없다는 듯한 웃음.

그것을 본 순간, 마음속이 차분해지는 것을 느꼈다.

"하여간."

한숨과 섞여 나온 호로의 말에 로렌스는 자연히 쓴웃음으로 대답했다.

"이틀쯤이면 들키지 않겠지. 마음대로 해."

호로는 그렇게 말하며 하품을 한 뒤, 이제 이야기는 끝났다는 듯이 고개를 다른 쪽으로 돌렸다.

로렌스는 고개를 끄덕이고는 양치기 소녀에게 잰걸음으로 다가갔다.

호로와 좀 더 친해진 듯한 기분이 들었다.

"기다리게 해서 미안합니다."

"아니요. 저, 저기."

"뤼빈하이겐까지 40트리에는 어떨지요? 실제로 늑대에게 습격을 받았는데 무사한 경우에는 별도 요금을 더 드리는 것으로."

호로와 이야기하는 시간이 길었기 때문에 거절당한 줄 알았던 것이리라. 양치기 소녀는 잠시 입을 멍하니 벌린 채 경직돼 있다가 이윽고 로렌스의 말이 머릿속에 스며든 것처럼 당황하여 수도 없이 고개를 끄덕였다.

"자, 잘 부탁드리겠습니다."

"저야말로."

그런 뒤 로렌스는 계약 체결의 증거로 악수를 청하려다가 아직 양치기 소녀의 이름을 물어보지 않았다는 것을 깨달았다.

"성함을 여쭤도 될까요?"

"아. 죄, 죄송합니다."

양치기 소녀는 자신이 여전히 후드를 쓰고 있다는 것을 이제야 알게 되었는지 또다시 당황하여 후드를 벗었다.

후드 아래에서 나온 것은 양과 맞먹을 정도로 연약해 보이는 소녀의 얼굴이었다. 수수한 금발을 포니테일로 묶고 있었으나, 빗질을 하지 않은 것이 확실했다. 다소 지나치게 야윈 점도 빈곤해 보였으나, 눈은 예쁜 짙은 갈색으로 '청빈(淸貧)'이라는 단어가 딱 들어맞는 인상이었다.

"노, 노라 아렌트입니다."

"다시 인사드리겠습니다. 그래프트 로렌스입니다. 업무상으로
는 로렌스로 통하고 있습니다."

움찔거리는 듯이 내민 노라의 손을 로렌스가 먼저 잡자, 호로
의 손보다 아주 약간 큰 손이 움찔하여 오그라든다. 하지만 이내
진정이 되었는지 가볍게 마주 잡았다. 크기는 엇비슷해도 역시
양치기의 손답게 단단했다.

"그럼 뤼빈하이겐까지 잘 부탁드리겠습니다."

"저야말로 잘 부탁드릴게요."

그러면서 웃는 얼굴이 부드러운 여름풀 같았다.

양과 함께 가려면 천천히 이동할 수밖에 없지 않을까 했는데
그것은 오해였던 모양이다.

양의 걸음은 뜻밖에 빨라서, 내리막길 같은 곳에서는 기세가
붙으면 짐마차를 쉽게 제치고 나아갔다.

울음소리는 여전히 느긋하건만, 흰 천이 급류를 타고 흐르는
것처럼 달려 나간다.

물론 노라는 그 뒤를 별로 어렵지 않게 따라간다. 현재로서는
양떼가 제일 앞장서서 가고, 그 뒤에 노라, 그보다 더 뒤에 로렌
스의 짐마차가 가는 꼴이 되어 있었다.

"에네크."

노라가 이름을 부르자 검은 털을 나부끼던 양치기견 에네크가 검은 불화살처럼 쌩하고 달려와 다음 지시를 빨리 내려 달라는 듯이 뛰어 올랐다. 그런 뒤 지팡이 끝에 달린 종이 채 울리기도 전에 양떼의 맨 앞으로 쏜살같이 달려갔다.

양치기의 솜씨 자체에 관한 지식은 별로 없으나, 양치기견을 다루는 기술만큼은 훌륭한 것이었다. 에네크와의 저런 관계는 하루 이틀 새에 얻어지는 게 아닐 것 같다.

그런데 에네크는 나이가 상당히 많아 보였다. 노라는 기껏해야 열일곱이나 열여덟 정도로 보이니, 부모님이 양치기를 해서 양치기견을 물려받은 것일까?

상인의 정도를 넘어선 호기심이 고개를 내민다.

"노라 씨는."

"예?"

"양치기를 하신 지 오래되셨나요?"

로렌스의 질문을 받자 종을 한 번 소리 높이 울린 뒤 걸음을 늦춰 짐마차 오른편으로 왔다.

마부석 왼쪽에서는 호로가 정신없이 자고 있었다.

"이제 겨우 4년 정도 돼요."

노래와 춤, 나그네들이 청해 올 때 기도를 해줄 문구를 몇 가지 외워 두기만 하면 누구든 곧 할 수 있는 직업이라, 힘들어도 십 년 이상 계속하는 양치기도 널렸다.

지팡이와 양치기견이 없어도 마른 나무로 양의 엉덩이를 두드리며 걷게 하면 나름대로 훌륭한 양치기다.

"양치기견— 아니, 에네크는 본인이 직접?"

"아니요, 주웠어요."

의외의 대답이었다. 우수한 양치기견은 양치기의 재산이니 그것을 깜박해서 놓치는 일은 생각할 수 없다.

얻을 수 있는 해답은 한 가지밖에 없다. 원 주인이 양치기견을 남겨둔 채로 양치기 일을 폐업할 수밖에 없는 이유가 있었을 것이다.

"에네크를 주운 뒤로 양치기가 되었어요."

"그 전까지는?"

하고 얼결에 묻고 말았다.

"수도원 병설 빈민구제원에서 일을 거들면서 살았어요."

과거를 캐묻는 것은 좋지 않은 행동이다. 그래도 노라는 기분 나빠하는 기색도 없이 시원스럽게 대답했다. 진귀한 양치기 소녀이니 다른 사람이 신상을 캐묻는 것에 익숙했는지도 모른다.

하지만 빈민구제원에 있었다는 것은 가족도, 재산도, 아무것도 없었다는 이야기인데 지금은 훌륭하게 양치기 일을 하고 있으니, 하늘에 계신 신께서도 인간들에게 제대로 행복을 내려주시고 있는 것 같았다.

"구제원에 신세를 지고 있을 때에도 늘 스스로 일을 할 수 있으면 좋겠다고 생각했기 때문에 에네크를 만났을 때는 행복했어요."

"날마다 기도를 드린 데에 대한 보답이겠지요."

카랑, 하고 종이 울리자 에네크가 다시 뛰어서 돌아왔다.

에네크의 건조한 발소리가 로렌스의 귀에 도달할 즈음에서 호로가 약간 몸을 움직이면서 로렌스에게 살짝 기대는 자세가 되었다. 자고 있어도 늑대가 오면 알 수 있다는 건 아마 사실일 것이다.

"빈민구제원이 상인에게 토지 사기를 당하는 바람에 오도 가도 못하고 있을 때 만났어요."

같은 상인으로서 약간 뜨끔한 발언이었지만 흔한 이야기이기도 하다.

"처음 만났을 때는 상처투성이에 꼴이 말이 아니었죠."

"늑대에게?"

움찔 하고 호로가 반응한 듯한 느낌이 들었다. 어쩌면 자는 체하고 있는 것인지도 모른다.

"아니요. 산적 아니면 용병이었을 거예요…. 늑대가 나올 만한 곳은 아니었거든요. 이 지팡이를 입에 문 채 언덕 뒤 낭떠러지 밑에 웅크리고 있었어요."

"그랬군요."

목덜미를 쓰다듬자 에네크가 기쁜 듯이 짖었다.

아마 다 죽어가는 상태에서 낭떠러지 밑에 웅크리고 있었던 것은 에네크만이 아니었을 것이다. 빈민구제원에서 쫓겨난 이들의 말로(末路)는 대부분 굶어죽는 것으로 이어진다. 고난을 무사히 이겨낸 한 사람과 개 한 마리의 유대감은 웬만한 것이 아니리라.

게다가 양치기는 고독하고 잔혹한 직업이다. 자연히 이 에네

110

크가 이야기 상대가 되었을 것이다.

적어도 짐 끄는 말보다는 대화하는 보람이 있을 것 같다. 말은 꽤 쌀쌀맞은 동물이다.

"그나저나, 양치기를 하는 분이 먼저 호위를 해주겠다고 나선 것은 이번이 처음입니다."

"예?"

"보통 양치기 분들은 이런 일을 하시지 않지요."

웃으면서 말하자 노라는 조금 낭패한 표정을 지은 뒤 부끄러운 듯이 고개를 숙였다.

"그게…."

"예?"

"누군가와 이야기를 하고 싶어서…."

키보다 훨씬 큰 지팡이를 매달리듯이 하면서 드는 것이 버릇인 모양이다.

물론 그렇게 말하는 노라의 기분도 충분히 이해가 간다.

마을에서 살지 않는 한, 고독에 휩싸이지 않는 이들은 별로 없으니까.

"그런 이유도 있고."

이번에는 표정이 약간 밝아지면서 앞을 바라보며 말을 이었다.

"저는 옷 만드는 기술자가 되고 싶거든요."

"아아, 조합 가입비가 필요하시군요."

로렌스의 말에 다시금 약간 부끄러운 표정을 지은 것은 상인도 아니면서 돈 얘기를 하면 상스럽게 여겨지기 십상이기 때문이리라.

"요즘에는 어느 마을이나 가입비가 비싸지요. 하긴, 새로 생긴 마을은 그렇지도 않습니다만."

"아, 그런가요?"

절로 미소가 지어질 만큼, 짙은 갈색의 아름다운 눈이 기대에 차서 반짝였다.

이곳저곳을 떠도는 자에게는 마을에서 직업을 갖고 그 안에서 산다는 것은 꿈에 그리는 소원이라 할 수 있다. 소녀의 몸으로 힘센 장정도 힘들다는 양치기 일을 해야 하는 입장이라면 한층 그런 바람이 클 것이다.

"새롭게 생긴 마을 같은 곳에서는 가끔 무료로 가입할 수 있는 경우도 있거든요."

"무, 무료…."

'믿어지지 않는다' 는 말이 얼굴에 쓰여 있는 것만 같다. 멍하니 중얼거리는 노라를 보고 있자니, 요 며칠 간 호로에게 있는 대로 휘둘리기만 한 처지로서는 참으로 마음이 평안했다.

"앞으로는 지나가는 상인들과 만나면 새로운 마을이 세워질 계획은 없는지 자세히 물어보세요. 혹시 그 사람이 그 정보를 알면 흔쾌히 가르쳐 줄 테니까요."

보물이 있는 장소라도 들은 것처럼 얼굴을 빛낸 노라는 기대에 찬 얼굴로 웃으며 고개를 끄덕였다.

이렇게 기뻐하면 가르쳐 주는 보람도 있을 것 같다.

게다가 노라에게는 왠지 모르게 힘이 되어 주고 싶어지게 하는 분위기가 있었다. 가냘픈 팔로 열심히 노력하면서 살아가는 듯한 그런 느낌이 물씬물씬 전해져 오는 것이다.

　산전수전 다 겪은 상인을 입 하나로 가볍게 갖고 노는, 옆에 앉은 늑대도 그런 점은 좀 본받았으면 좋겠다는 생각이 문득 들었다.

　'그러면 좀 더 귀염성이 있을 텐데.' 하는 말은 마음속으로 중얼거리는 것조차 망설여졌지만.

　"하지만 요즘에는 새로운 마을이 세워지는 곳도 흔치 않으니, 행운이 도래하기를 신께 기도드리면서 차근차근 돈을 모으는 게 좋겠지요."

　"예. 늘 하느님께 의지만 해서는 화를 내실 테니까요."

　유감스러워할 줄 알았는데 웃는 얼굴로 농담하듯 말하는 노라에게 조금 놀랐다.

　곁에 호로가 없었다면 마부석에 앉으라고 권했을지도 모른다.

　그렇게 생각한 순간, 당사자인 호로가 몸을 움직였기 때문에 당황하여 입을 열었다.

　"어, 그럼…, 행상인의 입장에서 말씀드리자면, 어쩌면 양을 맡아서 돈을 버는 것보다 행상인들의 호위를 하는 것이 더 돈이 많이 벌릴지도 모르겠네요. 구역 다툼 같은 것도 심하지요?"

　"…그렇죠."

　노라는 쓴웃음을 지었지만, 대답이 나오기까지의 짧은 순간에서 고생이 엿보였다.

"안전한 곳은 어디나 다른 양치기 분들이 계시니까요."

"그러니, 늑대가 나온다고 소문이 나 있는 곳밖에 없군요?"

"예."

"늑대는 성가신 존재니까요… 윽!"

순간 로렌스는 허벅지에서 느껴진 심한 통증에 그만 마부석에서 벌떡 일어섰다. 노라가 이상하다는 듯이 쳐다보았으나, 억지 웃음으로 속이고는 다시 앉았다.

호로는 자는 척을 하고 있었나 보다. 허벅지를 꼬집혔다.

"늑대들은 먹을 것이 탐이 나겠지만, 때로는 우리들의 목숨도 노리거든요…. 역시 가능하면 안전한 곳에서 지내고 싶죠."

"늑대는 교활하고 음험하니까요."

꼬집힌 것에 대한 복수로 그렇게 말해 주었다.

"험담을 하면 들을지도 모르니까 말은 안 하죠."

목을 약간 움츠리며 말을 하는 모습이 앳돼 보여 매력적이었으나, "그렇지요."라고만 동의한 것은 물론 당사자인 늑대가 곁에 있기 때문이다.

"그런데, 늑대가 나온다고 소문난 장소에서 이렇게 무사히 양을 지켜낼 수 있을 만큼 솜씨가 있으면 조만간 수많은 양을 맡게 되시는 게 아닐까요?"

"아니요. 제가 무사히 있을 수 있는 것은 하느님께서 가호하신 덕분이고…. 게다가 일을 얻을 수 있는 것만으로도 감사하지요. 더 많은 양이라니요, 당치도 않습니다."

그거야 겸손하게 말하는 것이려니 했으나, 떨떠름하게 웃는 얼굴을 보니 무슨 다른 이유도 있는 듯하다. 추측 가능한 이유는 그다지 많지 않다. 어쩌면 고용주에게 불만이 있는지도 모른다.

옳지 않다는 것은 알면서도 다시금 호기심이 고개를 쳐드는 것과 동시에 입 밖으로 튀어나왔다.

"그건 고용주에게 보는 눈이 없어서 그런 건지도 모릅니다. 확 바꿔 보시죠?"

하지만 노라는 그 말에 놀란 듯이 목청을 돋웠다.

"예? 바꾸다니요. 어떻게 그런 일을. 절대 그럴 순 없지요."

고용주가 늑대보다도 험담하는 소리를 금세 알아채기 때문에 그런 것 같지는 않다. 정말로 그렇게 생각하는 모양이다.

"아, 미안합니다. 장사를 하다 보면 매사를 손익 계산으로 생각하는 버릇이 있어서요."

"아, 아니에요."

노라 스스로도 자신이 한 말에 깜짝 놀란 모양이었으나 문득 중얼거리듯이 물어 왔다.

"…저어."

"예?"

"저기, 그… 고용주를 바꾸는 일이… 흔히 있는 일인가요?"

뜻밖의 질문이었다.

"예에. 뭐, 조건이 마음에 들지 않으면 다른 고용주를 찾는 것이 보통이 아닐까요?"

"그렇군요…."

이런 말을 하는 것을 보니 역시 불만이 있는 것이리라.

하지만 다른 곳으로 옮기라는 말에 청천벽력처럼 놀란 것은 '그런 생각을 하는 것이 당치도 않다'고 생각했기 때문일 것이다. 그렇다면 노라의 고용주가 누구인지 자연스럽게 짐작이 간다.

　노라는 의지할 곳이 없으니 양을 맡겨 줄 사람을 찾기까지는 상당한 고생을 겪었을 것이다. 다부진 남자 양치기들에게 양을 맡겨도 열에 여덟 마리가 무사히 돌아오면 다행으로 여기는 실정이다. 힘도 없어 보이는 노라에게 맡기면 다섯 마리나 돌아올지 의심이 되는 것이 일반적일 것이다.

　그렇다면, 그런 노라에게 양을 맡긴 것은 손익계산을 초월한 자비심을 가진 자일 수밖에 없다.

　요컨대.

　"실례입니다만, 고용하신 분이 교회입니까?"

　그 순간 노라의 얼굴이 깜짝 놀란다. 정곡을 찌른 모양이라 보고만 있어도 즐거울 지경이다.

　"어, 어떻게 그것을?"

　"그것은 상인만의 비밀이지요."

　그렇게 말하며 웃자 호로가 발을 살짝 밟았다. 나대지 말라는 뜻이리라.

　"그건, 저기…. 예. 주교님께서 양을 맡겨 주셨습니다만…"

　"교회이면 일하는 데에 곤란할 일 없으시겠네요. 좋은 고용주를 만나셨습니다."

　필시 빈민구제원에서 연결이 닿은 것이리라. 세상은 행운과 실력보다 인맥이 도움이 되는 경우가 압도적으로 많다.

"예. 정말 행운이었어요."

그렇게 대답하며 노라는 웃었다.

하지만, 거짓말과 아첨으로 뒤범벅된 거래 협상의 와중에서 진실을 가려내는 것을 생업으로 삼고 있는 상인에게는 너무도 알기 쉬운 거짓 웃음이었다.

노라가 문득 고개를 돌려 에네크에게 지시를 내리고 있는 틈에 아까부터 자는 척을 하고 있는 호로를 쳐다보자, 호로도 로렌스를 보고 있다가 고개를 획 돌리더니 눈을 감았다.

말로 표현하자면 "동정 같은 거 안 해."라고 했을지도 모르겠다.

"양도 맡겨 주시고, 여러 모로 신경을 써 주시니까."

거의 스스로에게 다짐을 하듯 하는 모습이 훤히 보여 마음 아팠다.

여기까지 이르니 노라의 얼굴에 그늘이 져 있는 이유도 알 것 같다. 노라는 교회에 고용되어 있는 것이 아니다. 감시를 받고 있는 것이다.

물론 처음에는 자비의 정신으로 양을 맡겨 주었을 것이다. 그러니까 노라도 고용주를 바꾼다는 발상이 청천벽력처럼 여겨진 것이리라.

그러나, 양치기는 원래부터가 이교도로 여겨지기 십상이다. 안 그래도 툭하면 악마의 끄나풀로 불리며 까닭도 없이 비판을 받게 마련인 여자가 그런 직업까지 갖고 있다면, 완고한 교회는 오래지 않아 의심을 품게 되었을 수 있다. 솜씨까지 좋으면 더더욱 그렇다. 이교도의 마술 같은 것을 쓰고 있는 것이 틀림없다는 식으로 여기고 있을 것이다.

그리고 아무리 둔한 사람이라도 그런 분위기를 알아채지 못할 리 없다.

게다가, 그렇다면 급료 또한 많이 줄 리가 없다. 아마 일은 일 대로 하면서 상당히 박한 급료를 받고 있어서 도저히 돈이 모이는 느낌이 들지 않으리라. 그러니까 로렌스에게 호위 이야기를 꺼냈을 것이라는 추측이 갔다.

하지만 이 문제에 대해서는 이 이상 깊이 들어가지 않는 것이 낫다고, 상인으로서의 로렌스의 후각이 말하고 있었다.

이제 호기심은 충족되었다. 이 이상 파고들다가는 그 후의 결과에도 책임을 져야만 하게 된다.

"그렇군요. 하지만 그렇다면 고용주를 바꿀 필요는 없을 겁니다."

"그런가요?"

"그렇죠. 교회는 청빈을 노래하는 장소이기도 하니 급료는 다소 적을지 몰라도, 신께서 우리들을 저버리시지 않는 한은 교회가 사라질 리가 없습니다. 그러면 일이 끊어질 리도 없지요. 또, 일이 끊어지지 않는 한 먹고살 걱정은 없게 되니, 감사한 일이지요?"

노라의 의심을 부추겨 고용주를 바꾸라고 해봐야, 교회의 눈에 찍힌 양치기를 나서서 고용할 이는 없다. 혼자 몸인 소녀에게서 일자리를 빼앗는 꼴이 되어서는 큰일이다.

거짓말을 한 것은 아니니 노라도 그런가 보다 하는 눈치였다. 천천히 연거푸 고개를 끄덕이고는 "그렇지요."하고 말했다.

일할 곳이 있으니 다행이라는 것도 진실이지만, 그래도 희망 쯤은 품어도 될 것이다. 로렌스는 기침을 한 번 한 뒤 애써 밝은 말투로 덧붙였다.

"뭐, 저도 뤼빈하이겐에는 아는 사람이 몇 있으니 늑대에게서 호위가 필요한 상인이 없는지 물어보겠습니다. 부업을 해서는 안 된다는 말씀은 신께서도 하시지 않으셨으니까요."

확 밝아지는 노라의 얼굴을 보자 로렌스의 눈도 저절로 내려 간다.

이래서야 파치오에 있는 여자 밝힘증의 환전상 와이즈를 뭐랄 수 없다.

하지만 노라에게는 마을 아가씨, 직인 아가씨, 노점 아가씨와 는 다른 독특하고도 시원시원한 분위기가 있었다. 수도원의 수 도녀들은 흔히 성실하고 올곧지만, 매사를 소극적으로 생각하거 나 일부러 희로애락을 멀리 하려는 경향이 있다.

노라는 수도녀들의 그런 재미없는 부분을 전부 좋은 쪽으로 바꿔 놓은 듯한 느낌이다.

굳이 여자 밝힘증이 아니더라도 좋게 생각지 않을 수가 없다. 내기를 해도 좋다. 저렇게 노라에게 꼬리를 흔드는 에네크는 분 명히 수놈일 것이다.

"여기저기 떠돌며 지내는 사람은 마을에 사는 것이 공통의 꿈이지요."

그리고 이 말은 틀림없는 진실이다.

카랑, 하고 울리는 종소리에 맞춰 에네크가 내달리자 양들이 멋지게 길을 따라 돌아간다.

그 후로는 여행할 때의 먹거리에 관해 이야기꽃을 피웠다.

드넓은 초원의 앞길에는 탁 트인 전망이 완만하게 펼쳐져 있었다.

양치기의 밤은 매우 이르다. 날이 저물기 시작하기 전에 그날의 야영장소를 정하고, 태양이 붉게 물들면서 농부들이 슬슬 집으로 돌아가기 시작할 무렵에는 이미 몸을 웅크린 채 자고 있다. 날이 저물고 오가는 행인이 끊어진 뒤 다시 일어나 밤새도록 개와 함께 양떼를 지키기 위해서다.

그리고 날이 밝기 시작할 무렵에 개와 교대하여 잠을 청한다. 양치기가 고된 직업인 이유 중 하나는 잠자는 시간이 극단적으로 짧은 데에 있다. 밤에는 푹 자는 행상인은 그에 비해서는 훨씬 편한 것이었다.

"참 힘들겠네."

아직 불을 피울 만큼 춥지는 않은 터라 로렌스는 육포를 입에 문 채 짐칸에서 느긋이 쉬면서 무심코 중얼거렸다. 그 자리에서는 노라가 길가의 돌처럼 몸을 웅크리고 자고 있는 모습이 잘 보였다. 짐칸을 빌려줄까 하는 얘기도 했었지만, 늘 있는 일이라면서 약간 패어 들어간 풀밭에 드러누웠던 것이다.

로렌스가 그런 노라에게서 시선을 거둬 오른편을 보자, 이제야 사람의 눈에서 벗어나게 됐다는 듯이 꼬리를 꺼내 털 손질을 시작한 호로가 앉아 있다.

그 진지한 옆얼굴을 바라보면서 '하루에도 여러 번 질리지도 않고 참 잘도 한다.' 하고 생각하고 있으려니 털을 다듬던 호로가 문득 작은 소리로 말했다.

"꼬리는 매일 손질하는 게 중요해."

순간 로렌스는 무슨 소리인지 몰라 어리둥절했다가, 자신이 한 말을 떠올리자 이해가 된다. 방금 전 그 말에 대한 대답인 모양이다. 소리 없이 웃으려니 호로가 이상한 듯이 고개를 들었다.

"아아, 저 계집애 얘기였어?"

"노라 아렌트래."

호로는 노라를 언짢은 투로 계집애라고 부른다. 그것이 재미있어서 노라의 이름을 일부러 말해 주었다.

그러자, 호로는 로렌스 너머로 노라를 슬쩍 보더니 이내 시선을 되돌렸다. 그리고는 입을 쩍 벌리면서 로렌스가 물고 있던 육포를 빼앗아 가는 것이 아닌가. 놀란 나머지 한동안 멍해 있었다. 정신을 차린 뒤 허겁지겁 다시 빼앗으려 했으나, 엄청난 눈빛으로 노려보는 바람에 손이 움츠러들었다.

놀랐다고 저러는 것은 아닌 듯한데, 어지간히 기분이 별로인 모양이다.

그래도 호로가 굳이 로렌스 곁에서 털 손질을 하고 있는 것은 분노의 끝이 그에게 겨눠진 것은 아니기 때문이리라.

명백한 일이지만, 기분이 나쁜 원인은 한 가지밖에 없다.

"그래서 먼저 물어봤었잖아."

변명을 하는 느낌이 들었지만, 그 말을 듣고 호로는 조그맣게 코웃음을 쳤다.

"마음 놓고 꼬리털 손질도 못해."

"짐칸에서는 못해?"

"흥. 짐칸 같은 데서 했다가는…."

"했다가는?"

갑자기 말을 삼키기에 되물었더니, 호로는 육포를 입에 문 채로 입술을 삐죽 내밀었다. 별로 말하고 싶지 않은가 보다.

무슨 말을 삼킨 것인지 궁금했으나, 그 이상 물었다가는 정말로 화를 낼 수도 있다.

로렌스는 상처 입은 말처럼 다루기 어려운 분위기의 호로에게서 시선을 뗀 뒤, 물이 담긴 가죽주머니에 입을 댔다.

"당신은 상당히 신이 나서 얘기하더라?"

호로가 그런 식으로 말을 꺼낸 것은, 로렌스의 머릿속에서 호로에 대한 생각이 웬만큼 빠지고, '이제 슬슬 날이 저물 것 같으니 불을 피울까.' 하고 있을 쯤이었다.

"응? 노라랑?"

로렌스에게서 빼앗은 육포를 여태 그대로 입에 물고 있는 호로는 꼬리에 시선을 떨어뜨리고 있긴 했으나, 그 눈에 자랑스러운 꼬리가 비치고 있는 것처럼 보이지는 않았다.

"저쪽이 얘기를 하고 싶댔어. 별로 거절할 이유도 없잖아?"

설마하니 자신이 싫어하는 양치기와 이야기꽃을 피웠다고 화를 낼 만큼 현랑의 소견이 좁지는 않겠지.

게다가 호로는 내내 자는 척을 하고 있었던 것이다. 노라 쪽에서는 이따금씩 호로를 힐끗힐끗 살피면서 제 또래로밖에 안 보이는 호로와 이야기를 하고 싶은 눈치였으나, 결국 호로의 이름을 묻는 데에 그쳤다. 호로가 대화에 가세하려고 들었다면 그럴 기회도 어느 정도 있었을 것.

"게다가 평범한 아가씨랑 얘기를 해보는 게 이 얼마 만이야."

노라 쪽을 보면서 익살을 떨듯 말을 하고 호로에게 시선을 돌렸다가 로렌스는 조금 움찔했다.

호로의 표정이 확 변해 있었던 것이다.

하지만 그것은 호로가 질투 끝에 눈물을 보였다거나 하는 그런 반가운 것이 아니다.

딱하다는 표정으로 로렌스를 바라보고 있었다.

"당신은 저 계집애가 당신과 말하는 걸 꺼려했던 것도 눈치 못 챘어?"

"뭐?"

하고 노라 쪽을 돌아보려다가 말았다. 늘 같은 수법에 걸려들어서야 장사꾼 노릇을 어떻게 하겠는가.

목이 살짝 돌아가려던 것을 아닌 척하고 마음을 진정시켰다. 문득 언제 어디에선가 들었던 음유시인의 말이 떠올랐다.

"뭐, 그랬을 수도 있지. 대뜸 좋아지면, 서서히 좋아지는 즐거움이 없어지게 되니까."

그 말을 들었을 당시에는 '그런 건가?' 하고 반신반의했었는데, 막상 입 밖에 내놓고 보니 실감이 들어 기분이 묘했다. 하긴 그렇다. 느닷없이 한눈에 반하는 것보다는 서서히 호감을 표시해 오는 것이 즐거움이 더 클 것이다.

하지만 호로에게는 그 말이 너무나도 뜻밖이었던 모양이다.

이렇게 말하면 실례겠지만, 너무 놀란 탓인지 얼굴에서 표정이 사라지고 입에서는 육포가 툭 떨어졌다.

"나도 꽤 말 잘하지?"

웃자고 한 말이나, 반은 진심이었다.

하지만 그 말을 들은 순간, 호로는 썰물이 해일이 되어 밀려들듯이 웃음을 터뜨린 것이었다.

"크흑… 큭, 아하하하하. 아, 안 어울려. 푸홋… 아하하하하하."

몸을 꺾어가며 배를 움켜잡고 웃는다. 몇 번인가 웃음을 삼키려고 하다가는 참지 못하고 터뜨린다. 이윽고 얼굴이 새빨개지더니 결국 앞으로 푹 고꾸라지면서 병구 더미에 엎어져 괴로운 듯이 웃어젖혔다.

처음에는 함께 웃으면서 호로의 분위기를 살피던 로렌스도 이윽고 쓴물을 삼킨 얼굴로 변하지 않을 수 없었다.

깨끗이 빗어 평소보다 더 몽실몽실해진 꼬리털이 도움을 청하듯이 찰싹찰싹 짐칸을 두드렸다.

"야, 그만 좀 웃어."

저렇게까지 웃어대니 재미가 없어진다.

"나 원 참."

그러면서 가죽주머니를 다시 입에 갖다 댔다. 비웃음을 당해서 화가 나기도 하고, 어설프게 아는 시인의 말 같은 건 괜히 말했다 싶어 창피하기도 한 심정을 물과 함께 삼켜 내렸다.

"후우…. 후우…. 아—. 웃겨 죽는 줄 알았네. 푸훗."

"이제 직성이 풀렸냐?"

한숨 섞인 그 말은 지평선 너머로 잠겨들고 있는 태양을 보면서 던졌다. 결단코 호로는 보고 싶지 않았다.

"응. 당신도 뜻밖에 비장의 카드를 갖고 있네?"

시야 끝으로 슬쩍 보니 호로는 병구 더미 위에 안기듯 기대어 웃다 지친 듯한 얼굴로 이쪽을 쳐다보고 있다.

마치 전력질주를 한 것처럼 숨을 몰아쉬며 힘들어한다.

"네 기분이 풀렸으면 됐어."

하지만 아무리 양치기가 싫다 해도 지나치게 기분 나빠하는 느낌이 들긴 한다. 설마 다른 누구도 아닌 호로가, 즐겁게 이야기를 하는 두 사람에게 정말로 질투를 했을 리는 만무하고, 꼬리털 손질에 관해서도 전혀 그럴 기회가 없는 것은 아니다.

혹시 낯가림을 하나 싶었으나, 호로를 처음 만났을 때를 떠올리고는 그것만은 절대 아닐 거라고 생각을 고쳐먹었다.

"응? 기분?"

하지만 정작 본인은 데굴데굴 구르며 눈물이 나도록 웃는 와중에 드러난 늑대 귀를 쫑긋거리며, 물음표와 함께 여전히 젖어 있는 시선을 던져왔다. 뭔가 이상한 것이라도 본 듯한 표정이다.

"기분이 별로였잖아. 꼬리 손질을 못한다고."

"…아아."

문득 생각이 난 것처럼 말한다.

"그랬었지."

하며 대답하는 순간에는 이미 차분한 얼굴이었다. 호로는 병구 더미에서 몸을 일으킨 뒤 오도카니 앉아 눈가의 눈물을 훔쳤다.

정말로 지금 생각난 듯한 모습을 보자, 역시 꼬리 손질을 하고 못하고의 문제가 아닌 것 같은 느낌이 들었다. 기분 나쁜 것을 표현하는 핑계였을 뿐, 사실은 뭔가 다른 이유가 있는 것이리라.

"할 수 없지, 뭐."

톡 하고 꼬리 끝으로 가볍게 바닥을 쳤다.

"그리고 당신이 한 말에 웃고 났더니 왠지 바보 같아졌어."

다시 생각이 난 듯이 웃고는 문득 얼굴을 짐칸 밖으로 돌렸다.

"저 계집애는 춥지 않으려나?"

그 말에 생각이 났다. 해가 많이 기울어 동쪽 하늘은 이미 군청색을 띠고 있다. 이제 슬슬 불을 피우는 것이 좋으리라.

양치기는 불을 피우는 습관이 없다고 들었는데, 그것은 아마 양을 지키고 따라가야 하기 때문이지 특별히 추위에 강한 건 아닐 것이다.

로렌스는 그런 생각을 하면서 움푹 팬 풀밭에서 혼자 자고 있는 노라를 보았다.

그러고 있는데 갑자기 입가에 뭐가 닿은 것 같아 돌아보니 호로가 육포를 내밀고 있었다.

"웃겨 준 값."

"그렇게 웃어 놓고 겨우 육포 한 조각?"

"필요 없어?"

호로가 재미있다는 듯이 웃는다. 그래서 쑥스럽기는 해도 입으로 받아 물려고 했다.

하지만 이는 철컥 허공만 깨물었다. 호로가 순간 손을 뺀 것이었다.

깔깔 대며 웃는 호로를 상대했다가는 지는 것이다. 그런 어린애 같은 장난에는 상대하지 않겠다는 듯이 확 무시해 준다.

그리고, 이젠 정말 불을 피우지 않으면 추운 밤공기 속에서 찬밥을 먹어야 하게 될 터이므로 짐칸에서 내려가려던 순간, 호로가 로렌스의 옷자락을 붙들며 입을 가까이 가져다댔다.

로렌스는 가슴이 약간 뛰었다.

눈물에 젖은 눈썹이 붉은색 저녁놀을 받아 빛나고 있었기 때문이다.

"난 살아 있는 양도 가끔은 괜찮지 않을까 싶은데, 어때?"

하지만 호로의 입에서 나온 것은 그런 말과 날카로운 송곳니. 어둠속에서 양의 울음소리가 왠지 애처롭게 울리는 가운데 그런 말을 들으니 농담처럼 들리지가 않는다.

무엇보다 호로는 진짜 늑대인 것이다.

그런 농담하면 못쓴다고 야단치듯이 호로의 머리에 꿀밤을 먹여 준 뒤 짐마차에서 내렸다.

　호로는 입술을 삐죽한 뒤 조금 웃더니 짐칸 위에서 장작과 짚단을 로렌스에게 건네주었다.

뤼빈하이겐에 들어가기 위해서는 두 개의 검문을 통과해야 한다. 하나는 성벽 안으로 들어가기 위한 것이고, 다른 하나는 뤼빈하이겐으로 통하는 주요 도로에 설치돼 있는 검문소다. 각 검문소는 대도시 뤼빈하이겐을 널찍이 에워싸듯 펼쳐져 있다.

출입하는 사람의 수가 엄청나기 때문에 먼저 시 외곽에 있는 검문소를 통과하며 통행증을 발급받고, 그런 뒤 성벽 앞에서 다시 검문을 받게 돼 있는 것이다. 신분이 분명한 여행자라면 정규 도로로 와서 통행증을 받을 것이므로, 1차 검문소에서 통행증을 발급받지 못하는 자는 성벽 앞 검문소에서 바로 쫓겨나게 된다.

이런 장치는 대도시로 흘러들 수 있는 대량의 밀수품과 위조 화폐에 대한 견제 방법이기도 했다.

로렌스 일행이 온 길은 평소 사람들이 별로 지나지 않는 길인지 검문은 대충대충은 아니었어도 늘 다니던 길에 비해서는 간단히 끝났다. 그리고 경비병과 노라는 아는 사이인 모양이었다. 나무와 돌을 이용해 일부러 좁게 세운 검문소를 노라는 묘한 재주라도 쓰는 것처럼 양떼를 통과시켰다. 로렌스와 호로도 짐칸 검사를 받고 검문소를 통과했다.

뤼빈하이겐의 성벽은 대단히 호화롭고 튼튼했다.

인근에 세속적인 권력이 존재하지 않기 때문에 이 일대를 실질적으로 지배하고 있는 뤼빈하이겐의 성벽을 힘으로 돌파하는 것은 불가능하다. 흙을 파서 해자를 만들고 나무를 엮어서 벽을 세워 놓은 것만으로도 성벽이 튼튼하다고 하는데, 이곳의 성벽은 돌을 쌓아 세운 석벽이 도시를 완전히 빙 둘러싸고 있는 데다 일정한 간격을 두고 감시창까지 설치돼 있다. 시가지라기보다는 성에 가깝다. 첫 번째 검문을 빠져나온 직후, 탁 트인 언덕 위에 서자 호로는 얼결에 탄성을 질렀다.

성벽 주위에는 밭이 드넓게 펼쳐져 있으면서 그 사이 사이 방사상으로 길이 뻗어 있다.

농부에게 쫓기는 돼지들도 보이고, 대상의 행렬이 지나가고 있는 모습도 눈에 띈다. 상당히 먼 곳에 흰 융단 같은 게 움직이는 것은 이 부근에 큰 구역을 가진 양치기가 데리고 있는 양떼일 것이다. 한 번에 백 마리가 넘는 양을 이끄는 양치기도 드물지 않다. 뤼빈하이겐에는 그런 뛰어난 실력의 양치기들이 널려 있다. 저 정도면 뤼빈하이겐 시내에서 소비되는 육류를 충분히 조달할 수 있을 듯하다.

어쨌든 이곳은 모든 면에서 규모가 엄청났다.

전망 좋은 언덕 밑을 내려가 로렌스 일행은 밭 사이를 지났다.

시의 크기가 너무나도 거대한 탓에 언덕 위에서 봤을 때는 가까울 줄 알았던 곳도 실제로 걸어가 보면 상당히 먼 거리다. 노라의 양떼가 도로변의 작물을 먹어치우지 않도록 주의를 기울여야 한 까닭도 있고 하여 시간이 상당히 지체된 끝에 마침내 성벽의 모양이 보이는 곳까지 왔다.

그곳에 이르자 로렌스는 여전히 이동하면서 노라에게 은화 두 냥을 천천히 내밀었다.

"그럼 이거. 약속한 40트리에입니다."

트리에는 조악하게 만들어진 동화를 말한다. 동화 40냥을 주었다가는 부피가 너무 클 듯 싶어서 대신 내민 은화 두 냥을 환전상에게 가져가면 트리에 동화로 45냥쯤 될 것이다.

덤을 얹어 준 것은 노라에게 약간의 은혜를 베풀기 위해서다. 노라를 고용하여 오는 도중에 다행히 늑대는 만나지 않았으나, 그 솜씨는 로렌스가 봐도 눈이 번쩍 뜨이는 것이었다. 호로에게 물어봐도 역시 평가가 높았으니 훗날 양치기로서 두각을 나타낼 것이 자명하다. 그때를 위한 투자였다.

"예? 하지만 이것을 환전하면 더 많아지는데요."

"투자입니다."

"투… 자?"

"솜씨 좋은 양치기와 친분을 쌓아 놓으면 양모 거래 시 뜻밖의 돈벌이 기회를 잡게 되기도 하니까요."

일부러 악착스런 상인처럼 말을 하자 노라는 즐겁게 웃더니 자신이 졌다는 듯이 은화 두 냥을 받아들었다.

"우리는 한동안 로엔 상업조합의 상관(商館)에 있을 겁니다. 또 양을 데리고 들로 나갈 예정이 있으면 들러 봐 주세요. 어쩌면 호위를 원하는 상인을 소개해 드릴 수도 있을지 모르니까요."

"예."

"아, 일단 여쭤 봅니다만, 호위가 가능한 것은 우리가 지나온 곳 부근만 해당되나요?"

"카슬라타와 포로손까지는 갑니다. 아, 그리고 람트라까지도 갈 수 있어요."

카슬라타는 별 볼일 없이 궁핍한 벽촌이지만, 람트라라는 마을의 이름에는 순간 놀랐다. 왜냐하면 이 일대의 우두머리로 군림하는 뤼빈하이겐의 지배 하에 있지 않은 희한한 마을이었기 때문이다. 위치상으로는 로렌스 일행이 방금 지나온 길에서 도중에 북쪽으로 좀 더 가야 하는데, 지도에서 보기에는 뤼빈하이겐에서 그다지 멀지 않은 곳이었다. 하지만 람트라와 뤼빈하이겐 사이에는 기사들조차 겁을 낼 만큼 불길한 숲이 있다. 그런 입지 조건으로 인해, 이 일대에서는 뤼빈하이겐의 침공을 받지 않고 지금도 이도교가 많이 거주하는 유일한 마을이었다.

　람트라까지 가는 정규 도로는 굉장히 빙 돌아가게 되어 있으니 일부러 그런 길을 호위하겠다고 나설 리는 없다. 틀림없이 그 불길한 숲을 빠져나갈 자신이 있는 것이리라.

　혹시 그렇다면 람트라에 가고 싶어 하는 상인은 많을 것이다.

　"람트라요? 그렇다면 혹시 손님이 있을 수도 있겠네요."

　그러자, 얼굴이 확 밝아지면서 "잘 부탁드리겠습니다."하고 빈민구제원에 있던 사람답게 고개를 깊이 숙여 인사하는 것이었다.

　"그럼 우리는 남동문으로 들어갈 것이라 이곳에서 헤어져야 하겠습니다."

　"예. 또 뵙겠습니다."

　그렇게 말한 뒤 종을 울리는 노라에게 고개를 끄덕이고 짐마차의 말머리를 왼쪽으로 틀었다. 뤼빈하이겐은 굉장히 넓어서 커다란 입구만 따져도 열일곱 개나 된다. 개중에는 양과 가축들

을 대량으로 데리고 온 이들의 전용 입구가 있어서 노라는 그곳
으로 출입해야만 한다.

또한, 뤼빈하이겐 시내는 발전된 도시들이 흔히 그렇듯 복잡
기괴한 구조를 이루고 있기 때문에 목적지를 안다면 가능한 그
곳과 가까운 문으로 들어가는 것이 상식이다. 그 정도로 이 도시
는 넓다.

그래도 좀 마음에 걸려 뒤돌아보니 노라는 아직도 로렌스 일
행을 쳐다보고 있었다. 그러다 로렌스가 돌아보는 것을 알아채
고는 헤어지기 섭섭한 듯이 손을 흔들었다.

이쪽에서도 따라 흔들어 줄 수 없는 것은 아니었지만, 그것을
또 꼬투리 삼아 비웃을 것 같아 호로가 좀 무섭다. 그런 생각을
하면서 옆자리를 훔쳐보자 호로는 그런 속마음을 다 아는 듯이
로렌스를 쳐다보았다.

"내가 그렇게까지 못된 것 같아?"

로렌스는 쓴웃음을 짓고 노라에게 손을 흔들어 준 뒤 앞으로
바로 앉았다.

"흐음. 자 이제, 복숭아 꿀절임이 어떤 맛일지 참으로 기대가
되는군."

"윽…. 안 잊어버렸어?"

자신은 앞으로 받게 될 검문에서 대체 병구에 얼마의 통행세
를 부과받을 것인지 고심하고 있는데 호로는 잘도 그런 말을 한
다.

"설마 못 사 주겠다고는 안 하겠지?"

싱긋 웃으며 작은 머리를 갸웃대는 모습이 보기와는 다르게 너무 겁난다. 눈길을 외면하며 기도하듯 중얼거렸다.

"안 팔면 못 사 줘."

"물론이지."

마치 당연히 파는 것을 확신하고 있는 듯한 말투였다.

"아, 그리고 이건 알고 있으리라 생각하지만, 아까 그 검문소에서보다도 더 정신 바짝 차리고 수도녀인 척해. 수도녀로 행세하면 검문도 관대해지니까."

"응. 이 정도 되는 곳에서 소동을 일으킬 만큼 나도 바보는 아냐. 그런데 수도녀로 보이긴 해?"

"그 점은 문제없을걸?"

솔직히 생각한 바를 말로 해놓고는 후회했다. 호로는 교회에게 몇 번인가 호된 일을 당한 적이 있다고 했다. 수도녀로 보인다면 화를 낼지도 모른다.

"응, 후후. 그렇게 보여?"

하지만 그 말을 듣고 호로는 기뻐 보였다.

"…화 안 내?"

"응? 왜 화를 내?"

"굳이 따지자면 교회는 적이잖아?"

"그렇지도 않아. 당신 같은 사람이 있는 것과 같은 거야. 기본적으로 수도녀들은 대개 상냥해. 게다가 늑대인 내가 보기에도 예쁜 사람들이 많아. 잘생기고 아니고는 종족을 가리지 않거든."

'그렇군.' 하며 로렌스는 일단 호로가 화를 내지 않은 것에 마음이 놓였다.

아닌 게 아니라 수도녀들 중에는 확실히 미인들이 많다. 순종, 순결, 청빈을 고집스럽게 지키는 점에서 그렇게 보이기도 하지만, 사실상 귀족들의 사생아가 들어와 있는 경우가 많기 때문이다.

아름다움을 무기로 귀족의 첩이 되고 싶어 하는 여자들도 많은 데다, 무예와 시를 무기로 귀족가의 딸을 꾀어내려 드는 남자들도 많다.

그리고 여차하여 그런 사람들과 귀족들 사이에서 태어난 아이들이 본처와 남편들과의 사이에서 태어난 아이들보다 건강한 경우가 많다. 아마도 귀족들 틈에 끼려고 하는 남녀들이 더 다부진 탓이리라.

물론 그런 아이들은 이 세계의 흔하디흔한 후계자 다툼의 원인이 되기도 하지만, 대부분은 수도원에 넣어진다. 그런 탓에 수도원에는 미남미녀들이 많은 것이다.

"단식을 되풀이하다 쓰러지는 생활은 나한테는 무리겠지만."

그 소리에는 로렌스도 솔직히 웃고 말았다.

그런 저런 얘기를 하면서 성벽을 따라 난 길을 나아가던 로렌스와 호로의 눈에 떠들썩한 인파가 보였다.

남동쪽에 난 출입구에 다 온 것이다.

널찍하게 만들어진 문은 바깥을 향해 열려져 있었다. 줄줄이 들어가는 사람들이 있는가 하면, 이곳을 떠나려고 나오는 사람들도 있다.

짐과 사람에 대한 검문은 성벽을 들어서면 그 앞에서 행해진다. 들고나는 사람들이 이 정도나 되어도 전혀 더디지 않다. 검사관들이 상당히 많은 덕분이다.

　하지만 포로손과는 달리 줄을 서려고 하는 이들도 없을 뿐더러 줄을 세우려 드는 검문인도 없으니, 그런 상황을 파악하지 못하면 언제까지라도 안으로 들어갈 수가 없다. 상황을 아는 로렌스는 다른 사람들에게 부딪치지 않도록 조심하면서 말을 몰았다. 이 도시에는 처음 온 까닭에 뭘 어떻게 해야 할지 난감해 하고 있는 이들의 곁을 차례차례 빠져나가 아치형으로 뚫려 있는 문을 통과해 성벽 안으로 들어섰다. 전쟁이 나면 이곳이 방어선의 하나가 되기 때문에 이곳만은 성벽이 매우 두껍게 축조되기도 한다. 시선을 획 위로 돌리면 굵은 나무로 된 격자문이 매달려 있는 것도 보인다. 혹시 저것이 떨어지는 것은 아닌지 늘 조마조마했으나 그런 사고가 났다는 얘기는 들어 본 적이 별로 없다. 문 조금 앞쪽으로 천장에 뚫려 있는 커다란 구멍은 적이 문 앞에 도착하면 위에서 뜨거운 기름을 쏟기 위한 것이다. 구멍 주위만 색깔이 다른 것은 실제로 여러 번 사용을 했기 때문이리라.

　그런 문 안으로 들어서면 바로 앞쪽에 사람들의 출입을 통제하는 검문소가 있고, 그 너머로 뤼빈하이겐의 시가지 풍경이 보인다.

　뤼빈하이겐뿐 아니라 큰 도시들은 대부분 튼튼한 성벽으로 둘러싸여 있기 때문에 시가지를 쉽게 확장할 수가 없다. 그러니 자연히 건물의 고층화가 진행되기 마련이다. 그런데 뤼빈하이겐은 그 정도가 특히 심해서, 성벽을 들어선 뒤로 보이는 시가지의 모습이 마치 물건을 잔뜩 실은 선창(船倉)처럼 보였다. 당장이라도 넘쳐흐를 것만 같은 건물이 훤히 보인다. 그리고 그 너머에는 이 도시 한 가운데에 세워져 있는 뤼빈하이겐 대성당의 높디높은 지붕이 보이는 것이었다.

"이봐. 거기 있는 상인!"

하는 소리에 시선을 돌렸다. 얇은 가죽 갑옷을 입은 경비병이 이쪽을 가리키고 있었다.

"시가지에 한눈을 팔다가는 사고를 일으키게 돼."

"죄송합니다."

곁에 있는 호로가 키득대며 웃는다.

"그럼 다음! 그쪽에 야단맞은 상인!"

줄을 꼭 맞춰 선 것도 아니기 때문에 적당히 아무나 부르는 것이다. 로렌스는 창피한 호칭을 들어가면서도 순순히 말을 그쪽으로 몰고 가 검사관에게 인사했다.

"통행증."

상대는 바쁜 듯이 그 한마디만 했다.

"여기 있습니다."

"흥. 포로손에서 왔나? 짐은?"

"한 벌씩 묶은 병구류가 총 스무 개입니다."

성벽 바깥에서의 거래는 금지돼 있기 때문에 통행증과 일치되는 것이 필수다.

그런데 그 말을 들은 검사관이 몇 번인가 눈을 깜박였다. 놀란 듯했다.

"병구류를? 포로손에서?"

"예. 라토페아론 상회에서 샀습니다만, 왜 그러시는지요?"

뤼빈하이겐은 그 옛날 이교도를 토벌하기 위해 기사단이 성채를 쌓은 데에서 시작된 곳이기 때문에 지금도 북쪽 땅으로 출정하는 기사들의 중요한 보급기지가 되고 있다. 그런 탓에 주변의 여러 마을에서 병구류가 옮겨져 오고, 또한 그것이 불티나게 팔리는 것이었다.

로렌스는 검사관의 반응이 이상하여 되물었으나, 검사관은 이내 고개를 젓고는 짐칸으로 눈길을 돌렸다. 거기에는 가죽과 사슬로 짠 투구, 갑옷, 정강이 보호대를 한 벌로 묶은 것이 총 스무 벌 실려 있다. 상품은 아니지만 이곳으로 가져오게 되면 고액의 세금이 붙는 포도주는 진작 다 마시고 없다.

전혀 꺼림칙할 점이 없었다. 검사관도 그렇게 생각한 모양이었다. 짐칸으로 올라가 병구류 속에 관세가 높이 매겨질 금이나 보석을 숨겨 놓지는 않았는지 검사하더니 이내 내려왔다. 아무렇게나 검사하는 것처럼 보이지만 모닥불용 짚단 속까지 슬쩍 보는 것을 보면 역시 뭔가를 몰래 반입한다는 것은 불가능할 것이다.

"그쪽에서 온 병구류가 확실하군. 세금은 현금이오, 현물이오?"

총액이 1백 뤼미오네인 병구류이면 1할의 관세라 쳐도 10뤼미오네가 된다.

10뤼미오네는 트레니 은화로 따지면 3백 냥 이상이다. 그렇게 많은 양의 은화를 가지고 들어올 상인은 없을뿐더러, 납세된 은화의 수를 헤아리려면 검사관도 애를 먹는다.

그러니 로렌스가 "현물로요."라고 대답하자 "현명한 판단이오."라며 안도의 한숨과 더불어 대답했던 것이다.

"저쪽에 가서 병구류 두 벌을 내고 오시오."

스무 벌의 병구류 중 두 벌을 내는 것이니 관세는 1할인 것이다.

타당한 금액이었으므로 순순히 고개를 끄덕이고 종이를 받아 들었다.

호로도 얌전히만 있으면 수도녀로 보이니 별 말이 없었다. 교회도시인만큼 성직자와 수도녀에게 의심을 품었다가는 귀찮아지기만 할 것이다.

어쨌거나 검문을 무사히 통과한 것에 안심하며 로렌스는 마부석에서 내려와 말고삐를 쥐고 걸었다. 이 앞은 사람들이 더 많이 오가기 때문에 위험하다.

징세소는 난무하는 언어도, 입고 있는 옷도 다양하여 그야말로 전쟁터처럼 난리법석이다. 세금이 징수되는 곳에서는 여지없이 깎아달라는 항변이며 애원하는 소리가 들려온다.

로렌스는 물론 세금을 깎아 달라는 바보 같은 교섭을 하지 않는다. 순종적인 양처럼 시키는 대로 병구류 두 벌을 징세인에게 건넸다.

그런데 로렌스가 검사관에게서 받은 종이와 함께 병구류를 건

네자 징세인은 이맛살을 찌푸렸다.

뭔가 잘못되었나 싶어 다소 긴장했지만 결국은 아무 말도 없었다.

로렌스는 왠지 석연치 않은 상태로 검문을 빠져나온 후 시가지로 이어진 길로 나서자 짐마차 마부석에 올라탔다.

짐이 병구류라는 소리를 했을 때의 검사관의 반응도 이상했지만, 별다른 말없이 검문을 통과했으니 고민할 필요는 없다.

속으로 그렇게 중얼거려 보았지만 역시 얼마간 불안감이 남는다.

"저기."

별안간 호로가 자신을 부르는 소리에도 혹시 좋지 않은 소식인가 싶어 긴장하고 만다.

"왜?"

로렌스가 긴장한 얼굴로 묻자 호로는 천천히 입을 열었다.

"음. 나는 배가 고프네."

"……."

로렌스는 앞으로 바로 앉으면서 호로의 호소를 불안감과 함께 무시해 버렸다.

뤼빈하이겐에는 시가지 어디에 가더라도 보일 만큼 거대한 대성당이 있다. 시가지는 그 대성당을 중심으로 펼쳐져 크게 두 지역으로 구분된다. 옛날 성벽에 둘러싸여 있는 대성당 인근 지역을 '구시가지' 라 하고, 구시가지 주위를 둘러싸면서 '일반 시가지' 가 형성되어 있다.

거의 원형을 이루는 시가지의 남쪽에는 이 도시 최대의 문이 있다. 공성기(攻城機)도 무난히 들어올 정도로 큰 문을 지나 시가지로 들어서면 그 앞에는 다른 나라의 왕조차 부러워할 만큼 널찍한 광장과 남쪽지방 최고의 기술을 이용해 세운 큰 분수대가 있다. 그곳에는 일 년 내내 상설시장이 선다.

광장 주변에는 이 도시의 확실한 부와 권력을 쥔 대(大)상회와 유력한 지역 상관(商館)들이 처마를 잇대며 늘어서 있고, 그 뒤로 들어가면 작은 상회와 직인들의 다양한 살림집, 작업장이 있다.

뤼빈하이겐은 대성당을 중심으로, 또한 남문을 정점으로 이런 광장이 오각형 모양으로 배치되어 각각 독자적인 특색을 가진—이른바 도시 속의 도시를 형성하고 있는 것이었다.

로렌스와 호로가 들어온 것은 동남쪽에 위치한 입구였다. 그 앞에도 남쪽 광장에 비해서는 떨어지지만 나름대로 꽤 큰 광장이 있다.

광장의 중심에는 과거 이교도와의 전쟁 중에 눈부신 활약을 펼친 기사들이나 선교 활동에 큰 공헌을 세운 신부, 성인들의 동상이 서 있다.

광장에는 수많은 노점이 늘어서 있는데, 개중에는 자리를 깔고 장사를 하는 이도 있다.

하지만 동상의 주변에는 상점이 없다. 그 대신에 악기를 들고 연주를 하는 악단의 행렬이 있는가 하면, 조악한 피리 하나를 들고 노래와 연주를 번갈아 해대는 음유시인, 기묘한 차림을 하고 유명한 희극을 연기하는 어릿광대가 있었다. 또한, 그런 무리들에 섞여 누더기를 걸친 채 두꺼운 성경책을 들고 설교하는 순례 성직자와, 그보다 더한 누더기 차림으로 열심히 말씀을 듣는 방랑하는 구도자들도 보였다.

노점에서 가벼운 식사를 하면서 구경거리를 보고 즐긴 뒤 설교를 들으며 마음을 가다듬는 것이 이 도시의 정해진 코스다.

로렌스와 호로도 숙소를 정해 짐마차를 맡긴 후 장사에 필요한 수속을 하기 위해 상관으로 가는 도중, 노점에서 피어오르는 맛있는 냄새와 광장에서 들려오는 흥겨운 소리에 이끌려 결국 발길을 그쪽으로 옮기고 말았다.

손에 들고 있는 것은 칠성장어를 기름에 튀긴 값싸고 일반적인 먹거리다. 약간 흙냄새가 났으나 기름의 단맛이 그것을 덮어주기 때문에 바삭바삭한 것이 먹기가 괜찮다. 그럼 또 가볍게 한 잔 걸치고 싶은 것이 인지상정. 정신이 들고 보니 로렌스와 호로는 나란히 길거리 주점 앞에 서서 어릿광대의 희극을 구경하며 맥주를 마시고 있었다.

"으음, 맛있다."

호로는 양쪽 입가에 거품을 잔뜩 묻혀가며 맥주를 들이키더니 재빨리 다음 잔을 주문했다. 노점 주인은 씀씀이가 좋은 손님에겐 서비스도 푸짐하다.

낮부터 장어 튀김을 안주 삼아 맥주를 마시고 있는 호로의 차림은 당연히 수도녀풍은 아니다.

검문을 통과할 때는 수도녀풍 차림이 효과적이었지만, 척 보기에도 행상인인 것을 알 수 있는 로렌스와 함께 행동하기에는 오히려 장애가 된다. 상인과 함께 시내를 돌아다니는 성직자만큼 수상한 것은 없기 때문이다.

그래서 이번에는 로브 대신 토끼 가죽 케이프를 두르고, 로브의 윗부분을 접어 허리에 감은 뒤 허리싸개를 둘러 꼬리를 감췄다. 들켜서는 안 되는 늑대 귀는 노점의 여주인들이 하듯이 삼각건을 머리에 써서 가렸다.

옷차림을 확 바꿔서 이 마을 아가씨로 변신한 것이다. 일을 내팽개치고 광장에서 노는 젊은 여자들은 발에 채일 만큼 많으니 의심을 살 걱정도 없다. 주머니 사정을 개의치 않고 술을 주문하는 모습 또한 영락없이 젊은 떠돌이 행상인을 꾀어낸 것처럼 보이리라.

실제로 로렌스가 요금을 선불로 계산하는데 노점 주인이 "돈 많이 드는 아가씨에게 걸리셨네요."라며 은근슬쩍 한소리 건네기도 했다.

귀찮아서 쓴웃음으로 대답을 대신하긴 했으나, 꼭 틀린 것만은 아니니 난감한 노릇이다.

"술은 맛있고, 게다가 떠들썩한 것이 보기 좋군. 안 그래?"

"떠들썩한 대신 방심할 수 없는 곳이야. 기사나 용병들하고만은 절대 문제 일으키지 마. 골치 아파지니까."

"걱정 붙들어 매셔."

'과연 그럴까' 하는 말이 한숨이 되어 입에서 나왔다.

"그럼 이제 그만 가자."

로렌스가 두 잔째 맥주를, 호로는 네 잔째 맥주를 동시에 다 마시자 마침 잘됐다 싶어 제동을 걸었다.

이대로 가다가는 밤까지 계속 마실 분위기다.

"응? 벌써 가게? 더 마시고 싶은데."

"밤에 또 마시면 되잖아. 가자."

맥주 잔과 로렌스를 번갈아 쳐다보더니 호로는 체념한 듯이 노점을 떠났다. "감사합니다—."하는 주인의 음성이 호로와 로렌스의 귀에 들렸으나 그 소리도 이내 거리의 떠들썩한 소음에 묻혀 버렸다.

"어디로 갈 건데?"

"상관에…. 거기 입 좀 닦지 그래?"

그제야 호로는 맥주거품이 입가에 그대로 묻어 있다는 것을 알아챘는지 자신의 옷소매로 닦으려 했다.

그러나, 문득 동작을 멈추더니 로렌스의 옷자락을 잡고는 입을 훔쳤다.

"너, 두고 봐."

"벌써 때렸잖아?"

호로가 한 손으로 머리를 누르면서 로렌스를 노려보았다. 다른 한 손으로는 다시 맞을 수는 없다는 듯이 로렌스의 팔을 꼭 붙들고 있었다. 하지만 꿀밤을 맞고 샐쭉한 것은 그리 오래 가지 않았다.

"그나저나."

"응?"

"나까지 그 상관인지 뭔지에 갈 거 뭐 있어? 난 그냥 광장에 남아서 좀 더 마셨으면 좋겠는데."

"혼자 두면 위험하잖아."

충고하듯이 말하자 호로는 눈이 동그래져서는 뭘 착각했는지 수줍은 웃음을 지었다.

"음. 난 예쁘니까. 혼자 두면 위험하지."

좀처럼 내놓지 않는 황갈색 머리카락을 흔들면서 걸어가는 호로의 모습은 확실히 사람들의 시선을 집중시킨다. 개중에는 그런 호로와 손을 잡고 걷고 있는 로렌스에게 부러운 시선을 던지는 이도 있었다.

호로를 데리고 걷는 것이 자랑스럽지 않은 것은 아니었으나, 호로는 혼자 두었다가는 어떤 소동을 일으킬지 알 수 없는 것 또한 사실이었다.

광장은 확실히 기분 좋게 들떠 있는 장소이나, 그런 장소일수록 말썽이 따르는 법이다. 여차하다가 호로의 정체가 밝혀졌다가는 끔찍한 일이 일어날 수도 있다.

"아무리 예뻐도 그것만으로는 교회의 경비병이나 성당 기사들을 속일 수는 없으니까 그렇지. 술에 취해서 귀와 꼬리를 드러내면 어떡해."

"무슨~. 그럴 때는 강하게 나가면 돼. 당신을 덥석 물고 성 밖으로 도망치면 그만이라고. 저만한 벽쯤은 못 뛰어넘을 것도 없

146

어. 옛날이야기에도 그런 거 있었잖아? 기사와 공주 얘기."

"기사가 갇혀 있는 공주를 안고 도망친다는 거?"

"그래, 그거."

호로는 재미있다는 듯이 말을 했지만, 늑대의 모습으로 돌아간 호로가 로렌스를 물고 도망치는 것을 상상해 봐야 전혀 로맨틱하지 않다.

오히려 그 거대한 이 사이에 끼일 것을 생각하니 몸이 오싹할 정도다.

"그런 상황만은 피하고 싶네."

"하긴, 갇혀 있는 게 당신이면 구하는 보람도 없을 테지."

쓴웃음을 지으며 호로를 쳐다보자 장난기 가득한 얼굴로 마주하는 것이었다.

그런 뒤 두 사람은 인파가 소용돌이치는 광장 주변을 북쪽으로 빠져나갔다. 눈부실 만큼 처마들이 줄지어 선 구역에서 벗어나 차분한 점포들이 늘어선 좁은 골목길로 들어선다. 이 길을 따라 있는 것은 물건을 파는 상회가 아니라 각 지방의 상관이나 상업조직이 쓰는 건물이다. 몇몇 지역의 잡다한 상인들이 손을 잡고 만든 경제동맹도 있는가 하면, 모직물을 전문적으로 취급하는 상인들이 지역에 관계없이 만든 직업조합의 건물도 있다.

장사를 할 때의 위험이나 사고에 대해 아무도 몸을 보호해 주지 않는 세계다. 기사들이 갑옷과 투구로 몸을 무장하듯이, 상인들은 자기네들끼리 연계하여 신변의 안전을 도모한다. 최대급 규모의 경제동맹 같은 경우에는 상인들에게는 가장 큰 적이자 권력을 남용하는 국가와도 대등하게 맞설 수 있는 것이다.

18개 지역과 23개 직종의 상업조합이 손을 잡아 세계 최강이라 칭해지는 경제동맹이, 1만 4천 명의 병사를 거느린 국가와 정면에서 전쟁을 벌여 눈 깜짝할 사이에 대승리를 거둔 것은 유명한 이야기다.

따라서, 그런 동맹과 조합이 있는 건물이 늘어선 곳은 왠지 모르게 분위기가 정연하면서 다들 예의바르게 행동한다.

예컨대, 오랜 세월 사이가 좋지 않은 푸줏간과 생선가게의 회원이 자칫 거칠게 행동하다가 싸움이 붙게 되면 온 도시가 휘말리는 일대 소동으로 발전할 위험성도 있기 때문이다.

대부분은 자신이 소속한 조직의 이름에 누를 끼쳐서는 안 된다는 의식에서 행동을 자제하지만, 이것은 상인들에게는 참 중요한 일이다. 장사에 필요한 것은 신용과 평판이기 때문이다.

"그럼 잠깐 볼일을 마치고 나올 테니까 여기서 기다려."

자신이 소속한 상관 앞에 도착해 고향의 색채가 나는 건물을 보자, 역시 그리움이 느껴진다. 하지만 고향이 아직도 멀고도 먼 호로를 생각하면 그런 내색을 내놓고 보일 수가 없다.

그래서 가능한 아무런 감동이 없는 척을 하고 있으려니 호로가 로렌스를 올려다보았다.

"뭐야. 날 데리고 들어가서 같은 고향 사람들에게 자랑할 거 아니었어?"

오는 도중 약간 우쭐했던 것을 꿰뚫어본 모양이었으나, 이 정도쯤으로는 이젠 동요하지 않는다.

"기본적으로 그런 경우는 결혼이 전제가 되어야 돼. 우리 고향의 결혼 축하는 정말 난폭한데, 들어갈래?"

그런 쪽 이야기는 만국 공통이다. 인간 세상을 잘 아는 호로에게도 짚이는 바가 있는 모양이다.

재깍 싫은 표정을 지으며 고개를 흔들었다.

"금방 끝날 거야. 얌전히 기다리고 있으면 달콤한 빵을 사 줄게."

"어린애 취급하지 마."

"안 먹을 거야?"

"먹을래."

진지한 표정으로 대답하는 모습에 그만 피식 웃고는, 호로를 바깥에 남겨둔 채 돌계단을 올라가 상회의 문을 노크했다. 문을 두드려 주인을 부르는 고리조차 달려 있지 않은 것은, 이 문을 두드릴 자는 같은 고향 사람 외에는 없으리라는 배타적인 의미의 표시다.

그런데 한동안 기다려도 대답이 없다.

시간이 시간인지라 다들 지금쯤 시장에 나가 있겠거니 싶어 마음대로 문을 열고 들어가자, 역시 안이 조용했다. 1층은 넓은 로비처럼 되어 있어 수많은 동료들이 느긋하게 쉴 수 있다. 언뜻 보면 술집 같아 보이는데, 지금은 둥근 테이블 위에 의자가 올려지고 벽에는 걸레가 세워져 있다. 청소를 하는 중이었던가 보다.

1년 만에 찾아온 이곳은 전혀 달라진 것이 없었다. 달라진 것이 있다면, 문 바로 맞은편 카운터 너머에 앉은 상관 주인의 이

마가 더욱 벗겨진 정도랄까. 예전부터 나왔던 배도 더욱 불룩해져 있을지도 모르겠으나, 공교롭게도 그는 의자에서 일어서는 게 힘든 모양이라 확인할 길은 없었다.

그런 주인이 손끝에 떨어뜨리고 있던 시선을 들더니, 부드럽게 웃으면서 통렬한 말을 걸어왔다.

"어허, 이것 참 칠칠치 못한 상인이로군. 이 시간에 상관을 어정거리다니 돈 벌 생각이 없는가 보지? 어서 빨리 도적놈 차림으로 갈아입고 술집에나 가 보는 게 어때?"

"진실로 위대한 상인들은 신발에 티끌 하나 묻히지 않고 돈을 버는 법. 지저분한 곳이 있다면 까만 잉크가 살짝 묻은 손끝뿐. 온종일 시장을 뛰어다녀서야 삼류라는 증거이지요. 그렇지 않습니까?"

만날 때마다 듣는 인사말에, 스승의 제자로 들어간 지 얼마 안된 젊은 시절에는 영문을 모르고 무시를 당했다는 생각에 화를 냈었다. 웃음을 지으며 당황하지 않고 응수를 하게 된 것이 언제쯤부터였던가.

로렌스는 여유만만하게 대답한 뒤 일단 등줄기를 쫙 펴고 발꿈치를 딱 붙였다가 카운터를 향해 다가갔다.

카운터 너머에 진을 치고 앉은 풍채 좋은 남자는 그 모습을 보더니 자신의 이마를 딱 때리면서 폭소를 터뜨렸다.

"여어, 말솜씨가 좋아졌구먼. 잘 왔다, 내 아들아."

"이제 아들 소리는 그만 하세요."

"무슨 소리! 로엔 상업조합에 있는 놈들은 죄다 내 아들이자

딸이지."

쓴웃음을 지으며 악수를 하고 나자 당연하다는 듯이 그렇게 말했다.

"게다가 나는 네 놈이 야영을 하는 도중에 종종 오줌을 싼 것까지 아는데? 아들에 대해 잘 아는 자가 좋은 아버지라는 것은 신의 가르침이야. 그게 싫으면 다른 거? 네가 매상금을 훔쳐다가 동료들과 벌벌 떨며 창관에 간 얘기라도 해줄까?"

"알았어요. 알았다고요. 나는 위대한 아버지 야콥 타란티노의 아들, 그래프트 로렌스입니다."

"오오, 그래프트. 1년 만에 뤼빈하이겐의 우리 집으로 잘 돌아왔다. 다른 마을의 우리 식구들은 건강하다냐?"

야콥의 여전한 막무가내에 로렌스는 독한 술에 취했을 때와 같은 거북함과 편안함을 동시에 느낀다. 상관은 그야말로 이국 땅의 고향과 같은 곳이다.

이런 막무가내의 대접은 고향이 아니고서는 맛볼 수 없다.

"성인님 덕분에 다들 괜찮게 하고들 있나 봅니다."

"그래, 그렇군. 그럼 그 식구들 곁을 두루 돌아왔으면 그 뱃속이 꽤 두둑하겠구먼. 지갑이 너무 두툼하면 똥싼바지처럼 되는데, 똥싼바지는 부인네들이 싫어하지. 그래서 넌 멋 좀 낸 거지? 안 그러냐?"

기부를 하라는 요구도 막무가내다. 하지만 더는 뭐라 대꾸해 줄 기운도 없어서 로렌스는 웃으며 그 요구에 응했다.

"나이가 들면 자잘한 숫자를 헷갈리게 된다고 합니다만, 이 정도면 야콥 어르신도 액수를 한눈에 알아보시겠지요."

허리에 차고 있던 지갑에서 주저 없이 은화 10냥을 꺼내 보란 듯이 카운터 위에 쌓아 놓았다.

동화 두세 냥을 아까워하며 내놓았다가는 불같이 화를 내며 저주의 말을 퍼붓는다.

한편으로는 코를 납작하게 해주고 싶은 마음도 있었고, 실제로 향신료로 벌어들인 돈이 상당하기도 했다. '나도 이제 이런 장사를 할 수 있게 되었다'는 보고를 겸해 인심 좋게 기부하니 야콥은 기쁜 듯이 호탕하게 웃었다.

"하하하하하, 오줌싸개도 번듯하게 은화를 내놓을 수 있게 되었나? 이렇게 기쁠 데가 있나."

"오줌싸개는 좀 빼 주세요."

"내 눈에 너는 여전히 오줌싸개야."

어깨를 으쓱해 보이자 다시 웃음소리가 터져 나왔다.

"그래, 이런 시간에 온 것을 보니 장사를 하는 도중이냐? 증서가 필요해?"

"예."

"어서 이름만 딱 대도 상대의 기가 팍 죽는 상인이 되면 좋겠구먼."

야콥이 웃으면서 하는 말에 "그러게 말입니다."라고 대답한 뒤 용건이 한 가지 더 있었다는 것을 생각해냈다.

"아참. 여기 상관에 람트라로 가고 싶어 하는 사람은 없습니까?"

깃털 펜과 잉크병을 카운터 위에 꺼낸 야콥은 한쪽 눈썹만 치올리며 로렌스를 쳐다보았다.

"그건 또 뭔 소리야?"

"람트라까지 가는 지름길을 제공하는 대신 보수를 받는 장사를 하면 어떨까 해서요."

야콥의 시선이 허공을 빙그르르 돌았다가 로렌스에게 다시 멎었다. 그 얼굴에는 무슨 뜻인지 알았다는 웃음이 떠 있었다.

"아하. 그거로구먼? 양치기 소녀, 맞지?"

로렌스는 순간 놀라서 숨을 삼키고 말았으나, 잘 생각해 보면 소녀의 몸으로 양치기를 하고 있는 노라를 뤼빈하이겐의 상인들이 모를 리가 없었다.

그렇다면 로렌스가 구상한 바를 이미 다른 누군가가 생각했다 해도 이상할 것이 없었다.

"너와 비슷한 생각을 한 놈들이 수도 없었지. 특히 그 애가 양을 치는 주변에 길이 생긴 당초에는. 하지만 지금은 그런 장사를 하려는 놈들도 없고, 그 애에게 호위를 부탁하는 놈도 없어. 왠지 아나?"

증서를 쓱쓱 작성하면서 이야기를 술술 늘어놓는 야콥에게 로렌스는 한숨을 섞어가며 대답했다.

"돈이 안 되니까요?"

야콥은 고개를 끄덕인 뒤 고개를 들었다.

"그 주변을 왔다 갔다 하면서 무사한 것은 그 애뿐이야. 이곳 사람들 사이에서는 가련하고 재주 좋은 '요정 노라'라는 별명으로 인기가 많지만, 교회가 그것을 어떻게 생각할지는 말하지 않아도 알겠지? 꼬투리 잡는 데 선수인 교회와 문제를 일으키고 싶지 않으면 상관하지 말란 얘기다."

그런 후 잉크병에 펜을 꽂고 왠지 음흉스런 미소와 시선을 보내왔다.

"요정 노라는 네가 좋아할 타입이겠지만, 괜한 말은 안 하련다. 포기해."

아침 인사 저리 가라로 판에 박힌 말이었으나, 약간 정곡을 찔렸기 때문에 쓴웃음으로 답하는 수밖에 없었다.

"증서를 가져갈 데는 있는 게냐? 아니면 무기명?"

"아뇨. 레메리오 상회 앞으로 해주세요."

야콥의 행동이 다시 멈칫 했다.

그런 뒤로 로렌스를 쳐다보는 눈은 상인의 눈빛이었다.

"레메리오? 판매처가 정해졌다는 것은 신용 거래라도 했다는 건가?"

"예. 포로손에서요. 그게 왜요?"

로렌스가 묻자 언제 그랬느냐는 듯이 심각했던 표정이 쓱 사라졌다.

"뭐, 가 보면 알겠지…. 자, 여기 증서."

행상인이 처음으로 찾아가는 상회에 물건을 팔 때 가장 난감한 것은 타관 사람으로 취급을 받아 값을 싸게 치는 것이다. 포로손이나 파치오 정도는 그럴 일이 별로 없지만, 뤼빈하이겐만큼 규모가 크고, 시내의 상회가 다양한 상관, 조합과 밀접한 거래 관계에 있는 곳에서는 그러는 일이 흔하다. 대량 거래가 당연한 곳에서는 행상인들의 소량 거래쯤의 새 발의 피나 매한가지이기 때문이다.

그래서 자신은 어느 조합의 소속이라는 것을 확실히 밝혀 상대가 깔보지 않도록 하는 것이다. 조합의 간판이 배경으로 버텨 주면 함부로 대하지도 않는다.

"로엔 상업조합은 성 란바르도스의 수호 아래에 있다. 행운을 빈다."

"예에…."

뭔가를 알고 있는 듯한 야콥의 말에 로엔 상업조합에 소속해 있다는 증서를 받아들면서 애매하게 대답했다.

물어 봐야 틀림없이 가르쳐 주지 않으리라는 것은 경험을 통해 알고 있었다.

다만, 그럴 때는 약간만 생각을 하면 알 수 있거나, 조사하면 파악되는 경우가 많다.

대체 무엇인가— 하고 생각했다.

"가 보면 알아. 다른 누구도 아니고 너인데, 필시 좋은 방향으로 굴러가겠지."

야콥의 그 말에 로렌스는 더욱 혼란스러웠으나 가 보면 알 수 있다니 가 보는 수밖에 없다. 아마도 어떤 상품의 가격이 급등락이라도 하여 레메리오 상회가 떠들썩하기라도 하겠거니 싶다.

그래서 로렌스는 생각을 깨끗이 접고 인사말을 건넨 후 돌아섰다. 짐을 싣고 팔러 온 이상, 그 직전에 이런저런 생각을 해봐야 소용이 없는 것이다.

하지만 문을 잡으려고 하는 순간 들려온 야콥의 목소리에 로렌스는 동작을 멈췄다.

돌아보니 참으로 즐거운 듯한 웃음을 짓고 있었다.

"그리고, 아가씨 치마폭에 빠지기에는 아직 멀었지. 유순해 보이는 요정 노라도 네게는 벅찰 테니까 말이야. 괜히 오가다 만난 아가씨를 상대했다가는 푼푼이 번 돈도 삽시간에 날아간다."

벽에 창이 있기는 해도 큰 상회들처럼 유리가 붙어 있는 게 아니라 창틀에 기름 먹인 마포를 달아 놓은 것뿐이다. 빛이 약간 들 뿐이니 물론 바깥이 훤히 내다보이지는 않는다.

그래도 바깥에 있는 호로를 알아챈 모양이었다.

역시 빈틈이 없다. 이국땅에서 상관을 맡아 운영하기 위해서는 역시 보통 사람이 아니어야 한다는 생각이 들었다.

"대가 없는 투자는 안 하지요."

"하하하. 오줌싸개가 말 한번 잘하네."

그 말에는 쓴웃음만 짓고 문을 열었다. 그런 뒤 웃음소리에 뚜껑을 덮듯이 뒷손질로 문을 닫았다.

야콥과 같은 이들 앞에 서면 하루 빨리 연상의 상인들을 뛰어넘고 싶다는 마음에서 초조해 하던 소년시절이 떠오른다. 그 시절이 그립기도 했으나 약간은 씁쓸하면서도 아릿한 느낌이 든다.

자신은 아직 젊다고 가슴속으로 중얼거리며 시선을 돌계단 쪽으로 돌리자 호로가 마침 이쪽을 돌아보는 참이었다.

"아, 나왔다. 저 사람이 내 일행이야."

느닷없이 로렌스를 가리키는 호로는 돌계단에 앉아 있고, 그 앞에는 견습 직인들로 보이는 애송이 두 명이 있었다. 나이는 열다섯이나 열여섯쯤? 겉보기에는 호로와 또래쯤으로, 스승의 심부름을 하는 중인지 손에 짐을 들고 있다.

이제 겨우 수염을 깎기 시작할 쯤 됐을 두 소년은 호로의 말을 듣자 로렌스에게 적의 어린 시선을 보내 왔다. 상대하기도 귀찮아서 살짝 한숨을 쉬자 그것만으로도 상대는 그만 기가 죽는다.

견습 직인과 조합 소속의 상인은 신분도 수입도 하늘과 땅 차이다. 두 소년은 필시 무료하게 앉아 있던 호로에게 말을 걸었겠지만, 로렌스를 두고는 승산이 없다는 것을 알았는지 서로 눈짓을 하더니 허둥지둥 자리를 떠났다.

"우후. 귀여운 것들. 나를 보고 '가련한 장미꽃' 운운하던걸?"

그런 두 소년의 등을 지켜보면서 호로가 웃었다. 반대로 로렌스의 얼굴은 씁쓰레해진다.

"너무 상대해 주지 마. 견습 직인 애송이 녀석들은 굶주린 들개와 마찬가지니까. 납치당한다고."

"납치되면 또 구해 주면 되잖아. 안 그래?"

그러면서 호로가 티 없이 웃자, 뜻밖의 말에 약간 기쁨을 느끼면서 나름대로 성실하게 대답했다.

"물론 또 구해 줘야지."

호로는,

"뭐, 실제로 구한 것은 결국 나였지만."

또 당했다.

기가 막혀하며 돌계단을 내려서자 호로가 깔깔대며 왼팔에 매달려 왔다.

"무슨 대가를 기대하고 있는지 모르겠지만, 일단은 투자를 받아 볼까나?"

"…들었어?"

"내 이 어여쁜 귀는 당신 눈썹에 주름이 가는 소리까지도 알아들을 수 있거든? 그런데 당신은 금발이 좋아?"

별안간 호로의 입에서 나온 뜬금없는 엉뚱한 말에 "뭐?"하고 되물을 틈도 없이 뒷말이 이어졌다.

"그 빈곤한 인상이 좋단 말이지? 혹시 고생하는 점이 마음에 들었나? 아니면, 양치기가 이상형인 거야?"

잇달아 쏟아지는 말은 마치 출렁다리의 밧줄이 끊어져가는 모습과도 흡사했다. 당황하여 쳐다보니, 호로는 여전히 웃고 있었다.

웃음이 제일 무섭다.

"잠깐만. 야콥 관장님이 말한 건 그냥 인사 같은 거였어. 기회다 싶으면 그런 말을 하는 게 취미라고. 나는 그냥."

"그냥 뭐?"

바싹 다가와 있는 호로의 눈이 '거짓말은 용납하지 않겠다'고 말하고 있었다.

로렌스는 솔직히 대답하는 수밖에 없다.

"야, 약간은 노라가 괜찮게 생각되기는 했었어. 이야기를 나누고 보니 즐겁더라고. 하지만 그렇다고 네가 좋지 않다거나 하는 건… 절대 아니야."

말을 하다 보니 창피해져서 도저히 호로를 쳐다볼 수가 없었다. 이런 말은 태어나서 한 번도 해본 적이 없는 것이다.

하지만 간신히 말을 마친 뒤 심호흡을 하고, 기분이 어느 정도 진정된 뒤 호로를 힐끗 보았다.

호로는 조금 놀란 듯한 표정으로 로렌스를 바라보고 있었다.

"살짝 놀려 줄 생각이었는데…."

그 말에 창피함이 범벅이 되어 화가 나려는 순간, 호로가 지은 기쁜 듯한 웃음에 독기가 풀려 버렸다.

"그런 말을 진심으로 해줄 줄 몰랐어. 난… 너무 기뻐."

그 말에 용기내어 팔을 잡은 손에 약간 힘을 주었다.

거래를 할 때처럼 기만과 가식으로 뒤덮인 것이 아니라 상대방과 가까워지기 위해 애쓰는 대화.

로렌스는 거의 무의식적으로 남의 눈도 의식하지 않은 채 호로의 등에 왼팔을 두르려다가 허공을 짚었다.

호로가 소리도 없이 훌쩍 빠져나갔기 때문이다.

"하지만 수컷들은 늘 그래. 말로는 뭐든지 다 하지."

슬픈 듯이 신중하게 그렇게 말하는 모습을 보니, 아무리 로렌스라도 쉽사리 상상이 갔다. 과거 호로에게 사탕발림을 해서 상처를 입힌 적이 있을 누군가에게 분노가 치민다.

하지만 로렌스는 상인이다. 입 밖에 낸 말은 반드시 지킨다.

"그럼 뭔가 형태로 보여 줄 거야? 기사들은 성의 표시를 할 때

검과 방패를 맡긴다고 하던데. 당신은 상인이잖아? 그럼 내게 뭘 보여 줄 건데?"

기사가 충성을 맹세할 때 상대방에게 검과 방패를 맡긴다는 이야기는 로렌스도 들은 적이 있다. 검과 방패는 기사의 영혼이라고도 할 것이기 때문이다.

그럼 상인이라면 무엇일까. 말할 것도 없이 '돈'이다.

하지만 호로에게 현금이 든 돈 자루를 주어 봐야 틀림없이 재미없는 표정을 지을 것이다.

그렇다면 호로를 위해서 상인의 혼이라 할 돈을 아낌없이 쓰겠노라는 성의를 보이기에 걸맞은 것, 호로가 기뻐할 것을 사 주면 된다.

즉시 떠오른 상품은 최고급품이라 할 수 있는 '복숭아 꿀절임'이다.

"알았어. 내가 경솔하게 그런 말을 한 것이 아니라는 것을 보여 주지."

어렴풋이 의심이 섞인 기대에 찬 시선. 붉은 기가 도는 저 호박색 눈망울의 기대에 부응할 수 있다면 복숭아 꿀절임쯤이야 값싼 것이다.

로렌스는 가슴을 펴고 입을 열었다.

"네게 복숭아 꿀절임을⋯."

거기까지 말하다가 로렌스는 묘한 점을 알아챘다. 구체적으로는 호로의 머리를 덮은 삼각건.

동작 그만 상태인 로렌스를 보면서 호로가 머리를 살짝 갸웃거렸다.

그런 뒤 "앗." 하고 작은 소리를 지르며 허둥지둥 머리를 눌렀다.

"너, 설마."

"뭐, 뭘? 왜 그래? 나한테 뭘 사 주겠다고?"

여기까지 이르러서도 여전히 그런 말을 해대는 탐욕스러움은 칭찬해 줄 만했으나, 천하의 로렌스도 웃고 끝낼 수는 없었다.

호로가 머리에 쓴 삼각건을 보니 한눈에도 훤했다. 그 밑에 있는 귀가 유난히 안달을 떨고 있는 것이다. 그것이 가리키는 진실.

"너, 아무리 그래도 해도 될 일과 해서는 안 될 일이 있는 거야!"

호로는 마침내 계략이 들통 난 것을 깨달았는지 샐쭉하여 입술을 삐죽 내밀고는 오히려 로렌스를 매섭게 노려보았다.

"당신이 귀엽게 조르라며?"

순간 무슨 뜻인지 알 수가 없었으나, 포로손으로 들어갈 때의 대화를 떠올린 순간 어이가 없어 하늘을 우러렀다.

"솔직히 조르라고 했지, 그런 농간질을 부리라고는 안 했어."

"하지만 귀여웠잖아?"

로렌스는 말문이 막히고 만 자신도 싫었지만, 주눅 들지 않고 웃는 호로를 보며 더 이상 화를 낼 수 없는 자신은 더더욱 싫었다.

"그런데, 당신이 훨씬 더 귀여웠어. 난 내 계략이 잘 먹히는 것보다도 그쪽이 더 두근두근했다니까."

더는 상대를 못하겠다는 식으로 로렌스는 재빨리 걷기 시작했다.

호로가 웃으면서 종종걸음으로 따라왔다.

"당신, 화 내지 마."

'대체 화가 나게 한 장본인이 누군데?' 하며 시선을 돌리자 호로는 여전히 웃고 있었다.

"기뻤던 건 사실이야. 그래도 당신은 화를 낼 거야?"

찰랑이는 암갈색 머리가 잘 어울리는 호로의 웃는 얼굴에 그만 얼굴이 풀어져 버린다.

로렌스는 과묵한 수놈인 말과 함께 술을 걸치고 싶은 기분이었다.

"알았어. 화 안 났어. 화 안 났다고. 이러면 됐지?"

승리를 확신하는 듯이 키득대며 웃더니 호로는 한숨을 폭 쉰 뒤 말했다.

"서로 놓치면 안 되니까 손 잡아도 돼?"

숙소로 돌아가려면 다시 인파가 많은 광장을 빠져나가야만 하지만, 설령 서로 놓쳤다 하더라도 호로라면 길을 잃는 일 없이 제대로 숙소를 찾아올 것 같다.

하지만 그것이 단순한 핑계에 불과하다는 것을 모를 리 없다.

로렌스는 이 약아빠진 늑대에게 항복하고 만다.

"그래. 서로 놓치면 안 되니까."

생긋 웃는 호로의 손이 로렌스의 손 안으로 스르륵 미끄러져 들어온다.

로렌스가 할 수 있는 일은 고작해야 그 손을 약간 강하게 잡아
주는 것 정도였다.

"그런데 꿀절임은?"

마침 울려 퍼지기 시작한 교회의 종소리가 새로운 싸움의 시
작을 고하고 있었다.

레메리오 상회는 교회도시 뤼빈하이겐에 가게를 내고 있는 도
매상이다.

로렌스는 확실히 돈벌이가 될 것으로 판단하여 포로손 마을의
라토페아론 상회에서 거의 협박에 가까운 형태로 자신이 가진
재산보다 많은 금액의 병구류를 구입했다. 빌린 돈은 병구류를
라토페아론 상회와 거래가 많은 레메리오 상회에 팔아서 갚을
계획인 것이다. 빌린 돈을 갚기 위해 일부러 포로손으로 돌아가
지는 않아도 된다. 나머지 일은 레메리오와 라토페아론 사이에
서 장부상으로 결제 처리를 하면 되도록 한 것이 상인들의 지혜
였다.

로렌스는 인파가 많은 앞길에서 하나 벗어난 뒷길로 들어가
레메리오 상회에 도착했다.

그곳은 레메리오 상회의 뒷문에 해당한다. 짐을 싣고 내리기
위해 널찍하게 자리를 터 놓은 곳은 뒷문뿐이다.

뤼빈하이겐 정도로 큰 대도시에서 앞문 현관에 짐마차를 대는

것은 시골뜨기의 증거라 할 수 있다. 통행인이 많은 앞문에서 그런 짓을 했다가는 빈축을 사기 십상이다. 팔릴 물건도 못 팔게 된다. 통행인이 많이 오가는 길에는 상인들의 짐마차가 아예 지나갈 수 없게 되어 있는 곳도 많다.

그런 까닭에 앞길에서 하나 들어간 뒷길에는 오가는 사람들의 수보다도 짐마차를 끄는 말의 수가 훨씬 많기 마련이다. 하지만 오늘 로렌스는 문득 눈살을 찌푸렸다.

레메리오 상회 부근만 묘하게 한산한 것이었다.

"이 상회는 수도사가 경영하는 곳이야?"

"수도사가 경영하면 하다못해 기도 소리라도 들려오겠지. 하지만 그것조차 들리지 않으니 대체 어떻게 된 거지?"

점심밥인 롤빵을 우물거리고 있던 호로는 삼각건을 살짝 젖혀 귀를 움직여 보고 있는 듯했으나 로렌스는 그런 미적지근한 방법에 의지할 만큼 느긋한 성질이 못 된다. 마부석에서 내려 짐마차를 끌고 들어가기 위한 슬로프를 지나 상회의 하역장으로 들어섰다.

건물이 밀집하여 '가난뱅이는 서서 자라'는 농담이 난무할 만큼 좁아터진 뤼빈하이겐에서는 하역장을 확보하는 것도 이만저만 어려운 것이 아니다. 그런 와중에서도 레메리오 상회의 하역장은 대형 짐마차가 최소 세 대는 들어설 수 있고, 짐도 보릿자루를 백 개는 거뜬히 쌓을 수 있을 넓이였다. 교섭용 테이블과 환전대도 구석에 설치돼 있고, 벽에는 상회의 순조로운 매상을 기원하는 기도문이 적힌 양피지가 붙어 있었다.

훌륭한 하역장이라 하기에 충분하다.

하지만 지금 그곳에는 여물, 지푸라기, 그리고 말똥과 물품의 잔해들이 떨어져 있는 것이 도무지 청소가 되어 있는 상태로 보이지 않는다. 게다가 하역 인부도 없는 것이다.

장사에는 굴곡이 있기 마련이니 손님이 하나 없다 해도 이상할 것은 없다. 하지만 그렇더라도 가게는 깨끗이 해두는 것이 상식이다.

이래서야 마치 파산한 상회의 몰골이다. 로렌스는 일단 짐마차로 돌아가 마부석에 올라탔다. 옆에 앉은 호로는 빵을 다 먹었는지 이어서 고기파이를 부스럭부스럭 꺼내고 있었다. 기억이 확실하다면 그것은 로렌스의 몫이다.

"그렇게 먹어대면 먹는 소리가 시끄러워서 그 잘난 귀도 쓸모없게 되는 거 아냐?"

"꽤 괜찮게 비꼬기는 했는데, 내 명예를 위해 한마디 하자면 저 건물 안에 사람이 있는 소리쯤은 잡아낼 수 있어."

그러면서 고기파이를 덥석 물었다. '조금만 먹을게'라고 말할 마음은 없는 모양이다.

"사람은 있어?"

"음… 우물. 그어…그렇지만 심각한 분위기야. 적어도 즐겁지는 않아."

그런 소리를 들어서 그런지, 하역장의 상태도 그렇고 하여 레메리오 상회의 5층 목조건물이 기분 나쁘게 보인다. 파산한 상회 건물만큼 저주받은 장소도 없다. 상회가 파산하게 되면 대체로 그 후 1주일 간은 사망자를 애도하는 미사로 교회가 몹시 바빠질 정도다.

"망설여 봐야 소용없지. 상품은 팔지 않는 한 돈이 되지 않으니까."

"고기파이도 먹지 않으면 영양으로 안 가."

"나중에 먹으려고 했었다고!"

짐마차를 몰기 전에 호로를 째려보자 시끄럽다는 듯한 시선으로 쳐다본다.

그래도 전부 먹어치우려니 죄책감이 들었는지 손에 남아 있는 고기파이를 반으로 나눠 로렌스에게 내밀었다. 그것은 원래 로렌스가 먹을 몫의 4분의 1이었지만 불평을 했다가는 그것마저 없을 것 같아 낚아채듯 받아들었다.

노점에서 파는 고기파이는 대개 푸줏간 조합이 정한 판매기한을 아슬아슬하게 넘기지 않은 고기를 다져서 넣기 마련이었으나, 격조 높은 교회도시 뤼빈하이겐은 고기파이도 나름대로 괜찮은 것 같다. 고기의 맛이 충분히 살아 있는 그것을 두 입 만에 전부 먹어치우면서 인적 없는 하역장으로 짐마차를 이동시켰다.

따각따각 말발굽 소리가 하역장을 울리니 오랜 세월 이곳에서 일하던 이들의 귀에도 들린 모양이었다. 로렌스가 적당히 말을 걸게 한 뒤 마부석에서 내리는 것과 동시에 안에서 하역인부가 나왔다.

"안식일까지는 아직 날짜가 좀 있는 것 같은데, 어떻게 된 겁니까?"

"아니, 그냥 좀…. 나리는 오늘 이곳에 오셨습니까?"

말을 우물거린 것은 처음뿐이고, 재빨리 빈틈없는 눈빛으로 돌아간 중년의 하역인부는 값을 매기듯이 로렌스를 훑었다.

도적이 벗겨먹을 봉의 지갑 속을 상상하는 듯한 그 눈빛에 로렌스는 상인으로서 본능적으로 위험을 느꼈다. 게다가 하역인부의 옷차림을 잘 보니 낡을 대로 낡아 있었다. 원래 힘쓰는 일을 하니 잘 차려입을 수야 없지만 그래도 생기가 넘치고 넘치지 않고는 알 수 있기 마련이다.

이것은 좋지 않다. 분명히 좋지 않다.

"아니요. 며칠 전에 왔는데 일이 좀 많았습니다. 바쁘실 것 같으면 다시 오지요. 별로 급할 일도 없으니까요."

하역인부와 시선을 맞추지 않고 대답을 들을 것도 없이 마부석에 오르려고 손을 얹었다.

호로도 뭔가를 눈치 챈 듯했다. 순간 로렌스에게 할 말이 있는 시선을 보내다가 고개를 숙였다.

겉모습은 여느 마을 아가씨와 다를 바 없어도, 이런 방면의 재빠른 눈치는 남다르다. 현랑이라고 자칭하는 것도 허세는 아닌 것이다.

하지만 그 순간 하역인부가 물고 늘어졌다.

"아이고, 잠시만 기다려 보십시오. 딱 보니 이름 있으신 나리로 뵈는데, 그런 분을 빈손으로 가시게 해서야 예의가 아니죠."

여기에서 융통성 없게 행동했다가는 온 도시에 로렌스의 평판이 어떻게 퍼져나갈지 모른다.

그러나, 몸속에 흐르고 있는 상인의 피가 일제히 들끓고 있다.

도망쳐라. 여기엔 뭔가가 있다.

"아닙니다. 팔 것이라고는 푸념밖에 가진 것이 없는 상인입니다."

물건을 팔러 왔다가 자칫 서툴게 행동하는 것은 삼류가 하는 짓이다. 성직자라면 겸손은 미덕이지만 상인으로서는 자신의 목을 죄는 올가미다.

그래도 로렌스는 이곳을 빠져나가는 것이 상책이라고 판단했다. 꼼짝도 하지 않는 호로의 모습 또한 그것을 뒷받침하고 있었다.

"나리. 일부러 자신을 낮추실 것 없으십니다. 나리의 차림이 훌륭하시다는 것은 눈 먼 비렁뱅이라도 알 텐데요."

"추켜올리셔 봐야 나올 건 아무것도 없습니다."

마부석에 앉아 고삐를 쥔다. 그 모습을 보고 하역인부는 물러서야 할 때를 안 모양이다. 필사적인 나머지 앞으로 쑥 내밀었던 몸을 바로 잡았다.

궁지는 면한 듯하다. 로렌스는 그렇게 판단하고 하역인부에게 인사했다.

"실례했습니다."

"예에…. 오늘은 아쉽지만, 또 뵐 날을 기다립죠."

하역인부는 비굴한 미소를 지으며 한걸음 물러섰다. 로렌스는 그것을 출발 신호로 받아들이고 말머리를 회전시키려 했다.

하역인부가 불쑥 말을 걸어온 것은 바로 그 찰나였다.

"아, 성함을 여쭙는 것을 깜박했습니다."

"로렌스입니다. 로엔 상업조합의."

문득 이름을 대고 난 뒤에야 아차 했다. 상황을 잘 파악하기도 전에 누군지도 모를 상대에게 괜히 말했나 싶었던 것이다. 하지만 가만 생각해 보니 현재로서는 로렌스가 상대방에게 이름을 대서 곤란할 일은 없다.

필시 상대는 로렌스가 이 상회에 무엇을 하러 왔었는지 여전히 파악하지 못하고 있을 테니까.

그러나.

"로렌스 씨이십니까? 그렇군요. 라토페아론 상회에서 오시기로 한."

하역인부가 별안간 히죽 웃으며 그렇게 말했다.

그 순간 로렌스의 등줄기를 덮친 오한은 말로 표현할 수가 없다.

순리대로라면 이 하역인부가 로렌스의 이름을 알 리 없는 것이다.

"라토페아론 상회에서 저희 상회로 병구류를 가져오실 예정이셨습죠?"

구역질이 날 것만 같은 오한과, 엄청난 함정에 빠지고 만 예감. 논리가 아닌 직관이 큰 소리로 울부짖고 있었다.

휘청 하면서 시야가 뒤틀린다.

설마, 설마, 설마.

"실은 어젯밤 포로손에서 급히 사람을 보내왔습니다. 라토페아론 상회가 저희 상회에게 채권을 양도하셨습죠. 요컨대, 현재 로렌스 씨는 저희 쪽에 빚을 지고 계시는 겁니다."

결정적인 한마디.

일부러 급하게 사람을 보내면서까지 채권을 양도하다니, 정상적인 경우에는 있을 수 없는 일이다. 단, 그것이 정상적인 경우가 아니라면 그럴 수도 있는 것 또한 사실. 예컨대 두 상회가 짜고 사기를 칠 때.

마부석에 앉아 있지 않았더라면 틀림없이 쓰러졌을 것이다.

마부석 위에서 로렌스는 그 말을 받아들일 수가 없어 몸이 기우뚱했다.

호로가 조금 놀란 듯이 로렌스의 몸을 붙들더니 의심스러운 말투로 입을 열었다.

"대체 뭐가 어떻게 된 거야?"

생각하고 싶지도 않다.

그러나 하역인부가 무표정하게 대답했다.

"아가씨 옆에 앉은 상인 나리는 장사에 실패했다우. 우리랑 똑같은 짝이 난 게지."

즐거워 보이는 것은 같은 구덩이에 빠진 패거리를 발견한 기쁨이리라.

"뭐라고?"

로렌스는 호로를 어깨너머로 돌아보았다.

꿈이었으면 좋겠다고 바랄 뿐이었다.

"병구류는 대폭락한 지 오래 됐수. 라토페아론의 여우가 불량

재고품을 떠안겼구랴."

순간 눈앞은 어둠.

"당했다…."

쉰 목소리는 그것이 꿈이 아닌 현실이라는 것을 증명할 뿐이었다.

제 4 막

"**피**|차 그런 약속 하에 살고 있는 겁니다. 아시지요?"

이런 대사를 두려워하지 않을 상인은 없다.

그리고, 그 순간 자신이 처한 상황을 한탄하지 않을 이 또한 없다.

"당연합니다. 저도 상인이니까요."

그러니 로렌스는 그 자리에서 그렇게 말하는 것만으로도 기진 맥진이었다.

"이야기는 간단합니다. 로렌스 씨가 라토페아론 상회에서 정확하게 1백 뤼미오네 어치의 병구류를 구입한 것 중, 신용 거래 증서에 기재된 차용금에 해당하는 금액— 총 47뤼미오네와 4분의 3을 저희 쪽에 변제해 주시면 되는 것입니다. 단, 기한이 정해져 있는 신용 거래입니다. 이것이 무슨 뜻인지 알고 계시지요?"

이런 말을 듣는 로렌스도 볼이 홀쭉해질 것만 같았으나, 말을 하고 있는 레메리오는 그야말로 홀쭉 야위어 있었다.

초췌하기 짝이 없다는 표현이 딱 들어맞을 폭 꺼진 눈. 여윈 뺨, 갈아입은 지 며칠은 되었을 것 같은 셔츠와 야릇하게 번쩍이는 눈빛. 원래 체구가 작은 탓도 있겠지만 피곤에 지쳐 거무죽죽해진 얼굴에서 풍기는 인상이 꼭 상처 입은 새끼 곰 같다.

아니, 실제로 상처를 입은 것이다. 그것도 치명상에 가까운 상처를.

이제야 겨우 흰머리가 섞이기 시작됐을 나이인 한스 레메리오. 이곳 레메리오 상회의 주인은 검은 머리카락을 매만지는 것도 잊은 채, 틈을 주지 않으려는 듯이 연거푸 말을 이었다.

"즉시 채무금을 변제해 주시기 바랍니다. 그렇지 않으면."

차라리 칼을 들고 위협을 해오는 것이 훨씬 마음 편하리라.

"로엔 상업조합에 대납을 요청해야 합니다."

상관에 소속되어 있는 상인들이 가장 두려워하는 협박 문구.

행상인에게는 제2의 고향인 상관이 순식간에 차용금을 추심 당하게 되는 것이다.

그렇게 되는 순간, 고향을 거의 버리다시피 하는 각오로 바깥 세상에 나온 행상인들이 마음 편히 쉴 수 있는 장소는 사라지게 된다.

"신용거래의 기한은 모레이니 이틀 간 기다리기로 하지요. 그때까지 47뤼미오네와 4분의 3을 남김없이 갚기 바랍니다."

이틀 사이에 구해질 금액이 아니다. 여기저기에 남아 있는 채권을 몽땅 회수하여 끌어 모은다 한들 그것의 반도 채 못 채운다.

1뤼미오네만 있어도 석 달은 먹고살 수 있다. 47뤼미오네가 얼마만큼 큰돈인지는 어린애들도 다 안다.

새끼 곰 같은 레메리오도 그 점을 알고 한 말이었을 것이다.

파산.

눈앞에 그 단어가 떠올랐다.

"그리고 로렌스 씨가 보유하시게 된 그 병구류 말씀입니다만, 어떠십니까? 필시 어디로 들고 가건 헐값을 쳐 주거나 아예 사 주려 들지 않을 것입니다만."

레메리오가 자조적인 느낌으로 웃는 것은 로렌스를 무시해서
가 아니다.

이 레메리오 상회의 주인이 이토록 초췌해져 있는 것은, 바로
그 병구류의 폭락으로 인해 파산 직전의 상황에 처해 있기 때문
이다.

교회도시 뤼빈하이겐은 이교도 토벌을 위해 북쪽으로 가는 기
사와 용병, 성직자들의 물자 보급 기지가 되고 있다. 따라서 병
구류와 성경책이 확실하게 돈을 벌 수 있는 탄탄한 상품이 되어
있었던 것이다.

게다가 매년 한겨울이 되면 반드시 대원정이 행해졌다. 성인
뤼빈하이겐의 생일에 맞춘 기념행사격의 행군으로, 용병과 각국
왕궁기사단도 참가한 대원정을 위하여 병구류와 성경책, 자료,
방한구, 말, 약초류가 날개 돋친 듯 팔린다.

그런데 올해는 그것이 갑작스럽게 중지되었다. 전쟁터가 되는
이교도의 땅과 뤼빈하이겐이 다스리는 지역 사이에 폭넓게 걸쳐
있는 나라의 내정에 정치적 혼란이 발생하여 뤼빈하이겐과의 관
계가 급속도로 악화되었기 때문이다. 그것이 다른 보통 나라였
다면 별 문제가 없었겠지만, 그 나라는 이교도의 땅과 맞닿아 있
기도 한 데다 관용적인 정책으로 나라 안 곳곳에 이교도들의 마
을이 있다. 가장 가까운 곳을 들자면 람트라가 그에 속한다. 일
이 이렇게 되자, 예년 같으면 이교도들이 묵묵히 지켜보는 가운
데 행사적인 성격으로 행군해 싸움에 나섰던 사람들이 올해는
그 나라 내의 이교도들에게 언제 습격을 당할지 알 수 없게 되었

다. 대주교구를 이끄는 대주교, 남방 대제국의 황실 혈족들도 참가하는 행군이다. 만의 하나라도 돌발적인 일이 있어서는 안 된다.

그런 까닭에 부득이하게 중지된 것이었다.

그것이 상인들에게 얼마만큼 아닌 밤중에 홍두깨 같은 이야기였는지는, 이 도시에서 오랜 세월 점포를 운영해 온 레메리오 상회가 궁지에 몰려 있는 것만 봐도 뚜렷하다. 아무리 그렇더라도 로렌스는 도중에 알아챘어야 했다. 북쪽 전쟁터를 근거지로 하는 용병단이 뤼빈하이겐 근처를 어정대고 있다는 것은 전쟁터에 뭔가 변화가 발생했을 것이라는 점을.

게다가 병구류 가격의 폭락과 정보의 전달 방식을 감안하건데, 아무리 생각해도 로렌스가 포로손에서 병구류를 구입했을 당시 라토페아론 상회의 주인은 병구류 폭락 사실을 알고 있었을 터였다.

요는, 약점을 파고들어 강제로 이쪽에 유리한 거래를 성사시키려 했던 로렌스의 계획이 폭락한 병구류를 인수하는 바람에 되레 저쪽만 이롭게 해준 결과가 된 것이었다.

라토페아론 상회로서는 폭락한 병구류를 괜찮은 가격으로 로렌스에게 팔아넘겼으니 내심 웃음을 금치 못했었을 것이다. 게다가 병구류 가격이 폭락했으니 로렌스에게 빌려준 만큼의 금액을 회수하는 것은 불가능하거나, 또는 애를 많이 먹을 것으로 생각했으리라. 그렇다면 옛날부터 거래를 하고 있는 레메리오 상회에 채권을 양도하여 궁지에서 빠져나오도록 돕기라도 해야겠다고 판단했을 것이다.

이들의 관계 속에서 최악의 카드를 뽑은 것은 로렌스였다.

자신의 몸을 갈기갈기 찢어버리고 싶을 정도의 실수.

사신(死神)은 쓸데없는 우연을 일으키고, 운명의 여신은 잔혹하다.

그래도 로렌스는 끝내 허세를 부리는 수밖에 없다.

"어떻게든 비싼 값에 팔아 보겠습니다. 이틀 후에 변제하도록 하지요. 그러면 되는 것이지요?"

"예, 기다리겠습니다."

두 사람 모두 불을 붙이면 활활 타오르지 않을까 싶을 만큼 비지땀을 줄줄 흘리고 있었지만, 간신히 신사적인 협상의 외양은 유지했다. 여기까지는 사람으로서의 오기다.

그리고 다음에 남은 것은 상인으로서의 오기.

로렌스가 자리에서 일어서자 레메리오가 작별 인사를 하듯이 말을 덧붙였다.

"일단 혹시 몰라 말씀드립니다만, 이 도시의 출구 부근에는 우리 상회의 노점이 있습니다. 용건이 있으시면 언제든 물어보십시오."

이 도시에서 도망치려 해도 소용없다는 뜻이다.

"거래를 하느라 바쁠 터이니, 말씀은 감사합니다만 이용할 일은 없을 듯합니다."

호로가 곁에 있었으면 서로 오기를 부리며 뻗대는 두 사람의 모습에 쓴웃음을 지었을지도 모르겠지만, 로렌스와 레메리오 둘

다 벼랑 끝에 몰려 있다는 점은 거짓 없는 사실이었다.

파산은 곧 사회적인 죽음을 의미한다. 비렁뱅이가 되어 추위와 굶주림에 떨면서 살게 된다면 그나마 낫다. 채권자들에게 붙잡혔다가는 몸에 지닌 것은 모조리 빼앗기게 된다. 머리카락도 깎여 팔려나가고, 가지런한 이는 의치용으로 뽑히고 만다. 최후에는 자유까지 팔려나가, 죽을 때까지 어느 곳의 광산이나 노예선에서 일을 하게 된다. 아니, 그것도 아직은 나은 얘기다. 최악의 경우에는 귀족이나 부자들이 저지른 사건의 대역이 되어 처형을 당하기도 한다. 물론 묘도 만들어지지 않을 뿐더러, 누구한 사람 죽음을 안타까워 해주지도 않는다.

파산이란 그런 것이다. 필사적이 되지 않을 수가 없다.

"그럼 실례하겠습니다."

"이틀 후를 기대하겠습니다. 신의 가호가 함께 하시기를."

약한 자가 자신보다 더욱 약한 자를 발견하면 물고 늘어지는 것이 당연지사다.

그래도 로렌스는 분노로 인해 하얗게 될 때까지 꽉 쥔 주먹에 더욱 힘을 준다.

하지만 반 이상은 자신에 대한 분노다. 이 실수는 만회할 길이 없다.

배웅하는 사람이 아무도 없는 가운데 교섭 장소인 3층 사무실에서 1층의 하역장으로 내려왔다.

호로는 마을 아가씨의 차림을 하고 있는 덕분에 협상에 참가할 수가 없어서 마부석 위에 앉아 상회의 감시인과 함께 로렌스를 기다리고 있었다. 그런데, 로렌스가 하역장으로 들어서자마자 돌아본 호로의 얼굴이 순간 깜짝 놀라는 것이 느껴졌다.

어지간히 죽을상을 하고 있던 것이리라.

"오래 기다렸지?"

로렌스가 말을 하면서 마부석 위로 올라타자 호로는 애매하게 고개를 끄덕인 뒤 힐끔힐끔 로렌스를 살폈다.

"가자."

감시인인 하역인부는 무시한 채 고삐를 당겨 말머리를 돌린 뒤 하역장을 나섰다. 하역인부도 사전에 말을 전해 들었는지 별말 없이 로렌스 일행을 배웅했다.

하역장의 슬로프를 내려가 돌로 포장된 뒷골목으로 나선 순간, 로렌스는 크게 소리를 지르는 대신 땅이 꺼지도록 큰 한숨을 지었다.

분노도, 분한 마음도, 후회도, 그 모든 것이 일제히 한숨에 실려 밖으로 나왔다.

이 한숨을 토끼가 들이마셨다가는 그 자리에서 죽지 않을까 싶을 만큼, 절망의 감정이 결집된 한숨이었다.

하지만 상인의 오기까지도 한숨이 되어 바깥으로 나온 것은 아니었다.

현 상황을 비관하고 있을 틈이 없는 것이다. 로렌스의 머릿속에는 차가운 분노와도 같은 것들이 가득 찼다. 그리고, 그것들이 일제히 소리를 내며 자본금을 회수할 가능성을 계산하기 시작했다.

"…저, 저기, 당신."

한참 그러고 있는데 호로의 목소리가 머뭇머뭇 끼어들었다.

"응?"

"무슨 일, 있었어?"

원래 모습은 로렌스 정도는 가볍게 집어삼킬 수 있을 것 같은 늑대인 호로가 염려스러운 듯 어색한 웃음을 지으며 물었다. 레메리오와의 대화는 들었을 터이니 굳이 묻는 데에는 다른 까닭이 있을 것이다.

그런 호로의 모습에서 로렌스는 자신의 얼굴을 상상했다.

얼굴은 상인의 생명이다. 말고삐에서 손을 뗀 뒤 얼어붙은 얼굴 근육을 억지로 잡아 풀었다.

"무슨 일이 있었느냐고 묻는 거면, 뒤에 있는 상품이 쓰레기가 됐다는 것이지."

"우…. 내가 잘못 들은 것이 아니었구나."

"그리고, 이대로 가면 파산이라는 것도 사실이야."

파산 후에 기다릴 가엾은 새끼 양의 운명을 아는지, 호로는 그 말을 듣자 몸속 어딘가가 아픈 듯이 얼굴을 찡그렸다. 그런 뒤 문득 표정을 바꾸었다.

냉정하게 사태를 바라보는 현랑의 눈이 로렌스를 쳐다본다.

"도망칠까?"

"한 번 도망치면 계속 도망쳐야 돼. 상관이나 상회의 정보망은 신의 눈 저리 가라야. 어디 있건 장사를 했다가는 눈 깜짝할 새에 들키게 되지. 그렇게 되면 다시는 상인으로 못 돌아가."

"하지만 부상당한 짐승은 뼛속까지 잡아먹히는 게 세상의 이치잖아. 당신은 쉽게 생각하는 거야?"

"그렇지 않아."

분명하게 대답하자 호로는 잠시 생각을 하듯이 시선을 돌렸다.

로렌스는 계속해서 말을 이었다.

"뤼미오네 금화로 47냥을 갚으면 되는 거야. 아직 상품은 수중에 있어. 빚을 다 갚은 뒤에 멀리 가져가 팔면 나름대로 값이 될 거야. 다시 회복할 수 있어."

마치 간단한 듯이 단언했지만, 사실 그런 막힘없는 구상은 가능성이 전혀 없는 것과 비례한다.

그래도 그렇게 말할 수밖에 없었다. 상인의 오기도 오기지만, 여기에서 도망치면 어차피 상인으로는 회생할 수 없다. 그렇다면 끝까지 발버둥치는 수밖에.

그런 로렌스에게서 시선을 돌린 채 있던 호로가 한참 후 로렌스를 다시 쳐다보았다.

어이없어하며 어렴풋이 웃고 있는 얼굴이었다.

"나는 현랑 호로야. 약간은 당신에게 도움이 될 거야."

"그래, 밥값만 줄여 줘도 훨씬 다르지."

순간 호로의 오른손 주먹이 왼쪽 옆구리에 날아들었다.

"그러니까 먹은 만큼은 번다고 전부터 얘기했었잖아?"

"알았어."

옆구리를 문지르면서 대꾸하자, 한쪽 눈썹을 치켜뜨고 있던 호로는 화를 풀더니 가볍게 코웃음을 쳤다.

그런 뒤 무표정한 얼굴로 말을 쳐다보다가 입을 열었다. 마치 뭔가를 맹세하는 듯한 말투였다.

"여차하는 순간에는 내가 명예를 걸고 당신을 도망치게 해줄 게. 이 보리의 힘을 써서라도."

호로가 목에 걸고 있는 주머니 속에는 보리가 들어 있다. 호로가 깃들어 있다고 하는 보리다. 그것을 쓰면 호로는 쉽사리 원래의 본모습으로 돌아갈 수 있다.

그러나 호로는 자신의 본모습을 사람들이 두려움에 찬 시선으로 바라보는 것을 끔찍하게 싫어한다. 두려움에 찬 시선은 호로를 고립시키는 감옥이나 다름없다. 파치오의 지하수로에서 호로는 늑대의 모습으로 되돌아갔었는데, 그것은 호로 자신의 신변에도 위험이 닥쳤기 때문이었으리라.

하지만 이번에는 다르다. 지금 눈앞에 있는 위기는 순전히 로렌스만의 것이다.

그러니 여차하는 순간 로렌스를 위해 원래 모습으로 돌아가는 것도 마다하지 않겠다는 호로의 말에는 솔직히 기뻤다.

"당신은 나를 북쪽 숲까지 데려다 주겠다고 약속했어. 이런 데서 발목이 붙들려서는 안 돼."

"아아, 약속은 반드시 지킬 거야. 그리고."

로렌스는 눈을 감고 천천히 심호흡을 한 뒤 호로를 보았다.

"도저히 안 되겠다 싶을 때는 도움을 청할지도 몰라."

실수를 하면 끝장이었던 지금까지와는 달리, 끝까지 의지할

이가 있다는 안도감.

호로는 싱긋 웃더니 "나만 믿어."라고 말했다.

여차하는 순간에는 호로의 도움을 받을 수 있다.

그런 선택의 여지가 전혀 없는 것은 아니다.

하지만 그것은 실질적인 문제 해결방법이 아니다. 그런 상황이 전개되면 더는 이 세상에 로렌스가 몸을 둘 곳은 없어진다고 생각하는 게 낫다.

살 곳도 없는 채 고향을 등진다는 것은 그런 얘기다. 실패하면 아무것도 남지 않는다.

"앞으로 어떻게 할 건데?"

짐마차를 맡긴 뒤, 숙소 앞에서 호로가 물었다.

그야말로 로렌스가 하고 싶은 말이었지만, 지금은 그런 약한 소리나 내뱉고 있을 때가 아니다.

우선 숙소는 선불제였으므로 한동안 잠자리와 말을 맡길 곳은 걱정 없다. 현금도 약간 있다. 당장 먹고 잘 곳을 걱정하지 않아도 되는 것은 불행 중의 다행이다.

하지만 남아 있는 시간과 가능성은 너무도 적다.

"일단은 상관으로 가 보자. 그러는 수밖에 없어."

"흠. 고향 사람이라면 힘이 되어 주겠지."

격려차 한 말이겠지만, 세상은 그렇게 녹록치 않다는 것을 로렌스는 잘 알고 있다. 장사판에 몸을 둔 지 십 년을 헤아리니 궁

지에 몰렸다가 결국은 사라지는 사람들을 수없이 봐왔기 때문이
다.

"그럼 잠시 갔다 올 테니까 숙소에서 기다리…."

말을 채 끝내기도 전에 호로에게 발을 밟혔다.

"여행의 길동무가 역경에 처했는데, 느긋하게 숙소에서 털 손
질이나 하고 있을 만큼 내가 의리 없는 늑대로 보여?"

"아니, 하지만."

"그렇게 보이느냐고?"

발을 밟은 채 올려다본다.

"…그렇게 보이지는 않지만, 이건 그런 문제가 아니야."

"그럼 어떤 문젠데?"

일단은 밟고 있는 발을 치워 주었으면 좋겠지만 대답에 따라
서는 더 밟힐 수도 있을 것 같다.

"상관은 우리네 상인들한테는 고향이야. 고향에 여자를 데리
고 간다는 의미를 알잖아?"

"상황을 이해 못할 바보 천치만 있지는 않을 테지."

"그런 상황을 자세하게 설명하는 게 불가능해. 무엇보다, 너랑
나의 관계를 어떻게 설명해?"

호로는 교회에 발각되었다가는 악마로 찍혀 화형(火刑)에 처
해질 존재다. 이 도시에서 상관을 운영하고 있는 야콥은 자신보
다 이해력이 훨씬 뛰어나다고 생각하긴 하지만, 그래도 만의 하
나 야콥이 호로를 교회에 고발했다가는 끔찍한 일이 일어난다.
게다가 상관에는 로엔 지방을 고향으로 하는 수많은 상인들이

드나든다. 이해력이 좋은 놈들만 있는 것이 아니다. 그런 위험을 무릅쓸 수는 없다.

그렇다면 로렌스와 호로의 관계를 설명하기에는 약간이나마 속임수가 필요하다. 하지만 잘 속여 넘길 수 있을 것인가. 상대 방도 거짓말에 관해서는 닳고 닳은 상인이다.

"그럼 아예 사랑하는 사이라고 얘기하면 되잖아. 혼자 기다리는 것보다는 나아."

호로가 걱정해 주고 있다는 것은 안다.

입장을 바꿔 놓고 생각하여, 호로가 혼자서 문제를 해결하려고 하면 로렌스 역시 화를 낼 것이다. 숙소에서 기다리고 있으라는 말을 들으면 배신을 당한 기분이 들 것이 틀림없다.

호로의 시선이 이쪽을 바라본다.

애원하는 시선이었다.

"알았어. 같이 가자. 네가 머리도 더 빨리 돌아가니까."

"응. 걱정 마."

"단."

숙소에 들어오려는 떠돌이 상인에게 길을 비켜 주면서 말을 이었다.

"영업상의 동료라고만 말해 둘게. 절대 쓸데없는 말은 하지 마. 정말로 그 사람들의 환영은 거칠기 짝이 없으니까."

거짓말이 아니다. 정말 난감할 만큼 거칠게 환영하니까 호로가 대꾸할 수 없도록 단단히 못을 박아 둔다.

그런데 호로는 데려가 주기만 하면 아무래도 상관없는가 보다. 얌전히 고개를 끄덕였다.

"그럼 가자."

"응."

둘은 빠른 걸음으로 인파 속을 헤치며 나아갔다.

상관의 문을 막 노크하려는 순간 안에서 사람이 나왔다.

차림으로 볼 때 이 도시에서 장사를 하는 상인이라는 것을 한눈에도 알 수 있었다. 그런데, 상대가 약간 놀란 듯이 로렌스를 보더니 이내 겸연쩍은 듯 표정을 지으며 눈길을 피한다. 레메리오 상회의 심부름꾼인 것이다. 필시 로렌스가 지금 어떤 상황에 처해 있으며, 경우에 따라서는 채무를 대신 이행해 주어야 한다는 취지를 전하러 온 것이리라.

하지만 로렌스는 평소에 다른 사람과 스쳐 지날 때와 마찬가지로 길을 비켜 주었고, 말도 걸지 않았다.

상대 역시 자신들이 힘드니까 그러는 것뿐이지, 그럴 필요가 없다면 이런 역할은 맡고 싶지 않을 것이다. 실제로, 레메리오 상회의 직원은 로렌스에게서 빚을 받아낼 입장이면서도 도망치듯이 자리를 떠났다.

아무리 남을 등치는 일이 비일비재한 장사판이라 할지라도, 좋아서 남을 파산시킬 사람은 그리 많지 않다. 등치는 것과 파산을 시키는 것은 전혀 다르기 때문이다.

"한 방 날려 주나 했는데."

호로도 레메리오의 직원이라는 것을 안 모양이지만, 그런 농담에는 쓴웃음이 나왔다.

"그래도 내 입으로 최악의 상황을 설명해야 하는 마음의 부담은 없어졌어. 그 점에서는 감사하지."

"모든 것은 생각하기 나름이니까."

그제야 웃을 수가 있어서 로렌스는 상관으로 들어섰다.

오후가 되면 생선이나 야채처럼 상하기 쉬운 물품을 취급하는 상인들은 대개 일을 끝마친다. 아침에 왔을 때와는 달리 얼마간의 테이블에는 사람들이 앉아 각자 나름대로 술을 마시거나 담소를 나누고 있었다. 다들 얼굴과 이름쯤은 알고 있는 사람들이다. 개중에는 로렌스를 알아보고 가볍게 손을 드는 이도 있었다.

그러나 로렌스의 뒤를 이어 호로가 안으로 들어서자 그들의 움직임은 순간 정지하고, 동시에 약간의 웅성거림이 일어난다. 한숨소리라 해도 과언이 아니다. 그런 뒤 바로 이어지는 축복이라고도 선망이라고도 질투라고도 할 수 없는 시선. 호로는 아랑곳하지 않았으나 로렌스는 약간 따갑다.

"호오, 이거야 신의 인도하심으로."

그런 와중에 맨 처음 입을 연 야콥만은 얼굴은 웃고 있어도 눈은 웃고 있지 않았다.

"상당한 미인을 낚지 않았나, 로렌스."

주위의 시선은 일절 무시한 채, 호로의 손을 잡아끌며 곧장 야콥의 앞으로 걸어갔다.

그래프트가 아니라 로렌스로 불린 것이 가슴을 찔렀다.

야콥이 로렌스를 가족이 아니라 일개 상인으로서 대하겠다고 선언한 것이나 마찬가지이기 때문이다.

"낡은 것이 아니라 낚인 겁니다. 타란티노 관장님."

히죽 하고 얼굴의 형태가 변할 정도로 웃은 야콥은 힘겨운 듯이 몸을 일으키더니 로렌스의 어깨를 한 번 툭 친 뒤 안쪽을 가리켰다.

"들어가서 얘기하세."

눈치 빠른 상인들은 심상치 않은 분위기를 알아챈 듯했다. 누구 하나 말 한마디 걸어오지 않았다.

상관은 로비에서 안으로 들어서면 안뜰을 에워싼 형태로 지어져 있다. 계절답게 스산해진 안뜰을 바라보고 있노라니 앞서 가던 거구의 야콥이 먼저 입을 열었다.

"레메리오 상회 놈과는 마주치지 않았나?"

"마주쳤습니다. 입구에서."

"그래. 운 좋게 엇갈렸나 보다 했는데."

"…왜 그러십니까?"

무슨 말을 하고 싶은 것인지 잘 이해가 되지 않아 되물었다가, 야콥이 소리 없이 웃은 것을 들썩이는 어깨를 보고 알았다.

"치고받는 소리가 안 나더라고."

그 말에 호로는 살짝 웃고, 로렌스는 어깨를 으쓱했다.

그런 뒤 야콥은 복도 오른쪽 방의 문을 열어 두 사람에게 들어가라고 손으로 재촉했다.

"이곳은 내 개인사무실이야. 엿들을 놈들도 없으니 그 점은 안

심해."

별로 넓지 않은 방이지만 그곳에 들어 있는 지식은 한이 없어 보였다.

문을 연 맞은편의 나무 창문을 제외하고는 벽이란 벽이 선반으로 뒤덮여 있고, 거기에는 끈으로 묶인 무수한 서류가 아무렇게나 꽂혀 있었다.

방 한가운데에는 작은 테이블이 놓여 있고, 테이블과 벽 사이에는 나무와 가죽만 대서 만든 소파.

그리고 문 맞은편에도 산더미처럼 서류가 쌓인 책상이 있었다. 해가 갈수록 종이 값이 싸지고 있다 해도, 아직은 고급품에 속한다. 지식을 담아두는 데에 돈을 아끼지 않는다는 것은 우수하다는 증거다. 이 정도 양의 종이. 이름 난 신학자도 이렇게까지는 모으지 못한다.

"자, 어디서부터 이야기를 들을까?"

야콥이 테이블을 끼고 맞은편 소파에 앉자, 그 몸을 지탱하기 위해 소파가 엄청난 비명을 질렀다. 평소 같으면 그것을 빌미로 이야기꽃을 피웠을 테지만, 이런 상황에서는 로렌스를 압박하는 누름돌에 지나지 않았다.

옆에 호로가 있어 줘서 다행이라는 생각이 들었다.

혼자 있었으면 돌아갈 머리도 돌아가지 않았을지 모른다.

"우선 맨 먼저 듣고 싶은 것은 저 미인께서 어디의 누구이신가 하는 건데?"

야콥의 시선이 호로가 아닌 로렌스에게 향한다.

제대로 생각하자면 파산 위기에 처한 상인이 마을 아가씨를 데리고 돌아다니다니 언어도단이다. 야콥이 다혈질이었더라면 호로를 보자마자 그 자리에서 로렌스와 함께 내쫓았을 것이다.

"영업 관계상 함께 행상을 하고 있습니다."

"호오, 같이 장사를?"

농담이라고 생각했는지 웃던 야콥이 처음으로 시선을 호로에 게 돌렸다. 호로는 생긋 웃으며 고개를 살짝 기울였다.

"파치오의 밀로네 상회가 트레니 은화 1백40냥에 사겠노라고 가격을 제시한 모피를 그 자리에서 값을 올려 2백10냥에 팔았습니다. 그 방법을 생각해낸 것이 이 녀석이었지요."

호로는 작은 가슴을 펴며 의기양양한 표정. 그에 비해 야콥은 의혹의 눈빛이다.

당연하다면 당연할 일이다. 로렌스 역시 다른 사람이 그런 말을 하면 거짓말이라고 생각할 것이다. 밀로네 상회의 규모는 각 나라에 알려져 있고, 그곳에서 일하는 사람들도 일류 상인들뿐이니 이쪽에서 가격을 올리는 일은 여간해서는 있을 수 없는 일이다.

"아침에 여기 왔을 때 말씀드렸지요. 대가 없이는 투자하지 않는다고."

적어도 모피 이야기는 사실이었으므로 로렌스는 조금도 기죽지 않고 그렇게 말했다.

그 말투에 호로가 화를 낼지 어떨지까지는 생각지 않았으나, 이 자리를 대처하기 위한 한 방편으로 이해하고 있을 것이다.

야콥은 눈을 한 번 감더니 의외로 표정이 부드러워졌다.

"자세한 이야기는 묻지 않으마. 가끔 너 같은 놈들이 있거든."

"예?"

"어느 날 상관에 홀쩍 나타나서는 엄청난 미인을 데리고 들어오지. 그런 뒤 장사도 인생도 순탄대로. 하지만 그런 놈들은 결코 그 여자에 대해 자세하게 말을 하지 않아. 그러니 나도 더 이상은 묻지 않지. 정체를 알 수 없는 상자는 억지로 열지 말라고, 성경에도 써 있으니까."

'속을 떠 보는 것인가?' 했으나 그 이유는 알 수 없다. 그래서 솔직히 다시 생각했다.

짐마차가 행운의 여신으로 변해 상인과 함께 여행을 한다는 이야기는 실화인지도 모른다고.

게다가 로렌스 자신이 자칭 현랑이라는 소녀의 모습을 취한 늑대와 여행을 하게 되었을 정도다. 상인은 지극히 현실적이다. 나만 특별할 리는 없는 것이다.

"현명한 판단이로군."

호로가 그렇게 말하자 야콥은 박장대소를 터뜨렸다.

"자, 그럼 마음껏 이야기를 진행시켜 볼까? 혹시 두 사람이 단순한 부부 관계라면 나는 너더러 지금 당장 교회에 가서 이혼을 하라고 설득하려고 했지. 하지만 행상을 하는 동료 사이라면 이야기가 다르지. 죽으나 사나 한 배를 탔으니 상대의 파멸은 자신의 재난인 것이야. 돈으로 묶인 인연은 혈연보다도 질기거든."

삐걱 하고 야콥이 앉은 의자가 소리를 냈다.

"상황을 확인해 보지. 아까 레메리오 상회 놈이 전하러 온 이야기는 이렇다. 로엔 상업조합에 소속된 그래프트 로렌스는 포로손의 라토페아론 상회에서 1백 뤼미오네 어치의 병구류를 구입했다. 그 중 차용금에 해당하는 것은 약 절반. 그리고 지금 채권은 레메리오 상회가 쥐고 있다. 맞나?"

쓸쓸했지만 고개를 끄덕였다.

"어떤 병구류를 샀는지까지는 듣지 못했다만, 현재 병구류 시장은 대충 10분의 1 이상 하락해 있다. 가령 10분의 1 가격에 팔렸다 치더라도 40뤼미오네에 가까운 차용금. 트레니 은화로 치면 1천5백 냥 전후가 되겠군."

대도시 파치오에서 그 소동을 일으키며 얻어낸 이익금은 최종적으로 은화 1천 냥이었다. 그런 돈벌이를 한 번 더 한다 해도 다 갚을 수 없는 빚이다.

"이것은 완전히 라토페아론 상회에게 당했다고밖에 볼 수 없겠지만, 자세한 것은 묻지 않겠다. 물어봐야 상황은 달라지지 않아. 누가 어찌 생각하건 이것은 네가 욕심을 부리다가 실패한 것이니까. 그렇지?"

"그렇습니다."

변명할 수가 없었다. 욕심을 부리다 손해를 냈다는 말은 한 치의 어김도 없는 사실이다.

"그 점을 안다면 이야기는 빠르다. 아마도 틀림없이 조합이 떠안게 될 네 빚을 너는 네 힘으로 갚아야만 한다. 사기를 당했거나 강도를 만났거나, 병이 들었거나 다쳐서 빚을 지게 되었다면 우리는 조합과 상관의 명예를 걸고 너를 구하겠지만, 이번에는 그렇지 않아. 네가 빚을 갚을 수 있도록 힘을 실어 주는 것은 신이 아니면—."

야콥의 손가락이 호로에게 향하자 호로는 로렌스를 힐끗 쳐다보았다.

"저기 있는 미인뿐이다."

"알고 있습니다."

직업별 조합과 달리 같은 고향을 바탕으로 한 상업조합은 상호부조의 단체다. 운영은 조합원의 기부금으로 이루어지며, 야콥이 말한 것 같은 재난을 당하여 장사를 할 수 없게 된 사람들을 구제하기도 하고, 이국땅에서 부당한 대접을 받았을 때에는 집단적으로 항의를 하기 위해 세워졌다.

욕심을 부리다 실패한 인간의 빚을 대신 떠맡아 주기 위해 만들어진 것이 아니다.

그러니 이런 경우에 일시적으로 대납을 해주기는 해도 호된 추심에 나서게 된다. 다른 조합원들이 납득하지 않기 때문이기도 하지만, 안이하게 욕심을 부리지 말라는 본때를 보여주기 위해서이기도 하다.

야콥의 눈이 팽팽하게 당겨진 활처럼 되었다.

"유감스럽지만 나는 네게 자비를 베풀어 줄 수 없는 입장이다. 오히려 네게 단호한 태도를 취하는 것이야말로 내가 로비의 저 의자에 앉아 있는 이유가 되지. 그것이 조합 전체의 규정이다. 우리 상관만 무르게 나가다가는 뜯어먹자고 달려들 놈들이 수도 없거든."

"물론입니다. 혹시 다른 누가 욕심을 부리다 실패를 했는데 특별 취급을 받는다면 저도 화가 날 겁니다."

오기를 부리는 것도 정도가 있었으나, 오기를 부리지 않고는 버텨낼 수가 없다.

"그리고 알고 있으리라 생각하지만, 조합원끼리 돈을 빌리고 빌려주는 것은 금지돼 있다. 또한, 조합으로서도 네게 돈을 빌려줄 수는 없어. 주위에 본보기가 되지 않으니까."

"압니다."

제2의 고향은 지금 이 순간, 로렌스의 눈앞에서 굳게 문을 닫아걸었다.

"레메리오 상회가 내게 전한 바로는 네 빚은 이틀 후가 기한이라고 하더군. 레메리오 상회도 병구류 투자에 실패해서 엉덩이에 불이 난 상태일 거야. 주저 없이 바로 추심에 들어갈 테지. 요컨대 모레가 되면 네 실패가 만천하에 알려질 테고, 너는 신병을 구속당하게 돼. 여기에서 이끌어지는 결론은 무엇이지?"

"이틀 안에 47뤼미오네를 마련하여 레메리오 상회에 갚지 않으면 내일은 없다는 것이지요."

야콥은 약간 고개를 돌렸다. 그런 뒤 시선을 테이블 위로 떨어뜨린 뒤 말했다.

"내일이 없는 것은 아니지."

살짝 옷 스치는 소리가 난 것은 곁에 있는 호로의 귀와 꼬리가 낸 것이리라.

"네게도 분명히 내일은 온다. 단, 캄캄하고 고통스러우며 무거운 내일이지."

넌지시, 파산을 비관한 자살은 인정 못한다고 말하는 것 같다.

"47뤼미오네 정도는 장거리 무역용 배에서 10년 간 노를 저으면 갚을 수 있을 것이야. 광산에서 땅을 파도 되고. 단, 다치는 일도 병드는 일도 없어야 하지."

선장과 선주들의 상회 사이에 오간 서신을 본 적이 있다면 그것이 얼마나 꿈같은 이야기인지 이내 알 수 있다. 그 서신은 오가는 대화의 9할이 노 젓는 일꾼의 교환 요청과, 어떻게든 그것을 오래 유지시키려는 것으로 뒤덮여 있다.

보통 원거리용 선박에서 노 젓는 일꾼들은 2할이 2년 내에 쓸모없어지고, 나머지 1할은 다음 2년 내에 쓸모를 다하며, 살아남은 1할의 강인한 체력의 소유자들은 해적과 싸우는 선박에 실려 돌아올 수 없는 몸이 된다. 그나마 선박은 나은 편이다. 광산의 경우에는 대개 1년 안에 폐병에 걸려 죽게 되거나, 운 좋게 병은 면해도 2년 내에 낙반사고로 죽는다.

그에 비해 재난에 휘말려 상관이 대신 빚을 갚아 준 사람은 낮은 이자로 몇 년에 걸쳐 돈을 갚으면 되는 좋은 대우를 받는다.

욕심을 부리다 실패를 하는 것이 얼마나 큰 죄인지 알아야 할 일이다.

"하지만 나는 네가 죽기를 바라지는 않는다. 이것은 기억해 주었으면 해. 죄에는 벌을. 너는 그 당연한 의무를 수행해야만 하는 것뿐이다."

"알고 있습니다."

야콥의 눈이 로렌스에게 향했다. 처음으로 그 눈에 동정의 빛이 떠오른다.

"이틀 간 할 수 있는 데까지 최선을 다해 보라는 말밖에 할 수 없다만, 뭔가 협력할 수 있는 일이 있으면 협력해 주마. 통상적인 영업상의 협력이라면 물론 문제될 것이 없으니까. 그런 수고는 아끼지 않아. 그리고 나는 널 믿고 있다. 이틀 간 밧줄로 묶어 두고 싶은 상황이다만 자유로이 나가도 돼."

믿는다는 말이 어깨를 묵직하게 짓누른다.

여차하는 순간, 호로는 구해 주겠다고 말했다.

하지만 그것에 의지한다는 것은 지금 이 눈앞에 있는 야콥을 저버리게 되는 것이기도 하다.

그런 짓을 할 수 있을까.

자신도 모르게 가슴속에서 그렇게 중얼거렸다.

"마음 써 주셔서 감사합니다. 이틀 간 어떻게든 돈을 벌어 보겠습니다."

"장사에는 의외의 틈새가 있다. 위기에 처하게 되면 더 잘 보이게 되는 길도 있으니까."

그 말에는 조금 움찔했다. 비합법적인 수단을 써서라도— 라는 뜻으로 해석할 수 있기 때문이다.

야콥은 로엔 상업조합 뤼빈하이겐 상관의 관장으로서 로렌스에게 현실을 엄격하게 들이대기는 했으나, 틀림없이 로렌스를 정말로 걱정하고 있다. 그저 엄격하기만 해서는 상인들의 제2의 고향인 상관의 주인 역할은 할 수 없는 것이다.

"달리 뭔가 궁금한 사항이라든가 할 말은 없나?"

로렌스는 고개를 가로로 저었으나, 문득 생각이 나서 물었다.

"빚을 갚고 난 뒤 한 방 먹일 한마디가 있으면 가르쳐 주십시오."

야콥은 순간 눈이 휘둥그레졌다가 큰 소리로 웃었다. 웃을 일이 아닌 상황에서 하는 농담이 더 우습다는 것은 아마도 진실일 것이다.

"재치 있는 소리를 하는 것을 보니 괜찮겠군. 그쪽에 계신 미인께서는 뭔가 하실 말씀은?"

무슨 말이라도 할 줄 알았으나 의외로 묵묵히 고개를 가로저었다.

"그럼 이야기는 일단락됐다. 너무 길게 얘기를 하는 것도 좋지 않아. 쓸데없는 억측을 하는 놈들 천지니까. 좋지 않은 소문이 돌아서야 움직이기가 어렵게 될 테지."

삐걱 소리를 내면서 야콥이 소파에서 일어서자 로렌스와 호로도 그 뒤를 따랐다.

야콥과 로렌스는 상인이 어두운 표정을 짓고 있는 것이 얼마나 좋지 않은지를 알기 때문에 애써 평소의 표정을 유지했다. 안에서 잠시 가벼운 세상살이 이야기라도 하고 나왔다는 듯이.

상관의 로비로 돌아가자 야콥은 평소의 제자리로 가서 앉은 뒤 가볍게 손을 흔들어 로렌스를 배웅했다.

그래도 심상치 않은 분위기를 느꼈는지, 로비에서 술을 마시고 있던 사람들은 말을 걸어오지 않았다.

몇몇 시선을 등 뒤로 받았으나, 그것에 뚜껑을 덮듯이 뒷손질로 문을 닫았다.

최악의 경우 갇히는 것도 각오했었다. 이틀 간의 자유를 준 야콥의 관대함에 감사의 마음을 품지 않을 수 없었다.

"일단 이틀 간의 자유는 얻었다. 이틀 간 할 수 있는 데까지 하는 수밖에 없어."

자신에게 다짐하듯이 그렇게 중얼거리기는 했으나 이틀 간 자본금도 없이 47뤼미오네의 거금을 벌어들인다는 것은 망상이나 다름없다.

혹시 그런 방법이 있다면 이 세상의 비렁뱅이들은 다들 큰 부자가 되었으리라.

그러나 생각해야만 한다.

그렇지 않으면 다음에는 생각하기도 싫은 내일이 찾아온다.

내 가게를 차리겠다는 꿈은 날아가고 상인으로서 재기하는 것도 절망적인 채 어슴푸레한 광산 아니면, 번민과 탄식하는 소리가 파도치는 소리보다도 더 크게 울려 퍼진다는 선창에서 일생을 끝마치게 된다.

오기를 부리며 어떻게든 될 것이라고 말을 하긴 했어도 스스로에게 다짐하면 다짐할수록 그런 것은 무리가 아닌가 하는 현실적인 생각이 바싹바싹 압박해 온다.

야콥은 로렌스를 믿기 때문에 채무 추심일까지 이틀 간의 자유를 주었다.

하지만 그것은 어쩌면 파멸을 당하기 전 하다못해 이틀 간이라도 자유롭게 보내라는 뜻일지도 모른다는 생각이 든다. 상식적으로 생각하면 생각할수록 47뤼미오네라는 거금을 이틀 만에 벌어들이는 것은 불가능하다는 것을 깨닫게 되기 때문이다.

문득 보니 손이 떨리고 있었다.

그것이 한심스러워서 떨림을 쥐어 터뜨리듯이 주먹을 쥐자 그 위에 자그마한 손이 겹쳐졌다.

호로다. 그제야 그 존재를 떠올렸다.

혼자가 아니다.

그 사실로 로렌스는 심호흡을 할 여유를 간신히 얻을 수 있었다.

이대로는 호로를 북쪽 숲까지 데려다 주겠노라는 약속조차 깨뜨리게 된다.

정지해 있던 머리가 움직이기 시작한다. 그것을 내다본 호로가 입을 열었다.

"그래서 당신은 어떻게 할 건데?"

"일단 생각하기 전에 먼저 시험해 볼 것이 있어."

"뭘?"

호로가 고개를 들면서 물었다.

" '빚에는 빚' 이지."

엄청난 부자이거나 마음이 하해와 같은 인물이 아니고서는 타인에게 거금을 빌려주고 마음 편히 있을 수 없을 것이다.

거꾸로, 웬만큼 돈에 쪼들리거나 속이 좁아터진 사람이 아닌 한 몇 푼쯤 꿔줬다고 심하게 잔소리를 해대면서 독촉해 오지는 않을 것이다.

빚은 닥쳐드는 탁류와 같은 것이다. 그것을 그대로 떠안는 것은 도저히 불가능해도, 몇 갈래 강줄기로 물을 분산시키면 어떻게든 버텨낼 수가 있다.

47뤼미오네라는 거금을 몇 사람에게 분산시켜 빌린 돈으로 일단 빚을 갚고, 다시금 각자에게 갚아 나아가는 것이 현재의 계획이었다.

그러나.

"오오, 로렌스 씨. 오랜만입니다. 오늘은 또 무슨 돈벌이 이야기라도?"

로렌스가 아는 상회에 얼굴을 내밀면 다들 똑같이 말하며 재회를 반겼으나 막상 돈을 빌려달라는 말을 꺼내면 순간 표정이 떨떠름해졌다.

"5뤼미오네? 이것 참, 어쩌나. 요즘 우리도 빡빡하거든요. 연말이 다가오니 보리와 고깃값이 오른 데다 봄을 대비해서 상품도 사 놓아야 해서 말입니다. 미안해요. 사정이 좀…."

약속이라도 한 듯이 다들 하나같은 반응을 보이는 것이다. 상대도 이런 쪽 일에는 민감한 상인들이다. 행상인이 소속한 상관에서 돈을 빌지 않고 일부러 상회로 와서 돈을 빌려달라고 할 때에는 상관에서 돈을 빌릴 수 없는 이유로 궁지에 몰려 있는 것을 의미한다는 것쯤은 바로 안다.

침몰해 가는 배에 짐을 실으려 할 자는 없다.

하다못해 1뤼미오네라도 좋으니 빌려달라고 매달리자 마치 냄새나는 것이라도 상대하는 듯한 표정을 지었다.

의지가지없이 난폭하게 쫓겨난 적도 있었다.

상품이나 거래를 위한 상담이 아니라 돈 빌려달라는 소리를 하는 자는 도적이나 다름없다.

그것이 이 세계의 상식이다.

"아직 다음이 있어."

상회 바깥에서 기다리고 있는 호로와 합류할 때마다 하던 말도 다섯 번째부터는 하지 않게 되었다.

오기로 웃고 있었던 것은 세 번째까지였고, "어땠어?"하는 호로의 질문은 네 번째부터 들리지 않게 되었다.

다음 곳으로 가는 도중, 돈을 빌려 일단 빚을 갚는 것 외에 뭔가 돈벌이가 될 만한 것은 없을까 하고 이야기를 나누었으나, 그마저도 오래지 않아 바람이 빠지듯 하지 않게 되었다. 원래 상인은 자본금을 이용해 돈을 버는 법이다. 밑천 없이는 아무 일도 안 되는 것은 자명한 이치라고도 할 수 있다.

길을 가는 로렌스의 걸음이 무의식중에 빨라져 호로와의 거리가 자꾸만 벌어지게 되었다.

그것을 알아챌 때마다 초조해 하지 말라고 자신을 다독였지만 그 말은 텅 빈 머릿속을 메아리칠 뿐이었다. 게다가, 호로가 이따금씩 입에 담는 격려의 말에서조차 짜증이 일어난다.

좋지 않다. 명백하게 좋지 않은 상태였다.

날이 저물어감에 따라 점점 찬 공기가 내리기 시작했음에도 로렌스의 이마와 목덜미에는 묵직한 땀이 흠뻑 배어 있었다.

각오는 되어 있었다 해도, 실제로 겪어 보니 예상 이상으로 충격이 컸다. 사태의 심각함이 질그릇 컵에서 물이 스며 나오듯 야금야금 로렌스의 몸을 먹어 들어간다.

어째서 포로손에서 그런 거래를 하고 말았던 것인가. 그런 후회와, 후회를 해봐야 소용없다는 마음속의 말다툼이 더욱 격렬해져 간다.

다시금 호로의 목소리로 거리가 너무 벌어져 있었다는 것을 깨달았다. 멈춰 서자 다시는 걸음을 떼지 못하는 것이 아닐까 싶을 만큼 피로감이 엄습해 왔다.

하지만 뻗어 있을 틈은 없다.

"실례합니다."

시장을 닫는 종소리가 울리고, 어느 가게나 이제 슬슬 문 닫을 준비를 할 시간이다.

로렌스가 찾아간 아홉 번째 상회도 이미 하역장을 정리하는 중이었다. 입구에 '오늘의 영업은 끝났다' 는 나무푯말이 걸려 있었다.

그래도 기본적으로 상회는 주인과 일꾼들의 집이기도 하기 때문에 사람이 없을 리는 없다. 로렌스는 문에 붙은 고리를 두드린 뒤 일단 심호흡을 했다.

친분이 있는 사람들도 이제 별로 남지 않았다. 물고 늘어져서라도 돈을 빌리지 않으면 안 되었다.

"누구십니까?"

하고 문이 열리면서 낯이 익은, 풍채 좋은 부인이 얼굴을 내밀었다.

마음을 단단히 먹고 주인어른을 뵙게 해달라고 말하려는 순간, 부인이 돌연 뒤를 돌아보는가 싶더니 난감한 표정으로 도로 들어갔다.

대신 나온 것은 상회의 주인이었다.

"오랜만입니다, 로렌스 씨."

"오랜만입니다. 시장도 닫혔는데 죄송합니다만, 긴히 부탁드릴 말씀이 있어서요."

첫 번째, 두 번째 집에서는 그래도 아직은 거래를 가장하며 세상 사는 이야기부터 들어갈 여유가 있었다.

하지만 지금은 그럴 여유도 없다. 단도직입적으로 말하자 주인의 멸시하는 듯한 시선이 꽂혀들었다.

"언뜻 들었습니다만, 여기저기에서 돈을 빌려달라고 하셨다던데."

"예…. 부끄럽습니다만…."

같은 지역 내의 상인들끼리는 유대도 잘되어 있다. 이미 돈을 빌리러 갔던 어느 상회에서 연락을 받은 것이 틀림없었다.

"그것도 상당한 액수라던데요. 병구류의 폭락이 원인인가요."

"예. 제가 보는 눈이 없어서 실패를 하고 만 탓에—."

여하튼 저자세로 나가 자비를 구걸해서라도 돈을 빌려야만 한다. 앞으로 이틀 사이에 무일푼에서 47뤼미오네를 마련한다는 것은 아무리 생각해도 불가능하기 때문이다.

그리고 이곳에서 거절당하면 아마 로렌스는 그 어느 상회에 가더라도 문전박대를 당할 것이다.

어느 상회가 이미 빌려주었다면 우리도 빌려줘 볼까 하는 마음이 들게 되겠지만, 아무도 빌려주지 않았다는 것은 그 누구도 빌려줄 수 없을 만큼 로렌스는 재기 불능 상태라고 판단했다는 뜻이 되기 때문이다.

상회의 유대는 강하다. 일단 그 유대를 타고 정보가 흘러들면 그것은 삽시간에 온 도시로 퍼져나간다.

하지만 주인의 목소리는 여전히 싸늘했다.

"보는 눈이 없어서? 그럴 수도 있겠지요."

이것은 타인의 감정을 어느 정도 읽을 수 있는 상인이 아니라도 알 수 있다.

절대 돈을 빌려줄 분위기가 아니다.

상회의 주인은 눈살을 찌푸리며 어이없다는 듯이 한숨까지 지었다. 어쩌면 로렌스가 욕심을 부려 신용거래를 한 끝에 엄청난 빚을 지게 된 것까지 조사가 끝나 있는지도 모른다.

상인은 신용이 생명이다. 신용을 잃으면 더는 그 어디에서도 도움의 손길을 내밀어 주지 않는다.

애당초 빚을 지게 된 것은 확실히 자신의 책임이었으니, 그로 인해 일이 엉망이 됐다면 불평할 면목도 없다.

로렌스는 힘없이 고개를 떨어뜨렸다. 모래에 물을 뿌린 것처럼 힘이 빠져나갔다.

어쩔 도리가 없다.

그때 주인이 말을 이었다.

"하지만 상품의 폭락은 신이 아니고서는 예측할 수가 없는 법. 그것을 무조건 비난하는 것은 잔인한 짓이지."

고개를 확 들었다. 구원의 빛이 보였다. 이곳에서 얼마간 빌려 준다면 남은 상회에서도 빌리기 쉬워진다. 행상인으로서의 능력은 어느 정도 인정받고 있었다. 시간을 들여 반드시 이자를 붙여 갚겠다고 약속하면 어떻게든 될지도 모른다.

그런 희망이 눈앞에 강림했다고, 그렇게 생각했다.

그러나 고개를 든 눈앞에 있는 것은 질린 듯한, 멸시하는 듯한 얼굴이었다.

"로렌스 씨가 어려움에 처하셨다면 무력한 나라도 약간은 힘이 될 수도 있다는 생각을 분명히 했었지요. 몇 번인가 돈을 벌게 해주기도 했으니까요. 하지만 나는 상인이기는 해도 신의 가르침 하에 올바르게, 상대방에게 성의를 베풀면서 살아야 한다고 생각합니다."

무슨 말을 하고 있는 것인지 알 수가 없었으나 그래도 필사적으로 변명을 하려고 입을 열려는 순간, 틈을 주지 않는 상인 특유의 화술에 말문이 막혔다.

"당신은 타인의 동정심에 호소해 돈을 빌리겠다고 돌아다니는 와중에도 여자를 데리고 다닙니까? 사람을 우습게 보는 것도 정도가 있지. 로엔 상업조합의 질도 이젠 형편없어졌군."

그 말에 얼어붙어 꼼짝하지 못하는 사이에 상회의 문은 굳게 닫혔다.

앞으로 나아갈 수도, 뒤로 물러설 수도 없다.

숨을 내쉬고 들이마시는 것조차 잊어버린 것만 같았다.

굳게 닫힌 문은 바위에 문 모양을 그려 놓은 것처럼 침묵을 고수하고 있다. 아마 저 문은 감촉도 싸늘하지만, 무게 또한 바위 같으리라. 이 문은 다시는 열리지 않을 것이다. 그것은 로렌스가 이 도시에서 아는 인맥 전부가 끊겨졌다는 것을 의미한다.

더는 돈을 빌릴 데가 없다.

문 앞에서 멀어진 것은 의식을 해서 그런 것이 아니라 몸이 마음대로 비틀비틀 뒤로 물러선 것뿐이었다. 정신이 들고 보니 도로 한가운데에 우뚝 서 있었다.

"길 한복판에 서 있으면 어떡해?!"

마차를 모는 마부가 호통을 치자 로렌스는 그제야 들개처럼 길가로 이동했다.

어떡해야 하는가. 어떡해야 하는가. 어떡해야 하는가.

그런 말만 빙글빙글 눈앞을 오가고 있었다.

"당신, 괜찮아?"

그 목소리에 정신이 확 든다.

"얼굴이 창백해. 일단 숙소로."

다음 순간 로렌스는 호로가 걱정스레 내민 손을 팍 쳤다.

"너만—!"

소리를 버럭 내지른 뒤에야 자신의 실수를 깨달았으나 이미 때는 늦었다.

가슴에 창이 꽂힌 것처럼 로렌스를 응시하던 호로가 갈 곳을 잃고 허공에 떠 있던 손을 천천히 내렸다.

그런 뒤 화를 내지도, 슬퍼하지도 않고, 표정이 사라진 채 고개를 푹 숙였다.

"우…. 미안, 해….."

간신히 그런 소리를 짜내기는 했어도 로렌스가 때린 손은 다시 내밀어지지 않았다.

"아아, 제기랄….."

자신을 비난할 수밖에 없었다.

자신이 얼마나 심한 짓을 했는지가 사무치게 느껴졌다.

"…숙소로, 돌아가 있을게."

호로는 작은 소리로 그렇게 말하고는 로렌스 쪽을 한 번도 돌아보지 않고 걸어가기 시작했다.

건물 안에 있어도 사람의 말소리가 들리는 호로다. 주인과의 대화를 옆에서 듣는 것처럼 들었을 것이다.

그렇다면 호로 역시 도망치고 싶을 만큼 책임을 느꼈을 것이다. 말할 것까지도 없이, 호로가 로렌스를 따라나선 것은 걱정이 되었기 때문이다.

그럼에도 호로는 자신의 행동이 예상과는 반대의 결과를 내었다고 해서 안이하게 사과를 하거나 당황하지 않고 오히려 로렌스를 배려해 주었다. 그것이 가장 타당한 판단이라는 것은 안다. 그것을 아니까 더더욱 그런 행동은 있을 수 없는 것이었다.

인파 속으로 사라져가는 호로의 작은 등에 대고 뭐라 할 말이 생각나지 않았다. 그럴 용기도 낼 수가 없다.

로렌스는 다시금 자신을 비난했다.

운명의 여신이 있다면 그 아름다운 얼굴을 정통으로 날려 주고 싶었다.

결국 로렌스가 숙소로 돌아온 것은 날이 저물어야 영업할 수 있게끔 허가돼 있는 노점들마저 장사를 접을 시간이 됐을 때였다.

술을 퍼마시고 싶은 기분이었으나 그럴 돈도 없었거니와 그것은 비겁하다는 생각이 들었다.

술에 취한 채 호로 앞에 서는 짓만큼은 절대 할 수 없었다.

그럼에도 로렌스가 이렇게 늦어진 것은 그 후로 다시 상회를 전전했기 때문이다.

자존심도 존엄성도 다 팽개치고 부탁하면 귀찮아서라도 돈을 빌려줄 것이다. 그런 생각까지 하면서 돈을 모았다.

결국 네 사람에게서 3뤼미오네를 빌리게 됐다. 그 중 세 사람은 갚으러 오지 않아도 된다고 했다. 어떤 식으로 돈을 빌렸는지 보지 않아도 알 수 있을 것이다.

하지만 당연히 47뤼미오네에는 한참 멀다. 이것을 밑천으로 얼마 남지 않은 시간 동안 뻥튀기를 시켜야만 한다. 사태가 호전된 것은 아니다. 이 밑천을 만들기 위해 망가뜨린 인간관계는 장사를 하는 데에 있어 소중하고도 꼭 필요한 것이었으니.

이젠 정당한 방법으로 돈을 불릴 가능성은 거의 없는 것이나 다름없었다.

하지만 그 문제를 생각하기 전에 해야만 할 일이 있다. 돈을 불리기 전에 되찾아야만 할 것이 있다. 그렇기 때문에 억지로라도 앞뒤 따지지 않고 돈을 빌리러 다녔다.

무의식중에 떨쳐내고 만 호로의 손의 감촉이 되살아난다. 심장을 직격당한 아픔에 가슴속이 욱신거렸다.

숙소 로비에 들어서니 카운터 너머에서 주인이 졸린 듯이 하품을 하고 있었다. 도시의 규정 가운데 숙박객이 전원 돌아올 때까지는 자서는 안 된다는 항목이 있다. 날짜가 바뀌고도 돌아오지 않을 때는 자경단에 연락해야 한다.

도적이나 범죄자가 도시로 흘러들어 나쁜 짓을 저지르고 다니는 것을 막기 위한 대응책이다.

"일찍 오셨네요."

비아냥조의 인사를 흘려들으며 로렌스는 방으로 향했다.

3층의 한 방이다. 어쩌면 호로는 그 길로 어디론가 가 버렸을지도 모른다. 그럴 가능성은 생각하고 싶지 않았다.

재차 심호흡을 한 뒤 문에 손을 댔다.

천천히 열건, 빨리 열건 삐걱거리는 소리가 날 것은 마찬가지라 단숨에 열고 방으로 들어섰다.

건물 사정이 최악인 데다 여행객의 수가 엄청나게 많은 뤼빈하이겐에서는 침대 딸린 개인실을 쓰는 것만으로도 호화판에 속한다. 방 한가운데에 조악한 침대가 있고, 나무창과 그 옆에 마련된 간소한 테이블이 있을 뿐인 방이라도 상당한 요금을 내야 했다.

하지만 지금은 이렇게 좁은 것에 약간 감사를 하고 싶은 심정이다.

조금이라도 더 넓었더라면 로렌스는 말을 거는 것조차 주저했을지 모른다.

나무창의 금 간 부분으로 들어오는 달빛을 받으며 호로는 침대 위에서 몸을 웅크린 채 누워 있었다.

"호로."

좁고 어두운 방 안에 짤막한 음성이 퍼져나가자, 소리 같은 것은 내지도 않은 것 같은 착각이 일었다.

침대 위의 호로는 꼼짝도 하지 않는다.

그러나, 혹시라도 다시는 얼굴도 마주하고 싶지 않다고 생각했으면 숙소로 돌아오지 않았을 것이다. 침대 위에 누워 있다는 것은 적어도 그럴 마음은 없다는 뜻이다.

"잘못했어."

그 말밖에 할 말이 없어서 그렇게 말하는 수밖에 없었으나 그래도 여전히 호로는 꼼짝하지 않았다.

정말로 자고 있다고는 생각되지 않아 로렌스는 방 안으로 한 걸음 더 나아간 뒤 숨을 삼켰다.

순간, 발밑에 예리한 칼날이 놓여 있는 것만 같은 느낌이 들었다. 등줄기에서 식은땀이 확 솟구치며 황급히 발을 빼자 그 무시

무시한 느낌은 사라졌다.

자신의 발밑과 침대 위의 호로를 번갈아 쳐다본다.

사람이 정말로 화를 내면 가까이 있기만 해도 화상을 입을 것 같은 기분이 들게 된다. 설마하면서도 천천히 손을 뻗자, 믿기지 않는 감각이 와 닿았다. 명확하게 호로의 분노를 느낄 수 있었던 것이다. 뜨겁기도 하고 차갑기도 한 이상한 공기의 층이 분명히 거기에 있었다.

결심하고 그 안으로 손을 넣는다. 칼날이 묻힌 뜨거운 모래 속에 손을 찔러 넣는 듯한 느낌. 당장이라도 재가 되고, 칼날에 난 도질될 것만 같은 착각이 일어난다.

호로의 늑대 모습을 처음으로 본 지하수로의 일이 생각난다.

그래도 로렌스는 발을 한걸음 앞으로 내딛으려 했다.

그 순간.

"웃."

부스럭 소리가 나면서 호로의 모포가 조금 움직였다— 싶은 순간 단단한 것에 손이 닿은 것 같은 느낌과 동시에 튕겨졌다. 부풀어 오른 꼬리가 손을 쳐냈다는 것을 깨달았다. 꿈인지 환상인지 하는 의문조차 들지 않을 만큼 손에는 아픔이 뚜렷이 남아 있다.

그리고 이내 그런 생각이 들었다. 호로도 손을 맞았을 때 이런 느낌이었나 하는. 그나마 로렌스는 얼마간 각오를 한 상태에서 맞았지만, 호로는 갑작스러웠을 것이다. 놀란 만큼 아팠으리라.

자신이 저지른 잘못을 다시금 원망했다.

로렌스는 상의 속에 넣어 두었던 가죽주머니를 꺼내 침대 쪽으로 던졌다.

앞뒤 따지지 않고 오로지 빌리는 것만 생각해서 빌려온 돈이다.

지금까지 이곳에서 쌓아온 상인들과의 인간관계를 돈으로 바꾼 것이라고도 말할 수 있다.

"내가 자력으로 모아온 돈이야. 3뤼미오네밖에 안 돼. 나머지 40뤼미오네 이상을 어떻든 해야겠지만, 더 이상 나는 방법이 없어. 그것을 밑천으로 돈을 불리려 해도 내 머릿속에는 아무것도 들은 게 없어."

길가의 돌에게 말을 걸고 있는 것 마냥 아무런 반응도 없었지만 로렌스는 딱 한 번 작게 기침을 한 뒤 말을 이었다.

"내가 생각해낼 수 있는 것은 고작 해봐야 그 돈을 쥐고 도박장으로 달려가는 것 정도야. 하지만, 그럴 만한 사람이 갖고 있으면 몇 배로 불릴 수 있지 않을까 해. 그래서 나는 그 돈을 너한테 맡기는 거야."

길거리에 면해 있는 나무창 너머로 술주정뱅이의 노랫소리가 들려왔다.

"그리고, 이대로 소용이 없어지게 되면 그 돈은 쓰는 사람 마음대로야. 새삼스레 3뤼미오네의 빚이 늘어난다 해도 달라질 건 아무것도 없으니까."

현금을 빌리기 위해 인간관계를 희생한 까닭은 호로의 지혜라면 그것을 불릴 수 있지 않을까 하는 기대심리가 반이었고, 나머지 반은 호로에게 얼마간의 돈을 남겨주기 위해서였다.

구두 계약이라고는 해도 호로를 북쪽 숲까지 데려다 주겠노라고 약속했었고, 그런 식으로 손을 뿌리친 채 이별을 하는 것은 너무도 뒷맛이 개운치 않다.

하다못해 약간의 현금을 건네주는 것이 상인으로서 해야 할 일이라고 생각했다.

하지만 여전히 반응은 없다.

로렌스는 한걸음 뒤로 물러나 몸을 돌린 뒤 문을 열고 복도로 나왔다.

그대로 방에 머물고 있을 수 있는 분위기가 아니었다.

어두운 계단을 내려가 로비를 빠져나간다. 아마도 외출하는 것을 야단치는 것일 여관 주인의 목소리가 뒤에서 들려왔으나 그것을 무시하고 밖으로 나왔다.

방금 전 나무창 너머로 들려왔던 술주정뱅이의 노랫소리는 왼쪽 편에서 작게 들려왔다.

조금만 더 있으면 자경단이 순찰을 돌기 시작할 시간이다. 갈 곳도 없었으므로, 지금쯤 로렌스와 관련된 문제로 머리가 꽉 찼을 터인 야콥에게 가려고 발길을 오른쪽으로 돌렸다. 억지에 가까운 꼴로 돈을 빌리러 다녔으니 그에 대한 불평도 쇄도하고 있으리라.

하지만 발걸음이 우뚝 멈췄다. 까딱하면 자유로이 바깥을 나돌아 다닐 수 있는 것도 오늘밤이 마지막일지도 모른다는 사실에 심장이 얼어붙은 것이다.

로렌스는 무의식중에 고개를 들었다. 시선이 머문 곳은 여관 2층의 한 방. 호로가 있을 터인 장소. 호로라면 뭔가 무시무시할 정도의 지혜를 발휘해 어떻게든 해주지 않을까 하는 희망과, 이제 와서 기댈 수는 없다는 체념이 있었다.

그러니 들었던 고개도 도중에 멈추고 시선도 아래로 처졌다.

'상관으로 가자.' 라는 말만 가슴속으로 중얼거린 뒤 걸음을 내딛으려던 그 순간, 별안간 뭔가가 머리를 때렸다.

불시에 날아든 심한 충격에 시야가 흔들리며 풀썩 무릎을 꿇었다. '강도' 라는 글자가 머릿속에 떠오르며 허리에 찬 단검에 손을 대었으나 추격해 오는 자 하나 없다. 그 대신, 짤랑 하고 동전이 내는 특유의 소리가 났다.

가만 보니 침대 위에 두고 온 비장의 3뤼미오네가 든 가죽주머니가 떨어져 있었다.

"멍청이."

그리고 머리 위에서 들려온 말.

고개를 들자 잔뜩 찌푸린 얼굴의 호로가 달빛처럼 차가운 시선으로 바라보고 있었다.

"당장 들어와."

할 말만 하고 즉시 나무창 안쪽으로 물러난 호로 대신에 여관 입구의 문을 열고 주인이 튀어나왔다.

숙박한 여행객이 나쁜 짓을 저지르면 그 여행객을 묵게 한 여관주인도 연대책임을 져야 한다. 한밤중에 바깥으로 나가려는 놈치고 제대로 된 놈이 없으니 데리고 들어가려고 나온 것이리라.

하지만 이제 로렌스가 숙소에서 나가야 할 이유는 없다.

진정하고 길에 떨어진 가죽주머니를 집어 든 뒤 여관 주인을 향해 그것을 가볍게 흔들어 보였다.

"일행이 창밖으로 지갑을 던졌거든요."

그런 뒤 쓴웃음을 짓자 여관 주인은 성가시다는 듯이 한숨을 지으면서 "어지간히 하세요."라고 말하더니 문을 열었다.

로렌스는 가볍게 고개를 숙인 뒤 숙소로 돌아갔다. 다시 계단을 올라가 방으로 향한다.

손에는 3뤼미오네가 든 가죽주머니.

3층의 한 방 앞에 서자 거의 망설임 없이 방문을 열었다.

로브를 벗은 호로가 나무창 옆에 놓인 의자 위에 책상다리를 하고 앉아 있었다.

"멍청하게."

입을 연 첫 마디가 그런 소리였다.

"잘못했어."

달리 할 말이 떠오르지 않는다. 그것이 가장 정확하게 자신의 심중을 나타내는 것이라고는 생각했지만, 그래도 너무 짧다.

하지만 그 이상은 말이 나오지 않는다.

"돈…."

호로가 언짢은 듯이, 로렌스보다 더 짧은 말을 내뱉었다.

"어떻게 모은 거야?"

"알고 싶어?"

질색하는 음식을 쳐다보는 듯이 눈을 가늘게 뜨더니 호로는 얼굴을 외면했다.

그런 뒤 머리를 긁적이고는 한숨을 쉬었다.

"내가 그 귀중한 돈을 가지고 도망치면 어쩌려고?"

"반은 그럴 생각으로 모은 거야. 내가 일을 망쳐서 너와 한 계약을 지키지 못하게 되면 하다못해 노잣돈이라도 남겨서—."

그러나 나머지 말은 나오다 말았다.

호로가 의자 위에서 외면을 하고 입술을 꾹 다문 채 눈물을 글썽였기 때문이다.

감정이 솟구쳐 눈물이 걷잡을 수 없이 밀고 나오는지, 호로는 필사적으로 그것을 참고 있는 듯했다.

그리고 눈을 깜박이니 눈물이 흘러넘쳤다. 마치 댐의 수문이 무너진 것처럼.

"나한테… 노잣돈을 남겨주려고?"

"그래."

"어떻게, 그런 바보 같은 짓을…!"

호로는 정신이 확 든 것처럼 양팔의 소매로 눈물을 대충 훔치더니 일어서서 로렌스를 노려보았다.

"잘못은 내가 한 거잖아! 내가 없었으면 돈을 빌릴 수 있었을 거 아냐? 그런데 왜 당신은 그것에 대해 좀 더 화를 안 내?! 난, 나는…!"

꼭 쥔 주먹이 부들부들 떨리며, 채 입 밖으로 내지 못한 뒷말은 눈에서 눈물이 되어 흘러나왔다.

218

하지만 로렌스는 영문을 알 수가 없었다.

그때 호로가 로렌스와 함께 다닌 것은 호로가 로렌스를 걱정해서 그런 것이었다. 그런데 설마하니 여자를 데리고 다닌다는 이유로 돈 빌려달라는 부탁을 거절당하리라고는 상상도 못했다.

게다가, 로렌스는 순간적인 일이라고는 해도 호로의 손을 그런 식으로 내치고 말았다.

아무리 생각해도 잘못은 로렌스 쪽이다. 호로에게 화를 내다니 당치도 않다.

"그 자리에서 잘못을 한 것은 나였잖아. 넌 걱정이 돼서 나와 함께 있어 주었어. 그런데 내가 화를 내다니 말이 안—."

호로의 시선이 꽂혀든다. 로렌스가 다시 입을 열려고 한 순간, 호로는 뒤를 돌아보더니 의자 등받이에 손을 얹었다.

"이!"

그리고 그것을 들어올렸다.

"멍청이!"

로렌스는 놀라서 몸을 움츠렸으나 호로가 들어 올린 커다란 의자는 좀처럼 날아오지 않았다.

이내 알아차렸다. 들어 올리는 것만으로도 벅차서 내던질 수가 없는 것이다.

"우욱. 이게…!"

그것이 생각했던 것보다 무거운 의자에게 한 소리였는지, 로렌스에게 한 것이었는지 모르겠다.

그러나 단 한 가지 알 수 있는 것이 있었다. 호로의 가느다란

팔로는 감정에 휩쓸려 의자를 내던지기는 무리였던 것이다. 달
빛에 비친 가느다란 몸이 휘청하고 창 쪽으로 기울었다. 그래도
호로는 의자에서 손을 떼지 않은 채, 시선은 로렌스를 여전히 노
려보고 있었다.

"위험해!"

로렌스는 순간 달려들어, 쿵 소리를 내며 창틀에 의자 다리가
부딪치는 찰나 왼손으로는 의자를 붙잡고, 오른손으로는 호로의
가는 손목을 붙들었다.

자칫하면 의자와 더불어 창밖으로 떨어질 뻔했는데도 호로는
태연하게 로렌스를 노려보고 있다.

그 시선이 감당이 되지 않아 눈길을 돌리고 만다.

무슨 말을 해야 좋을지 알 수 없었다. 일단 의자를 바닥에 내
려놓으려고 잡아당기자 호로는 의외로 순순히 의자 다리에서 손
을 놓았다.

그러자, 그 의자가 호로의 분노의 전부였던 것처럼 그 작은 몸
에서 힘이 빠져나갔다.

"…이…."

작은 목소리와 함께 시선을 떨군다. 동시에 눈물이 바닥에 떨
어졌다.

"착해 빠져서는…."

쿵 하고 의자를 바닥에 내려놓는 것과 동시에 그 소리를 들었
다.

"착해… 빠져…?"

얼결에 되물었을 만큼 뜻밖의 말이었다.

아직도 단단히 손목을 잡혀 있는 호로는 어린아이처럼 고개를 끄덕였다.

"그렇잖아…? 당신은, 나… 나를 데리고 가서 돈을 빌릴 수가 없었어…. 그랬는데, 그랬는데도."

"나는 네 손을 뿌리쳤잖아. 화가 났었어. 하지만 그래서는 안 되는 거였잖아?"

호로는 머리를 가로젓고는 자유로운 오른손으로 로렌스의 가슴을 한 번 쳤다.

화를 내고 싶은데 화내는 방법을 잊어버린, 그런 표정을 짓고 있었다.

"그건 내가… 내가 고집을 부려서 당신을 따라간 거였잖아. 그게 잘못이었으니까 화를 내는 게 당연하지. 하지만 그래도 그런 식으로 손을 뿌리칠 줄은 몰랐어. 그래서 난 화를 내고 싶었어. 화를 내고 싶었는데."

호로가 거기까지 말하자 마침내 실마리가 보였다.

"당신이 그런 표정을 지으면 어떻게 화를 내?"

호로는 자유로운 오른손으로 다시 눈물을 훔쳤다.

"그래서 난 더 화가 난 거야…."

손을 뿌리친 것에 화가 났었지만, 그 직후 자신이 한 짓을 깨달은 로렌스를 보고 화를 내고 싶어도 화를 낼 수 없어졌다는 뜻인가.

아마도 어지간히 한심스런 얼굴을 하고 있었으리라.

하지만 그렇다고 호로의 마음속에 있던 분노가 풀릴 리는 없었을 것이다. 로렌스의 손을 뿌리친 것은, 그 정도는 화를 내고 싶었던 것이다.

화가 나는 데 화를 내지 못해서 더더욱 화가 난다.

숙소로 돌아온 로렌스의 말에 반응을 보이지 않은 것 또한, 호로 자신이 어떻게 해야 좋을지 알 수 없어서 그랬는지도 모른다. 호로는 로렌스보다 훨씬 영특하다. 그 때문에 더더욱 분노의 화살을 어디로 돌려야 할지 알 수 없게 됐을 수도 있다.

그런데 로렌스는 호로가 자신에게 화를 내고 있다고 착각해서 비장의 3뤼미오네가 든 가죽주머니를 두고 숙소를 나갔다.

불에 기름을 부은 것이나 다름없는 행동이었다.

호로는 자신이 화를 낼 수 없는 것에 화를 내고 있었으니, 로렌스가 비장의 돈을 남겨 놓고 가자 점점 더 화를 낼 수가 없다. 더욱 심한 분노가 타오른다.

"잘못했어. …아니, 난, 네 손을 뿌리쳤을 때 정말 돌이킬 수 없는 짓을 했다고 생각했어. 아무리 사과를 해도 부족할 만큼."

로렌스가 천천히 말하자, 화를 내다 지친 듯한 눈빛이 돌아왔다.

사실 지치기도 했겠지. 그 어떤 상황도 잘 돌아가는 머리와 입으로 해결할 것 같은 호로가 의자를 집어던지려고 했을 만큼 화가 났으니. 늑대의 본모습이라면 또 몰라도, 이 작은 몸에 그런 분노를 감당할 만한 힘이 있을 것 같지 않았다.

"그래서 최대한 내가 할 수 있는 일을 해야겠다고 생각했어.

그게 잘못된 생각이었다면… 그 점은 사과할게."

또다시 자신의 어눌함을 원망하고 싶을 만큼 빈곤한 말주변이다. 하지만 호로는 오른팔을 들어 로렌스의 가슴을 툭 치기만 했다.

"…당신."

"응?"

"한 가지만 대답해 줘."

가슴을 툭 친 뒤 옷자락을 잡으며 호로가 말했다. 물론 거절할 이유는 없었으므로 고개를 끄덕였다.

하지만 호로는 이내 말을 잇지 못하고 몇 번인가 주저한 뒤에야 입을 열었다.

"당신이… 이렇게 나한테 착하게 하는 건…."

시선이 한순간 로렌스에게 머문다.

"어, 어째서야?"

그런 뒤 다시 거둬진 시선은 마치 도망치려는 것만 같다.

시선을 피한 채 딴청을 부리고 있는 듯하면서도 의식은 다름 아닌 로렌스에게 집중돼 있다.

뭔가를 기대하는 눈치였다.

아까까지 축 늘어져 있던 늑대 귀가 약간 서 있고, 꼬리도 살래살래 작게 흔들리고 있다.

창문으로 들어오는 달빛 아래에 호로의 작은 몸이 있다.

솔직히 대답하자면, 손을 내치고 난 뒤 그토록 정신이 아득해지고, 필사적으로 모은 돈을 노잣돈으로 주어야겠다고 생각한 것은 모두— 호로가 특별한 존재이기 때문이다.

그리고 아마도 이것이 호로가 원하는 답이리라.

로렌스는 그런 호로를 내려다보며 대답을 하려고 했다.

그 순간 로렌스를 바라보는 호로의 애절한 눈빛.

정신이 들고 보니 입에서는 다른 말이 튀어나왔다.

"성격, 이려나?"

솔직히 말했다가는 상상 이상의 효과가 나올 것 같아 무서웠다.

정공법으로 가면 난공불락일 호로라도 지금 이 순간만은 뜻대로 할 수 있을 것 같았다.

그것이 싫어서 입에서 그런 말이 튀어나왔다. 치사한 짓이란 생각이 들었던 것이다.

약점을 파고드는 것이나 마찬가지니까.

그러나.

"이, 이이…!"

호로의 손이 바르르 떨리는가 싶더니 로렌스가 잡고 있던 손목이 쑥 빠졌다. 그러더니 말과 함께 주먹이 명치에 퍽 하고 날아들었다.

"멍청이!"

뜻밖의 호된 일격에 흠칫 물러서려 하자 놓치지 않겠다는 듯이 옷자락을 잡아채며 노려본다.

"서, 성격? 성격이라고? 거짓말로라도 '반해서 그랬다'고 말하는 게 수컷이 해야 할 일 아냐? 이런 멍청이!"

로렌스는 아차 싶었다. 호로는 그 정도쯤 훤히 들여다보고 있었던 것이다.

"자, 잘못했어. 난, 사실은."

하지만 그 뒷말은 이어지지 못했다.

호로가 로렌스의 멱살을 잡은 채 생긋 웃었기 때문이다.

"말이라는 건 말이지. 거짓말이라도 좋으니까 해줬으면 싶을 때가 있는가 하면, 새삼스럽게 해봐야 얼굴이 부어터지도록 때려 주고 싶을 때가 있는 법이거든? 지금은 어느 쪽일 것 같아?"

전혀 웃고 있지 않은 웃는 얼굴에 압도되면서도 간신히 "뒤쪽."이라고만 대답하자 호로는 어이없다는 듯이 한숨을 짓고 로렌스를 풀어 주었다.

귀와 꼬리가 언짢은 듯이 까딱거리고 있다. 그래도 이렇게 화를 내는 것은 알기 쉽다.

"당신같이 착해 빠진 사람이 또 있을까! 그런 순간에 '반했다'거나 '소중하다'거나, 좌우간 암컷이 혹할 만한 말을 안 하는 수컷이 세상에 얼마나 있을 것 같아? 당신이 무슨 생각을 했는지는 손에 쥘 듯 훤하지만, 진짜 믿어지지가 않네. 믿기지 않을 정도로 착해 빠졌어!"

어처구니없어하며 경멸하는 눈빛이었으나 심하게 화를 내지는 않았다.

뒤집어 생각하면, 호로는 그렇게 말해 주기를 바랐던 것이니까.

"하긴, 당신이 착해 빠졌으니 내가 느긋이 여행을 할 수 있는 거지. 전부 다 바라는 건 사치일지도 몰라."

신랄한 말투였으나 반론의 여지가 없다.

호로는 사실 어떤 기분에서 그런 말을 듣고 싶었던 것일까.

그런 생각을 하고 있는데 갑자기 호로가 손을 내밀면서 몸을 쓰윽 기대왔다.

이건 또 무슨 꿍꿍인가 싶어 순간 경계했는데, 호로는 이내 목적을 털어놓았다.

"그래도, 역시 그 순간에는 그런 말이 듣고 싶었어. 그러니까 다시 한 번이야."

'어우, 좀 봐주라' 싶은 것이 솔직한 심정이었으나 그 말을 했다가는 불같이 화를 낼 게 뻔하다.

호로가 조그맣게 기침을 한 뒤 준비가 다 됐다는 듯한 시선을 보내오니, 로렌스는 심호흡을 하고 마음을 다잡았다. 연기일 것 같지 않은 호로의 말과 눈빛이 로렌스에게 쏠렸다.

"왜 그렇게… 나한테 착하게 하는 거야?"

애절하게 젖은 눈으로, 입술을 살짝 떨면서 올려다보는 모습이 아까보다도 더 진심으로 보인다.

얼굴로 피가 몰리는 것이 느껴졌으나 결심을 하고 짧게 말했다.

"네가 특별한 존재니까."

그러자 연기로 보이지 않을 만큼 기쁜 표정을 짓더니, 시선을 떨구며 이마를 가슴에 갖다 대었다.

뜻밖의 표정에 당황하고 있는데 호로가 돌연 고개를 다시 들

어 언짢을 눈빛을 하더니 로렌스의 팔을 잡아 자신의 등 뒤로 돌렸다.

안아 달라는 뜻인가 보다.

순간 어안이 벙벙할 만큼 너무 바보스러운 행동이지만, 오히려 사랑스러웠다. 호로의 가녀린 몸을 끌어안자 꼬리가 만족스럽게 살랑거렸다. 그것이 기뻐서 조금 더 힘을 주었다.

시간상으로는 얼마 안 됐겠지만, 상당히 오래 그러고 있었던 것 같다.

작은 등이 들썩인다 싶어 정신을 차리니 호로가 품속에서 웃고 있었다.

"아하하하하. 참 나, 우리가 지금 뭐하는 거야?"

"네가 시켰잖아."

팔을 풀며 한마디 해주었다.

"우후후. 당신도 예행연습 한 번 잘했지?"

장난스럽게 웃으며 그러니 제대로 대꾸해 줄 마음도 들지 않는다.

어깨를 으쓱하자 또 박장대소한다.

"하지만 말이야, 당신."

그러기에 또 무슨 소리를 하려나 했더니 침착한 얼굴로 아까 하던 말을 다시 꺼냈다.

"다음부터는 내가 화를 낼 수 있게 해줄래? 당신이 여러 모로 생각해 주는 것은 기쁘지만, 경우에 따라서는 서로 화를 내며 소리를 질러야 빨리 문제가 해결되기도 해."

이상한 부탁이었으나, 하긴 그럴 수도 있겠다 싶다.

로렌스의 머리로는 절대 떠올리지 못할 발상이다.

하지만 그것은 아주 신선하고 마음 따뜻하게 여겨졌다.

"그런데 당신, 그런 얼굴을 보아하니 한눈에도 어떤 식으로 모아왔는지 알 것 같은데, 대체 얼마야?"

"3뤼미오네와 7분의 2."

귀를 쫑긋거리더니 호로는 다시금 로렌스의 가슴에 이마를 갖다 댔다. 코를 풀려고 들면 밀어내려고 했는데, 눈물을 닦고 있는 것을 알았기 때문에 그대로 두었다.

마침내 고개를 든 호로는 평소의 호로였다.

그리고는 의기양양하게 웃더니 이렇게 말하는 것이었다.

"당신이 내 지혜를 기대한 건 정답일 거야. 왜냐하면 나한테 한 가지 좋은 생각이 있거든."

"뭐…? 어떤?!"

놀람과 기대감에 그만 몸을 쑥 내밀자 호로가 싫은 표정을 지으며 밀쳐냈다.

"너무 기대를 했다가 일이 안 되면 곤란한데…."

호로는 그렇게 운을 띄운 뒤, 간략하다는 표현도 부족할 만큼 짤막한 말로 한 가지 방법을 제안했다.

단순 명쾌. 그 제안을 평가하기에는 그 말이 딱이었다. 너무 딱이라 로렌스의 눈이 휘둥그레졌을 정도다.

"어때? 할 수 있겠어?"

"아니, 다른 사람들도 비슷한 생각을 했었겠지만 실제로는 불가능하지 않겠어? 그걸 시도하다 붙잡힌 사람들도 있을 거야."

"여러 명에게 부탁을 하면 그렇겠지. 아마 검문에서 단박에 걸릴걸?"

호로가 제안한 것은 금 밀수였다. 단순하고도 명쾌한 방법을 통한.

하지만 현랑 호로가 위험하고도 가망 없는 방법을 안일하게 제안했을 것 같지는 않았다.

아니나 다를까, 호로는 그 방법이 성공할 수도 있는 증거를 설명했다.

"이 귀와 꼬리에 대고 맹세하지만, 이 사람이라면 틀림없이 그 방법을 실현시킬 수 있겠다 싶은 사람이 딱 한 명 있어. 내가 보는 한, 못할 리가 없다고 장담할 수 있어. 하지만 사실 그 사람에게 부탁하긴 좀 그래…. 이 도시의 성벽쯤은 나도 훌쩍 뛰어넘을 수 있으니까. 하지만 당신을 궁지로 몰아넣을 순 없지."

로렌스는 물론 그것이 누구인지 금세 알아차렸다.

호로가 저렇게 말하니 능력에 관해서는 틀림없이 그럴 것이다.

하지만 금 밀수는 단순히 검문을 돌파하는 것으로 끝나는 문제가 아니다. 들켰다가는 극형을 면할 수 없으니, 협력자는 그에 따른 보수와 위험성에 대해 충분한 이해를 바탕으로 서로가 서로의 목숨을 쥐고 있다는 것을 믿을 수 있는 사이여야만 한다.

그밖에도 문제가 많다. 특히 금 운반책을 설득하는 것은 이만저만 어려운 일이 아니다. 아무리 보수를 준다 해도 상대에게 목숨을 건 도박을 시키게 되는 것이다.

　그러나, 만일 금을 밀수할 가능성이 있다면 로렌스에게는 그것을 무시할 여유가 없다. 생각지 않을 수 없는 것이다.

　"혹시 협력을 얻게 되면 밀수는 가능한 거지?"

　"별일이 없는 한 괜찮겠지."

　"그래….""

　밀수 이야기를 꺼내긴 했지만, 금을 옮길 운반책에게는 위험 수당과 입막음 비용을 포함한 특별 보수를 지급해야만 한다. 그렇게 되면 지금 손에 쥔 3뤼미오네로 어딘가에서 금을 밀수하는 것만으로는 부족하다. 보수를 지불하는 만큼 돈벌이가 줄어들 수 있다. 보수를 지불하지 않는다 해도 3뤼미오네 어치의 금으로는 밀수에 성공했다 해도 빚이나마 제대로 갚을 수 있을지 확실치 않다. 그러니 어디선가 자금을 끌어들여야 한다. 검문소까지 포함해 성벽을 통째로 뛰어넘을 수 있다는 호로가 일부러 대안을 생각한 것은 바로 이 점을 고려했기 때문이리라. 누군가에게 자금을 대라고 이야기를 꺼내더라도 밀수 방법을 설명하기가 곤란해진다. 또한, 자금을 대는 쪽은 금 밀수에 협조하는 것뿐 아니라 배신하지 않으리라는 신용이 있어야 한다. 문제는 그뿐만이 아니다. 가장 큰 문제는 로렌스에게는 시간이 없다는 것이다.

　그런 생각을 곰곰이 하고 있는데 갑자기 손이 잡아당겨져 정신을 차렸다.

　이내 깨달았다. 손이 잡아당겨진 것이 아니라 깍지 끼고 있던 손가락을 풀고 호로가 손을 놓은 것이었다.

"그럼 자세한 사항은 당신이 생각해 봐. 난 이만 잘래."

아후, 하고 하품을 조그맣게 하더니 한숨을 쉬듯이 꼬리를 한 번 흔들고 느릿느릿 침대로 걸어갔다.

"자려고?"

호로의 지혜를 빌릴 생각에 그렇게 말했더니, 침대 위에 누워 거친 모포를 둘둘 말 호로는 얼굴만 삐죽 내밀고 이쪽을 쳐다보았다.

"난 이곳에 대해 자세히 아는 바가 없어. 돈벌이가 가능하다는 것 외에는 머리를 굴릴 길이 없다고."

하긴 그런가. 호로는 웃으면서 말을 이었다.

"그게 아니면 뭐야? 곁에 있어 줬으면 좋겠어?"

당황하지 않고 예행연습 이야기를 떠올렸다.

"아무렴. 있었으면 좋겠지."

"추워서 싫어."

재깍 대답하고 머리를 쏙 집어넣는다. 모포에서 삐져나온, 모포보다도 더 따스해 보이는 호로의 꼬리가 기쁜 듯이 살랑거렸다.

혼자 하는 여행에서는 절대 맛볼 수 없는 즐거움에 웃음을 짓다가 크게 심호흡을 했다.

내일, 날이 밝은 뒤 해가 저물 때까지 어떻게든 하지 않으면 이런 즐거움을 선물로 안고 하느님 곁으로 가게 된다.

하지만 지금은 손안에 가능성이 있다. 이것을 씨앗 삼아 성공의 꽃을 피우는 수밖에 없었다.

호로가 가느다란 팔로 들어 올렸던 의자에 앉았다. 여전히 바닥에 떨어져 있는 가죽주머니를 주워든다.

　조용해진 방 안에 짤랑 하는 익숙한 금속음이 조용히 울렸다.

　덜컹 덜컹 덜컹 짐마차가 돌바닥 길을 간다. 창밖으로 내려다보니 짐칸에는 야채가 쌓여 있는 것으로 보아 아침 일찍 시장으로 들어가는 상인일 것이다. 그밖에도 드문드문 인적이 보이기 시작했다.

　이제 슬슬 교회의 아침 일과를 알리는 종이 울릴 때쯤 됐다 싶은 순간, 희끄무레해지기 시작한 하늘에 대성당의 종소리가 울려 퍼졌다. 여기에서 꽤 거리가 있는데도 중후한 소리가 잘 들렸다.

　그리고 그 소리가 채 끝나기도 전에 마을 곳곳의 작은 교회도 뒤를 따르듯이 종을 치기 시작한다. 아침시간의 작은 소동이다.

　이 도시 사람이라면 늘 듣는 것일 테지만, 새벽녘의 소음이라고는 작은 새의 지저귐뿐인 나그네의 귀에는 다소 시끄럽다. 그러니 사람과는 비교할 수도 없을 만큼 귀 밝은 호로에게는 상당히 시끄러웠나 보다. 짜증스럽게 크르릉 대더니 발딱 일어났다.

　"……."

　"잘 잤어?"

　호로는 목소리를 내지 않고 언짢은 듯이 고개를 끄덕였다.

　"배고파."

첫마디가 그거였다.

"광장에 가면 이제 슬슬 노점이 나오고 있을 거야."

"흠."

그러더니 고양이처럼 몸을 쭉 늘이고 난 뒤, 자고 일어났는데도 부드러운 실크 그 자체인 머리카락을 손가락으로 빗었다.

"그래서 밤새도록 생각한 결과는 뭐야?"

"가능해."

너무 확실히 대답한 탓인지, 머리카락에 이어 애지중지하는 꼬리 손질에 들어가려던 호로는 놀란 눈빛으로 로렌스를 쳐다보았다.

"당신치고는 상당히 확실한 말투네?"

"무슨 뜻이야?"

호로가 일부러 그러는 양 시선을 팩 돌리기에 더 이상 상대하지 않고 말을 이었다.

"하지만 통과해야 할 두 가지 관문이 있어."

"두 가지?"

"운반책과는 별도로 금을 구입할 자금 투자자를 설득해야 돼. 내 수중에 있는 3뤼미오네로는 운반책에게 보수를 주고 나면 땡이니까."

호로는 잠시 생각한 후, 의문이 담긴 눈빛을 보내왔다.

"관문이 하나 모자라는 것 아냐? 당신에게 남은 시간은 꼬박 오늘 하루뿐이잖아? 얼마 남지 않았는데 돈을 모을 수 있겠어?"

과연 현랑이라 자칭하는 만큼 머리 회전이 빠르다.

그러나 하룻밤을 꼬박 궁리하면 현랑의 머리로도 생각지 못할 곳까지 가 있을 수 있다.

"물론 그 점은 생각해 뒀지. 나도 그것이야말로 최대의 난관이라고 생각했는데, 뜻밖이라고나 할까, 기적이라고나 할까. 모든 것을 잘 돌아가게 할 열쇠가 있더라고."

"호오~."

제자를 시험하는 스승처럼 호로가 웃기에 로렌스도 약간 의기양양하게 웃었다.

"레메리오 상회가 투자를 하게 하면 돼."

호로가 고개를 살짝 외로 꼬았다.

레메리오 상회는 로렌스와 마찬가지로 파산하기 일보직전인 곳이다. 그래도 레메리오 상회는 어딘지 모르게 완전히 거덜을 낼 듯이 허투루 행동하고 있지는 않은 것 같다. 한 방에 역전시킬 수 있는 기사회생을 위해 고집스럽게 붙들고 있는 자본금이 있을 것이다. 그야말로 비장의 카드라 할 그것을 금 밀수에 투자하게 하는 것이다. 레메리오 상회는 자기네도 파멸하기 일보직전이라 금 밀수가 잘 풀릴 만한 비책이 있다면 손을 잡을 것이다.

그런데 중요한 것은, 금 밀수라는 것은 밀고를 당하기 대단히 쉽다는 점이다. 레메리오 상회가 금 밀수 이야기를 듣고 밀수 계획에 협조한다면, 그 계획이 성공을 거두기 전에 로렌스가 먼저 파멸의 길로 들어서서는 안 된다. 어차피 죽음의 길로 들어설 자는 이판사판 따지지 않는다. 레메리오 상회가 금 밀수 계획을 세우고 있다고 로렌스가 한마디만 해도 레메리오 상회는 기사회생할 역전의 기회를 영원히 잃게 된다.

그러니 레메리오 상회는 로렌스의 채무 변제를 일시 중단시킬 수밖에 없다. 밀고를 막기 위해서는 로렌스도 공범자가 되는 것 외에는 방법이 없기 때문이다.

이것이 로렌스가 밤새도록 궁리하여 내린 결론이었다.

"하지만 무엇을 하건 어쨌든 시간이 없어."

현재 최대의 문제는 이것이었다.

"흠. 그렇다면 아침밥을 먹은 뒤에 바로 가야겠군."

"아침밥?"

"배가 고프면 싸우지도 못해. 안 그래?"

그 말을 듣고 보니 어제 낮부터 아무것도 먹지 못했으나 밤을 샌 탓인지, 아니면 이제부터 기다리고 있을 우울한 작업 탓인지 입맛이 별로 없었다.

하지만 호로는 침대에서 내려서자 로브를 치마처럼 허리에 두르고 삼각건을 재빨리 머리에 쓰더니 씩씩하게 말했다.

"고기가 좋겠지?"

아침부터 고기라니, 로렌스의 컨디션이 아무리 좋더라도 인상을 썼을 소리였다.

노점에서 아침식사를 마친 로렌스와 호로는 그 길로 레메리오 상회를 다시 찾았다. 단, 짐마차가 아니라 도보로 갔기 때문에

236

이번에는 정문으로 들어갔다.

정문은 길에 면해 있는 만큼 평소와 다름없는 모습을 보이고 있었으나, '준비 중' 또는 '영업 중'이라는 푯말도 달려 있지 않은 문을 열고 안으로 들어서자 경영난에 직면한 상회 특유의 공기가 로렌스의 코를 찔렀다.

희망이 싹트는 내일과는 확실히 다른 공기. 절망이 언뜻언뜻 엿보이는, 허기와도 비슷한 초조함과 그것들이 흩뿌리는 열기. 돈이 있고 없고만으로도 그곳에 있는 공기의 질이 이렇게까지 달라지는 것이다.

"저어, 누구신지요?"

아침 일찍 갑작스럽게 찾아온 손님을 몇몇 사람이 경직된 표정으로 주시했으나 그 중에서도 비교적 냉정한 중년 남자가 공손히 말을 걸어왔다. 몸이 너무 마른 것은 원래부터 저런 것이리라.

"어제 들렀던 로렌스라고 합니다. 레메리오 씨를 뵙고 드릴 말씀이 있습니다."

"그러십니까. 그럼 이쪽으로…. 아, 실례지만 일행 분은?"

"제자입니다. 활동하기 편해서 마을 아가씨의 차림을 하게 했습니다만, 가까운 장래에 여상인으로 명성을 날릴 것이 기대되는 아이입니다. 공부를 위해 말씀을 나누는 자리에 동석시켰으면 합니다."

막힘없이 거짓말을 하니 상대방도 그런가 보다 하는 듯했다. 여상인은 드물지만, 여상인을 목표로 하는 사람은 그리 적지 않다.

"그럼 이쪽으로."

로렌스는 남자가 안내하는 대로 상회 안으로 들어갔다. 호로도 뒤를 따랐다. 1층 사무실에 있던 사람들은 하나같이 핏발 선 눈 밑에 그늘이 져 있었다. 어제까지의 로렌스와 마찬가지로 어떻게든 돈을 융통하기 위해 연일 밤을 새워가며 동분서주한 것이리라.

"여기에서 기다려 주십시오."

그러면서 3층에 있는 한 방으로 들어섰다. 필시 평소에는 보석이나 향신료 같은 값나가는 상품을 거래할 때 쓰는 방일 것이다. 로렌스가 앉은 것은 천만 두른 딱딱한 의자가 아니라 솜을 두둑이 넣은 가죽 소파였다.

"로렌스 님이라고 하셨습니까. 용건을 여쭤도 괜찮으신지요?"

"제가 귀사에 지고 있는 부채와, 경우에 따라서는 귀사의 부채도 전액 변제할 수 있는 방법에 대해 말씀을 나누고 싶다고 전해 주시겠습니까?"

주눅 드는 일 없이 당당하게 남자의 눈을 똑바로 응시하며 말하자 상대는 벼락을 맞은 것처럼 등줄기를 쭉 펴며 눈을 휘둥그렇게 떴다. 그런 뒤 몹시 의심스러운 시선을 보내왔다. 위기에 처한 상회에 기어들어와 마지막 뼛속까지 빼먹으려는 도적놈이 아닌가 싶은 것이리라.

"의심하실 만도 합니다. 그래서 레메리오 씨와 정식으로 말씀을 나누고 싶은 것입니다."

그러자 상대는 심중을 들킨 것이 부끄러웠던 모양이다. 황급히 고개를 숙이고는 "주인 어른께 전하겠습니다." 하고는 방에서 나갔다.

십중팔구 레메리오는 덥석 달려들 것이다. 로렌스의 말에 거짓은 없기 때문이다. 파산이 임박한 상회를 찾는 것은 재산 정리를 독촉하는 무리뿐이다. 침몰하고 있는 배에 맡긴 돈을 가능한 회수하고 싶은 상인들이 아귀처럼 모여드는 것이다. 그런 와중에 역전극을 귀띔하는 얘기가 나온다면 달려들지 않을 리가 없다.

호로가 제안한 금 밀수가 성공을 거둔다면 로렌스의 빚은 물론이고, 설령 레메리오 상회가 현기증이 일어날 만큼 큰 부채를 지고 있다 해도, 경우에 따라서는 그 모든 것을 모조리 갚을 수 있을 만한 이윤을 끌어낼 수 있다.

단, 호로가 생각해낸 그 방법은 우선 레메리오 상회를 끌어들이지 않는 한 성공할 수 없다.

또한, 들키면 사형을 면하기 어렵다. 특히 레메리오 상회는 일가친척 누구 한 사람 이 도시에 다시는 발을 붙일 수가 없게 될 것이다. 그런 위험도 존재한다.

하지만 이대로 앉아 죽음을 기다려도 결과는 매한가지다. 그렇다면 이 도박에 반드시 끼어들 것이다. 그렇게 되면 로렌스는 이 상회에 진 부채를 갚을 수 있을 뿐 아니라, 오히려 큰 은혜를 베풀 수 있게 된다.

위기는 심각하면 할수록 그것이 역전되는 순간 얻는 이득이 커진다.

포로손에서 속임수를 간파당하여 로렌스와 강제로 거래를 해야 했던 라토페아론 상회의 주인처럼.

그 생각이 나자 약간 쓴웃음이 나왔으나 지나간 일은 접어 두고 앞만 바라본다.

이 도박에 레메리오 상회를 반드시 끌어들여야만 한다. 먼저 넘어야 할 산은 그것이다. 로렌스는 심호흡을 하고 등을 쭉 펴다가 뺨 언저리에 닿는 시선을 느끼고 그쪽을 바라보았다. 다른 누가 있을 리 없다. 호로다.

"내가 곁에 있잖아."

호로는 입술을 한쪽 끝만 치켜 올리며 어금니를 내보였다. 믿음직스런 천하무적의 웃음이다.

"어."

그래서 짧게 대답했다. 신뢰는 말의 길이에 반비례한다. 아주 친한 사이라면 계약은 장문의 계약서가 아니라 악수 하나로 끝난다.

이윽고 방문을 두드리는 소리가 났다.

문을 열자 거기에는 로렌스에게 지지 않을 만큼 초췌한 한스 레메리오가 서 있었다.

"무슨 중요한 말씀이 있으시다고요?"

금 밀수 계획의 첫걸음이 내딛어졌다.

제 5 막

쓸데없이 꾸밀 필요 없다. 일단은 목적만 확실히 전달했다.

예상했던 대로 레메리오는 아연실색하면서 "설마!" 하고 말했다.

"바로 그 설마인 것이지요."

로렌스가 그렇게 말하자 뤼빈하이겐에서 상회를 경영하고 있는 상인으로서의 상식이 이제야 고개를 내민 모양이다. 말도 안 된다고 깔보는 듯한 웃음을 지으며 의자 등받이에 몸을 기댔다.

"빚을 갚는 것이 어려우실 줄은 압니다만, 그렇다고 그런 실없는 말씀을 하시면 곤란하지요."

괜히 시간만 낭비했다는 듯이 일어서려는 것을 로렌스는 말로 붙잡아 세웠다.

"아마 같은 방법으로 밀수를 시도한 사람이 과거에도 있었겠지요. 그리고 그 사람들은 붙잡혔고요."

"아신다면 이야기가 빠르겠군요. 파산 직전의 인간은 자칫 무모한 계획을 완벽한 것으로 오인하기 쉽지요."

그 말의 반은 자신에게 향한 것이겠지만, 로렌스는 지지 않고 말을 이었다.

"그러나, 금 밀수를 엄청난 기술자에게 맡긴다면요?"

레메리오는 끈적이는 눈빛으로 로렌스를 쳐다본 뒤 다시 자리에 앉았다.

"로렌스 씨가 말씀하시는 계획은 실현 불가능합니다. 왜냐하면 당신이 말하는 엄청난 기술자라는 사람은 굳이 금 밀수를 하지 않더라도 충분히 돈을 벌고 있을 테니 협력해 줄 리가 없지요. 혹시 다른 지역에서 불러올 생각이면 포기하는 게 낫습니다. 비슷한 밀수가 뒤를 이은 탓에 이곳에 등록돼 있지 않은 사람들에 대한 검사는 몹시 엄격하니까요."

반론을 들고 나온다는 것은 기대하는 마음이 있다는 증거다.

"엄청난 기술자인데 돈을 못 벌고 있는 인재가 있다면 어쩌시겠습니까?"

"솜씨가 그렇게 뛰어나다면 이 도시에서 일을 얻는 데에는 어려움이 없을 겁니다. 그런 사람들의 수는 늘 부족하니까요."

레메리오는 자리에 앉아 로렌스의 대답을 기다렸다.

그 표정은 어젯밤의 호로와 약간 비슷했다.

반론을 펴면서 다시금 그에 대한 반론을 기다린다. 안 된다고 단념하고 싶지만 그럴 수가 없다.

로렌스는 숨을 깊이 들이마셨다.

"솜씨가 뛰어나서 이 도시에서 일을 계속하고 있기는 한데 박한 보수를 받고 있고, 하지만 돈은 필요한 사람이 있다면 어쩌시겠습니까? 더욱 중요한 것은 그 인물이 고용주에게 불만을 품고 있다는 점입니다. 제가 아는 인재의 고용주는 교회입니다. 그리고 금 밀수는 교회에 대드는 행위이기도 하지요. 금 밀수를 돈벌이뿐 아니라 교회에 대한 작은 복수 행위라고 부추기면 틀림없이 달려들 겁니다. 게다가 배신할 가능성은 아주 낮습니다. 왜냐하면, 고용주인 교회에게 어렴풋이 어두운 감정을 품고 있으니까요."

"어, 어떻게 그런 매끄러운 이야기가."

"장사로 돈을 벌 때는 대개 그런 법이지요. 안 그렇습니까?"

작물의 작황이 좋지 않은 때에 자신만 조달이 가능했다. 유행에 뒤처진 물건을 산 줄 알았는데 다른 마을에서는 그것이 대유행 중이었더라. 뜻밖의 큰 돈벌이를 하게 되는 것은 대개 평소에는 있을 수 없는 우연에서 나온다.

레메리오의 얼굴이 일그러졌다.

믿고 싶다. 그럼에도 믿기지가 않는 것이다.

"제가 그 인물을 이름을 말씀드리면 납득이 가시리라 생각합니다."

"그, 그렇다면 로렌스 씨 혼자서만 밀수를 하시지요? 몫이 줄어드는데도 일부러 저를 찾아온 것이 이상하지 않습니까."

지적이 밀수의 내용에서 외적인 문제로 바뀌었다. 가능한지 불가능한지 판단을 보류한 것이다.

"그것은 두 가지 이유에서 불가능합니다. 하나는 제가 귀사에 지불해야 할 채무의 지급 기한이 오늘까지인 것입니다. 날이 저물면 저는 틀림없이 제 채무를 대신 상환해 주게 될 상관 측에 붙잡힐 테니까요. 다른 하나는 제 수중에 있는 돈이 이것뿐이기 때문입니다."

로렌스는 비장의 돈이 든 가죽주머니를 내려놓고 끈을 풀어 내용물을 뿌렸다.

금화와 은화가 뒤섞인 3뤼미오네.

로렌스와 마찬가지로 파산의 고통에 직면해 있는 레메리오의 눈이 현금을 보자 번뜩였다.

"3뤼미오네입니다. 제가 이 돈을 어떻게 마련했는지는 다른 상회에 물어보시면 금방 아실 겁니다."

그 말에 레메리오는 숨을 크게 들이마셨다.

레메리오와 같은 입장에 처한 사람이라면 즉시 그 상황이 짐작됐을 것이다.

"이것은 정말로 제 전재산입니다. 이것을 담보로 제 이야기를 믿어 주십시오. 그리고—."

로렌스는 몸을 앞으로 내밀어 레메리오의 눈을 정면에서 똑바로 마주보며 말했다.

"제 채무에 대한 추심을 일시중지하시고, 귀사에서 밀수를 하기 위해 금을 구입할 자금을 투자해 주셨으면 합니다."

초췌한 레메리오의 얼굴에 비지땀이 흐르고, 턱에 주름이 잡힌다.

즉시 부정하지 않는 것은 투자할 만큼의 자금이 있기 때문이다.

또한, 투자하고 싶다는 생각이 들 만큼 기대가 되기 때문이다.

한 번 더 밀어붙여 볼까? 하지만 너무 강하게 밀어붙이면 괜한 의심을 사게 된다.

금 밀수는 막대한 이윤을 내는 대신 엄청난 위험도 동반한다. 게다가 현 상황의 레메리오 상회에게 투자를 하라는 거래는, 그 거래 자체가 사기라고 여겨질지도 모른다.

실제로 침몰해가는 배를 더 빨리 침몰시켜 돈을 벌려고 드는 패거리들이 우르르 몰려들었을 것이다. 의심병 환자가 되었다 해도 당연하다.

그래서 로렌스는 말을 골라 하려고 했다.

그 순간이었다.

"이봐요."

호로가 입을 열었다.

레메리오가 놀란 듯이 호로에게 시선을 돌렸다가 이제야 거기에 사람이 있다는 것을 깨달은 듯이 눈을 깜박였다.

로렌스도 마찬가지로 호로를 쳐다봤는데, 호로는 혼자서만 바닥을 내려다보고 있었다.

"그쪽 분은 망설일 틈이 있는가요?"

"무슨…."

위협으로도, 도발로도 들리는 말에 레메리오가 입을 꾹 다물었다. 경우에 따라서는 효과가 있을지 모를 그 방법이 이 자리에서는 틀림없이 역효과다.

로렌스는 큰일이다 싶어 호로를 막아 세우려 했다. 그러나.

"방금 전에 또 한 사람이 여기를 나간 것 같은데, 꾸물대고 있어도 되겠어요?"

그 말과 함께 호로의 시선이 향해지자 레메리오는 돌이라도 삼킨 듯한 표정으로 얼어붙었다.

"으, 으윽."

"난 유난히 귀가 밝아서 비밀 얘기도 환히 들리거든요. 아랫방에서 자기들끼리만 도망치려고 작전을 세우고 있는 내용을 전해

줄까요?"

"으으…."

"아, 또 나갔네. 이대로 가다간 이 가게는—."

"그만!"

레메리오는 머리를 끌어안으며 소리쳤다.

호로는 실바람이 뺨을 쓰다듬었을 때보다도 더 표정 없는 얼굴로 레메리오를 응시하고 있었다.

로렌스는 거의 동정이 일었다. 상회라는 것은 하나의 배와 같다. 바닥에 구멍이 뚫리고, 구멍을 막을 가망이 없다고 판단되면 선원들은 선장의 명령도 무시한 채 잽싸게 도망치고 말 것이다.

하지만 호로가 일부러 그 점을 찔렀다는 것쯤은 안다. 고독이라는 단어에는 한층 민감한 호로였다.

레메리오의 고뇌쯤은 알고도 남을 것이다.

"레메리오 씨."

그래서는 아니지만, 호로의 의도를 간파한 로렌스는 이때다 싶어 온화한 말투로 말을 이었다.

"저는 제 모든 것을 건 3뤼미오네를 담보로 금을 구입하는 거래를 당신께 제안하고 싶습니다. 그것을 가능하게 할 인재도 생각해 두었습니다. 충분한 보수만 준다면 반드시 믿고 맡길 수 있는 인물입니다. 그리고 귀사 정도면 밀수한 금을 처리할 루트가 있을 겁니다. 어떠십니까? 혹시 제 부채를 기다려 주시는 한편 제게도 나름대로의 몫을 나눠 주실 수 있으시다면 레메리오 씨에게 결코 나쁘지 않은 조건으로 금 밀수를 함께 추진하고 싶습니다만."

한 박자 뜸을 들인다.

"어떠십니까?"

레메리오는 머리를 끌어안은 채 고개를 푹 숙이고 있다.

로렌스의 말은 포도주보다도 강렬한 유혹이 되어 귀에서 가슴으로 전해졌을 것이다. 그래도 레메리오는 고개를 들지 않았다.

조용한 시간이 흘러간다.

상회 전체가 레메리오의 행동을 주시하고 있는 것처럼 조용했다.

"레메리오 씨."

로렌스가 다시 말을 하려는 그때였다.

"알겠습니다…."

여윈 얼굴이 들리자 불타는 눈이 거기에 있었다.

"─합시다."

그만 의자에서 벌떡 일어나 손을 내밀었다.

파산이라는 두 글자를 등에 진 두 사람의 손이 교차했다.

"신께서 부디 눈감아 주시기를."

레메리오 상회와 밀수에 관한 보수 및 역할 확인을 끝낸 후, 로렌스와 호로는 뤼빈하이겐 동쪽에 위치한 하위 교회 앞에 와 있었다. 교회조직은 위로 가면 갈수록 신과 가깝다고 여겨지기 때문에 그 교회가 어느 순위에 속하는지에 따라 건물에 설치할 장식이며 종의 크기가 엄격하게 정해져 있다.

　로렌스 일행이 와 있는 곳은 중하위 정도의 교회였다. 간신히 초라하지 않을 정도의 장식은 허락되었으나, 뤼빈하이겐 안에서는 수수한 편이었다.

　정오가 막 지난 참이라 교회 안에서는 낮 미사가 한창 집전되는 중이었다.

　"그런데 당신."

　성모를 칭송하는 노래를 들으면서 돌계단에 앉아 있던 호로가 별안간 말을 걸어왔다.

　"그 계집애를 꼬드길 자신은 있어?"

　"남들이 들으면 오해하겠네."

　"뭐가 다른데?"

　재미있다는 듯이 호로가 물었다. 로렌스는 떫은 표정으로 앞을 바라본 채 대답했다.

　"별로 다를 건 없어."

　호로는 조그맣게 웃었다.

　로렌스와 호로가 이 교회 입구에 와 있는 것은 양치기 노라에게 볼일이 있어서다. 노라가 어느 교회에 신세를 지고 있는지는 알고 있지 못했으나 양치기 소녀를 고용하고 있는 교회는 많지 않다. 순식간에 찾아냈다.

　그리고 일부러 이렇게 찾아오기까지 한 것은 딱히 노라와 잡담을 나누고 싶어서가 아니다.

　노라에게 밀수의 중요한 역할을, 바로 금 운반책을 부탁하러 온 것이었다.

하지만 노라는 로렌스 일행처럼 파멸의 위기에 처해 있지는 않다. 그러니 금 밀수 계획을 제안하는 것은 거의 꼬드기는 것이나 매한가지다. 이번 일에 참여하는 데 따르는 위험과 성공하는 날에 얻게 될 이익을 같이 놓고 보도록 잘 둘러대야 하기 때문이다.

금 밀수는 목숨을 걸어야 하는데, 목숨과 같은 값으로 볼 수 있는 이익이라는 것은 좀체 있을 수 없다. 역시 꼬드긴다는 표현이 딱 맞는다.

하지만 이번 금 밀수 계획에는 노라의 양치기 능력과 이 마을에서의 입장이 꼭 필요하다.

그리고 노라라면 이번 일에 협력하리라는 확신이 있었다.

사람의 마음을 상품 시세를 따지듯이 판단하는 것에는 약간 양심의 가책을 느낀다. 물론 상대가 상인이라면 인정사정 볼 것 없지만 노라는 보통사람인 양치기다. 그럼에도 상인인 로렌스의 빈틈없는 안목은 노라가 처한 상황을 잘 파악하고 있었다.

노라는 안 그래도 이단시되는 양치기인데다, 간계를 부리는 악마의 끄나풀로 평가되기 일쑤인 여자의 몸이다. 교회에 고용되어 있는 것도 교회 측이 친절해서 그런 것이 아니라 노라를 감시할 목적으로 그랬다는 것을 쉽게 추측할 수 있다. 교회가 맡긴 양치기 임무에 대해 이야기하자 말과는 반대되는 표정이 보이는 것은 그런 까닭에서일 것이다.

또한, 옷 만드는 직인이 되기 위해 돈을 모으고 싶다고 했으나, 노라의 성격상 그렇게 돈에 악착스러울 것 같지는 않다. 그래도 늑대로부터 호위를 해주는 부수입을 생각할 만큼 금전적인 여유가 없는 것이다. 상당히 혹독한 노동 환경에 처해 있을 것이 뻔하다.

힘겹고 혹독한 양치기 일을 하고 있는데도 돈이 전혀 모이지 않는다면 새벽이 오는 것도 달갑지 않다. 어김없이 내일이 찾아온들 영원히 괴롭고 힘들게 생각될 뿐이다.

그런 노라에게 금 밀수 이야기를 해서, 야금야금 돈을 모으는 것이 아니라 단번에 조합 가맹비뿐 아니라 당장 생활하는 데에도 곤란하지 않을 돈을 벌 수 있다고 말한다. 확실히 위험이 따르긴 하지만 이 절호의 기회를 놓칠 수야 없지 않은가. 그런 식으로 설득한다.

억지로 시키는 것은 아니니까 그런 뜻에서는 나쁜 짓이 아니라 해도 로렌스의 가슴속에 죄책감이 솟구친다. 남의 어려운 형편을 파고드는 거래라는 것을 알기 때문이다.

그렇더라도 노라가 아니면 안 되는 것이다.

노라가 뛰어난 솜씨를 가진 양치기이면서도 얼마 안 되는 양 떼를 데리고 늑대가 어슬렁대는 인적 없는 곳에서 방목을 하고 있는 것이며, 고용주인 교회에 불만을 품고 있는 것이며, 꿈을 이루기 위해 돈을 필요로 하고 있는 것은 로렌스 일행이 추진하는 금 밀수를 성공시키도록 신께서 최고의 조건으로 마련해 주셨다고밖에 생각할 수 없는 것이었다.

하지만 로렌스는 땅이 꺼져라 한숨을 지었다. 역시 설득하자니 마음이 무겁다.

그런 생각에 빠져 있다가 문득 호로의 시선을 느꼈다. 힐끗 보니 어이없는 웃음이 거기 있었다.

"당신은 정말 사람이 너무 착해."

어젯밤에도 들은 말이다. 하긴, 로렌스는 상인으로서는 다소 너무 착할 수도 있다. 상인들 중에는 가족의 불행조차 돈으로 바꾸는 사람들이 널렸으니까.

"하지만 뭐."

호로는 자리에서 일어나 여전히 활기에 넘친 거리를 바라보며 말을 이었다.

"내가 느긋이 여행을 할 수 있는 건 당신이 착해 빠진 덕분이니까."

무심히 말하고는 돌계단을 두 개 올라와 로렌스 옆에 섰다.

"내가 대신 계집애를 구워삶을 수도 있어. 조금은 당신의 도움이 되어야지."

어렴풋이 웃음을 지으며 말은 그렇게 했어도, 조금 말투에 패기가 없는 것 같다.

그런 생각에 옆을 보자 아니나 다를까 호로는 고개를 약간 숙이고 있었다. 활기찬 거리 앞에 있어서인지 그런 호로의 모습이 평소보다 훨씬 작아 보였다.

"뭐야, 아직도 어제 일을 신경 쓰고 있는 거야?"

호로는 가만히 고개를 가로저었으나 말은 나오지 않는다. 이보다 더 알기 쉬운 거짓말도 없다.

"아까 그 담판도 네가 레메리오를 몰아붙여 주지 않았으면 어떻게 됐을지 알 수 없어. 충분히 도움이 되고 있다니까."

거짓 없는 말이라는 것이 전해졌는지 호로는 살짝 고개를 끄덕이긴 했으나 여전히 석연치 않은 표정이다.

그래서 호로의 머리를 가볍게 쓰다듬어 준 뒤 이내 손을 떼고 말해 주었다.

"내가 직접 얘기할게. 욕심에 눈이 멀어 폭락한 상품을 덥석 문 건 내가 저지른 실책이니까. 마음이 무겁다고 대신 해달라고 해서야 말이 안 되지."

호로를 위해서라는 의미도 있었으나 반은 자신에 대한 비웃음과 자기 경계였다. 그 내용은 한 치의 어긋남도 없는 진실이기 때문이다.

"그리고, 그런 일까지 네 손을 빌렸다가는 나중에 얼마만큼 끼어들게 될지 알 수 없게?"

그러면서 어깨를 으쓱하자 호로도 한 박자 쯤을 들였다가 고개를 들고 살짝 웃으며 한숨을 내쉬었다.

"뭐야, 간만에 신세 좀 지게 해서 나중에 받아내려고 했더니."

"하마터면 덫에 걸릴 뻔했군."

너스레를 떨자 호로는 로렌스의 팔에 이마를 툭 갖다 댔다.

"그렇지. 하지만 당신은 더 엄청난 덫에 엉덩이까지 푹 빠져 있는 중이잖아? 난 덫에 걸린 토끼는 사냥하지 않아. 너무 약하거든."

"그게 덫에 걸린 것처럼 보이는 약한 토끼를 미끼로 삼아 늑대를 퇴치하려는 덫이라는 걸 알아?"

"고작해야 덫이나 놓으러 갈 때는 늑대 울음소리는 겁 안 난다할 때지. 확 겁을 주면 덫도 못 쓰게 돼."

알맹이 없는 도발적인 말을 주고받는 것은 서로를 속속들이잘 아니까 할 수 있는 노닥거림이다.

로렌스가 어처구니가 없다는 식으로 웃으며 고개를 젓자, 호로도 참지 못하고 그만 웃음을 터뜨렸다.

"뭐, 삽과 상인은 꼿꼿해서는 쓸모가 없지. 금방 부러지고 마니까."

자신에게 다짐하듯이 중얼거린 뒤 마침 들리는 종소리가 나는쪽을 찾듯이 하늘을 올려다보았다.

구름이 약간 있으나 아름다운 푸른 하늘이다. 시선을 동쪽으로 돌리니 흰 구름 몇 개가 보였다.

오늘은 하루 종일 쾌청하겠지. 날씨가 맑은 날에는 장사도 잘풀린다.

그런 생각을 하고 있자니 뒤에서 작은 소리가 났다. 덜컹 하고교회의 나무문이 열리는 소리다. 로렌스와 호로는 문 앞에서 조금 떨어진 돌계단 구석에 가서 섰다. 그러자마자 미사를 마친 사람들이 줄줄이 나와 기도를 끝내 한껏 개운한 얼굴로 돌계단을내려갔다. 그리고, 오늘 하루 일과를 하기 위해 삼삼오오 흩어져간다. 날마다 되풀이되고 있을 광경이다.

이윽고 나오는 사람도 드물어졌다.

미사 후 제일 늦게까지 교회에 남아 있는 사람이 가장 신앙심이 두텁다는 말이 유행했을 때는 사제가 화를 낼 때까지 다들 교회에 남아 있었으나 요즘은 그렇지도 않다.

그래도 미사가 끝나자마자 후다닥 교회에서 튀어나가는 것도 좋지 않다.

따라서 푸줏간이나 동물 가죽을 벗기는 직인, 그 외에도 여러모로 교회에게 찍히기 쉬운 직업의 종사자들은 교회를 천천히 나선다.

그런 직업에 속하는 양치기 소녀가 나온 것은 역시 거의 맨 끝이었다. 눈을 내리깔고 몸을 움츠리며 나오는 것을 보니, 교회가 마음 편히 느껴지지 않아서 저러는지도 모른다.

"안녕하세요."

그런 노라의 앞으로 다가가 애써 붙임성 있게 웃었다. 잘 웃을 수 있는 것은 이것이 협상의 일부분이기 때문이다.

"어, 앗… 로렌스 씨와 호로… 씨?"

조금 멍한 표정을 짓더니 노라는 호로를 쳐다보고 다시 로렌스 쪽으로 시선을 돌렸다.

"교회 앞에서 우연히 만나다니 신께서 인도하셨음이 분명하네요."

로렌스가 다소 과장된 몸짓을 덧붙이며 말하자 노라는 뭔가를 알아차린 듯한 표정을 짓더니 기분이 들뜬 듯이 웃었다.

"아무리 저라도 그런 말엔 안 속아요."

"그러시다면 다행입니다. 요즘에는 교회에서 성스러운 피를 너무 많이 마시는 분들도 있다고 들었거든요."

성스러운 피란 포도주를 가리킨다. 취해 있을 때 이야기를 꺼내면 그 자리에서는 승낙하게 될지도 모르지만 여차하는 단계에서 겁을 먹거나 거부를 할지도 모른다. 그래서는 의미가 없으니 노라가 말짱한 상태인 것은 다행이었다.

"술을 잘 마시지 못하기 때문에 거의 입에 대지 않아요."

부끄러운 듯이 웃은 뒤 쭈뼛쭈뼛 시선을 피한다. 호위 일거리 얘기를 하러 온 줄 알았던 모양이다.

그래서 로렌스는 주저 없이 그 기대심리를 이용했다.

"실은 일을 의뢰하려고."

확 하는 소리가 들릴 것처럼 얼굴이 환해졌다.

"이런 데서 말하기는 좀 그러니 어디 노점에라도."

술집이라고 말하지 않은 것은 아침 댓바람부터 그런 데에 갔다가는 너무 눈에 띄기 때문이다. 밀담을 할 것이라면 아침부터 북적이는 광장이 낫다.

노라는 얌전히 고개를 끄덕였다. 로렌스가 걷기 시작하자 호로는 오른쪽에, 노라는 비스듬한 왼쪽 뒤에 따라붙었다.

넘치는 활기로 웅성대는 길을 지나 인파를 헤치며 세 사람은 광장에 도착했다.

광장은 여전히 축제처럼 떠들썩했으나 운 좋게 자리가 비어 있는 맥주 노점을 발견하고 자리에 앉았다. 로렌스는 세 사람 몫의 맥주를 주문했다. 에일*이 더 싸긴 했지만 노라도 있는데 그것

※에일(ale): 홉이 들어가지 않은 영국 맥주. 쓴맛이 강하다.

을 주문하기는 좀 뭣했다.

빠른 대신 거칠게 날라져온 맥주 세 잔 값으로 많지 않은 동화를 털어 지불한 뒤 잔을 손에 들었다.

"재회를 축하하며."

딱 하고 잔이 듣기 좋은 소리를 냈다.

"노라 씨는 람트라까지 갈 수 있다 하셨지요?"

다짜고짜 일 이야기를 꺼내자 맥주에 입을 대고 있지 않던 노라는 순간 표정이 굳어지며 로렌스를 쳐다보았다. 호로는 그런 두 사람을 바라보면서 홀짝홀짝 맥주를 마셨다.

"예, 예예. 갈 수 있습니다."

"양을 데리고도?"

"너무 많지만 않으면."

바로 대답이 나오는 것을 보니 람트라로 이어지는 초원과 숲을 실제로 몇 번씩 본 적이 있는 것이리라.

하지만 확인을 해두는 뜻에서 호로에게 말의 진위를 묻는 시선을 보내자 로렌스만 알아챌 수 있도록 살짝 고개를 끄덕였다.

눈치 채지 않게끔 심호흡을 한다. 이런 이야기는 괜히 빙빙 돌리다가는 상대의 결심을 흐리게 만든다. 단숨에 핵심을 찔렀다.

"어떤 일 하나를 노라 씨에게 의뢰했으면 합니다. 보수는 20뤼미오네. 물론 별 볼일 없는 증서가 아니라 현금으로 드립니다."

노라는 다른 나라의 말이라도 들은 것 같은 얼굴로 머리를 갸웃거렸다. 실제로 노라의 귀로 들어간 말은 머나먼 나라에서 편지로 보내져 오는 것처럼 서서히 머릿속으로 들어갈 것이다.

20뤼미오네는 사람에 따라서는 그런 거금인 것이다.

"하지만 위험이 따르는 일이고, 성공했을 때의 보수입니다. 실패하면 못 드립니다."

손가락으로 테이블을 찌르고, 빙그르 돌리고, X표를 긋고 하는 동작은 상대에게 기발한 말을 했을 때 그것이 꿈이나 환청이 아니라는 것을 알리는 데에 효과적이다.

하지만 그래도 역시 실감이 나지 않으리라.

"일의 내용은 양을 데리고 걷는 것뿐입니다. 그리고 가능한 양을 무사히 데리고 돌아와야 합니다. 양치기로서의 능력만 있으면 됩니다."

그제야 머리가 돌아가기 시작한 모양이었다. 노라는 로렌스가 말하는 일의 내용에 비해 보수가 너무 많은 것을 깨달았는지 질문을 하려고 했다. 그것을 일부러 가로막고 "다만." 하며 말을 이었다.

"다만, 일 자체에 대한 위험도 큽니다. 그야말로 이익에 걸맞을 정도로."

먼저 엄청난 보수를 제시한 뒤 위험도를 이야기한다. 둘 다 깜짝 놀랄 일이라면 먼저 이야기한 쪽이 더 강한 인상을 남긴다.

"그래도 보수는 20뤼미오네입니다. 조합 가맹비는 아무리 많아 봐야 1뤼미오네. 집도 빌리고 당장 지낼 생활비 걱정도 할 필요 없는데다 일도 할 수 있습니다. 그렇게 되면 머지않아 점포 허가증도 쉽게 살 수 있을 테지요. 그렇게 되면 당신은 '노라의 상점'의 여주인이 되는 겁니다."

그 말에 노라는 난처한 듯한, 울음을 터뜨릴 듯한 표정을 지었다. 엄청난 이익에 점점 실감이 나기 시작한 것이다. 그렇게 되면 일에 따른 위험성이 당연히 마음에 걸리기 마련이다.

노라는 먹이를 덥석 물었다. 승부는 이제부터다. 순서를 잘 짚어 말하지 않으면 조개처럼 입을 꽉 다물어 버릴 수 있다.

"아 참. 노라 씨는 이곳에서 재봉직인조합에 가입하실 생각이십니까?"

지금부터 일의 위험성에 대해 설명을 할 것으로 생각하고 마음의 준비를 하고 있던 노라는 헛물을 켠 느낌이었다. 그러나 머리는 현기증이 날 만큼의 보수와, 아직 듣지 못한 위험성 쪽으로 쏠려 있다. 별로 관계없을 것 같은 질문에 대해 머리를 굴릴 여유는 없을 테니 솔직한 답을 얻을 수 있을 것이다.

"아, 아니요. 다른 곳에서 하려고 해요."

"그러십니까? 이곳은 대도시라 다른 곳보다 더 낫지 않나요? 아는 사람도 없는 곳에서 산다는 건 꽤 힘들 텐데요."

의식의 대부분이 다른 쪽에 쏠려 있음에도 불구하고 그 점에 대해서는 딱 부러지게 말해야 한다는 생각이 든 모양이다.

노라는 난처한 듯이 고개를 숙이더니 입을 꾹 다물었다.

원래 상인은 사람의 낯빛으로 심중을 헤아리는 사람들이니, 로렌스는 그런 반응만으로도 충분했다.

양치기 소녀의 심중이 유리창처럼 훤히 들여다보였다.

"역시 이곳의 교회와는 가능한 관련되고 싶지 않으시군요?"

넌지시 떠본다.

호로가 로렌스를 힐끗 쳐다볼 만큼 노골적이었으나 효과는 즉시 나타났다.

"그, 그런 건… 아니, 지만…."

"성실히 일하면서 저들이 맡긴 소중한 양들을 열심히 지켜낼수록 되레 저들은 이교도의 마술을 쓰고 있는 것은 아닐까 의심을 해옵니다. 아닙니까?"

고개를 가로젓지도, 끄덕이지도 않는 것은 정곡을 찔렸기 때문이다.

"그리고 저들은 당신의 가면을 벗길 요량으로 다른 양치기들이라면 절대 가지 않을 곳으로 당신을 보내지요. 다른 곳은 이미 다른 양치기들의 구역이라고 하면서요."

그 순간 노라는 눈이 휘둥그레져서 로렌스를 쳐다보았다. 어렴풋이 느끼고 있던 것이리라. 양치기들 사이에 아무리 구역이 정해져 있다 해도 멀리까지 가는 노력을 아끼지 않는다면 안전한 곳도 많이 남아 있을 테니까.

"아마 사제들은 늑대나 용병에게 당신이 습격을 당할 때까지 위험한 지역으로 계속 밀어붙일 겁니다. 날이면 날마다 당신이 이교도가 아닌가 하는 의심을 품으면서."

꾸우욱 하고, 테이블 아래로 쥐고 있는 주먹이 가슴 찔리는 양심을 쥐어 터뜨린다.

로렌스는 노라가 그 작은 가슴속에 품고 있던 의심에 불을 지피고 말았다. 이제는 물러설 수 없다. 그것이 현실이건 착각이건 상관없다.

삽과 상인은 꼿꼿해서는 쓸모가 없다.

"저도 비슷한 상황에 처한 적이 있습니다. 분명히 말씀드리지요."

시선은 노라를 향한 채로 주위 사람들에게는 들리지 않을 만큼 나지막한 소리로 말했다.

"이곳 교회는 돼지만도 못해요."

교회 비판은 중죄다. 가슴속에서 타오르고 있었을 의혹의 불이 확 날아갈 만큼 노라는 기겁하여 주위를 둘러보았다. 로렌스는 내친 김에 테이블에 팔꿈치를 대며 몸을 앞으로 내밀었다.

말이 주위에 들리고 있는지 아닌지는 주위에 신경을 쓰고 있는 호로가 가르쳐 줄 것이다.

"그래서 우리들이 생각한 계획이 있습니다. 교회를 약간 물 먹여서 돈을 번 뒤 다른 곳으로 뜨는, 그런 계획입니다."

의심의 불은 분노가 되어 불타오르지만, 그것이 꺼진 뒤에는 확신이라는 이름의 재가 남는다. 노라의 마음속에서 교회 권력에 반항하는 행위를 정당화하는 씨앗이 싹을 틔웠을 것이다.

로렌스는 전해야 할 사항을 천천히 말했다.

"금을 밀수하는 겁니다."

노라는 약간 눈이 커졌으나 이내 침착한 얼굴로 돌아갔다. 놀라움이 고작해야 약간 강한 바람 정도로밖에 느껴지지 않은 것이리라.

머리도 돌아가기 시작했는지 오랜만에 입을 열었다.

"하지만… 제가 뭘 할 수 있을까요?"

좋은 질문이었다. 양치는 일에만 뛰어난 것이 아닌가 보다.

"이곳은 아시는 대로 금 밀수에 관해서는 굉장히 엄격한 단속을 하고 있습니다. 이 도시로 이어지는 모든 길에 검문소를 설치하고 이중으로 검문을 하고 있는 점에서도 알 수 있지요. 옷소매 속에 숨기거나 짐 속에 섞어 봐야 저들은 당장에 알아챕니다. 많이 반입하려 들수록 더 들키기 쉽죠."

설교를 열심히 경청하는 정교도처럼 고개를 끄덕이는 노라에게 로렌스는 분명하게 고했다.

"우리는 양 뱃속에 금을 감춰서 대량으로, 그리고 들키지 않게 이 도시로 반입하려고 합니다."

설마, 하는 소리가 들려올 것처럼 눈이 휘둥그레졌으나, 이윽고 그것은 굳은 땅에 물이 스며들듯이 서서히 노라의 머릿속으로 들어간 듯했다.

양뿐 아니라 연중 풀을 먹고 사는 동물들은 돌을 삼키는 일이 흔하다. 구슬처럼 만든 금을 풀에 섞여 먹이는 것은 일도 아니다. 다만, 검문을 통과할 때 우물쭈물하다가는 되새김질을 하다가 금을 토해낼 수도 있다. 그런 점에서 양치는 기술이 뛰어나면서도 많은 양을 몰지 않고 몇 안 되는 양떼만을 데리고 인적 없는 곳을 평소부터 왔다 갔다 하는 노라가 낙점된 것이다. 포로손에서 올 때 통과한 첫 번째 검문소의 검문은 간단했다. 사람들의 통행이 잦은 곳에서는 좀 더 대대적이고 자세한 검문이 이루어진다.

노라는 천천히 고개를 끄덕이며 "그렇군요." 하고 중얼거렸다.

"하지만 이 도시의 정책에 영향을 받고 있는 마을에서는 금값이 터무니없습니다. 그렇다면 금을 구입하기에 가장 마땅한 곳은 이교도 마을인 람트라뿐이지요. 그런데 람트라에서 오는 안전한 길은 사람들의 통행이 잦은 데다 다른 양치기들의 구역이기도 합니다. 노라 씨를 택한 이유는 바로 이것 때문입니다. 사람이 거의 다니지 않는 곳으로 양을 데리고 가도 의심받지 않지요. 게다가 그 길은 람트라로 가는 지름길이기도 하고요."

그런 뒤 말을 한 번 끊고 작게 기침을 한 뒤 노라를 똑바로 응시하며 말을 던졌다.

"그리고, 노라 씨는 이곳 교회에게 부당한 대우를 받고 있습니다. 이 계획은 교회에 대한 한을 풀기에는 절호의 기회이기도 합니다. 교회 최대의 자금원은 기부금과 나란히 금 수출입에서 나오니까요. 하지만 들키는 날에는 큰 형벌이 기다리고 있으니, 이 일을 끝낸 뒤에는 안전을 위해 이곳을 떠나야만 합니다. 게다가 경우에 따라서는 노라 씨에게 양을 도살해 달라고 부탁드릴 수도 있습니다."

양을 도살해 본 적이 없는 양치기는 별로 없을 테지만, 그것이 가슴 아프지 않을 양치기 또한 드물다. 다만, 어느 정도 각오를 하고 있는지를 가늠하기에는 좋은 기준이다.

"단, 보수는 20뤼미오네."

치사하다는 생각은 들지만, 치사하게 느껴지면 질수록 약발은 잘 듣는다.

이윽고 테이블을 사이에 두고 반대편에 앉아 있는 양치기 소녀. 추위와 더위, 의심의 눈초리와 심한 푸대접을 견디며 그저 묵묵히 양을 치며 살아온 노라는 자신에게 돌아올 이득과 위험, 일의 내용을 저울질한 끝에 결론을 내린 듯했다.

눈동자의 빛이 스윽 가라앉는 것이 느껴졌다.

노라의 자그마한 입에서 힘 있는 말이 풀려나왔다.

"꼭 시켜 주십시오."

그 순간 로렌스는 목숨을 담보로 한 도박에 사람 하나를 끼어들게 한 셈이었다.

그러나 주저 없이 노라에게 손을 내민다. 그것은 자신의 내일도 움켜쥘 손이니까.

"잘 부탁드리겠습니다."

"…저야말로."

그 순간 약속은 확고해지고, 노라와 호로도 악수를 하자 세 사람은 운명공동체가 되었다. 이 세 사람은 다함께 웃게 되거나 울게 되는 수밖에 없다.

"그럼 자세한 이야기에 들어가기로 하지요."

그 후로 로렌스는 노라가 양을 맡는 시간, 마릿수, 그리고 람트라 주변의 지형과 양에게 먹일 수 있을 금의 양을 물었다. 로렌스는 그 같은 정보를 즉시 레메리오 상회에 들고 가 회의를 하기로 되어 있었다.

오후시간은 순식간에 지나고, 장사를 마쳐 귀갓길에 오른 상인과 직인들이 도시를 떠날 쯤이 되어서야 이야기를 끝냈다. 노라는 결국 맥주에 손을 대지 않고 자리에서 일어섰다.

모든 것은 노라가 맨정신으로 받아들이고 결정한 것이다.

그렇게 생각하지 않으면, 엄청난 돈벌이 이야기를 가져다 준 로렌스에게 공손히 고개 숙여 수도 없이 감사를 표하며 돌아가는 노라를 뒤쫓아 가서 다시 한 번 고려해 보도록 설득하고 싶어질 것 같았다.

조끼에 든 미지근해진 맥주를 단숨에 들이킨다. 그것은 평소보다 쓰고 맛이 없었다.

"당신, 좀 더 기뻐하는 게 어때? 일이 잘 풀렸는데."

차마 못 보겠는지 호로가 쓴웃음을 지으며 말을 걸어왔다.

그러나 무조건 기뻐할 수 있을 리가 없다. 로렌스는 노라에게 목숨을 건 도박을 선택하게 한 것이다.

"그 어떤 이득이 있다 해도 목숨을 담보로 한 도박은 있을 수 없어."

"그야 그렇지."

"더구나 이익만 강조하는 그런 말은 사기나 진배없어. 불리한 계약을 맺은 쪽이 바보라는 말은 상인들끼리나 통하는 거지. 하지만 이번 상대는? 양치기 소녀잖아."

목소리가 거칠어질 만한 짓을 한 것은 아니지만 로렌스의 가슴속에는 후회가 소용돌이치고 있었다.

상인으로서의 재기, 지금까지의 인간관계를 전부 시궁창에 처넣고 그저 목숨만 부지하려 한다면 호로에게 도움을 청하면 그만이다.

하지만 로렌스에게 그런 건 죽음이나 마찬가지다.

그래서 호로의 제안을 하늘이 주신 기회로 생각하고 그것을 실현시킬 목적으로 노라를 꼬드겼다.

그럼에도, 그렇다는 것을 알긴 해도 후회하지 않을 수는 없었다.

"저기, 당신."

한동안 조끼를 빙글빙글 돌려대고 있던 호로가 남아 있는 맥주를 들여다보며 입을 열었다.

로렌스가 호로를 쳐다봐도 호로는 여전히 맥주만 바라보았다.

"양이 목을 물렸을 때, 뭐라 표현할 수 없는 양의 비명을 들어본 적 있어?"

갑작스러운 얘기에 숨을 삼키자 호로도 그제야 로렌스에게 시선을 돌렸다.

"이도 없고 발톱도 없고 도망칠 다리 힘도 없는 양에게, 이도 있고 발톱도 있고 빠른 다리도 가진 늑대가 바람처럼 초원을 미끄러져 화살처럼 목에 달려드는 거야. 당신은 그걸 어떻게 생각해?"

호로는 잡담처럼 말했다. 실제로 잡담 같은 이야기라는 생각이 들었다.

그것은 흔하디흔한 일. 아니, 흔한 일조차 못된다.

살기 위해 먹을 것을 가능한 방법으로 사냥한다. 당연한 일이다.

"양의 비명은 뭐라 표현할 수가 없지. 하지만 허기진 배는 늘 내게 불평을 해대. 어느 쪽에 귀를 기울여야 한다면 자주 듣게 되는 쪽의 소리를 따르게 마련이잖아?"

그것은 안다.

살기 위해 다른 누군가를 희생시켜야만 한다는 것을 죄로 여겨 단식을 하다 죽는 것은 성인들뿐이다.

하지만 그것이 꼭 옳다고 생각하지는 않았다.

마음의 갈등을 토로한 것은 누군가가 해주었으면 하는 말이 있어서다.

"당신은 그렇게 나쁘지 않아."

할 수 없다는 듯이 웃는 호로의 얼굴에 로렌스는 마음의 응어리가 일제히 풀리는 것만 같았다.

바로 저런 말이 듣고 싶었던 것이다.

"하여간 물러 터졌어."

가슴속을 훤히 들여다보는 말에 '정말 그렇다.' 하는 생각이 들어 표정이 씁쓸해진다. 그러나 호로는 남은 맥주를 단번에 마시더니 자리에서 일어나 이렇게 말했다.

"하긴 뭐, 사람도 늑대도 혼자서는 못 살아가는 법이야. 때로는 상대에게 기대고 싶어지기도 하지. 안 그래?"

유연한 강인함이라는 것은 바로 이런 것을 말하는 것이리라.

그러면서 호로가 웃자 로렌스도 고개를 끄덕인 뒤 자리에서 일어섰다.

"하지만 당신도 의외로 빈틈이 없던걸?"

노라를 잘 구슬렸다고 말하는 것이겠지만, 그 정도도 못하고서야 상인 노릇을 못 해먹는다.

"당연하지. 너도 홀딱 넘어가지 않게 조심해."

"후후후. 기대할게."

그러면서 정말로 기대하는 것처럼 웃는다. 하지만 역시, 말에 혹해 속아 넘어가는 것은 로렌스 쪽일 것이다. 물론 그건 속으로만 생각했으나, 길을 걸으며 옆에 착 붙는 호로가 숨죽이며 웃는 것을 보니 가슴속이 훤히 들킨 것으로 보는 편이 나을 것 같았다.

"다함께 웃을 수 있는 결과가 되도록 노력하는 수밖에 없지."

"타당한 생각이야. 하지만."

거기에서 말을 끊은 호로를 돌아다보자 장난기 가득한 얼굴로 웃고 있었다.

"나랑 둘이서만 살짝 웃는 게 훨씬 좋지 않을까?"

매력적인 제안이지만 역시 다함께 웃는 게 낫다.

"당신은 진짜 착해 빠졌어."

"그럼 안 돼?"

"안 되긴."

그리고 둘이서 작게 웃으며 시가지로 향했다.

앞길이 꼭 밝지만은 않으나, 적어도 곁에 있는 이의 얼굴은 잘 보였다.

틀림없이 밀수는 성공한다.

아무런 근거도 없이 그런 생각이 들었다.

"레메리오 상회의 마틴 리베르트입니다."

"로렌스입니다. 이쪽은 제 일행인 호로."

"아, 노, 노라 아렌트입니다."

교회도시 뤼빈하이겐에는 도시를 드나들기 위한 출입구가 여러 개 있다. 그 중 북동쪽에 위치한 출입구 앞 광장에서 세 사람은 정식으로 인사를 나누었다.

시장 개방의 종이 울리기 전의 아침 공기는 참으로 상쾌하여, 간밤에 있은 싸움의 흔적으로 쓰레기가 여기저기 흩어져 있는 광장마저 왠지 아름답게 보인다.

하지만 이곳에 있는 이들 중 도시의 풍경을 볼 여유가 있던 것은 호로뿐이었으리라.

다른 이들은 하나같이 긴장된 표정으로 굳어 있었다.

금 밀수는 발각되는 날에는 금액에 따라서는 능지처참형까지 당할 수 있는 중죄다. 원래 같으면 거듭 회의를 해서 만전을 기해야 할 터였으나 공교롭게도 그럴 상황이 아니었다.

레메리오 상회를 무너뜨리고 단물을 빨아먹으려 드는 채권자들은 수도 없다. 파산 일보직전인 상회라 해도 토지와 가옥, 외상채권 등 돈이 될 만한 것이 있기 때문이다.

그리고 그들은 채무이행일 같은 것은 기다려 주지 않기 때문에 레메리오 상회 역시 한시라도 빨리 금을 밀수해 돈으로 바꿔야 할 필요성에 쫓기고 있었다.

그런 까닭에 아침 미사 후 교회에서 양을 맡아 온 노라와는 그길로 합류했다. 로렌스 이외에도 밀수에 관련된 사람이 있을 줄은 생각지 못했는지 노라는 레메리오 상회의 이름을 듣고 다소 놀란 듯했으나 특별히 뭔가를 묻는 일도 없었다. 자신이 할 수 있는 일만 하겠다고 마음먹은 것이리라.

"그럼 바로 출발하지요. 장사는 부엌에 놓인 날생선과 같은 것이니까요."

금방 썩는다는 뜻이다. 레메리오 상회의 주인 한스 레메리오에게서 금 밀수라는 큰 임무를 받고 온 리베르트의 말에 로렌스는 이의가 있을 리 없어 동의했다. 당연히 노라와 호로에게서도 반대 의견은 나오지 않는다.

일행은 아직 졸린 듯이 하품을 하고 있는 문지기들이 약간 호기심 어린 시선을 보내는 가운데 별 문제없이 뤼빈하이겐을 나섰다.

로렌스는 늘 입는 상인복 차림이고, 리베르트는 마을 상인답게 사냥이라도 나가는 듯이 잘 차려입은 여행복, 호로는 다시 수도녀풍으로 변신, 노라는 변함없는 차림이다.

다만, 로렌스와 리베르트 둘 다 짐마차가 아니었다. 리베르트는 자신의 말에 올라타고, 로렌스는 호로를 말 등에 태운 뒤 자신은 고삐를 끌고 걸었다. 길이 험할 것으로 예상되는 데다 말만 데리고 가는 편이 속도가 훨씬 빠르다.

양 일곱 마리와 양치기견 에네크를 이끄는 노라를 선두로 일행은 북동쪽 마을 람트라로 향했다.

로렌스와 호로가 포로손에서 왔던 길과 마찬가지로, 람트라로 가는 길은 나그네들에게 인기가 별로 없는지 하루 종일 걸었는데도 누구 하나 스쳐지나가는 이가 없었다.

　대화다운 대화도 없이 들리는 소리라고는 노라가 울리는 종소리와 양들의 울음소리뿐이었다.

　처음으로 대화다운 말이 나온 것은 날이 저물자 이내 노라가 걸음을 멈추고 야영준비를 하기 시작한 때였다. 리베르트가 불평을 터뜨린 것이다. 가늘고 긴 눈매에 금발 머리를 단정히 빗어붙인 리베르트의 모습은 중요한 임무를 띤 힘차고 젊은 상회 간부라는 인상이었다. 노라에게 좀 더 가다가 야영을 해야 한다고 주장할 때에도 신경질적인 말투였다.

　하지만 여행의 상식을 모르는 리베르트는 로렌스가 양치기의 업무와 밤 행군의 위험성을 설명하자 뜻밖에 솔직히 납득했다. 신경질적이긴 했으나 고집불통인 것은 아닌 모양이다.

　그러기는커녕 평소에는 좀 더 온후한 느낌일지도 모른다는 생각이 들었다. 그런 대화를 계기로 리베르트가 몹시 진지한 말투로 이렇게 말했기 때문이다.

　"죄송합니다. 긴장한 탓인지 마음이 앞섰습니다."

　리베르트는 상회의 존속이 걸린 이번 계획에 레메리오 상회를 대표해서 나왔다. 저 상의 안에는 금을 사기 위한 매입증서가 엄중하게 봉인돼 들어 있을 것이다. 그 금액 약 6백 뤼미오네. 상회 주인인 레메리오 역시 지금쯤 뤼빈하이겐에서 양손을 모으고 신께 기도드리고 있을 것이다.

"저와 달리 상회를 짊어지고 계시니까요. 당연합니다."

로렌스가 그렇게 말하자 리베르트는 다소 안심한 듯한 웃음을 지었다.

그 후로는 조용한 밤이 지나고 이윽고 아침이 밝았다.

마을에서 사는 이들은 아침밥을 사치로 생각하는 경향이 있어 대부분 아침을 거르지만, 여행을 하며 지내는 이들은 먹는 것이 상식이다.

그래서 리베르트를 제외한 세 사람은 납작한 빵과 육포를 씹으면서 걸었다.

그런 일행의 발걸음이 멎은 것은 점심 전의 일이었다.

약간 솟은 언덕 위. 길은 발밑에서 곧장 동쪽으로 뻗어 있고, 다음 언덕의 정상 부근에서 남쪽을 향해 구부러져 있다. 주변에는 방목하기에 딱 좋은 풀이 마른 풀과 함께 나 있는데, 그런 초원이 사방으로 펼쳐져 있다.

하지만 앞에 놓인 길과는 반대쪽, 요컨대 북쪽으로 눈을 돌려 가만히 응시하면 저 멀리 검은색에 가까운 녹색의 숲이 있고, 거기에서 천천히 시선을 서쪽으로 향하면 바위가 많은 급경사의 언덕이 보인다.

로렌스 일행이 갈 곳은 그 숲과 언덕의 사이. 짐마차와 나그네들조차 밟지 않은 초원이다.

바위가 많아 걸어서도 넘을 수 없는 언덕과, 기사들조차 꽁무니를 빼는 기분 나쁜 깊은 숲 사이에 끼어 있는 저 초원이 바로 람트라로 이어지는 유일한 지름길이다.

제대로 된 사람이라면 절대 지나지 않을 그 길은, 별다를 것 없는 초원인데도 불구하고 어딘지 무시무시한 느낌이 들었다. 호로는 콧방귀를 뀌었던, 이교도 마술사가 늑대를 소환했다는 이야기도 생판 거짓말은 아닐지도 모른다는 생각마저 든다.

"늑대가 나와도 당황하지 마세요. 반드시 마을까지 무사히 갈 테니까요."

웬일로 단호한 노라의 발언이 마음 든든했으나 호로만은 약간 재미없는 눈치였다.

현랑 호로로서는 할 말도 있으리라. 로렌스와 눈이 마주치자 일부러 입술을 삐죽하더니 이내 평소의 새침한 얼굴로 돌아갔다.

"신의 가호가 함께하시기를."

리베르트의 기도에 전원이 같은 시늉을 했다.

화창한 날씨였다.

때때로 바람이 불어와 찬 공기가 뺨을 쓰다듬었으나 걷는 데는 상관없었다.

도보로 가고 있는 노라를 선두로 말을 탄 리베르트, 그 뒤로 일곱 마리의 양, 그보다 더 뒤로 말을 끄는 로렌스와 말 위에 올라탄 호로가 줄을 이은 식이었다.

북쪽으로 갈수록 서쪽 바위 언덕이 점점 이쪽으로 다가와 숲 쪽으로 밀어붙이는 형태로 초원이 이어진다. 말이 풀 밑에 감춰

진 돌을 밟아 다치면 곤란하니까 되도록 숲 쪽으로 치우쳐 걷고 있었으나 어슴푸레한 숲의 형체를 확인할 수 있는 거리에까지 이르자 으스스한 느낌도 배로 늘었다.

자꾸 생각해서 그런지 늑대의 울음소리가 들린 것만 같은 기분이 자꾸 든다.

"저기."

"응?"

"늑대, 괜찮을 것 같아?"

그래서 결국은 호로에게 소리 죽여 물어보았다.

"웬걸. 이미 포위돼 있어."

빤한 농담에도 순간 숨이 턱 막힐 정도다.

호로가 재미있다는 듯이 소리 없이 웃었다.

"당신의 안전은 확실히 보장할게. 하지만 다른 건 몰라."

"전원 무사하지 않으면 곤란한데."

"그건 정말 장담 못해. 바람이 숲 쪽으로 불고 있으니까. 숲에 늑대가 있다면 양 냄새에 진작 이를 갈고 있을걸?"

그런 말을 들으니 숲에서 뭔가가 이쪽을 쳐다보고 있는 것만 같다.

그때, 타탁 하고 짐승이 땅을 박차는 독특한 소리를 듣고 깜짝 놀라 시선을 돌리니 검은 털을 나부끼며 에네크가 옆을 달려 나갔다.

자꾸 뒤처지려는 양 두 마리를 몰아오기 위해서다.

"똑똑하네."

별 뜻 없는 감상이었으나 호로는 작게 흥 하고 코웃음을 쳤다.

"어중간하게 똑똑한 건 죽음을 부르지."

"…무슨 뜻이야?"

앞서가는 리베르트와 노라에게 대화 내용이 들리면 일이 복잡해지니 가능한 목소리를 낮춰가며 얘기하긴 했으나 한층 목소리를 죽여 호로에게 물었다.

말 위에 앉아 있는 호로의 눈빛이 언짢다.

"저 개, 나에 대해 눈치 챘어."

"그래?"

"귀와 꼬리를 감추면 사람은 속일 수 있지만 개는 그렇게 안 되거든. 처음 만났을 때부터 화가 난 눈으로 쳐다보잖아?"

힐끔힐끔 보는 것은 알았으나 로렌스는 거기까지는 깨닫지 못했다.

"그런데 정말 열 받는 건."

후드 밑에서 귀가 움직인다. 많이 언짢은 것은 아닌가 보다.

"저 개의 눈빛이야. 저 개의 눈빛이 이렇게 말하고 있다고. 양에게 손만 대었단 봐라. 언제라도 그 목을 물어뜯어 줄 테다, 라고."

설마 하며 쓴웃음을 짓자 매섭게 노려보는 바람에 조금 기가 죽었다.

"주제를 모르는 개처럼 열 받는 건 없어."

고개를 획 돌리며 호로는 말했다.

개와 늑대는 비둘기와 까마귀처럼 사이가 나쁜지도 모르겠다.

"하지만 난 현랑 호로야. 저딴 개가 도발한다고 넘어갈 리가 없지."

그러면서 부루퉁하게 말하는 것이다. 웃지 말라고 하는 게 무리였다.

그래도 너무 화가 나게 하면 안 되니까 재빨리 웃음을 거뒀다.

"그렇지. 저 개가 어디 너한테 비교가 되나. 힘, 현명함, 그리고 꼬리털에서도."

뻔한 아부였으나 마지막 한마디는 약발이 섰던 모양이다.

후드 밑의 귀가 쫑긋하더니 새침한 표정의 가면으로는 감춰지지 않는 의기양양한 웃음이 호로의 얼굴에서 스며 나왔다.

"음. 당신도 이젠 좀 뭘 아나 보네."

확실히 호로를 어떻게 다뤄야 할지 대충 알 것 같은 자신감이 들었으나, 물론 그런 말은 하지 않고 공손히 머리를 숙여 두었다.

그런저런 얘기를 하고 있자니 이윽고 풀이 드물어지면서 황토색 땅이 보이게 됐다.

서쪽으로 펼쳐진 황량한 바다와 같은 언덕이 바싹 다가와 있는 것이다.

때때로 나무뿌리를 건너뛰듯이 걸어야만 할 것 같은, 길이라고도 할 수 없는 길을 나아갔다.

하지만 그런 뒤로는 계속 길이 이어지면서 이틀째 밤을 맞았어도 별로 달라지는 게 없었다.

노라의 이야기로는 내일 날이 밝자마자 출발하면 낮쯤에는 람트라에 도착할 것이라니 정상적인 길의 반이나 3분의 1, 또는 4분의 1로 단축된 것이다. 이곳을 개척해 길로 만들면 람트라와의 무역도 쉬워지게 된다. 지금까지의 여정을 되돌아보는 한 특별히 늑대가 많은 것 같지도 않으니 길을 만들면 좋겠다 싶었다.

그리고 여기에 길이 나면 람트라를 공격하기도 쉬워질 것이다. 뤼빈하이겐의 입장에서는 원래 같으면 이렇게 가까운 곳에 이교도 마을이 있는 것은 용납하기 어려운 일이다. 하지만 그럼에도 내버려두고 있는 것은, 어쩌면 람트라로부터 암암리에 금을 상납 받는 대가로 일부러 이곳에 길을 안 내는 것일 수도 있다는 추측이 떠올랐다. 권력이 있는 곳에는 뒷돈이 오가기 마련이다.

맛없는 저녁식사를 마친 후 로렌스는 리베르트가 돌린 포도주를 홀듯이 마시며 그런 쓸데없는 생각을 곰곰이 하고 있었다. 이야기할 상대가 없으니 따분한 것이다.

호로는 포도주를 잽싸게 마신 뒤 모포를 두르고 로렌스에게 기댄 채로 잠들어 버렸고, 여행에 익숙지 않은 리베르트도 피곤했는지 모닥불 앞에서 졸고 있다.

시선을 조금 돌리자 방금 전 잠에서 깬 노라가 모닥불에서 떨어진 나무 밑동에 앉아 무릎 위의 에네크를 쓰다듬고 있다. 모닥불 곁에 너무 가까이 있으면 눈이 빛에 익숙해져서 여차하는 순간에 곤란하게 된다고 한다.

로렌스의 시선을 느꼈는지 노라가 문득 얼굴을 들고 이쪽을 쳐다보았다.

그런 뒤 아래를 내려다보더니 다시 고개를 들어 생긋 웃었다.

순간 노라가 왜 웃었는지를 몰랐으나 로렌스도 아래를 보고는 이해가 갔다.

호로의 몸이 줄줄 무너져 로렌스의 무릎 위에 있었다. 똑같다는 뜻이리라.

하지만 호로의 머리를 쓰다듬기는 겁난다. 자신의 무릎 위에서 자고 있는 것은 에네크보다 더 무서운 늑대인 것이다.

그래도 새근거리며 무방비하게 잠든 호로를 보고 있노라니 점점 쓰다듬어 보고 싶은 유혹이 일어난다. 노라가 에네크에게 하듯이 자연스럽게 하면 아무 문제 될 것 없으리라.

리베르트는 자고 있고, 노라는 에네크를 쓰다듬으면서 일곱 마리의 양을 살피고 있다.

로렌스는 조악하고 울퉁불퉁한 나무 컵을 내려놓고 천천히 호로에게 손을 뻗었다.

몇 번이나 쓰다듬은 적 있던 머리가 신성한 것처럼 보인다.

로렌스의 손이 호로에게 닿은, 그 순간이었다.

"웃."

호로가 별안간 얼굴을 든 것이다.

당황하여 손을 빼자 호로는 수상한 시선으로 쳐다봤으나 이내 다른 쪽으로 고개를 돌렸다. 무슨 일인가 싶어 보니, 어느새 노라도 자리에서 일어나 이를 드러내고 있는 에네크 곁을 따르고 있다.

바라보고 있는 방향은 같았다. 한없이 캄캄한, 흑요석 같은 숲속.

"로렌스 씨, 물러나 계세요."

강한 말투로 변한 노라의 말에 거의 반사적으로 따르려 한 순간, 뭔가에 걸려 일어서지 못했다.

뭔가 했는데, 무릎 위에 있던 호로가 뒷손질로 로렌스의 옷을 붙잡고 있었다.

뿐만 아니라 로렌스가 항의를 하기도 전에 비난하는 듯한 호로의 시선이 어깨너머로 꽂혀든다. 말로 표현하자면 '저 계집애가 시키는 대로 하지 말고 내 뒤에 있어' 라는 뜻인지도 모른다.

뭔가 아주 강한 적개심을 노라에게 품고 있는 것 같았으나, 거역하기가 두려우므로 호로가 일어선 뒤에야 따라 일어났다.

노라는 그런 호로에게 아랑곳하지 않고 자신의 일에 충실하기로 한 모양이다. 지팡이 끝에 달린 종을 울리자 에네크가 달려나가 잠들어 있던 양들을 불가로 몰았다. 노라는 그런 뒤 아직도 자고 있는 리베르트의 어깨를 두드려 깨우고, 숲에 얼마든지 널려 있는 장작을 모닥불 속에 휙 휙 던져 넣었다.

익숙하고 냉정한 움직임이었다. 노라가 사람을 상대할 때의 심약한 모습은 자신이 상인이 아닌 사람을 상대로 하면 말주변이 없어지는 것과 마찬가지일 수도 있다는 생각이 들었다.

그제야 눈을 뜬 리베르트는 팽팽하게 긴장된 분위기 속에 노라와 호로의 시선 끝에 있을 보이지 않는 늑대를 느낀 모양이다.

필시 6백 뤼미오네를 구입할 증서가 들어 있을 가슴께를 누르면서 뒷걸음질 치더니, 꼬리를 곧추 세우고 이를 드러내며 크르

링 대고 있는 에네크 뒤로 가서 섰다.

이쪽의 방어태세가 일단 갖추어지자 들리는 소리라고는 양들의 불안스런 울음과 에네크의 거친 숨결, 그리고 모닥불의 불꽃이 튀는 소리뿐이다.

칠흑의 숲에서는 꼼짝하는 소리조차 들리지 않는다. 하늘에는 달이 떠 있고 바람도 없다. 일개 상인에 불과한 로렌스는 숲에 무엇이 있는지 당연히 기척조차 느껴지지 않았다.

하지만 노라, 에네크, 게다가 호로까지도 숲을 쳐다보며 미동도 하지 않는다.

그들의 시선 끝에는 캄캄한 어둠속에서 헤엄치는 메기가 있는지도 모른다.

하지만 이상하게도 늑대들의 울음소리가 일절 들려오지 않는다. 로렌스도 여행길에 늑대와 몇 번 마주친 적이 있었는데 그때마다 반드시 울음소리가 들렸었다. 그 소리가 전혀 들리지 않는다.

그러니 정말로 늑대가 있는 것인가 하는 의문이 들었다.

두터운 모피가 서서히 타들어가는 듯이 시간이 흘러간다.

역시 울음소리는 들리지 않는다. 로렌스가 그래도 긴장을 풀지 않고 있는 것은 신뢰할 수 있는 호로라는 단짝이 진지하기 짝이 없었기 때문이다.

그러나 노라와 호로 둘 다 어린 소녀로밖에 보이지 않는 리베르트는 다른 듯했다.

좀 전까지는 창백했던 얼굴에 핏기가 돌아오더니 의심스런 눈빛을 힐끔거렸다.

움직임이 일어난 것은 그런 리베르트가 입을 벌리려던 그 순간이었다.

노라가 양손으로 받치고 있던 지팡이를 오른쪽 옆에 세우더니 왼손으로 허리에 차고 있던 뿔피리를 들었다. 호로가 그것을 보고 조금 재미없다는 표정을 지은 것은 늑대에게 뿔피리는 맞지 않는다는 뜻이리라.

늑대가 울음을 울고 곰이 등을 나무에 비비는 것처럼 양치기는 뿔피리로 자신의 존재를 주위에 알린다. 그 어떤 동물도 낼 수 없는 독특하면서도 느릿한 뿔피리 소리가 한밤의 숲속으로 스며들어간다. 늑대들이 있다면 거기에 뛰어난 양치기가 있다는 것을 알 것이다.

그래도 늑대들의 울음소리는 역시 들려오지 않는다. 상대는 철저하게 침묵을 지키고 있었다.

"…쫓아낸 건가?"

대신에, 라고 할 수는 없겠으나 리베르트가 물었다.

"모르겠어요…. 적어도 멀리 가긴 한 것 같습니다."

확실치 않은 노라의 대답에 리베르트는 눈살을 찌푸렸으나 에네크가 더 이상 크르릉 대지 않고 양을 몰기 시작한 것을 보자 위기를 면했다는 것만은 이해한 듯했다.

동물은 동물이 제일 잘 안다고 생각하는 듯하다.

"이곳의 늑대는 늘 이래요. 울음소리도 별로 들리지 않고, 습격해 올 기색도 없이 그저 가만히 이쪽을 지켜보고 있는 것만 같은…."

무덤에서 되살아난 시체 얘기를 하는 듯한 노라의 말에 레메리오 상회의 젊은 간부는 다시 얼굴이 창백해졌다. 보기와는 달리 의외로 겁이 많다.

"늑대 울음소리가 들리지 않는 건 확실히 묘하군."

아직도 숲 쪽을 바라보면서 호로가 중얼거리듯 말했다. 그러자 겉보기에는 보통 소녀인 데다 양치기도 아닌 호로가 그런 말을 하는 것이 마음에 들지 않았는지 리베르트가 무시하는 시선을 호로에게 보냈다.

마을 사람들 중에는 저런 사람들이 많으니 리베르트의 성격이 유난히 못된 것도 아닐 테지만, 호로는 심기가 살짝 뒤틀렸나 보다.

"늑대 아닌 다른 것일 수도 있지. 예를 들면, 여기에서 죽어 괴물이 된 나그네랄지."

순간 리베르트의 얼굴이 창백해졌다. 과연 현랑 호로. 리베르트가 겁이 많다는 점을 꿰뚫어본 모양이다.

"저기."

불쌍한 어린 양을 놀려 준 뒤 호로가 옷자락을 잡아끌었다. 목소리도 낮추었기에 몸을 숙여 귀를 호로의 높이에 맞췄다.

"반은 진심이야. 뭔가 불길한 예감이 들어."

이 여행은 단순한 장사 여행이 아니다. 무사히 람트라까지 갔다 돌아와야 한다. 만약 실패하면 도망을 치건, 운명에 따르건 상인으로서의 로렌스의 생명은 끝장이 나게 된다.

괜히 겁주지 말라는 비난 어린 시선을 던지긴 했지만, 호로는 아랑곳없이 다시 숲 쪽을 쳐다보았다.

　농담이 아닌 듯했다.

　"장작이 다 떨어졌네요."

　여전히 긴장감 도는 분위기를 부드럽게 하려고 그러는지 노라가 애써 밝게 말하기에 로렌스는 그에 동의했다. 호로도 그제야 숲에서 시선을 거두고 고개를 끄덕였다. 리베르트가 고개를 끄덕인 것은 아마 오기에서였을 수도 있다.

　"그럼 장작을 좀 모아 올게요."

　밤눈이 밝기야 하겠지만 그래도 노라에게만 맡기기는 미안해서 "저도 가겠습니다."라고 하자 "그럼 나도."가 되었다.

　모닥불을 피울 때도 어떻게 하는지 몰라 가만히 있었던 리베르트도 마음이 영 불편한가 보다.

　"저, 저도 거들겠습니다."

　헛기침을 하면서 그렇게 말한다. 아마도 혼자 남는 것이 무서웠으리라.

　그런 리베르트를 보고 호로가 생글생글 웃었다.

　그 후 한동안 숲속에서 장작을 주우러 다녔는데, 왠지 모르게 짐승 냄새가 나는 듯한 것은 기분 탓이려나.

　그래도 그날 밤은 그 뒤로 아무 일 없이 조용히 깊어갔다.

　람트라가 보이게 되자 솔직히 안도의 한숨이 나왔다.

오른편에는 깊은 숲, 왼편에는 황량한 언덕이 서 있는 풀밭을 걸어오는 길은 마치 뒷골목을 한없이 헤집고 다니는 기분이었다.

가장 안도가 되었던 것은 마침내 그런 길을 다 지나와서가 아니다. 그보다 더 험한 길을 경험해 본 적도 얼마든지 있다. 안도의 한숨은 어젯밤 이후로 이따금씩 느끼게 된 기분 나쁜 시선에서 벗어나게 됐기 때문이었다.

로렌스 혼자만 그렇게 느낀 게 아니란 것은 시종일관 호로와 노라가 팽팽히 긴장하고 있었던 점에서 알 수 있다. 역시 뤼빈하이겐과 람트라를 가르는 숲에는 기사단조차 겁먹게 하는 뭔가가 있는 것이리라.

그래도 오는 길을 무사히 지나왔으니 가는 길도 무사히 지나갈 수 있을 것이다. 다소 불안하긴 했으나 몇 번씩 오갔던 적이 있는 노라가 한 번도 습격을 당한 적이 없다고 하니 노라의 양치기 솜씨와 호로에게 맡기면 어떻게든 되겠거니 싶다.

그러면 남은 것은 금을 반입하는 시기뿐이다.

전원이 람트라 마을로 줄줄이 들어가 봐야 소용없으니 혼자서 금을 매입하러 나가는 리베르트의 등을 지켜보면서 로렌스는 그런 생각을 하고 있었다.

"잘됐으면 좋겠네요."

노라의 그 말은 아마 리베르트가 매입하러 간 금 얘기일 것이다.

이제부터는 정상적인 거래이니 실패할 리가 없으나 굳이 지적하기도 뭣하다.

"그러게요."

하지만 대답할 때 지은 것이 영업용 미소였던 데에는 이유가 있다.

로렌스의 가슴속에 의심과 더불어 검은 후회가 되살아난다.

노라는 이 밀수가 실패한 순간 기다리고 있을 너무나도 혹독한 벌을 이해하지 못하고 있는 것은 아닐지. 금 밀수 시에 가장 위험한 것은 양치기인 자신인데도.

성벽 문을 통과할 때 금은 양들의 뱃속에 감춰 밀수하게 된다. 만의 하나 양이 되새김질이라도 해서 금을 토해내는 날에는 양치기는 변명의 여지없이 처형된다.

그에 비해 리베르트와 로렌스 측은 입만 다물면 어떻게든 빠져나갈 가능성이 있다.

그것은 하늘과 땅 차이다. 노라는 그 점을 알고 있는 것인가.

평소와 다름없는 모습으로 양을 쳐다보기도 하고, 일을 하나 끝낼 때마다 노라 앞으로 달려오는 에네크를 쓰다듬는 모습을 보고 있노라니 그것을 확인해서는 안 될 것 같은 기분이 들었다.

자신의 신변에 무슨 일이 일어날 수도 있다는 것도, 그와 관련해 주위가 대체 어떤 상황인가도 파악하고 있지 못하는 것 같다.

그렇다면 그것은 무지를 이용한 사기에 가깝다. 그것을 생각하면 양심이라는 것은 위 언저리에 있는 것이 틀림없다는 확신이 들게 된다.

하지만 혹시 그것을 확인했더니 노라가 그 점을 깨닫지 못하고 있다가 로렌스의 말을 듣고 자신만 나쁜 패를 뽑을 수도 있는 일에는 협력할 수 없다며 태도를 뒤집어 버릴지도 모른다. 그것만은 곤란하다. 그래서 묻고 싶어도 물을 수가 없었다.

"그러고 보니."

로렌스는 당사자인 노라의 목소리에 정신이 확 들었다.

하지만 고개를 들자 그 말은 로렌스에게 한 것이 아니었다.

참억새를 하나 뽑아 들고 한가로이 주위를 거닐고 있던 호로가 노라를 보고 있었다.

"호로, 씨는."

이름을 부르며 한 순간 머뭇거린 것은 말을 거는 데 용기를 쥐어짰기 때문인지도 모른다.

몇 번이나 말을 걸려다가 만 것은 로렌스도 느꼈을 정도였으나, 호로가 쌀쌀맞아서 주저하는 것 같았다.

로렌스는 속으로 힘내라고 외쳤다. 그러나, 뒤이은 말에 깜짝 놀랐다.

"늑대를 잘 아시나요?"

순간 헉 했으나 그에 비해 현랑은 참으로 영리했다. 표정 하나 변하지 않고 잠시 있더니 고개를 살짝 갸웃했다.

"어, 아니, 저기, 어젯밤에, 굉장히 빨리 늑대를 알아채신 것 같아서…."

목소리가 꺼져 들어간 것은, 어쩌면 호로가 양을 쳐 본 경험이 있다고 생각한 것일 수도 있다. 그렇다면 흰 까마귀만큼이나 희귀한 양치기 소녀끼리 얘기가 잘 통하리라 싶었던 것이리라.

286

내내 말도 붙이기 어려울 만큼 쌀쌀맞은 호로에게 어떻게든 말을 건 것도 그런 기대감이 등을 떠밀었기 때문일 수도 있다.

"아니, 그냥 자연스럽게 알게 된 것뿐이에요."

"그러세요…."

"남자들이 하나같이 믿음직스럽지 못하잖아요."

장난기 가득한 얼굴로 웃으면서 힐끗 시선을 던져오기에 로렌스는 대답삼아 어깨를 살짝 으쓱했다.

"안 그래요?"

"예? 아, 그, 그런 건."

"흠. 그럼 저게 믿음직스러워요?"

아무 망설임 없이 손가락으로 가리키니 노라도 덩달아 시선을 돌린다.

그리고 로렌스와 눈이 맞았다.

노라는 그 순간 너무도 어색한 듯이 눈길을 피하더니 다시 호로에게 질문을 받자 로렌스 쪽을 미안한 듯이 힐끔힐끔 살폈다. 그러다 옆으로 다가온 호로에게 뭔가 귓속말을 했다.

건방진 늑대가 즐거운 듯이 웃는 것을 보니 그런저런 답이었으리라.

그 모습을 보면서 이때는 어릿광대 역을 해야 한다는 것을 알아챈다.

항복하는 것처럼 손을 휘휘 내젓자 호로와 함께 노라도 웃었다.

"무엇보다, 나처럼 남자랑 단둘이 여행을 하는 사람에게 늑대에 대해 잘 아느냐고 묻는 건 이상한 일이지요."

겉보기의 나이 차는 노라가 위였으나, 입을 열면 순식간에 호로가 우위에 선다. 허리에 손을 짚고 남은 한 손의 집게손가락을 세우더니 신학자가 강의를 하듯이 한소리 했다.

노라는 그를 따라다니는 학생이다. 흥미진진하게 호로를 쳐다본다.

"알아요? 그런 사람에게 늑대에 대해 잘 아느냐고 물으면 대답은 정해진 것이나 다름없는 법. 왜냐하면—."

왜냐하면? 하고 노라가 몸을 내밀었다.

"왜냐하면 밤만 되면 늑대가 나타나니까. 눈앞에 이렇게 귀여운 토끼가 있잖아요. 매일 밤 늑대에게 잡아먹히는 토끼가 늑대를 모를 리가 있겠어요?"

순간 노라는 멍해 있었으나 이윽고 그것이 뜻하는 바를 깨달은 모양이다. 순간 얼굴이 새빨개지면서 뒷걸음을 치더니 호로와 로렌스를 번갈아 보고는 고개를 푹 숙였다.

"우후후후후후. 음. 좋은 반응이야. 그런데 아까 내가 한 대답을 잘 생각해 봐요."

진심으로 즐거운 듯한 호로의 말에 귀까지 빨개진 노라가 고개를 들더니 뭔가를 떠올리는 듯이 눈을 가늘게 뜬다.

그러더니 앗, 하고 작은 소리를 지르는 것이 들린 것만 같다.

"내 일행이야말로 토끼지. 상대를 안 해주면 외로워서 죽고 만다니까."

귓속말을 하는 척하면서도 똑똑히 들리게 말하는 호로를 보고 쓴웃음을 지을 수밖에 없었으나, 노라가 무방비한 표정으로 고개를 끄덕인 것에는 약간 상처를 받았다.

그런 식으로 보였었나 하고.

"뭐, 그러니까 내가 어젯밤에 늑대를 빨리 알아챈 건 그냥 우연이었던 거죠."

곁에서 듣기엔 전혀 관계없는 결론이었으나, 여러 모로 머릿속이 휘저어졌을 노라는 납득을 한 모양이다. 그제야 진정이 된 뺨을 양손으로 가볍게 비비면서 성실하게 고개를 끄덕였다.

그런 뒤 심호흡을 하더니 긴장이 사라진 웃음을 지으며 말했다.

"저는 호로 씨가 양치기를 하시던 분인가 했어요."

"늑대를 금방 알아채서?"

"그 점도 있었지만."

거기에서 말을 일단 끊은 뒤, 주인이 담소를 나누는 중에도 부지런히 일하고 있는 검은 털의 기사를 바라보며 말을 이었다.

"에네크가 호로 씨를 굉장히 의식하고 있는 것 같았거든요."

"음, 그건 그거죠."

들키지 않을 걸 알면 사람 앞에서도 태연히 꼬리를 내놓고 있을 수 있는 배짱의 소유자는 움찔하기는커녕 웃음까지 지으면서 팔짱을 끼고 에네크를 보았다.

"주인 앞에서 이런 말하기는 뭣하지만, 저 녀석이 나한테 반해서 그런 거죠."

그 말을 들은 것처럼 에네크는 한순간 호로와 로라 쪽을 돌아보더니 다시 양들 주위를 뛰어다녔다.

그에 비해 기사의 주인은 마른하늘에 날벼락을 맞은 표정이었다.

"예? 에, 에네크가요?"

"실망하실 것 없어요. 수컷은 귀여워해 주면 금방 기어오르죠. 당신은 저 녀석을 굉장히 아끼는데, 그런 탓에 저 녀석은 일단 당신의 총애를 받는 건 문제없다고 생각하고 있는 거겠죠. 그래서 가끔은 다른 사람과 장난을 치고 싶은 욕구가 생긴 게 틀림없어요. 맛있는 빵이 산더미처럼 있으면 때로는 수프도 먹고 싶어지잖아요?"

듣자듣자 하니 눈살 찌푸릴 말 천지이건만, 노라는 뭔가 공감가는 부분이 있었는지 감탄을 하듯 고개를 끄덕였다.

"그러니까 가끔은 쌀쌀맞게 해야 돼요. 그게 좋은 고삐가 되죠."

노라는 무슨 세상의 진리를 얻은 듯이 심각하게 고개를 끄덕이더니, 돌연 에네크의 이름을 부른 뒤 그 자리에 쭈그려 앉았다.

그리고 질풍처럼 달려온 에네크를 정면에서 안은 뒤 호로를 올려다보며 조그맣게 웃었다.

"앞으로 얘가 또 바람을 피우면 말씀하신 대로 할게요."

"그래야죠."

괜한 죄를 뒤집어쓴 에네크는 유감스럽다는 듯이 한 번 짖었으나 노라가 껴안은 팔에 힘을 주자 이내 얌전해진다.

"하지만 조금만 더 칭찬할 수 있을 만큼 칭찬해 주고 싶어요."

그렇게 말한 뒤 노라는 약간 늘어져 있는 에네크의 귀 뒤에 입을 맞췄다.

호로는 그런 모습을 입가에 슬쩍 미소를 지은 채 바라보고 있었다.

그것이 약간 어이없는 듯한, 그 자리에 어울리지 않는 듯한 웃음이라는 것을 깨달은 순간, 호로의 눈이 로렌스 쪽으로 향했다.

"이 일이 잘 풀리든 실패하든, 저는 양치기를 그만두게 될 테니까요."

에네크를 껴안은 채 조용히 그렇게 말하자, 노라가 매우 이성적이며, 모든 것을 다 파악한 위에 굳은 각오를 하고 있다는 것이 바로 느껴졌다.

노라는 자신이 처해 있는 입장과 일어날 수 있는 사태를 잘 이해하고 있었다.

요컨대 로렌스의 걱정은 쓸데없는 기우에 불과했던 것이다.

심약해 보이는 노라였으나 빈민구제원에서 나오게 된 뒤로 온갖 고난을 헤치며 지금까지 살아왔을 것이다. 새장 속의 귀족 아가씨와는 다르다.

또한, 그와 동시에 호로의 굉장함을 새삼스럽게 알게 되었다.

호로는 로렌스의 가슴속을 훤히 꿰뚫어보고 노라와 나누는 대화의 주도권을 쥔 뒤 극히 자연스러운 형태로 이 일에 대해 노라가 어느 정도 각오를 하고 있는지를 이끌어냈다.

그러니, 로렌스를 바라보는 그 웃음은 '어쩔 수가 없네' 하는

식의 어이없는 웃음이다.

남자들은 하나같이 믿음직스럽지 못하다는 말이 꼭 틀린 것만은 아닌 것 같다.

로렌스는 완패라는 것을 인정하는 듯이 눈을 가리고는 대 자로 뒤로 벌렁 누웠다.

겨울이 가까워진 가을의 대지는 차가웠으나 하늘에 떠 있는 드문드문한 흰 구름은 매우 따스해 보였다.

밀수는 틀림없이 성공한다.

비칠비칠 곁으로 다가온 양을 내려다보면서 확신에 차 가슴속으로 중얼거렸다.

그런 뒤 한참 후, 리베르트가 유유히 말을 타고 돌아왔다.

거금을 갖고 있으면 주위에 있는 사람들 전부가 도적놈으로 보일 법한데, 과연 큰 도시에 있는 상회의 젊은 간부답게 그런데 대해서는 배짱이 두둑한 모양이었다.

한쪽 손에 딱 올려놓을 수 있을 만큼의 금 구슬이 담긴 주머니를 전원에게 확인시킨 후, 별로 살살 다루는 느낌도 없이 옷 속에 넣고는 탁탁 가볍게 두드렸다.

"남은 것은 이것을 무사히 가지고 돌아가 때를 봐서 양에게 먹이는 겁니다."

확인하듯이 말한 것은 문제는 이제부터라는 것을 강조하기 위해서일 것이다.

"그리고, 성벽 문을 통과한 다음 성안에서 양을 양도하는 것에 대해서는 이미 말씀드린 대로입니다. 아시겠지요?"

"예."

노라가 고개를 끄덕이자 자신도 고개를 끄덕인 뒤 리베르트는 앞을 똑바로 쳐다보며 말했다.

"그럼 갑시다. 황금처럼 빛나는 내일이 기다리고 있습니다."

그리고 일행은 다시금 숲과 언덕 사이에 난 길로 들어선 것이었다.

아침. 얼굴에 찬 것이 닿은 느낌이 들어 잠에서 깼다.

또 양이 핥았나 하여 눈을 뜨자, 시선 끝의 하늘이 납빛 구름으로 뒤덮여 있었다. 이런 계절에는 흔치 않게 당장이라도 비가 쏟아질 것만 같다.

게다가 춥다. 살짝 위치가 어긋나 있을 뿐인데도 바로 얼음장처럼 차가워진 베개 대용의 나무뿌리에서 머리를 들자, 모닥불이 꺼져가고 있었다. 노라가 잠자리에 든 후 다들 눈을 뜰 때까지 약간의 시간차가 생기기 때문에 노라가 자기 전에 누군가 한 사람을 깨워서 불 당번을 하기로 돼 있었으나, 정작 그 당번인 리베르트는 모닥불을 지피려고 한 듯한 나뭇가지를 든 채 꾸벅꾸벅 졸고 있었다.

하도 얼빠진 모습이라 화낼 마음도 안 든다.

"…음."

로렌스가 몸을 일으킨 탓에 모포 한 장을 나눠 덮고 있던 호로도 눈을 뜬 모양이었다.

하지만 인사를 할 틈도 없이 굉장히 언짢은 표정으로 있는 대로 째려보더니 모포를 확 빼앗아갔다.

　잠에서 깼으니 이젠 필요 없을 것 아니냐는 식으로.

　저항했다가는 정말로 화를 낼 것 같아 로렌스는 조금 이르긴 해도 마지못해 일어났다. 모닥불에 장작도 넣어야 한다. 추우면 양들은 몸을 서로 붙이고 꼼짝 없이 움직이지 않기 때문에 할 일이 없어진 에네크도 모닥불 근처에서 배를 깔고 엎드려 있었다. 당연히 사랑하는 주인 곁에서다. 에네크는 그런 자세를 유지한 채 로렌스가 뻣뻣한 관절을 푼 뒤 자리에서 일어나 모닥불에 장작을 던져 넣는 것을 나른한 눈으로 바라보았다.

　빠직 하고 마른 나무에 불이 붙기 시작하자 에네크가 만족스럽게 하품을 한다. 로렌스는 그런 모습에서 호로가 살짝 연상돼 웃었다.

　그나저나 정말 춥다. 갑자기 겨울이 찾아온 것처럼.

　원인이야 물론 하늘 때문인데, 내일 낮에는 뤼빈하이겐에 도착할 즈음이 되니 가능하면 그때까지 이대로 버텨 주었으면 싶다.

　하지만, 그럴 것 같지 않은 하늘의 모습을 원망하듯이 한숨을 폭 쉰다. 아마도 저녁이나 늦어도 밤이 오기 전에는 비가 내리기 시작할 것이다.

　숲속으로 가면 비를 피할 수 있을 정도로 나무가 무성하긴 했으나 양이 있어서 그럴 수도 없다. 게다가 숲속은 역시 기분 나쁘다. 꼭 못할 것도 없긴 하지만 숲속에서 밤을 지새우고 싶지는 않았다. 기껏 해봐야 그 끄트머리에서 비를 피할 수밖에 없다.

점점 커져가는 모닥불을 바라보면서 그런 생각을 하고 있노라니 문득 등 뒤에 뭔가가 푹 덮인다.

뭔가 하여 돌아보기도 전에 바로 옆에 낯익은 얼굴이 나타났다.

볼에 나무뿌리 자국이 선명한 호로다.

"이러는 게 더 따뜻해."

그 말을 있는 그대로 받아들일 만큼 로렌스도 겸허하지는 않다.

로렌스의 등에 모포를 두른 뒤 굳이 모포 한 장 속에 두 사람이 들어가 있는 꼴이 됐다. 모포를 빼앗은 것까지는 좋았으나 역시 자신이 너무했다 싶었던 모양이다. 여행길의 허기와 추위는 만인에게 공통된 것이니까.

하지만 호로가 입으로 사과를 하지 않으니 로렌스도 입으로 용서할 필요는 없다.

그 대신 재를 뒤적이던 나뭇가지도 불속으로 던져 넣으면서 무심히 물어보았다.

"아, 맞다. 너, 날씨도 읽을 수 있다고 했던가?"

"알지. 오늘은 오후부터 비가 올 거야."

아직 졸린 듯한 목소리로 대답했다.

"그거야 하늘을 보면 누구든 알겠다."

놀려 주자 얼굴을 찡그리는 대신 어깨에 가볍게 머리를 툭 박았다.

"가능하면 발 빠른 말을 타고 비가 오기 전에 마을로 들어가고 싶네. 그런 다음, 난로 앞에서 따뜻한 수프랑 김이 모락모락한 감자는 어때?"

"그거면 그만이지. 그리고—."

"꼬리 손질?"

한층 소리를 죽여 그렇게 말하자 호로는 한숨을 쉬면서 고개를 끄덕였다.

"나도 한시라도 빨리 돌아가고 싶어. 하지만…."

그렇게 말하며 하늘을 우러르는 호로의 얼굴이 나른해 보인다.

찬바람에 살랑거리는 앞머리가 기다란 속눈썹을 스쳤는지 눈이 가늘어졌다.

"한바탕 비가 쏟아질 거야. 내가 바라지 않는데도."

그런 말을 들으니 생각이 난다. 호로와 만났을 때, 호로는 광활한 보리 산지를 관장하는 풍작의 신이라 불리고 있었다. 농촌에서는 수확철인 가을에 내리는 찬비를 질색하니 보리밭을 떠난 지금도 별로 달갑지 않을 수도 있다.

본인은 이런저런 일이 있었던 탓에 보리밭에 있던 시절이 그다지 좋은 기억으로 남지 않은 듯했으나, 품성의 뿌리는 아직도 풍작의 신인지도 모른다.

하긴, 이런 추위 속에 비가 오는 것은 풍작의 신이 아니라도 다들 싫어한다. 자칫하면 진눈깨비로 변할 수도 있다.

생각만 해도 으스스해져서 로렌스는 불 속에 장작을 확확 넣었다.

다들 일어날 때까지는 아직 시간이 있었다.

그러나, 결국 그 순간에는 깨닫지 못했다.

호로는 무의미한 말을 하지 않는다는 것을.

새하얀 숨이 가느다랗게 뒤로 흘러간다. 숨을 내쉰 순간에는 뺨이 따스해져도, 이내 따가울 정도의 냉기로 바뀐다.

점점 어두워져가던 하늘은 끝내 못 참겠는지 점심때가 지나자 갈아놓은 얼음 같은 안개비를 뿌리기 시작했다. 그 때문에 얼굴은 얼음에 절여진 게 아닌가 하는 착각이 들 만큼 차가웠지만, 옷 속으로 공기가 들어오면 그 쨍한 느낌이 기분 좋았다.

달리고 있었다. 사람도, 말도, 양도, 개도.

시선은 몇 번이고 느꼈다. 기척도 얼마든지 있었다.

그러나 아무리 경계를 해도 울음소리 한 번, 털 뭉치 하나 보이지 않으니 이윽고 추위와 피로로 인해 신경을 쓰지 않게 되었다.

마치 그런 빈틈을 노리고 있었던 것만 같다.

호로가 알아챘을 때에는 이미 늑대들이 포진한 한복판에 있었다.

"에네크!"

노라의 목소리가 울리자 에네크가 검은 털과 흰 숨을 뒤로 날리며 뒤로 달려가 뒤처지기 시작한 새끼 양을 몰아세웠다.

새끼 양은 개와 늑대도 구분하지 못한 채 필사적으로 앞으로 가려 하나 그것을 비웃는 듯이 늑대의 울음소리가 메아리친다.

장소는 명백하다. 아까부터 양을 모으려 할 때마다 늑대 울음소리는 오른쪽 언덕 위에서 들려왔다. 그에 비해 왼쪽 숲속에서는 좀처럼 울음소리가 안 들리다가 마침내 울음소리가 들리게 됐을 때는 이미 발걸음과 숨결까지 들려왔다.

나무 밑의 무성한 풀과 고사리 너머에서 로렌스 일행과 나란히 달리고 있는 것이다.

로렌스와 호로는 말 위에 같이 올라타 있고, 리베르트도 말 등에, 노라는 안개비와 땀으로 젖은 앞머리를 이마에 붙인 채, 달리면서 지팡이와 에네크를 부려 양떼를 몰았다.

늑대에 관해서는 원형으로 둘러싸이면 끝장이라 생각해야 한다. 늑대들은 지극히 신중하게, 무리 중 누구 하나 다치지 않도록 사냥을 하려 든다. 어느 한 마리를 미끼로 삼아 사냥을 하는 법도 없고, 용감한 한 마리가 단독으로 돌격해 오는 일도 없다. 어디까지나 신중하게, 그리고 교활하게 일을 진행시킨다.

따라서 늑대 떼가 포위망을 좁혀오더라도 한 마리 이상을 확실히 물리칠 수 있는 위치에 있으면 늑대들은 공격해 오지 못하게 된다.

로렌스는 그런 얘기를 호로가 빠른 말투로 설명해 줘서 알았는데, 노라는 분명히 그런 식으로 움직이고 있었다.

때때로 앞길을 막아서려고 늑대가 숲에서 얼굴을 내밀면 순간 에네크가 튀어나가거나 자신이 앞으로 나서 견제한다.

늑대들이 큰 포위망을 서서히 좁혀 들어오려고 하면 양들을 다른 방향으로 갑자기 달리게 해 진형을 무너뜨린다. 양치기에게 양은 보호해야 할 어린아이가 아니라 양치기 자신을 지키는 방패이자 무기이기도 하다.

로렌스와 리베르트가 나설 자리는 없었다. 리베르트는 한 손에는 고삐를 쥐고, 다른 한 손으로는 절대 떨어뜨려서는 안 될

금이 든 상의를 손으로 누르고 있느라 여념이 없었다.

로렌스는 어떻게 안 되겠느냐고 호로에게 묻는 게 고작이다.

"어떻게?"

길이 좋지 않아 잔걸음을 치고 있는 말 위에 앉아 있는 것만으로도 힘이 들었다. 머리가 목에서 떨어져나갈 것 같은 충격이 단속적으로 덮쳐 온다. 눈앞에 앉은 호로와 함께 떨어지지 않도록 붙들고 있는 것만으로도 큰일이다.

"어떻게, 라…"

대답이 분명치 않은 것은 말을 하다 혀를 씹을까 봐 그런 건 아닌 듯하다.

"당신."

"왜?"

"아까 한 설명 말인데, 그거 취소야."

"아까 한 설명?" 하고 되물으려던 순간, 바스락 하고 풀을 헤치는 소리가 비스듬히 뒤쪽 숲에서 났다 싶더니 그 직후 짐승의 발톱이 땅을 움켜쥐는 것이 들렸다.

등에서 날개가 돋아날 것처럼 오싹했다. 덥거나 추운 그런 종류의 것이 아니었다. 신변의 위험을 고하는 무덤 속의 냉기였다.

"에네크!"

선두에 선 양들과 함께 상당히 앞쪽에서 달리고 있던 노라가 인간답지 않은 날카로운 감으로 짐승의 기척을 알아챘다. 순간적으로 지팡이를 흔들어 검은 털의 기사를 불러들인다. 의지할 희망은 전방에 있는 언덕 쪽이다.

늘대들은 당연히 그것을 알고 있었을 것이다.

엄청난 기세로 갈색 질풍이 로렌스가 타고 있는 말을 노리며 닥쳐든다.

이판사판 로렌스는 고삐를 쥐고 힘껏 잡아당기려 했다. 그것을 호로가 막아섰다. 그리고 돌아보더니 중얼거리듯 했다.

"물러서라."

그것이 다른 누가 아닌 늘대에게 한 말이란 것을 알아챈 것은 성난 파도처럼 달려오던 늘대가 화살에 맞은 것처럼 별안간 옆으로 펄쩍 뛰더니 멈춰 섰기 때문이었다.

놀란 것은 노라와 로렌스뿐만이 아니다. 우뚝 선 늘대 또한 척 봐도 알 수 있을 만큼 놀라고 있었다.

그러나 로렌스는 그것을 대단하다고 평할 수도, 구해줘서 고맙다는 인사를 할 수도 없다.

호로의 붉은 기가 도는 호박색 눈동자가 불타는 루비 같다.

바라보기조차 무서운, 사람과는 다른 호로가 거기에 있었다.

"사람도."

오싹하는 싸늘한 목소리에 처음으로 호로의 본모습을 봤을 때의 느낌이 겹친다.

"요즘 젊은것들은— 이라고 하지."

호로가 뜬금없이 무슨 소리를 하는 건가 했으나, 이내 그 말의 의미하는 바를 알아챘다.

일단 위기를 면하긴 했어도 어떻게 된 일인지 모르는 노라는 순간 의문의 표정을 지었다. 그러나 생각에 잠겨 있을 여유는 없다. 다시금 눈앞의 위기에 대처하기 시작한다. 에네크는 주인의 새로운 명령을 차례차례 받아 성실하게 그것을 수행해 갔다.

리베르트는 그저 필사적으로 말에 매달려 금을 떨어뜨리지 않도록 하고 있을 뿐이다.

이 속도대로 가면 날이 지기 전에 숲을 빠져나갈 수 있을 것이다.

이 위기에서 도망치려면 거기에 희망을 거는 수밖에 없다.

그리고, 그 소리가 울렸다.

순간 바람이 분 줄 알았다. 화악 하고 공중을 떠도는 얼음 같은 안개비가 일제히 떠올랐기 때문이다.

하지만 바람치고는 이상하다는 것을 이내 직감적으로 느꼈다.

단순한 바람은 몸속 심지를 이렇게까지 얼어붙게 하지 못하기 때문이다.

그 직후 울려 퍼진 지축을 뒤흔드는 소리.

숲이 쪼개져 나갈 것처럼 거대한 포효가 로렌스 일행의 고막을 세차게 찢었다.

"윽…!"

사람이 호흡을 멈출 정도로 압도적인 포효.

말이 걸음을 멈추고, 양이 걸음을 멈추고, 용감한 양치기견조차 움직임을 멈췄다.

맹렬한 포효는 사람을 그 자리에 말뚝처럼 박아 세운다.

전원이 동상처럼 굳어 숲 쪽을 바라보고 있었다.

유일하게 한 사람, 호로만 빼고는.

"당신."

모든 것이 멈춘 채 안개비가 지면으로 떨어지는 소리밖에 나지 않게 된 그곳에서 호로는 숲을 바라보며 로렌스를 작은 소리로 불렀다.

"여기는 내가 처리해야 돼. 계집애와 애송이는 먼저 보내고 당신도 잠시 떨어져 있어."

"가, 갑자기 무슨 소리야?"

이 정적 속에서 노라와 리베르트는 둘 다 로렌스와 호로의 대화에는 신경 쓰지 않는 듯 숲을 주시하고 있다.

그러나 그것은 신경을 쓰지 않는 것이 아니다.

사냥개의 매서운 눈앞에 놓인 작은 새는 사냥꾼이 자신에게 서서히 손을 뻗어 와도 결코 날아오르지 못하는 것과 마찬가지다.

그들은 숲에서 눈을 뗄 수가 없게 되었다.

"숲속에 있는 것은 보통 늑대가 아니거든. 무슨 뜻인지 알겠지?"

호로는 여전히 숲 쪽을 향한 채로 로렌스에게 천천히 시선만 돌렸다.

그 눈에 그만 다리가 얼어붙는다.

기분이 언짢은 정도가 아니라 당장이라도 길가의 돌을 향해 화풀이를 할 것만 같은 위태로운 눈빛.

내쉬는 숨결이 마치 악마의 말이 지옥에서 토해지는 것처럼 천천히 흘러간다.

"내가 나서면 무리는 양을 쫓지 않을 거야. 양 같은 게 목적이
아니니까."

그런 뒤 다시금 숲을 본다.

"값싼 오기, 하찮은 긍지. 둘 다 젊은것들이 애지중지하는 것
이지."

거의 로렌스의 품안에 안기다시피한 호로의 몸이 별안간 커진
듯한 기분이 들었다.

로브 밑에 있던 꼬리가 술렁대는 소리를 내고 있다는 것을 깨
닫기까지는 약간 시간이 걸렸다.

"자, 당신이 말해야 다들 움직일 거야. 당신은 내 단짝이니까.
단짝은 힘을 합하는 것이 중요하지?"

그러면서 호로가 문득 표정을 풀자 로렌스는 별로 생각할 것
도 없이 고개를 끄덕였다.

자신은 상인이고, 장사 이외의 것엔 젬병이다.

하지만, '호로는?' 하고 묻는다면 늑대에 대해 이보다 더 잘 아
는 이도 없을 것이다.

"여기는 우리가 맡겠습니다. 두 분은 금을 가지고 예정대로 가
세요."

그다지 큰 소리를 낼 생각도 없었으나, 노라와 리베르트는 한
밤중에 비명소리를 들은 것처럼 몸을 움츠리며 제정신을 차렸
다.

반론은 나오지 않는다. 이런 경우, 그 자리에서 가장 역할이
미비한 존재를 미끼삼아 역할을 가진 강자가 살아남는 것이 정

석이기 때문이다.

하지만 의문의 시선은 날아왔다. '정말 괜찮겠느냐'는.

아무리 정석이라고는 해도 피도 눈물도 없는 용병이라면 또 몰라도, 보통 여행객들은 주저하게 된다.

"뢰빈하이겐의 성벽에서 만나도록 해요. 그때는 부자가 되는 거예요."

물론 호로는 미끼가 되기는커녕 한 방 먹여 줄 생각이지만, 다른 사람들은 그걸 모른다. 그렇다고 그것을 설명해 줄 수도 없으니, 호로는 경쾌하게 웃으면서 그렇게 말했다.

참으로 사람 마음을 기막히게 이용하는 기술이다. 사람은 웃는 얼굴로 부질없는 희망을 말하는 이의 결사적인 각오를 허투루 보지 못한다. 그런 기사도 이야기 속에나 나올 법한 말에 사람들이 맥없이 걸려든다는 것을 이 영리한 늑대는 알고 있는 것이다.

그러니 그 말에는 먼저 리베르트가 고개를 끄덕였고, 노라도 한 박자 늦게 고개를 끄덕였다.

노라가 지팡이를 휘두르자 멈춰 있던 시간이 흐르기 시작했다.

"무운을 빌겠습니다."

리베르트가 말했다. 노라는 말보다 더 의미심장한 시선을 호로에게 보낸 뒤 이내 거뒀다. 양들이 달려가는 소리가 들리고 리베르트의 말이 그 뒤를 이었다.

호로는 그것을 확인하자 로렌스를 돌아보며 입을 연다.

"그럼 적당히 떨어져 있어. 너무 가까이는 말고. 알지?"

로렌스는 대답을 하는 대신 호로가 말에서 내릴 때 그 조그만 손을 잡았다.

"지면 가만 안 둬."

놀랄 만큼 뜨거운 손이 힘 있게 맞잡아온다.

"당신이 괜찮은 수컷이었으면 여기서 입맞춤이라도 해줄 텐데."

호로는 생글생글 웃으며 할 말을 다 하고는 표정을 재빨리 긴장시킨 채 말에서 뛰어내렸다.

"아 참. 이것 좀 맡고 있어 줘."

하며 허리띠를 풀더니 단숨에 로브를 벗어 던졌다.

흐르는 듯한 황갈색 머리에 뾰족한 늑대 귀, 탐스러운 늑대 꼬리가 나타난다.

그리고, 목에 걸려 살짝 흔들대는 보리 주머니.

"가능하면 원만하게 처리하고 싶지만 어떻게 될지 모르겠어. 다시 합류한 시점에서 알몸이면 춥기도 하고, 당신도 곤란하지 않겠어?"

호로는 그렇게 말하며 웃더니 숲으로 시선을 돌린 채 꼼짝하지 않았다.

대신 꼬리털이 벼락을 맞은 듯이 곤두서 있다.

로렌스는 무슨 말을 해야 좋을지 망설였다.

입 밖으로 나온 것은 짤막한 한마디였다.

"다시 보자."

로렌스는 대답을 기다리지 않고 말을 몰았다.

그 자리에 남아 있고 싶은 마음이 굴뚝같았다.

하지만 그 자리에 남아 있은들 무엇을 할 수 있겠는가. 게다가 로렌스는 호로의 본 모습을 알고 있다. 용병 군대를 상대로 한다 해도 무사히 헤치고 나올 것이다.

로렌스는 말을 달렸다. 빗발이 서서히 굵어지고 있었다.

추위 외의 것으로 얼굴이 일그러진다.

기사로 태어나지 못한 것을 처음으로 한스럽게 생각했던 것이다.

노라와 리베르트는 그 잠깐 새에 꽤 멀리까지 간 모양이었다. 로렌스는 호로가 시킨 대로 말을 달려 거리를 벌려 놓았다. 상당히 빠른 속도로 말을 몰아 왔는데도 노라와 리베르트의 모습은 보이지 않았다.

주변에서 기분 나쁜 시선이 느껴지지 않게 되자 때는 이때다 싶어 냅다 앞으로 달려 나갔나 보다. 로렌스가 노라 일행의 입장이라도 틀림없이 그랬을 것이다. 로렌스와 호로의 죽음을 헛되이 하지 않겠다고 생각하면서.

그런 상상을 하면서 잠시 쓴웃음을 짓다가, 이러다 혹시 혼자 길을 잃는 것은 아닌가 하는 걱정이 불쑥 들었다.

하지만 그런 생각은 이내 사라졌다. 이 근처 지리에 대해 잘은 모르겠지만 날이 저문 뒤로도 길을 계속 가지 않는 한은 길을 잃어버릴 염려는 일단 없어 보였다.

오른쪽에는 황량한 언덕, 왼쪽에는 깊은 숲이 있는 초원이니 행선지에서 크게 벗어날 리는 없다.

게다가 이 앞으로는 풀이 어느 정도 잘려 있어 길이라 부를 만한 번듯한 길이 있으니 그쪽을 따라가면 반드시 뤼빈하이겐으로 이어진다. 노라 일행의 모습이 보이지 않게 됐어도 별로 어려울 것은 없을 듯했다.

그보다는 말이 자칫 돌부리 같은 것을 밟아 넘어지는 게 겁이 나서 로렌스는 고삐를 당겨 보폭을 늦춘 후 일단 뒤를 돌아보았다.

이제 호로의 모습은 까맣게 보이지 않게 되었지만, 늑대들이 생각을 바꾸어 로렌스를 덮쳐오려고 든다면 아직은 이내 따라잡힐 거리일 것이다.

돌이킬 수 없다 해도 그 자리에 서 있고 싶은 유혹을 떨치며 앞을 향해 말을 달렸다.

손에는 아직도 호로의 체온이 느껴지는 로브가 들려 있다. 헤어질 때 옷을 맡기다니 꼭 무슨 유품 같아서 불길하다. 순간 힘주어 꽉 쥐었다.

하지만, 만약 호로가 늑대의 모습을 취할 수밖에 없는 상황에 처한다면 갈아입을 옷이 없어선 역시 곤란하다.

호로가 상인인 로렌스보다 합리적인 사고방식의 소유자인 듯하다.

로렌스는 심호흡을 하던 끝에 한숨을 푹 내쉬고는, 아마도 꼬

310

리에서 빠졌을 암갈색 털이 여기저기 붙은 옷을 탁탁 턴 뒤 잘 접어 상의 품속에 넣었다. 이미 많이 젖어 있었지만 옆구리에 끼고 있는 것보다는 나을 것이다. 가장 위험한 역을 자처했는데, 다시 합류했을 때 옷이 푹 젖어 있다면 너무 하지 않겠는가.

빗발은 조금씩 굵어지고 있었다. 밤에는 본격적으로 퍼붓게 될지 모르겠다.

그 후로 잠시 더 말을 몬 뒤, 이쯤이면 됐겠지 싶은 길 한복판에 말을 세웠다. 너무 멀리 떨어지면 합류하기가 힘들어진다. 호로가 사람의 모습을 유지하고 있다면 걸어서 여기까지 와야만 하니까.

그러나 한밤중에 빗속에 서 있는 것은 자살행위다. 이미 몸은 차가워질 대로 차가워져 고삐를 쥐고 있는 감각이 없다. 숲 쪽으로 피난해 호로가 길을 지나가지 않는지 지켜보는 게 낫다. 이러다가는 호로와 합류하기도 전에 얼어 죽을 것만 같았다.

로렌스는 조용한 숲 한구석의 나무 그늘로 들어가 말에서 내린 뒤 길을 돌아보았다. 언덕과 숲 사이는 거의 탁 트여 있다. 저 정도면 노라 일행은 지금쯤 숲을 빠져나가 뤼빈하이겐으로 이어지는 길로 들어섰을지 모른다.

보통보다 상당히 빠른 속도로 달려갔으니 충분히 그럴 수 있다.

그러면 이제 정말 남은 것은 양에게 금을 먹여 뤼빈하이겐으로 들어가는 것뿐이다.

그것만 잘되면 금 밀수는 채무를 단번에 갚고도 남는 큰 이득을 보게 해줄 것이다.

약속한 몫은 로렌스의 채무를 탕감한 위에 150뤼미오네. 엄청난 금액이지만 그래도 금 밀수의 이윤치고는 적은 것이다. 금을 구입한 금액은 6백 뤼미오네지만 그것을 세금 없이 구입하게 되면 열 배에 가까운 가치가 된다. 욕심을 부리자면 국물이 조금 더 떨어질지도 모른다. 왜냐하면 로렌스는 금 밀수의 공범이니 상대도 영 무시할 수는 없을 것이기 때문이다.

하지만 그런 생각은 접어야 한다. 너무 욕심을 내다가는 뜻밖의 재앙을 만나게 된다. 그것이 세상이 이치이자 진리이니까.

로렌스는 추위를 잊기 위해 이런저런 생각을 하면서 젖지 않은 마른 나무를 모은 뒤, 말에 묶어 놓은 짐 중에서 물이 들지 않도록 꼭꼭 싼 짚단을 꺼내 불을 붙였다.

주위에는 기척 하나 없다. 동물들도 전혀 없는 게 아닐까 싶을 만큼 조용했다.

호로는 괜찮을까. 모닥불에 옷을 말리려던 참에 꺼낸 로브를 보며 생각했다.

너무 생각을 하다가는 안절부절못하게 될 것 같아 가능한 생각지 않으려고 했으나 자꾸만 떠오른다. 무력한 것은 죄다. 그런 생각이 들었다.

아무런 변화 없는 경치를 얼마나 바라보고 있었는지, 옷은 진작 다 말랐고 맨 처음 피운 장작도 재가 되어 있었다.

상황을 살피러 가 볼까?

그런 유혹이 빵처럼 부풀기 시작한 무렵이었다.

시야에 변화가 일어났다. 눈을 한 번 비빈다. 틀림없다. 사람의 형체다.

　"호로!"

　순간 벌떡 일어나, 다 마른 호로의 옷을 쥐고 달려갔다. 이런 곳을 누군가가 우연히 지나갈 리는 없다.

　그러나 빗속으로 나간 로렌스는 그 형체가 호로가 아니라는 것을 이내 알았다.

　사람의 형체는 셋. 게다가 말을 타고 있었다.

　"로렌스 씨입니까?"

　말에 탄 자들도 어디선가 소리가 들려온 것을 안 모양이었다.

　그리고 로렌스의 이름을 부른 것으로 보아 레메리오 상회 사람들이라는 것을 금세 깨달았다.

　깨달았지만, 어째서 이런 곳에?

　"로렌스 씨, 무사하셨군요."

　셋 다 처음 보는 사람들이었다. 한 사람은 활을 등에 지고, 한 사람은 허리에 칼을 차고, 또 한 사람은 긴 창을 들고 있다. 생김새도 몸집도 전형적인 마을 상인인 리베르트보다 여행길에 익숙해 보였다. 숙달된 느낌의 비옷을 걸치고 언제라도 싸울 준비가 돼 있는 태세다.

　"리베르트 씨께 들었습니다. 상회에서 가만히 기다리고만 있을 수가 없어서 혹시 몰라 숲 밖에서 대기하고 있었습니다. 어쨌든 무사하셔서 다행—."

　그러나 그 말은 거기에서 끊겼다.

로렌스보다도 조금 나이가 많아 보이는 세 사람의 시선이 로렌스가 들고 있는 로브로 쏠려 있었다.

　호로의 것이라 크기가 작아서 이내 여성용이라는 것을 알 수 있다.

　어쩌면 로렌스를 호로의 유품을 손에 들고 슬픔에 잠겨 있는 불쌍한 남자로 여겼을 수도 있다. 방금 전 로렌스가 호로의 이름을 부르는 소리도 들었을 터였다.

　아니나 다를까, 세 사람 모두 동정어린 시선을 보내왔다.

　로렌스는 그 오해를 어떻게 풀까 하고 순간 생각했으나 문득 이상한 느낌이 들었다.

　그 후로 세 사람이 일제히 심호흡을 하더니 약간 안도하는 듯한 표정을 지었던 것이다.

　본인들은 자신들이 하나같이 태연한 줄 알고 있겠지만 상인의 눈에는 그것이 보였다. 로렌스가 비관에 빠져 어쩔 줄 몰라 하고 있는 것이 오히려 잘됐다는 듯이.

　"로렌스 씨, 짐은?"

　만일 로렌스를 사랑하는 일행이 늑대에게 잡혀 먹힌 불쌍한 사내로 여겼다면, 말을 바꾸는 기술로는 합격점이다. 그 점을 괜히 건드렸다가는 감정이 폭발할지도 모른다. 묘하게 냉정한 듯 보이는 사람처럼 위험한 경우는 없으니까.

　하지만 당신들이 착각한 거라고 설명하기도 왠지 바보스러워서 로렌스는 순순히 뒤쪽을 가리켰다.

　"저쪽에. 말도 저기."

"그렇습니까. 그럼 일단 비를 피하기로 하지요."

말투는 무뚝뚝했으나 얼굴은 긴장된 채로 세 사람은 말에서 내렸다.

최악의 경우 늑대에게 갈가리 찢긴 사체가 있을지도 모른다고 생각한 것이리라.

로렌스는 그런 생각을 하면서 돌아서서 세 사람을 안내하려 했다.

그 몇 초 후, 너무 황당한 일이라 머리가 새하얗게 됐다.

"나쁘게 생각지 말라는 말은 하지 않겠습니다."

냉정한 말투였다.

뒤로 비틀려 올려진 오른팔. 옆구리에 겨눠진 창끝. 목덜미에 닿은 칼날.

얼굴을 타고 흐르는 방울은 빗물만은 아니다.

"…레메리오 상회는 배신을 한 건가?"

어깨 관절이 내지르는 비명에 묻힐 지경이면서도 로렌스는 간신히 그렇게 물었다.

호로의 옷을 떨어뜨리지 않은 것은 요행이었다.

"보험이지요."

목덜미에 대고 있던 칼을 거둔 것은 로렌스를 묶기 위해서였던 모양이다.

로렌스의 손에서 호로의 옷을 빼앗은 뒤 몸을 짐짝처럼 묶는다.

"여자가 있다고 들어서 마음이 무거웠는데 그 점에서는 다행입니다."

아까 안도하는 것 같던 표정은 호로가 없었기 때문인 모양이다.

"이렇게 말하면 변명처럼 들리겠지만, 우리도 벼랑 끝에 서 있습니다. 되도록 위험은 제거해야 하지요."

완전히 로렌스가 레메리오 상회를 협박할 것으로 여기는 말투다. 파산 일보직전인 레메리오 상회가 금 밀수로 한숨을 돌린다 해도 그 사실이 외부인에게 알려지게 되면 목에 칼이 꽂히는 것과 다를 바가 없다.

내가 그런 짓을 할 리가 있느냐 싶었으나, 방금 전까지 그 비슷한 생각을 했던 것이 떠올랐다.

거금 앞에서는 다들 욕심에 눈이 먼다. 장사판에 몸을 둔 자라면 누구나 그것을 안다.

"이 옷만은 드리지요."

그러더니 묶여 있는 손에 호로의 옷이 쥐어졌다.

로렌스는 그것을 꽉 잡으면서 배신에 대한 분노를 간신히 참았다.

굳이 몸을 묶은 것은 지금 이 자리에서 로렌스에게 칼을 쓸 생각은 아닌 듯하다. 섣불리 저항하다 죽임을 당해서는 안 된다. 하지만 살려둘 마음이 없다는 것은 쉽게 예상됐다.

이런 추위 속에, 아직도 늑대가 출현하는 숲속에 팽개쳐 놓으면 둘 중 하나가 로렌스를 처치해 줄 것이라고 생각한 것이리라. 타당한 판단이라 할 수 있었다.

그러나 저들은 중대한 사실을 간과하고 있다. 저들이 죽은 줄로만 아는 호로.

그런 호로가 로렌스와 합류하면 얼마든지 복수할 수 있다.

여기서 죽을 수는 없다. 배신의 대가를 치르게 해야 한다.

분노가 뱃속에서 차가운 돌처럼 단단해지면서 로렌스에게 순종적인 양의 탈을 씌웠다.

"또 봅시다— 라고 말할 수 없는 것이 가슴 아프지 않은 건 아닙니다."

멋대로 지껄이는 소리에 관자놀이가 뜨거워졌지만 뒤를 돌아보지 않고 견뎠다.

"하지만 앞으로의 일을 생각하면 진짜 우울하지."

"이봐."

그렇게 말한 것은 레메리오 상회의 동료였다. 쓸데없는 소리하지 말라고 주의를 주는 것이다.

이 마당에 기분이 더 우울해진다니 대체 무슨 뜻인가.

그것도, 죽어가는 로렌스가 들으면 안 된다고 판단하는 일이다.

"뭐 어때? 떠들게 돼. 가만있을 수가 없잖아. 너 역시 그렇잖아?"

그러자 그 소리를 들은 쪽은 순간 말문이 막힌 모양이다. 로렌스는 분노를 접어 놓고 골똘히 생각했다.

무슨 얘기지?

"하지만 그 여자애는 이 사람이 데려왔잖아? 그 소리를 들었다가는—."

확 돌아보았다.

'설마!' 하는 비명이 가슴속에서 터져 나왔다.

"거 봐."

로렌스가 눈앞의 남자를 힘껏 걷어찬 것과 얼굴을 냅다 얻어맞은 것은 동시였다.

강렬한 충격이 얼굴을 휩쓸었다. 정신이 들고 보니 지면에 처박혀 있었다.

코를 막고 있는 것이 진흙인지 코피인지 알 수 없다. 하지만 빙글빙글 도는 시야와 함께 강렬한 분노가 머릿속을 휘젓고 있었다.

눈이 따끔따끔하면서 자신의 몸이 어떻게 되어 있는지조차 모르겠다.

그래도 귀에 들리는 말은 한 글자 한 구절 똑똑히 이해했다.

"그 여자애도 이 녀석처럼 묶어서 내버리는 게 어때? 늑대가 처리해 주지 않겠어?"

"바보 같은 소리 마. 어떤 이교도의 주술을 쓰는 건진 모르겠지만 양 한 마리도 안 놓치고 숲을 빠져나왔다고. 눈 가리고 양 손을 묶어서 이리 끌고 와도 살아남을걸? 그렇게 되면 파멸하는 건 우리야. 하기야 내키지 않는 건 나도 마찬가지야. 그런 여자애를 죽였다가는 당분간 밥도 목구멍으로 못 넘길 테니까."

두 사람이 이야기하고 있는 것은 틀림없이 노라다.

그것도 죽이는 것을 전제로 하는.

로렌스가 레메리오 상회를 협박할지 모른다는 이유로 죽인다면 노라도 그러지 말란 법이 없다.

　필시 이 일대에서 뤼빈하이겐으로 들어가는 길 도중에 있는 검문을 통과한 뒤 다른 양치기에게 양을 인도하고 죽일 생각이리라. 이 일대를 오가면서도 의심받지 않는 양치기는 노라밖에 없으니 검문을 통과하기 전에는 죽일 수 없을 테니까.

　"이 자식 숨통을 끊어 놓지 않아도 되겠어?"

　"그러고 싶어?"

　"사람은 덜 죽이는 게 좋아."

　"동감이다."

　"말도 데려왔으니 그만 가자고. 꾸물대다간 리베르트 씨에게 또 한소리 듣게 돼."

　그리고 발소리가 멀어져 가다가 이어서 말이 달리기 시작하는 소리가 났다.

　그 후로 귀에 들려오는 것이라고는 안개비가 내리는 소리뿐이었다. 한심스러워 눈물이 났다.

　무력한 죄다.

　로렌스는 눈을 질끈 감고 생각했다.

　자신에게 호로와 같은 강인함이 있다면 호로를 혼자 위험에 처하게 하는 일도 없었을 테고, 이런 한심스런 배신을 당하지도 않았을 것이며, 더욱이 자신이 일을 같이 하자고 끌어들인 사람의 생명이 위험에 처한 것을 그저 듣고만 있는 일도 없었을 것이다.

노라는 호로와는 다르다. 이교도의 주술을 쓰고 있는 것도, 뭔가 특별한 힘이 있는 것도 아니다. 칼로 베면 바로 살갗은 찢어져 피가 넘쳐날 것이다.

에네크는 도움이 되지 않을까 했으나 그럴 희망은 전혀 없다. 아무리 우수한 개라도 불시에 공격을 당하면 어쩔 도리가 없다.

노라만은 구해내고 싶다.

람트라로 가는 언덕에서 노라가 한 말이 뇌리에 떠오른다.

보기보다 훨씬 영리하고 배짱이 두둑하며 호로와는 또 다른 현명함을 가진 소녀.

이 일이 성공하건 실패하건 양치기를 그만둘 것이라고 말했다. 그것은 이 일에 상당한 희망을 걸고 있다는 뜻이다.

가혹한 양치기 일에서 벗어나 옷 만드는 직인이 된다. 그것은 그야말로 꿈같은 이야기에 가깝다.

그것이 이루어질 가능성이 있다는 것이 노라의 마음을 얼마나 기쁘게 했을까.

단순한 희망만으로 마음이 설레는 것은 어리석은 자나 할 짓이겠지만, 그런 희망이 배신으로 인해 꺼져 버린다면 이야기는 또 다르다.

노라는 자신이 맡은 역할을 완수할 것이다. 그렇다면 반드시 그에 대한 대가를 받아야 한다.

그것은 로렌스도 당연히 마찬가지지만, 로렌스는 호로와 합류하면 얼마든지 복수할 수 있다는 희망이 있다.

노라는 칼날이 겨눠지면 거기에서 끝장이다.

로렌스는 온몸이 찢길 것만 같은 초조함을 지팡이 삼아 지면에 엎어져 있는 몸을 억지로 일으켰다. 손은 여전히 뒤로 묶여 있었으나 얼굴을 바닥에 댄 채 무릎을 배꼽 있는 데까지 끌어당겨 단숨에 머리를 확 들고 몸을 일으킨다.

코를 막고 있던 것은 한쪽은 진흙, 한쪽은 코피였던 듯하다. 콧김을 확 넣어 둘 다 날려 버리자 차가운 공기가 코로 들어와 몸을 진정시킨다. 물론 머리는 진정될 리가 없지만.

일어서서 비틀비틀 걸음을 내딛었다. 뒤로 묶인 손이 아직도 호로의 옷을 꽉 쥐고 있다는 것을 깨달은 것은 모닥불 있는 데까지 와서였다. 말은 이미 끌려가고 없었다.

그놈들이 모닥불을 발로 차서 불은 꺼져 있었으나 재는 아직 빨갛게 열기를 띠고 있었다.

로렌스는 젖지 않은 땅을 골라 호로의 옷을 내려놓은 뒤 한 번 심호흡을 했다.

그런 후 흩어져 있는 재 가운데 가장 큰 덩어리 바로 곁에 신중하게 앉아 거듭 위치를 확인했다.

각오는 한순간이었다.

몸을 쓰러뜨려 재를 손목 언저리에 눌러 붙인다.

치직치직 밧줄 타는 소리와 맹렬한 열기가 손목을 덮쳤지만 눈을 질끈 감고 이를 악문 채 버텼다.

곧이어, 힘을 주고 있던 손목이 별안간 자유를 얻었다.

포박은 풀렸다.

벌떡 일어나 손목을 본다. 약간 화상을 입긴 했지만 대수롭지 않다.

그러나 이 자리에서 각목이 될 만한 나뭇가지를 찾아 그것을 손에 들고 당장 뒤쫓아 달려갈 만큼 로렌스가 어리석지는 않다.

호로를 기다리는 것이 가장 올바르면서도 유일한 선택이라는 것을 알고 있었다. 일개 행상인은 너무도 무력하다.

상인에게는 기사나 마을 주민들과 같은 자존심은 없다. 돈을 벌 수만 있다면 언제라도 남의 신발바닥을 핥을 수 있는 각오쯤은 돼 있다.

그럼에도 이런 굴욕감은 뭔가.

로렌스는 그 자리에 우뚝 서서 하늘을 우러렀다.

비를 막아 주는 나뭇잎들이 마치, 로렌스에게 땅바닥이나 기어 다니는 것밖에 허락지 않는 하늘의 뜻처럼 느껴져서 그만 시선을 푹 떨어뜨린다.

눈에 들어온 것은 호로가 입고 있던 로브.

무력감에 다시금 눈물이 나왔다.

"감동의 재회인가?"

도저히 가만있을 수가 없어 빗속을 달린 지 얼마 후, 로렌스는 마찬가지로 숨을 몰아쉬며 달려오고 있던 호로와 마주쳤다.

사람의 모습 그대로인 호로는 어디 다친 데도 없이 헤어졌을 때와 같았으나, 도중에 넘어졌는지 바지 양쪽 무릎이 얼룩져 있었다.

"꼴 한 번 보기 좋네."

호로는 재미있다는 듯이 웃었다.

"배신당했어."

"그 꼴을 보고 그냥 넘어졌겠거니 할 만큼 난 착하지 않아."

조그맣게 웃고는 미소를 지은 채 한숨지었다.

"그럴 수도 있겠다 싶었지. 상회 놈들이지?"

호로가 놀라지도 당황하지도 않는 것을 보면 정말로 어렴풋이 짐작하고 있었을 수도 있다. 그러나 이 일이 서로의 신뢰를 바탕으로 한다는 것을 아는 만큼 그런 말을 함부로 입 밖에 낼 수도 없는 노릇이다. 로렌스로서도 사전 언질을 들었다 해도 어떻게 대처해야 할지 난감했을 것이다. 레메리오 상회의 도움 없이는 꼼짝도 할 수 없는 것은 어김없는 사실이었기 때문이다.

한바탕 웃고 난 뒤 다가온 호로는 코를 킁킁대더니 로렌스의 손을 잡았다. 손목의 화상을 알아챈 눈치다.

"하여간 이런 짓 안 해도 내가 데리러 갈 텐데."

다시금 작은 코를 찡긋대더니 이번에는 로렌스의 상의 속으로 손을 찔러 넣었다. 꺼낸 것은 고이 접힌 호로의 로브다.

호로는 조금 놀란 표정을 짓더니 약간 젖어 있는 그 옷으로 얼굴을 닦았다. 안개비에 푹 젖었던 얼굴이 한결 나아졌다.

"우후후후후. 당신도 참 묘한 사람이야. 내 옷만 애지중지."

방금 자신의 얼굴을 닦은 로브를 기쁜 듯이, 눈부신 듯이 들여다보는 호로의 꼬리가 표정과는 반대로 점점 부풀어 오른다.

이어서 호로가 로렌스를 쳐다보자, 표정은 여전히 웃고 있어도 그 눈은 당장이라도 녹아내릴 듯이 붉게 작렬하고 있었다.

"당신도 할 말이 있겠지. 하지만 내가 먼저 말해도 될까?"

생긋 웃을 때 양쪽 송곳니가 입술 밑으로 보였다.

"나는 사람을 죽일지도 몰라."

로렌스가 끼어들기도 전에 재빨리 말이 이어졌다.

"나는 이 계획이 잘 풀리지 못하면 당신과 느긋한 여행을 할 수 없게 될 것이라고 생각했어. 그건 나한테는 참으로 섭섭한 사태지. 그래서 나는 참았어. 일을 원만히 수습하고 빨리 당신과 합류하고, 어서 난로 앞에서 따스한 수프와 감자를 얻어먹어야지 하는 생각에 참았어. 난 요이츠의 현랑 호로야. 애송이들의 오만방자함 정도는 가볍게 용서해 줄 수 있어…."

호로의 무릎에 묻은 얼룩이 눈에 들어왔다.

숲에 있었던 것이 보통 늑대가 아니었던 데다 양떼를 노린 것이 아니었다면 고려할 수 있는 사항은 많지 않다.

영역 다툼.

그렇다면 사태를 원만히 수습하기 위해 호로가 취했을 행동이 눈에 선했다.

현랑은 돌부리에 채인 것쯤으로는 꼴사납게 땅바닥에 무릎을 박을 리가 없을 것이다.

"아니, 그런 건 아무래도 좋아. 난 현랑 호로니까. 설령 개 같은 자세를 취했어야만 했대도, 그래. 화, 화 같은 거 안 나. 그런데 이게 뭐야? 지금 내 눈앞에 있는 건 멍청하게도 퉁퉁 부은 얼굴에 진흙투성이, 물에 빠진 생쥐 꼴이잖아. 내 일행이 얼이 빠진 나머지 발을 헛디뎌서 넘어졌나? 손목에 화상까지 입어가면서? 아아, 그렇겠지. 내 눈앞에 있는 건 얼빠진 바보지. 자기 꼬락서니는 차마 눈뜨고 볼 수 없는 지경인데도 내 옷만 애지중지 접어서 비를 맞지 않도록 품고 있었다니. 세상에 이런 바보가 또 있을까. 구제불능에 기가 막힐 정도로 착해 빠졌어."

거기까지 단숨에 말하고는 한껏 숨을 들이마신 뒤 한손으로 눈가를 훔쳤다.

"그런데 당신. 행선지는 뤼빈하이겐이면 되겠지?"

별안간 평상시 모습으로 돌아오더니 그렇게 말했다.

하지만 손발이 모두 가늘게 떨리고 있다. 추운 나머지 그러는 것 같진 않다. 이것이 호로가 정말로 화가 났을 때의 모습이리라.

"지금부터 가면 한밤중이 지나 성안으로 들어갈 거야. 배신의 책임은 늘 우두머리가 지게 돼 있어. 이건 세상의 진리야."

호로는 손에 들고 있던 로브를 로렌스에게 떠맡기고는 목에 걸고 있는 가죽 주머니를 벗어 입구를 풀더니 보리 몇 알을 입에 털어 넣었다. 거침없는 행동이었다.

"아니, 그 전에 리베르트 놈들 먼저."

그제야 끼어들 기회를 얻은 로렌스는 재깍 그렇게 말했다.

호로의 한쪽 눈썹이 팩 치켜 올라간다.

"당신. 차분하게 생각해야 돼. 배신에는 복수, 죄에는 벌이야. 하지만 무작정 되갚는 건 재미없어. 있는 것 없는 것 할 것 없이 다 빼앗지 않으면 직성이 안 풀려. 안 그래? 그럼, 당신을 때린

놈들을 먼저 습격했다가는 그 다음에 금을 사용하기가 곤란해진
다고. 먼저 우두머리의 집을 습격해서 혼쭐을 내 준 다음, 당신
을 배신한 뒤 마음 턱 놓고 뤼빈하이겐으로 돌아오는 놈들을 덮
쳐야 돼. 양의 배를 갈라 금을 꺼낸 뒤에 그 길로 우리는 어디든
다른 마을로 가면 그만이야. 그 다음 일은 그 후로 천천히 생각
하면 돼. 나는 이게 가장 좋은 생각이라고 보는데?"

　화가 단단히 나 있으면서도 머리는 여전히 팽팽 돌아간다. 로
렌스가 생각한 최상의 대처법과 거의 일치했다.

　그러나 로렌스에게는 그 최상의 선택을 포기해야 할 이유가
있었다.

　"나도 그렇게 생각했지만 먼저 리베르트 놈들을 쳐야 돼. 그것
도 가능한 빨리."

　"내가 한 생각보다 더 좋은 게 있는 거야?"

　꿀꺽 보리를 삼키면서 호로가 물었다.

　표정은 뭔가를 생각하고 있는지 알 수 없는 무표정. 섣불리 대
답했다가는 그 가면 밑에서 소용돌이치고 있는 것이 로렌스에게
겨눠질 것 같은 분위기다.

　그래도 노라를 나 몰라라 할 수는 없다.

　"레메리오 상회는 노라를 죽일 생각이야."

　호로가 어렴풋이 웃었다.

　"그 멍청한 놈들은 당신도 죽일 작정이었어. 그래도 당신은 살
아 있어. 그렇다면 그 계집애도 무사히 살아남을지도 몰라. 안
그래?"

"네가 구하러 가면 노라는 확실히 살 수 있어."

"그런가?"

장난스럽게 웃는 시선에 로렌스는 약간 울컥했다.

왜 저런 말을 하나 싶어서.

게다가 시간도 별로 없다. 노라 일행이 쭉 달려간다면 새벽이 오기 전에 뤼빈하이겐으로 들어가는 검문을 통과할지도 모른다. 그렇게 되면 노라는 틀림없이 검문을 빠져나간 직후 어디에선가 살해된다.

그럴 가능성이 높다.

"너라면 설령 백 사람이 무장을 했다 해도 눈 깜짝할 새에 해치울 수 있잖아."

비난하듯 그렇게 말했으나 호로는 천천히 고개를 가로저었다.

"그런 문제가 아니야."

그럼 뭐가 문제냐고 되묻지는 않았다.

"나는 늑대야. 그 계집애는 양치기라고. 절대 좋아질 사이가 아니지."

새삼스레 그 무슨 소리인가 한 순간, 로렌스는 중대한 사실을 깨달았다.

호로가 늑대의 모습으로 리베르트 패거리를 습격하면 자칫 노라가 과감하게 호로에게서 리베르트 패거리를 보호하려 들 수도 있다.

그때 리베르트 패거리가 노라를 죽일 우려가 있는데, 리베르트들만을 해치우러 왔다고 설명할 수 있을까? 악인은 리베르트 패거리라고 납득시킬 수 있을까?

안 그래도 양치기를 싫어하니 노라를 위해서 그렇게 나서고 싶지 않을 것은 자명한 데다 억지로 부탁할 수도 없다.

그렇게까지 할 의리는 없다고 한다면 사실이 그러하니까.

"너한테는 무슨 이득이 있기는커녕 불쾌한 결과가 될 수도 있는 건 알아. 그래도 부탁하면 안 될까? 누군가가 터무니없이 살해되는 걸 알면서 그걸 못 본 척할 순 없어."

재미없다는 듯이 딴청을 피우고 있었으나 로렌스는 몸을 내밀다시피하여 부탁했다. 노라를 구하려면 호로밖에 없는 것이다.

"물론 예의는 표시할게."

호로의 한쪽 귀가 조금 쫑긋하면서 시선이 돌아왔다.

"…어떤?"

"노라의 목숨과 바꾸어서— 라고 말하긴 좀 그렇지만 최대한 기대에 부응하도록."

호로가 솔직히 그런 말을 할지도 몰라서 미리 예방선을 폈는데, 그 말을 듣자 순간 떫은 표정을 짓는다. 말하려고 했었나 보다.

"부탁할게. 너밖에 없어."

호로는 여전히 재미없는 얼굴로 물먹은 꼬리를 불만스럽게 흔들대고 있다. 보리가 담긴 주머니를 손에 들고 팔짱을 낀 채 흰 숨을 가늘고 길게 내쉬고 있었다.

"호로…."

로렌스가 할 수 있는 일이라 봐야 별 거 없다. 그렇지 않아도

328

호로는 금 밀수가 잘 풀리도록 굴욕을 달게 참아낸 듯하다. 양쪽 무릎이 얼룩져가면서 개의 흉내를 내야 했다면, 어떤 심한 꼴을 당했는지 상상이 가고도 남는다.

그런 굴욕을 견디면서까지 일이 원만하게 수습되도록 했더니 단짝은 완전히 배신을 당해서 얼빠진 표정을 짓고 있다.

로렌스를 책망하지도 않고 늑대의 모습을 취해 호로가 레메리오 상회로 복수를 하러 가 주겠다는 것만으로도 고마운 일이다. 이 이상 뭘 부탁하는 것은 너무 염치없는 짓일지도 모른다.

그러나, 푸아 하고 호로가 마지막으로 내뱉은 숨은 컸다.

난감한 듯이 호로가 웃는다.

"그런 소리 하지 마."

그리고 숨을 크게 들이마셨다.

"자, 이것 좀 갖고 있어. 그리고 옷도 벗는 게 낫겠지? 또 장만하기도 귀찮으니까."

"해줄 거야?"

"단, 조건이 있어."

바지를 묶은 허리띠를 풀면서 호로가 말했다. 표정은 읽을 수 없다. 로렌스는 마른침을 삼키며 다음 말을 기다렸다.

"내 비위를 거스르는 놈들의 목숨은 보장 못해. 그 점은 이해해 줘."

노라가 호로를 적으로 보고 리베르트 패거리를 감싸려 든다면 용서하지 않겠다는 뜻이다.

그것이 농담인지 어떤지는 알 수 없다.

아니, 틀림없이 진심이리라.

호로는 로렌스를 보지 않은 채 말하고 있다. 호흡은 빠르지도 느리지도 않다.

그래서 열심히 머리를 굴려 영업용의 빈틈없는 대답을 했다.

"그거면 돼. 하지만, 난 널 믿어."

하얀 숨이 확 일어난 것은 호로가 항복을 하듯 웃었기 때문이다.

"당신도 말솜씨가 많이 늘었네. 아아, 내가 어쩌다 이리 귀찮은 인간의 길동무가 되었는지."

그런 뒤 가볍게 고개를 흔들더니 단숨에 웃옷을 벗고 바지도 벗었다. 신발도 아무렇게나 벗어 한꺼번에 로렌스 쪽으로 던졌다.

눈 깜짝할 새에 흰 피부에 모난 데 없이 날씬한 알몸이 차가운 안개비가 내리는 속에 환상처럼 나타났다.

"칭찬의 말은 아직이야?"

허리에 손을 얹고 빙그레 뒤를 향한 채로 어깨너머로 그렇게 말했다.

이 정도는 저렴한 것이다.

"아아, 훌륭한 꼬리야."

"말투가 책 읽는 것 같았지만, 그냥 봐준다."

그런 뒤 호로는 앞을 보며 말했다.

"자, 눈 좀 감고 있어 줘."

알몸은 아무렇지도 않게 보이면서, 늑대가 되는 모습은 보이

고 싶지 않은 모양이다.

하지만 그것을 거역할 마음은 털끝만큼도 없다. 그쪽의 복잡한 심경은 파치오에서 일어난 소동을 통해 뼈저리게 경험했다.

눈을 감고 잠시 기다린다.

이윽고 타닥타닥 쥐떼가 내달리는 듯한 소리가 나고, 거대한 뭔가가 부풀어 오르는 소리도 들린다. 그런 뒤로 거대한 것을 흔드는 소리도 들리더니, 터벅터벅 괴수가 발을 내딛는 소리로 마무리가 되었다.

얼굴에 뜨거운 숨결이 불어온다.

눈을 뜨자 한입에 거뜬히 삼킬 듯한 거대한 입이 눈앞에 있었다.

「당신이 겁을 먹고 있으면 머리부터 씹어 먹을 작정이었는데.」

"아니, 역시 좀 무섭긴 해."

붉은 기가 도는 호박색 눈이 로렌스의 마음을 꿰뚫어보고 있는 것 같아 로렌스는 솔직히 대답했다.

호로를 믿었으니까.

날카로운 이로 가득한 입이 약간 일그러졌다. 아마 웃은 것이리라.

「입으로 물고 갈까, 아니면 등에 올라탈래?」

"입은 좀 봐주라."

「의외로 쾌적할지 모르는데?」

"너무 따스해서 위장 속까지 들어갈지도 몰라."

「우후후후. 자, 등에 올라 타. 당신이 털을 잡아당겨 봐야 아프

332

지도 않으니까. 막 붙들고 올라가도 돼.」

호로의 몸은 야릇한 열기를 띠고 있어서 가까이 가면 모닥불 곁에 있는 것만 같다.

비조차 피해갈 것만 같은 존재감에 다소 주눅이 들긴 했지만, 호로가 건네준 옷과 신발을 다소 거칠게 신발 끈으로 묶어 옆구리에 끼운 뒤 마음을 다잡고, 시키는 대로 거침없이 털을 붙잡아 뛰어 올랐다.

사람과는 다른 짐승 특유의 냄새가 났으나, 이상하게도 사람의 모습을 하고 있을 때의 호로의 냄새와 똑같은 기분이 들었다.

「등에서 떨어지면 입으로 물고 갈 거야.」

"절대 안 떨어지도록 할게."

호로가 웃은 것이 기척으로 느껴졌다.

「당신.」

"왜?"

잠깐 뜸을 들인 뒤.

「난 정말 양치기가 싫어.」

또 시작인가 하고 순간 생각했으나, 아마도 이것이 호로의 단순하고도 거짓 없는 본심이겠구나 싶어서 한 가지 사실을 지적했다.

"노라는 이 일이 실패하건 성공하건 양치기를 그만두어야 한다는 사실을 이해하고 있어."

먹먹한 진동이 손바닥에서 전해져 온 것은 호로가 목을 울리고 있기 때문인 듯하다.

「예의 성의 표시는, 먹다 질릴 만큼의 복숭아 꿀절임이야.」

그 직후, 경사면을 미끄러져 떨어지는 듯한 느낌이 휘몰아친다 싶더니 호로의 거대한 몸이 달리기 시작했다.

로렌스는 열심히 털을 붙잡고 몸을 낮춰, 엄청난 기세로 속도를 높이고 있는 호로의 등에서 떨어지지 않도록 안간힘을 썼다. 귓가에서 바람이 탁류와 같은 소리를 내며 흘러간다.

그러나 처음 봤을 때는 무서워서 어쩔 줄 몰랐던, 숭고하리만큼 웅장한 늑대 호로의 등이 형용하기 어려운 따스함으로 넘치고 있었다.

호로의 체력은 한계가 없고, 달리는 속도도 말보다 빨랐으나 그래도 숲을 빠져나올 무렵에는 날이 저물기 시작하고 있었다.

호로의 발이 지면에 닿을 때마다 촛불이 하나씩 꺼져가는 것처럼 어두워진다. 비는 여전히 내리고, 호로의 거대한 입에서 내뿜어진 숨결이 구름처럼 뒤쪽으로 흘러간다.

마침내 뤼빈하이겐으로 이어지는 길로 나왔다. 호로는 주저 없이 오른쪽으로 꺾어 점점 속도를 올린다.

때때로 보통 호흡과는 다른 소리가 등 밑에서 들려오는 것은 호로가 으르렁대는 소리일 수도 있다.

호로는 사람을 죽일지도 모른다고 말했다.

하지만 그 말을 입 밖으로 낸 것은 틀림없이 살인을 아슬아슬하게 멈출 작정이라는 생각이 들었다.

그렇지 않고서는 '그럴지도 모른다'고 말하지 않았을 것이다. 왜냐하면, 호로의 큼지막한 발에 달린 발톱과 거대한 입에 난 이를 피할 수 있을 인간은 이 세상에는 아마 존재하지 않을 것이기 때문이다.

「당신.」

그런 생각을 하고 있는데 별안간 호로가 말을 걸어왔다. 가벼운 잡담이라고 하기에는 목소리에 너무 긴장감이 돈다.

「이제 거의 다 왔어. 당신을 등에 태우고 있어도 나야 전혀 상관없지만, 아마도 당신은 곤란할 거야. 일단 내가 놈들 머리 위를 뛰어넘은 다음 몸을 낮출 테니까 그 틈에 당신은 잽싸게 내려.」

"알았어."

「우물쭈물하면 확 떨쳐 버릴 거야.」

그 말에 대답하지 못한 것은 안 그래도 무서운 속도였던 호로의 발이 점점 더 크게 뻗어나갔기 때문이다.

날아가는 화살을 타고 있으면 이런 기분일까 싶을 만큼의 속도 속에서 호로가 한껏 숨을 들이마시는 소리가 들렸다.

그러자마자 터져 나온 굉음과 같은 포효.

그리고 돌연, 호로가 지면을 박찰 때 전해져오던 진동이 사라졌다.

하늘을 날고 있다.

말이나 절벽에서 떨어질 때 말고는 맛보지 못한 부유감을 뚜렷이 느낄 수 있을 만큼 장시간 이어지는 공포. 발밑이 사라져

버린 것만 같은 공포에 호로의 몸에 달라붙어 '아직도? 아직도?!' 하고 속으로 외쳤다.

마침내 호로의 발이 지면을 움켜쥔 듯한 충격을 느꼈을 때는 이미 살아 있는 것 같지가 않았다.

호로는 로렌스의 몸이 다시금 날아가지 않을 정도로 속도를 줄인 뒤 빙그르 방향을 틀어 그 자리에 엎드렸다.

「자.」

작게 울린 그 목소리에 아까 했던 말이 생각났다. 로렌스는 하늘을 난 공포가 아직도 사라지지 않는 가운데 간신히 호로의 등에서 뛰어내렸다. 구르지 않고 착지한 것에 안도한 것도 잠시, 호로는 바로 몸을 일으켰다.

「이젠 내게 맡겨.」

호로의 몸은 눈 깜짝할 새에 사냥터로 뛰어들었다. 눈에 안개가 낀 듯이 어두워지기 시작한 시야 속에서도 느닷없이 거대한 늑대에게 습격당한 자들의 혼란스러운 모습이 눈에 보였다.

스무 명 가까이 되려나. 레메리오 상회 사람들은 하나같이 비명을 질렀다. 그 중에 노라가 있는 것도 간신히 확인했다. 다행히 늦지 않았던 것이다.

그들은 혼란의 와중에 처해 있었다. 개중에는 긴 창을 휘두르는 자도 있었으나 그것은 거의 백기를 든 행위나 마찬가지다. 창 끝을 하늘로 향한 채 좌우로 흔들고 있을 뿐인 것이다. 얼마만큼 혼란 상태에 빠져 있는지가 훤히 보인다.

그런 가운데 이따금씩 진흙덩어리 같은 것이 하늘을 난다. 어두워서 잘 보이지 않지만, 그것은 사람일 것이다. 갑자기 사라진 지면을 찾는 것처럼 팔을 버둥거리는 것이 보였다.

호로의 발에 정통으로 맞았다가는 즉사할 게 틀림없으니 일부러 퍼 올리듯이 하여 내던지고 있는 것이리라.

한 사람 두 사람 하늘을 날고, 이판사판 내던진 긴 칼이 날카로운 소리를 내며 튕겨 나갔다.

어둠이 지배하기 시작한 가운데 눈에 보이지 않을 만큼 높이 날아올라간 긴 칼은 호로의 숨소리가 들릴 만한 거리까지 로렌스가 다가간 순간, 바로 곁에 떨어져 박혔다.

칼자루까지 지면에 완전히 꽂힌 것을 보니 상당히 높이 쳐올려졌었나 보다.

레메리오 상회 사람들은 이번 밀수에 모든 것을 걸고 있는 것인지 로렌스와 노라를 제거하기에는 다소 많은 인원수를 파견했다.

하지만 그나마 대다수가 이미 기절한 개구리처럼 지면에 납작 엎드려, 너무 공포에 질린 탓인지 같은 자리를 빙글빙글 도는 양들에게 밟히고 있다.

"양치기와 양을 지켜라!"

그런 중에 들려온 말에 로렌스는 정신이 번쩍 들었다.

리베르트의 목소리다.

가만 보니, 상회의 젊은 간부는 지금 이 자리에서는 적잖이 이성적인 행동을 하고 있었다.

당장이라도 공황상태에 빠질 듯한 말을 제어하면서 약간 떨어진 곳에서 긴 창을 든 채 소리치고 있다.

여행길에서 보여준 약한 모습은 로렌스 일행을 방심시키기 위한 연기였을지도 모른다.

범상치 않은 주도면밀함과 교활함으로 이번 밀수의 배신을 성공시키려 했다면 그 정도는 하고도 남았을 것이다.

"양치기를 지켜라! 도망쳐라, 도망쳐라!"

다시금 리베르트의 목소리가 울렸다. 죽일 예정이었다 해도 검문을 통과할 때까지는 노라는 소중한 운반책이다.

그러나 그런 과감한 지시를 용감하게도 따르려던 상회 사람들은, 희망을 꺾을 절호의 기회를 노리고 있었다고밖에 여겨지지 않는 호로의 일격에 나가떨어졌다. 그 중 몇 명이 비명을 지르며 도망치기 시작했다. 호로는 의연히 용기를 잃지 않고 용감하게 검과 창을 부여잡는 이들은 무시한 채, 공포에 질려 도망치는 놈들의 뒤를 쫓았다.

악마로밖에 보이지 않는 판단.

그리고 그들의 등을 짓밟자마자 몸을 휙 돌려, 처참하고도 가차 없는 추격에 완전히 용기를 잃은 채 그 자리에 우뚝 선 자들을 코끝으로 차례차례 날려 버렸다.

시간으로 따지면 정말 눈 깜짝할 새에 벌어진 일이었을 것이다.

그 자리에 서 있는 사람들의 수가 확 줄었다.

말을 탄 리베르트. 그리고 공포에 질려 멍하니 서 있는 노라. 주인을 지키려고 용감하게 이를 드러낸 채 으르렁대고 있는 에네크.

호로가 부웅 하고 고개를 저었다.

사방으로 튄 것은 비인가, 침인가, 상대에게서 튄 피인가.

"야, 야, 야, 양치기. 나를 지켜! 나를 지켜라!"

가슴께를 누르면서 리베르트가 비명과 같은 소리를 질렀다. 그 손은 당장이라도 멈출 것만 같은 심장을 지키려는 것인지, 금을 지키려 하는 것인지는 확실치 않다.

교회 조각가가 조각한 지옥의 공포에 떠는 죄인 같은 표정을 한 리베르트는 기적적으로 말을 몰아 노라의 뒤쪽에 양들과 함께 섰다.

노라는 양치기라고는 해도 몸집이 매우 가냘픈 소녀다.

그런 구도에 구역질이 났다. 리베르트는 저 노라를 로렌스와 함께 죽일 셈이었던 것이다.

하지만 양치기 소녀는 공포로 무너질 듯하면서도 자신의 직무가 생각난 모양이다.

끝에 달린 종이 소리를 낼 만큼 불안정한 손으로 지팡이를 쳐들자, 에네크가 언제든지 지시를 받을 준비를 취하듯이 몸을 착 굽혔다.

호로 역시 정면에서 노라를 노려보며 그 거대한 몸을 투석기처럼 낮게 낮춘다.

로렌스는 순간 가슴이 철렁했다. 호로는 진심이다. 이대로 가다간 노라가 죽는다.

어둡기도 하고, 갑작스런 호로의 습격에 혼란을 일으킨 노라와 리베르트는 약간 떨어진 곳에 있는 로렌스를 전혀 알아보지 못하고 있었다.

하다못해 자신이 이름을 대고, 저건 호로라고 말하면 노라만은 믿어줄 것만 같았다.

리베르트에게 알려질 위험성이 있었으나 로렌스의 머리는 이성적으로 판단했다.

호로가 리베르트를 탈 없이 보낼 리가 없다.

그렇다면 이름을 대야 한다.

로렌스가 말을 하려 했다. 그 순간.

"양치기! 날 지켜주면 3백 뤼미오네를 주마!"

공포 속에서 거의 무의식적인 사명감만으로 지팡이를 휘두르려 하고 있던 노라의 얼굴에 별개의 감정이 피어났다.

3백 뤼미오네라는 금액은 그런 것이다.

노라의 지팡이 끝에 달린 종이 소리를 멈췄다. 그 얼굴에 의지의 빛이 깃들기 시작했다.

리베르트는 독사 같은 교활함으로 그것을 간파한 모양이었다.

말머리를 돌려 쏜살같이 도망치기 시작한다.

로렌스는 초장부터 기세가 꺾인 목소리로 외치려 했다.

노라는 양치기로서의 직무를 다하려는 듯 지팡이를 휘두른다.

늦었다.

느릿한 시간 속, 로렌스의 머릿속에서 그런 말이 터져 나왔다.

에네크와 호로는 크기는 달라도 꼭 같은 자세로— 활시위가 최대한 잡아당겨진 순간과 같은, 그야말로 튕겨 나올 듯이 뒤틀린 분위기를 자아내고 있었다.

노라의 지팡이가 호로를 향해 딱 멈췄다.

작고 녹슨 종이 카랑 하고 울린 것만 같았다.

"웃…!"

로렌스는 뭔가를 외쳤다. 호로와 노라, 어느 쪽의 이름이었는지 모른다. 그것이 이름이었는지조차 알 수 없다.

극도로 긴장한 눈은 호로와 에네크의 모습을 낱낱이 포착하고 있었다.

용감한 양치기견과 숭고하리만큼 웅장한 늑대가 땅을 박차는 순간을 보았다.

아마도 다음 순간 로렌스가 목격하는 것은 에네크가 땅을 박차고 공중으로 날아오른 채 정면에서 몸을 호로의 발톱에 찢기는 모습이고, 그 발톱은 그대로 개 주인에게로 향해지리라.

그런 뒤 지면을 움켜쥔 그 발은 더욱 앞으로 나아가, 이 자리에서 가장 혐오스런 존재를 푸줏간조차 벌벌 떨 만큼 처참한 고깃덩어리로 바꿔 놓을 것이다.

후회.

무엇을 어찌 후회하면 좋을지 모를 만큼의 후회가 로렌스의 가슴을 꿰뚫었다.

그리고.

"에네크, 잠깐!"

그 소리가 시간의 흐름을 원상태로 되돌린 마법의 신호였다.

투석기가 거대한 바위를 쏘아 올리듯이 튀어 온 호로의 거대한 몸은 마찬가지로 날아오르려던 검은 털의 기사를 껴안은 노라의 머리 위를 뛰어넘고, 우왕좌왕하는 양들의 머리 위도 뛰어넘었다.

그 발이 지면에 착지하더니 말을 탄 채 도망치고 있는, 금을 위해 돼지로 전락한 리베르트에게 육박한다.

순간 호로의 몸 너머로, 뒤쫓아 오는 늑대를 돌아보는 남자의 딱한 얼굴이 보였다.

그 직후, 공기를 찢는 듯한 비명이 짧게 들렸다가 이내 조용해졌다.

호로는 한동안 가볍게 달린 뒤 멈춰 섰다.

노라는 의연하게 에네크를 안고 있었다.

공포에 질린 나머지 도움을 구하며 저러고 서 있는 것은 아니라는 것이 분명히 느껴졌다.

노라는 알아챈 것이다. 저 늑대가 호로라는 것을 안 것인지, 아니면 자신들에게 적의가 향해진 것이 아니란 것을 안 것인지는 모르겠으나, 에네크를 덤벼들게 해서는 안 된다는 것만은 깨달은 듯했다.

그래서 양치기가 절대 손에서 놓아서는 안 될 지팡이도 내던진 채 에네크의 몸을 붙들어 세운 것이다.

공포 때문에 그랬을 리는 없다.

"노라 씨!"

그럼에도 그 이름을 부르며 달려간 것은 노라가 정말로 무사한지 걱정이 되었기 때문이었다.

에네크를 안은 채 꼼짝하지 않던 노라는 놀란 듯이 고개를 들다가 로렌스를 보고 또다시 놀랐다. 그런 뒤 천천히 호로를 돌아본다. 이번에는 별로 놀라지 않았다.

뭔가 알듯 말듯 한 얼굴이었다.

로렌스는 일단 가슴속의 말을 토해냈다.

"무사해서 다행입니다."

이 소동의 원흉인 늑대가 아직 건재한 것을 보면서 그런 말을 들으면 뭘 어떻게 해야 될지 알 수 없는 것이 당연하리라. 노라는 어떤 표정을 지어야 할지 모르겠다는 표정으로 멍하니 로렌스를 쳐다보았다.

"저 늑대는 호로입니다. 제 일행인."

노라의 얼굴이 어색하게 웃은 것은 무슨 농담처럼 생각해서 그랬을 수도 있다.

하지만 호로가 천천히 곁으로 다가오자 살짝 숨을 삼켰다. 호로의 입에 사람의 하반신이 축 늘어져 있었기 때문이다.

"안 죽였어?"

로렌스 자신도 노라를 방패로 삼은 리베르트에게 살의와도 비슷한 것을 느꼈다. 로렌스였다면 틀림없이 죽였으리라.

당사자인 호로는 입안에 리베르트의 상반신을 물고 있어서 그러기도 했겠지만, 대답을 하는 대신 머리를 흔들어 그 딱한 남자를 뱉어냈다. 주르륵 하는 께름칙한 소리와 함께 침투성이의 축 늘어진 리베르트가 바닥에 던져졌다.

「확 삼켜 버릴까도 했지만.」

그렇게 말하며 돌아보는 호로의 얼굴이 약간 웃고 있다.

「내 배는 금을 안 좋아하거든.」

호로는 살짝 코웃음을 친 뒤 턱으로 리베르트를 휙 가리켰다.

어서 금을 꺼내라는 뜻이다.

"분명히 상의 속에 넣어 두었을 텐데…. 처덕처덕하네."

불평을 하려니까 뒤에서 커다란 코로 툭 쳤다. 하는 수 없이 아직 약간 김이 나는 처덕처덕한 리베르트의 옷을 뒤져 어렵지 않게 금이 든 자루를 찾아냈다.

"있다. 진짜네."

입구를 풀고 안을 들여다보자 싸늘한 금 구슬이 들어 있다.

"노라 씨."

로렌스는 그 이름을 부른 뒤 금이 든 자루를 던졌다.

호로가 순간 비난하는 눈빛으로 쳐다보았으나 그것은 무시했다.

"예? 아, 이, 이건."

"아직 일은 끝나지 않았습니다. 그 금을 마을로 가져가는 것이 노라 씨가 해야 할 일입니다."

커다란 늑대의 입에서 더욱 커다란 한숨이 새어나왔다. 노라는 깜짝 놀라 그쪽을 돌아보았으나 이내 로렌스에게 시선을 되돌렸다.

"하, 하지만, 저기…. 어, 어떻게 로렌스 씨가 살아 계시는 건가요?"

이 말에는 로렌스도 쓴웃음을 지었다. 리베르트는 동료들과 합류한 뒤에 로렌스와 호로를 구하러 보낸 척했을 터였다.

그런 뒤 돌아온 자들은 로렌스와 호로가 죽었다고 전했으리라.

그것을 설명하려고 무슨 말부터 해야 할지 머릿속으로 이야기의 차례를 짓기 시작했는데 별안간 공기가 움직인 것이 느껴져 돌아보자 호로가 커다란 앞발을 쳐들었다가 단숨에 내렸다.

"으아아아악!"

'너무했다' 싶은 생각과 '꼴좋다' 하는 생각이 교차한다.

비명이 일단락 지어지자 호로의 앞발에 왼쪽다리를 눌린 리베르트가 눈을 뜨고 입을 빼끔거렸다.

"안녕하세요, 리베르트 씨. 기분은 어떠십니까?"

"으아아… 아, 어? 다, 당신이 어떻게— 으아아아악."

"호로. 복숭아 꿀절임."

분노가 되살아난 모양인 호로에게 마법의 주문을 외우자 호로는 부러진 다리를 밟고 있는 앞발의 힘을 마지못해 뺐다.

"리베르트 씨. 옷을 입는데 단추를 어떻게 잘못 채운 건지, 노라 씨에게 설명 좀 해주실까요?"

이마에서 비지땀을 줄줄 흘리며 고통과 공포로 표정이 뒤틀린 리베르트의 얼굴이 순간 상인의 얼굴로 돌아온다. 상황을 가능한 파악하여 어떻게 하면 자신의 안전을 손에 넣을 수 있을까 하는 빈틈없는 상인의 얼굴이다.

"리베르트 씨."

"내, 내가 그런 게 아냐. 레메리오가 지시한 거야. 난 그러지 말자고 했어. 배신이라니, 신의 분노를 살 거라고. 정말이야. 나는 반대를."

"이 늑대는 보시다시피 보통 늑대가 아닙니다. 전능하신 신께서 보내신 대리자라고 생각할 수 있습니다. 요는, 거짓말은 통하지 않는다는 겁니다."

로렌스의 말에 입을 꾹 다문 리베르트가 절망적인 시선으로 호로를 쳐다보았다.

호로는 천천히, 아주 천천히 날카로운 송곳니 사이로 흰 숨을 내쉬었다.

"나, 나, 나, 나는, 나는 맨 처음에, 지불하는 보수가 너무 많다 싶었어. 레메리오도 그렇게 생각했고. 지금 상태로는 채무를 갚는 것만으로 벅차서 보수를 줄 수 없다고 레메리오가 어떻게든 하랬어. 나도 어쩔 수 없었어. 무슨 방법이든 쓸 수밖에 없었다고. 아, 알잖아? 당신도, 당신도 나랑 똑같은—"

그 말이 끊긴 것은 로렌스가 콧등을 확 갈겼기 때문이었다.

"똑같이 취급하지 마!"

「우후후후후후후.」

호로가 큰 소리로 웃더니 또다시 기절한 리베르트에게서 발을 내려놓았다.

"그렇게 된 겁니다. 노라 씨를 죽일 거란 얘기도 들었습니다. 맹세할 수 있습니다. 레메리오 상회는 우리들을 배신한 겁니다."

노라는 얼이 빠져 있었지만, 그래도 차츰 상황이 이해되기 시작한 모양이다.

천천히 시선을 로렌스에게 향했다.

"하, 하지만, 그럼, 그 숲의 늑대는."

「그건 좀 달라.」

끼어든 호로의 목소리에 노라가 살짝 비명을 올렸으나 그것은 단순히 놀라서 그랬을 뿐인 듯했다. 호로의 목소리가 워낙 낭랑하게 울리는 탓이다.

「나는 요이츠의 현랑 호로. 그 숲에 있던 놈은 영역다툼에만 급급한 애송이였지만… 성의를 보이면 쓸데없는 싸움은 하지 않을 만한 분별력은 있었다.」

노라는 반신반의한 표정으로 호로의 말을 듣고 있었으나, 이윽고 에네크를 안고 있던 팔을 천천히 풀고는 난감한 듯이 웃었다.

"호로 씨라는 말이 왠지 납득이 가는 것이 굉장히 이상하네요."

「참고로 그 개는 나한테 반한 게 아니야. 정체를 알아챘을 뿐이지. 그 누명은 벗겨 주지.」

"예?"

하며 놀라는 노라에게 에네크가 화가 난 듯이 멍 하고 한 번 짖었다.

"그럼 노라 씨, 이야기로 돌아가지요."

연이어 화제를 바꾸어서 안 됐지만 이 사건은 아직 끝나지 않았다.

금은 여전히 길 위에 있고, 로렌스의 빚도 남아 있다. 또한 레메리오 상회를 어떻게 할 것이냐 하는 문제도 있다.

"지금 우리는 불행한 사고 속에 있습니다. 그러나 신의 가호로 금만은 무사히 수중에 있지요. 리베르트의 말을 믿는다면 그 금에는 6백 뤼미오네의 가치가 있습니다. 하지만 그것을 뤼빈하이겐으로 가져가서 연줄을 이용해 팔게 되면 열 배에 가까운 가치가 될 겁니다. 즉, 6천 뤼미오네인 것이지요."

로렌스에게도 현실감이 느껴지지 않는 숫자에 노라는 공포마저 느끼는 듯했다.

"6천 뤼미오네라는 거금은 우리들이 받을 몫을 초월하는 액수이고, 굳이 위험을 감수하지 않더라도 6백 뤼미오네는 손에 넣을 수 있습니다. 다만."

"─다만?"

"다만, 우리는 아무 잘못도 안 했는데, 이 밀수를 성사시킬 수 없게 된 원인인 레메리오 상회 측 사람들 말입니다만, 그들의 자금이 없었더라면 그 금을 살 수 없었던 것은 사실입니다. 그리고 그 금을 가져가면 그들은 완전히 알거지가 되어 결국은 파산을 하게 될 것 또한 사실이지요. 그래서─."

호로가 로렌스의 옆얼굴을 콧등으로 가볍게 툭 쳤다. 장난을 치는 건 아니다.

로렌스가 뭘 하려는지 알아챈 것이었다.

"그래서 저는 제안을 하겠습니다."

「이봐.」

호로가 언짢은 듯이 끼어든다. 그러나 이것은 양보할 수 없다.

"호로. 우리는 지금 기사도 이야기 속에서 살고 있는 게 아니야. 배반당했다고 상대에게 복수를 하는 것만으로 '이상 끝'이 아니라고. 앞으로도 살아가야만 돼. 게다가 배반한 복수의 복수를 당할지도 몰라."

「그러면.」

"쓰러져 있는 놈들을 물어죽이겠다는 말은 하지 말아줘."

「으….」

"그리고 우리가 내일 빵을 사 먹을 돈이 다른 사람의 피로 얼룩져 있다면 기분이 좋지 않을 거야. 매사에는 수많은 마무리 방법이 있지만 내일도 살아갈 것이라면 내일로 이어질 방법을 선택해야 해. 그렇지?"

호박색 눈이 감긴다.

그리고는 고개를 획 돌렸다.

"네가 없었으면 나는 지금쯤 숲에서 얼어 죽었을 거야. 그러니까 네가 없으면 아무것도 안 됐을 거란 것도 잘 알고 있고, 내 부탁을 들어준 것에도 감사하고 있어. 하지만."

「그만 됐어. 그만 됐다고. 내 길동무는 참 성가신 놈이야.」

호로는 그렇게 말하고는 턱밑으로 로렌스의 머리를 탁 때렸다. 아팠지만, 자신의 고집을 받아 준다면 이 정도는 정말 아무것도 아니다.

"그럼 내 생각대로 할게."

「그러도록 해. 그리고 한마디만 덧붙여 두지. 당신이 앞으로 내게 해올지도 모를 귀찮은 부탁도 전부 받아들일 테니까 하고 싶은 대로 마음껏 해.」

로렌스는 절로 웃음이 지어질 만큼 고마운 마음이 들어 다시 한 번 심호흡을 한 뒤 노라 쪽으로 돌아섰다.

"기다리시게 해서 미안합니다. 저는 다음과 같이 제안하겠습니다."

호로와 로렌스의 대화를 이상한 촌극이라도 보는 것 같은 표정이던 노라가 등줄기를 딱 펴며 고개를 들었다.

"노라 씨의 수중에 있는 그 금을 뤼빈하이겐으로 가져갈지 말지는 노라 씨가 결정하십시오."

"예?"

노라가 의문을 갖는 것도 당연하다. 위험을 감수하지 않아도 6백 뤼미오네라는 거금이 손에 들어오는 것이다. 뤼빈하이겐으로 가져가 팔았을 때 기대할 수 있는 6천 뤼미오네는 확실히 엄청난 거액이지만 그러려면 다시금 목숨을 걸어야 할 필요가 있다.

"하지만 뤼빈하이겐에 돈을 가져가 고가로 처분할 수 있다면 그 엄청난 이익은 우리뿐 아니라 레메리오 상회도 구할 수 있습니다."

그 말에 "아!"하고 노라가 작은 소리를 질렀다.

"반대로, 이대로 갖고 떠나면 여기 쓰러져 있는 놈들과 뤼빈하이겐에 있을 그들의 가족, 또는 잔당들이 내일부터 지옥을 보게 됩니다. 그 중 몇 사람은 지옥을 면할지도 모르지요. 하지만 그 마음속에는 늘 세 사람의 악마가 들어 있을 겁니다. 저와, 호로와, 그리고 노라 씨가."

로렌스처럼 행상으로 살아가려 하더라도 직원을 수없이 거느리고 있는 상회에 큰 원한을 사고 나면 이후의 생활은 위태롭기 짝이 없어진다. 장사란 사람과 사람 간의 관계다. 언젠가 발목이 잡혀 칼을 맞게 될지도 모른다.

그리고 또 한 가지 중요한 것이 있다.

"물론 말도 통하지 않는 이국땅으로 가면 아무 일도 없었던 듯이 살 수 있을지도 모릅니다. 하지만, 복수의 우려가 사라졌다 하더라도 어느 날 어디선가 '말처럼 혹독한 노동에 시달리는 노예를 봤는데 아는 얼굴이더라' 하면 그날 밥이 제대로 넘어갈까요?"

여기서 한 번 끊고 노라의 머릿속으로 자신의 말이 스며들기를 기다린다.

"단, 레메리오 상회에는 이 값을 단단히 치르게 해야지요."

호로의 입이 싱긋 웃는다.

"그러니 우리들은 지금 곧 레메리오 상회로 가겠습니다. 노라 씨는 내일 아침까지 결단을 내려 주세요. 그리고 뤼빈하이겐으로 금을 가져오신다면 밀수를 의논했던 광장에서 만나기로 하지요. 저는 먼저 도성으로 들어가 믿을 만한 푸줏간을 수배해 놓고, 뤼빈하이겐의 동문 쪽에서 하루만 기다리도록 하겠습니다. 만약 뤼빈하이겐으로 오지 않으시면⋯ 그때는 포로손에서 만나기로 합시다."

이 제안 속에는 자연히 또 한 번 배신을 당할 여지가 남아 있다.

요컨대, 노라가 이대로 금을 집어삼키고 어디론가 떠나 버릴
수도 있는 것이다.

　그러나 앞으로 화근 없이 살아가기 위해서는 노라의 손으로
뤼빈하이겐에 금을 가져오게 하여 레메리오 상회를 구해낸 뒤
몫을 나누는 것이 가장 좋다.

　또한, 노라가 밀수에 실패할 경우도 당연히 고려해야 할 터다.
하지만 밀수는 예외 없이 마을 광장에서 본보기로 처형을 당하
게 돼 있으니, 그때 호로가 구해내면 그만이다. 호로가 아까 말
한 '귀찮은 일 전부'라는 것은 바로 그럴 가능성을 말한 것이다.

　노라에게 생각할 시간을 주려는 것은 아니었지만, 로렌스는
노라의 대답을 기다리는 한편 레메리오 상회의 패거리들을 한
사람씩 묶었다. 물론 밧줄이 있을 리 없으니 그들의 옷소매를 찢
어서 대신했다. 이들이 다 같이 협력해서 포박을 푼다 하더라도
다시금 핏발을 세우며 덤벼들 자는 없을 것이다.

　"그럼 노라 씨. 또 만납시다."

　한바탕 다 묶은 뒤, 도중에 눈을 뜬 놈들은 호로가 다시 일격
을 가해 기절시키고 나서 로렌스는 그렇게 말했다.

　이 이야기는 상대를 억지로 설득한다고 해서 어떻게 될 성질
의 것이 아니다.

　상대의 신뢰를 확인한 위에 사태가 원만히 마무리 되도록 해
야 한다.

　로렌스는 호로에게 눈짓을 한 뒤 걸음을 떼기 시작했다.

　비는 어느새 그쳤다.

그토록 두껍게 덮여 있던 구름 너머로 달이 희미하게 떠 있었다.

"아, 로렌스 씨."

하는 노라의 목소리에 발걸음을 멈췄다.

"또, 만나기로, 해요."

돌아보자 일어선 노라는 양치기의 지팡이를 손에 들고 있었다.

"다음에 만날 때는 부자가 되는 겁니다."

로렌스의 말에 노라는 웃는 얼굴로 고개를 끄덕였다.

에네크가 한 번 짖고는 양떼를 모으기 시작했다.

「그런데 당신.」

잠시 걷다가 호로의 등에 태워 달래야겠다고 생각하고 있던 로렌스가 그 말을 꺼내려는 순간 호로와 말이 겹쳤다.

호로는 일부러 말을 꺼낼 기회를 노리고 있었던 것이 틀림없다. 조금 울컥해서 되묻는다.

"왜?"

「사실은 어떻게 된 거야?」

나란히 걷고 있는 호로의 커다란 눈동자가 로렌스를 바라보고 있다. 거짓말은 통하지 않는다. 리베르트에게 한 말이다.

"나도 폼 좀 잡자."

「우후후후. 에이, 그건 아니지.」

즐거운 듯이 커다란 꼬리를 흔드는 모습을 보니 말할 때까지 물을 작정인가 보다.

　감추는 건 애초에 포기했다.

　"금의 양이 너무 적어."

　「흐응?」

　"저 정도로는 6백 뤼미오네는 절대 안 돼. 찍 해봐야 1백 뤼미오네야."

　「몫을 나눈 뒤에 당신 빚을 갚고 나면 끝이겠군. 밀수를 하지 않고서는 돈벌이가 안 된다는 얘긴가.」

　커다란 꼬리 끝으로 목덜미를 쓰다듬는다. 확 떨쳐내자 재미있다는 듯이 목을 그렁댔다.

　"레메리오 상회는 실제로 막다른 궁지에 몰려 있었던 걸 거야. 겨우 겨우 마련한 1백 뤼미오네로 구입한 금을 밀수해서 간신히 어떻게든 해보겠다. 그런 계산이었을지도 몰라. 우리들에게 충분한 입막음 값을 줄 수 없다는 것도 당연히 처음부터 알고 있었겠지. 하기야 뭐, 그러니까 우리 같은 사람들이 제안한 밀수 이야기도 받아들인 걸 테고."

　그래도 로렌스의 입장에서는 레메리오 상회를 믿고 의지하는 수밖에 없었던 것이다.

　「흐음. 그런 것치고는 참으로 구실을 잘도 갖다 붙였군. 당신이 꼭 무슨 성인 같잖아?」

　"반 이상은 진심이었어."

　「…….」

흐흥, 하고 코로 웃은 뒤 호로는 멈춰 서더니 배를 깔고 엎드렸다.

「어서 타.」

"심문은 끝난 거야?"

「바보 같은 당신한테 질렸어.」

호박색 눈을 가늘게 뜨더니 호로가 커다란 얼굴을 갖다 댔다.

살짝 힘을 넣기만 해도 뒤로 자빠질 것 같았으나 이제 공포심은 전혀 느껴지지 않는다.

"뭐, 레메리오 상회를 구하려는 건 꼭 남을 돕기 위한 것만은 아니야."

「흐응?」

호로의 털을 붙잡고 다리를 걸치며 말했다.

"우리들의 더 큰 돈벌이를 위해서이기도 해."

그리고 단숨에 올라탔다.

「더 큰 돈벌이라. 내 머리로도 짐작이 가지 않는걸?」

"상인은 다양한 것을 돈으로 바꿀 수 있어. 가끔은 상인으로서의 좋은 면도 보여줘야지."

놀릴 줄 알았는데, 호로는 그저 즐거운 듯이 웃었다.

「어디 구경 한 번 해볼까?」

그런 뒤 호로는 가만히 일어서더니 걸음을 떼고 이윽고 달리기 시작했다.

검은 하늘에 금빛 달의 모습이 나왔다 들어갔다 했다.

오후 들어 내린 비 때문인지 뤼빈하이겐의 밤은 착 가라앉아 있었다.

"…뭐, 뭔가 착각한 걸 거야. 그래. 수프에 소금을 깜박하고 안 넣은 것처럼."

상인이란 그 어떤 상황에서도 일단 거짓말부터 하고 보는 생물이라는 것을 잘 이해했다.

하지만 거짓말쟁이끼리라도 신뢰 관계는 소중한 것이니 상인이란 이상한 존재다.

로렌스는 그런 생각이 절절하게 들었다.

"리, 리베르트가 뭐라고 했는지 모르겠지만, 아마 자못 진실인 것처럼, 신의 제단 앞에서 고백을 할 때처럼 얘기했을 게 뻔해. 하지만 거짓말이야. 그 놈이 하는 말은 거짓말투성이야. 나는 조만간 자르려고 하고 있었다. 그래. 그랬다고."

목소리가 너무 상기된 탓에 거의 쉰 소리처럼 들린다. 하지만 상품을 구입하면서 은화가 몇 냥인지를 따지는 얘기도 아니니 대략적인 의미만 이해하면 상관없었다.

"레메리오 씨."

"아, 예, 히익!"

끝부분이 짧은 비명처럼 된 것은 아까부터 레메리오의 머리를 거대한 입속에 반쯤 집어넣고 있는 호로가 턱에 힘을 주었기 때문이다.

레메리오가 한밤중에 혼자서 상회에 앉아 부하들이 돌아오기를 기다리고 있던 것은 다행이었다.

믿기지 않을 만큼 가뿐한 동작으로 호로가 성벽을 뛰어넘어 마을로 들어온 것이 방금 전 일이다. 로렌스는 그냥 얌전히 도적이라도 만났다고 설명하면서 호로를 데리고 도성 안으로 들어오려 했으나, 벽 너머의 인기척을 감지할 수 있다는 호로가 「괜찮다.」고 한마디 한 뒤 벽을 훌쩍 뛰어넘어 버렸다. 만약 자본금이 있었다면 이렇게 고생하는 일 없이 호로에게 부탁해서 밀수를 했을 수도 있을 것이다. 그런 생각이 절로 들 만큼 훌륭한 도약이었다.

다행히 아무에게도 들키지 않고 도성 안으로 들어와 일단 사람의 모습으로 돌아온 호로를 데리고 레메리오 상회에 무사히 도착했다.

부하들이 돌아온 줄로만 안 레메리오가 로렌스와 호로를 본 순간의 얼굴이라니.

그리고 지금은 온몸이 묶여 바닥에 나뒹구는 상태에서 어떤 압착기보다도 더 무시무시한, 뾰족한 이가 가득한 턱에 머리가 끼어 당장이라도 공포에 질린 나머지 죽을 것 같았다.

호로의 늑대 모습을 드러내도 될까 싶었으나, 로렌스와 레메리오는 금 밀수라는 비밀을 공유한 사이다. 혹시 레메리오가 호로를 교회에 고발하려 든다면 그것을 폭로하면 된다. 상황증거는 산더미처럼 갖춰져 있으니까.

막상막하의 약점을 서로 쥐고 있으면 일부러 그것을 입 밖으로 낼 상인은 없다.

게다가 레메리오를 겁줘서 호로의 분통을 풀어주는 것과 압도적인 공포를 심어두는 것은 앞으로 혹시 모를 복수를 예방하는 데 좋은 방책이 될 것이기도 하여 일부러 모습을 드러냈다.

 당연히 그 효과는 절대적이었다.

 "지금 당신을 물고 있는 턱은, 그렇습니다. 진실의 턱이라 해도 과언이 아닙니다. 거짓말은 바로 들통 나게 됩니다. 그리고 이 늑대는 추운 길을 달려온 탓으로 배가 고파서 짜증이 나 있는 듯합니다. 거짓말을 너무 하시다가는 화가 나서 당신의 머리를 먹어 버릴지도 모르지요."

 티딕 하는 소리를 내며 호로의 이가 관자놀이 있는 데를 살짝 문다.

 이젠 비명조차 지르지 못한다.

 "그리고 레메리오 씨. 저는 딱히 당신에게 배신에 대한 복수를 하러 온 것이 아닙니다. 거래 얘기를 하러 왔습니다."

 거래라는 단어를 듣자 레메리오의 눈에 빛이 돌아온다. 거래에는 늘 흥정이 따르고, 흥정의 여지가 있으면 이대로 죽임을 당할 리도 없을 거라 생각한 것이리라.

 "이제부터는 거래입니다. 그러니 자신에게 유리하도록 얼마든지 거짓말을 하셔도 됩니다. 다만, 거기 있는 늑대는 나보다 훨씬 영리해서 당신이 입에 담은 말의 속셈의 속셈까지도 읽어낼 것이 확실합니다. 너무 섣부른 짓을 하시다가는 키가 대폭 줄어들게 될 겁니다. 잘 아시겠지요?"

 호로의 이가 관자놀이를 누르고 있는 탓에 고개를 끄덕일 수

358

도 없었으나, 끄덕이려고 한 것은 기척으로 알아챘다.

"그럼 이야기를 시작하지요."

로렌스는 솔직하게 말했다.

"우리들이 금 밀수에 성공한 직후, 그 금을 5백 뤼미오네에 사주시겠습니까?"

레메리오의 눈이 글자 그대로 점이 되었다.

"우리는 아직 밀수의 공범입니다. 설마 금을 빼돌린 데다 당신에게 복수를 하러 온 줄 아셨습니까?"

흰머리가 섞인 레메리오가 어린아이처럼 고개를 끄덕이자 로렌스는 그만 쓴웃음이 나왔다.

"갖고 도망칠 가능성이 없는 것도 아닙니다만— 뭐, 괜찮겠지요. 하지만 밀수에 성공했을 때를 대비해 이야기를 해두지 않으면 말썽이 생길 테니까요. 그렇지요?"

호로가 즐거운 듯이 목으로 웃자, 그 반동으로 흔들대던 레메리오의 얼굴도 경련을 일으키듯 웃었다.

"자, 그럼 다시 한 번 말씀드리지요. 우리들이 금 밀수를 성공시킨 직후, 그 금을 5백 뤼미오네에 사 주시겠습니까?"

그러나 람트라에서 사 온 금의 올바른 가격을 알고 있는 레메리오의 얼굴은 절망에 빠진 듯이 일그러졌다.

"그, 그건 불가능한."

"물론 당장 돈을 달라는 것은 아닙니다. 그렇지요. 차용증서라도 받기로 할까요?"

그 순간, 어엿한 상회의 우두머리인 레메리오는 그 신분에 걸맞은 영리함을 보였다.

로렌스가 하는 말을 즉시 이해한 듯, 씁쓸한 표정을 지으며 자비를 구한다.

"5, 5백은 너무 좀."

"많습니까? 그럼 이렇게 하죠. 당신이 야반도주용으로 감추어 두었을 재산 전부를 빼앗은 뒤에 금도 다른 누군가에게 팔기로 하지요. 뭣하면."

하고 호로에게 눈짓을 하며 덧붙였다.

"당신의 목숨을 저기 있는 악마에게 팔아 넘겨도 상관없겠네요."

신이라 불리는 것은 싫어하던 호로였으나, 악마라 불리는 것은 마음에 든 모양이다.

꼬리를 살래살래 흔들더니 한껏 과장된 몸짓으로 뜨뜻한 숨결을 천천히 내뿜었다.

레메리오의 얼굴에서 뭔가가 급속도로 사라져간다.

로렌스의 눈이 잘못된 것이 아니라면 '당신 뜻대로 하십시오' 하는 어린 양의 얼굴이었다.

"저는요, 레메리오 씨. 단 한 번의 실패로 모든 것을 잃는 것은 너무 심하다고 생각합니다. 우리가 상품의 가격폭락을 완벽하게 예측한다는 건 불가능하니까요. 그러니, 레메리오 씨가 다시 한 번 노력을 하셨으면 합니다. 단, 예의는 표시하셔야지요. 5백 뤼미오네는 그 예의를 표시하시는 것입니다. 당신은 이런 도시에 저 정도로 훌륭한 하역장을 확보할 수 있는 상회를 세웠습니다.

10년으로 생각하면 5백 뤼미오네쯤이야 저렴한 것 아닙니까?"

그 말에 레메리오는 순간 눈이 휘둥그레지더니 이윽고 눈물을 흘렸다.

상회를 다시 일으킨다면 10년 안에 5백 뤼미오네를 갚으라는 제안은 전혀 무모한 것이 아니다. 상회의 수익은 행상인의 벌이와는 비할 바가 아니기 때문이다.

그 눈물은 다시 한 번 상회의 주인으로서 재기할 수 있는 가능성에 대한 것이리라.

"그럼 차용증서를 써 주시겠습니까? 호로."

이름을 불리자 호로는 알아 모시겠다는 듯이 한숨을 쉬더니 레메리오를 놓아준 뒤 코끝으로 머리를 쿡 찔렀다.

로렌스는 레메리오의 팔을 묶고 있던 밧줄만 푼 뒤 말을 이었다.

"증서의 기한은 1년 단위로 10년. 처음 1년은 10뤼미오네로 좋습니다. 마지막 해에 1백 뤼미오네. 아시겠지요?"

해마다 갚아야 할 돈이 늘어나는 것이다. 전부 합하면 5백50 뤼미오네가 되지만, 그 정도 이자는 받아도 될 것이다.

당연히 상회가 재기하여 궤도에 오른다면 별로 힘들 것 없는 금액이다.

"그럼 저쪽 책상에 가서 써 주십시오."

레메리오는 고개를 끄덕인 뒤 로렌스의 손을 빌려 일어서더니 발이 묶인 채로 비척비척 걸어 책상으로 갔다.

"저, 저기, 지불처는…."

그러면서 돌아보는 레메리오에게 로렌스는 웃으면서 대답했다.

"로엔 상업조합."

레메리오가 서글픈 듯 웃은 것은 이 차용증서로부터는 절대 도망칠 수 없다는 것을 깨달았기 때문이다.

로렌스라는 개인이 지불처가 되면 몇 년쯤 뒤에 힘을 축적하기 시작한 레메리오 상회에게 복수를 당하거나 빚을 떼어먹힐 수도 있다. 게다가 서로 말썽이 있었던 놈들에게 매년 빚을 재촉하러 온다는 것도 우울하기 짝이 없는 노릇이다.

또한, 더욱 중요한 것은 현 상태의 레메리오 상회는 빈털터리라는 점이다. 이래서는 그 아무리 차용증서를 써 받았다 한들 로렌스의 수중에는 1년 후까지는 돈이 전혀 들어오지 못한다. 로렌스가 레메리오 상회에 지고 있는 빚은 없던 것으로 친다 해도, 밀수한 금을 사고판 이익금은 노라의 보수와 레메리오 상회가 재기하기 위한 채무 변제에 쓰고 나면 다 사라질 것이다. 자칫했다간 노라에게 보수를 줄 수 없게 될지도 모른다.

그런 점에서 지불처를 로렌스가 소속한 상업조합으로 해두면 그 모든 문제가 한 번에 해결된다. 로렌스는 이 차용증서를 로엔 상업조합의 싼값에 팔아 레메리오 상회와의 인연을 끊고 10년 뒤의 차용금을 당장 환수할 수 있는 것이다.

또한, 상업조합을 상대로 빚을 떼어먹는다는 건 어느 도시와 전쟁을 일으키는 것이나 매한가지다. 레메리오 상회는 이 빚을 절대 떼어먹지 못한다.

"당신은 참으로 무서운 분이시군요."

그 말에 차분히 대답했다.

"이 늑대 정도는 아닙니다."

그 농담에 가장 웃은 것은 당사자인 호로였다.

"그럼 이제, 밀수가 무사히 성공하기를 빌도록 합시다."

ㄱ 후로는 바빴다.

먼저 피와 진흙으로 더러워진 옷을 레메리오 상회에서 세탁한
뒤 그것을 난로에 말리는 사이에 옷을 빌려 입고 로엔 상업조합
으로 차용증서를 들고 뛰어갔다. 호로는 배가 고프다고 하기에
밤샘영업을 하는 술집 앞에서 헤어졌다. 뒤처리 정도는 알아서
하라는 뜻이리라.

로렌스가 상관으로 들어서자 오늘의 장사를 마치고 술자리를
벌이고 있던 고향 동료들이 일제히 거친 환영을 해왔다. 얼굴의
상처에도 야비한 탐색을 당하면서 간신히 야콥이 있는 곳으로
갔다.

채무를 변제하라는 독촉을 진작 해왔어도 이상하지 않을 레메
리오 상회의 인간들이 기한이 지나도 찾아오지 않는 한편, 당사
자인 로렌스의 모습도 보이지 않는다. 로렌스가 빚 때문에 겪고
있을 고통을 뻔히 아니, 아마도 그 일로 야콥은 이만저만 속을
태우고 있었던 것이 아닐 것이다.

아니나 다를까 로렌스의 얼굴을 보자마자 얼굴이 붉으락푸르
락해지면서 머리를 주먹으로 쥐어박았다.

그리고는 울 듯한 얼굴로 함박웃음을 지으며 양손을 벌리고
로렌스가 무사했던 것을 기뻐해 주었다.

그런 뒤로 로렌스가 차용증서를 건네고 금 밀수 이야기를 슬
쩍 비추자 사태의 대략적인 결말을 짐작했는지, 활짝 웃으며 좀
처럼 구경할 수 없는 뤼미오네 금화가 든 자루를 상회 안에서 꺼

내와 그 자리에서 현금으로 사 주었다.

야콥 또한 노련한 상인이다. 밀수가 성공하지 않을 경우도 고려하여, 일단은 레메리오 상회가 가진 외상채권이며 토지, 가옥 등의 자산을 정리했을 때 어느 정도 환수할 수 있는 금액으로 가격이 정해졌다. 통상, 상회가 파산했을 때 빚잔치로 채권자들에게 분배되는 돈은 소유하고 있는 채권에 비례하게 되어 있으니, 5백 뤼미오네의 증서는 설령 금 밀수에 실패해 레메리오 상회가 쓰러진다 해도 즉시 종잇조각이 되지는 않는다. 요는, 밀수라는 도박에 걸맞은 금액으로 사준 것이다.

그런 여러 가지 가능성을 고려한 위에 상당히 크게 쳐서 일단 30뤼미오네가 되었다.

밀수에 성공하면 다시 1백 뤼미오네를 추가하기로 약속했다. 차용증서의 액면가보다는 상당히 낮지만, 재기한 레메리오 상회가 10년을 못 채우고 다시 쓰러질 가능성도 높다. 타당한 값이라 할 수 있었다.

로렌스는 우선 받아든 금액에서 20뤼미오네를 야콥에게 건네면서 이번 소동으로 인해 로엔 상업조합의 간판에 먹칠을 한 데 대한 용서를 청했다. 나머지는 양을 도살할 장소를 빌릴 비용과 입막음 값으로 쓸 생각이다.

이로써 만약 밀수가 성공한다면 추가로 받게 될 1백 뤼미오네 중에서 노라에게 20뤼미오네의 보수를 지불한 뒤, 돈을 꾸러 다녔던 여러 상회에 사과와 더불어 빚을 갚으러 가야 한다. 그러는 데에 30뤼미오네가 든다고 치면 수중에 남는 것은 50뤼미오네가 된다.

포로손으로 후추를 팔러 갔을 때와 얼추 비슷한 상황이다.

한때는 노예선에 끌려갈 각오까지 했으니 이런 결과는 기적이라고밖에 할 수 없었다.

그 후 조합의 아는 사람을 통해 입이 무겁고 믿을 만한 푸줏간을 소개 받았다. 수고비 10뤼미오네를 주면 노라에게서 양을 인수한 뒤 아무것도 묻지 않고 도살해 주기로 계약을 맺었다. 수고비를 충분히 지불할 것이니 특별히 별 질문 없이 솜씨 좋게 일을 처리해 줄 것이다.

그런저런 물밑작업을 마친 뒤 레메리오 상회로 돌아가 옷을 찾는 김에, 추운 밤하늘 밑에서 서로 몸을 붙인 채 떨고 있을 부하들을 데려와 설득하는 역할을 레메리오에게 맡겼다. 까맣게 잊고 있던 로렌스의 말도 되찾아오도록 명해 두었다. 단단히 말해 두었으니 제일 먼저 해줄 것이다.

그 모든 준비를 마치고 나자 희미하게 동이 트기 시작했다.

로렌스는 어제 내린 비로 냉해진 새벽 공기 속을 혼자서 조용히 걷고 있었다.

저 건너에는 이 도시의 요인에게 뇌물을 써서 밤새 영업을 하고 있는 주점이 있다.

새벽 특유의 푸르스름한 빛이 거리를 덮고 있는 가운데, 따로 노는 듯이 밝은 램프의 불빛이 새어나오는 가게를 발견했다.

"어서 오세요."

나른한 목소리는 불법영업을 하고 있는 탓은 아니다. 단순히 밤을 새워 졸린 것이리라.

자리는 반쯤 채워져 있었지만, 다들 날이 밝는 것이 아쉽다는 듯이 묵묵히 술만 마시고 있는 탓에 가게는 놀랄 만큼 조용했다.

"이봐."

그 목소리에 고개를 돌리니, 손에 작은 물통과 빵을 든 호로가 어느새 곁에 서 있었다. 마을 아가씨의 차림을 한 호로가 밤새 영업하는 술집에 있는 것을 성직자들이 본다면 상당히 큰 문젯거리가 될 법했으나, 주위가 별로 떠들썩하지 않은 것을 보아하니 가끔 있는 일인 듯했다.

호로가 카운터에 있는 가게 주인에게 눈짓을 하자, 졸린 듯한 주인이 웃으면서 손을 흔들었다. 호로가 손에 들고 있는 것은 말을 잘해서 가게 주인이 한턱 낸 것일지도 모른다.

"나가자."

사실은 잠시 앉아서 쉬고 싶었으나 손을 잡아끄는 호로는 단호했다.

"또 오세요."

그런 목소리를 등 뒤로 들으면서 가게를 나섰다. 갈 데도 없었지만 일단 걷기 시작한다.

바깥은 춥다. 습기도 많아서 내쉰 숨이 한참을 기다려도 사라지지 않았다.

"자, 빵."

그 말을 듣고 나서야 어제 낮부터 아무것도 먹지 않은 것을 깨달은 탓인지 갑자기 배가 꼬르륵거린다. 로렌스는 즐거운 듯이 웃는 호로에게서 야채와 베이컨이 끼어 있는 빵을 받아들고 덥석 입에 물었다.

"그리고 이거."

호로의 손으로도 들 수 있을 만한 작은 물통을 받아드니 약간 따스하다. 뚜껑을 벗겨 입에 대자 벌꿀주에 우유를 섞어서 데운 것이었다.

"서비스가 제법인걸?"

달콤하고 따스한 술은 그 어떤 것보다 맛이 있다.

"그런데, 당신."

맛있는 것을 먹여 실토하게 한다, 는 것은 아닐 테지만 식사를 일단 마치자 역시 호로가 입을 열었다.

"난 두 가지 묻고 싶은 게 있어."

무슨 말을 들어도 괜찮도록 일단 단단히 각오해 둔다.

호로는 잠시 뜸을 들인 뒤 로렌스를 쳐다보지 않고 물었다.

"그 계집애를 어디까지 믿어?"

예상했던 것 같기도 하고, 안 한 것 같기도 한 질문.

질문이 가리키는 것이 대체 언제, 어디의, 어떤 상황에서인지를 명확하게 짚지 않은 것으로 보아, 호로도 자신의 내부에서 막연하게 느낀 의문인지 모른다.

로렌스는 달콤한 술을 한 모금 마신 뒤 마찬가지로 호로를 쳐다보지 않은 채 대답했다.

"어디까지 신용하는지는 몰라. 다만, 노라가 이대로 돈을 갖고 어디론가 사라진다 해도 쉽게 쫓아갈 수 있어. 그러지 못하면서도 노라에게 금을 맡길 만큼 믿고 있지는 않아."

호로는 말이 없다.

"금을 갖고 있어도 아주 멀리까지 가지 않고서는 제대로 팔 수도 없고, 양치기 소녀가 연줄도 없이 금을 팔면 눈에 띄어서 금방 소문이 나게 돼. 금세 쫓아갈 수 있지."

뼛속까지 믿고 있지는 않은 것만은 확실하다. 상인인 만큼 만일의 경우를 생각지 않을 수 없다.

"그래? 뭐, 그런 거였군."

"다른 하나는?"

이쪽에서 묻자 호로는 감정이 깃들지 않은 눈으로 로렌스를 쳐다보았다.

그것은 화를 내고 있는 것은 아니리라. 아마도 주저하고 있는 것이다.

하지만 무엇을 주저하고 있는 것일까. 로렌스는 그쪽이 더 마음에 걸렸다.

질문하는 것 자체가 주저되는 의문을 호로가 품고 있다고는 생각되지 않는다.

"어떤 질문이든 대답해 줄게. 이번에는 네게 엄청난 빚을 졌으니까."

잠시 들고 있던 것만으로도 얼어붙을 듯이 차가워진 빵을 씹은 뒤 술로 넘겼다.

"질문 안 해?"

재차 물으니 호로는 조그맣게 심호흡을 했다.

그 작은 손이 떨리는 것은 추워서인지, 아니면 다른 무엇이 있는 것인지.

"당신은…."

"응?"

"당신은 기억하고 있어?"

호로가 불안스러운 눈빛으로 쳐다보았다.

"내가 개하고 계집애와 대치했을 때, 당신이 어느 쪽 이름을 불렀는지."

농담은 아닌 듯했다.

호로의 눈은 진지함 그 자체다.

"나는 그때 머리에 피가 쏠려 있어서 못 들었어. 하지만 너무 너무 신경이 쓰여. 그때 당신은 분명히 어느 한쪽의 이름을 불렀어. 당신, 기억해?"

해가 돋기 시작한 거리를 천천히 걸으며 로렌스는 망설였다.

뭐라고 대답해야 할까.

정답은 기억하고 있지 않다.

그러나, 만약 호로가 사실은 로렌스가 누구의 이름을 불렀는지 알고 있고, 그러면서도 로렌스의 대답을 확인하려 하는 것이라면.

로렌스가 호로를 불렀다면 상관없다. 문제는, 노라라고 불렀을 때다.

그럴 경우, 모르겠다고 대답하면 로렌스는 자신이 무슨 소리를 했는지도 모를 정도의 상황에서 순간적으로 노라의 이름을 부른 것이 된다.

그렇게 되면 호로는 틀림없이 화를 낼 것이다. 그렇다면 순순히 노라라고 대답하는 것이 정답이다. 그리고 왜 노라의 이름을 불렀는지 적당히 이유를 대면 된다.

또한, 다른 가능성도 한 가지 있다. 호로가 정말로 듣지 못했을 경우다.

그때는 당연히 호로라고 대답하는 것이 정답이다.

거기까지 생각한 뒤 로렌스는 자신의 참 어리석다는 것을 깨달았다.

나란히 걷고 있는 것은 현랑 호로다. 거짓말은 쉽사리 꿰뚫어 본다.

그렇다면 정답은 이거다.

"네 이름을 불렀어."

불안스러웠던 호로의 눈이 배신당한 강아지처럼 동그래지더니 차츰 증오의 빛으로 바뀌어간다.

"당신, 그거 거짓말이지?"

옷자락을 붙잡은 손에 힘이 들어간다. 로렌스는 즉시 말을 이었다.

"그래. 거짓말이야. 사실은 기억이 안 나거든. 하지만."

머리에 두른 삼각건 밑으로 귀만 쫑긋한 것은 아마도 어떤 표정을 지어야 할지 모르기 때문이리라.

호로라면 방금 한 말에 거짓이 없다는 것은 금세 알아차렸을 것이다.

"그런 상황에서라면 분명히 나는 네 이름을 불렀을 것이라 생각해."

똑바로 응시하면서 말하자, 호로의 눈은 증오의 빛을 띠었을 때와 같은 속도로 의심스런 눈빛으로 변해 로렌스를 응시했다.

거짓말인지 어떤지 구분이 가지 않는 말에 대해서는 호로도 머리로 판단하는 수밖에 없다.

로렌스는 최대한 가장 설득력 있는 의견을 피력했다.

"그건 일분일초를 다투는 상황이었어. 나는 아마 무의식중에 네 이름을 불렀을 거야. 왜냐하면."

호로의 손에 힘이 들어간다.

"왜냐하면 네 이름이 더 입에 익었으니까."

호로의 얼굴에서 표정이 사라지는 소리가 들린 것만 같았다.

"그리고, '노라'라고 불렀으면 '노' 자가 세게 들리니까 아무리 급하게 불렀어도 알아들었을걸? 그에 비해 호로는 급하게 부르면 '호' 자가 묻혀서 '로' 자만 들리기 쉽지. 넌 머리에 피가 치솟아서 못 들었을지 모르겠지만. 어때? 참으로 설득력 넘치는—."

끝까지 말하지 못한 것은 호로에게 입을 얻어맞았기 때문이다.

"닥쳐."

호로의 부드럽고 작은 손으로 얻어맞았어도 꽤 아프다. 레메리오 상회 놈들에게 맞았을 때 입술도 약간 찢어졌기 때문이다.

"입에 익어서 내 이름을 불렀을 거라고? 이런 멍청이!"

호로는 그런 뒤 로렌스의 옷을 확 잡아당겼다.

"내가 화가 나는 건 당신이 정말로 그렇게 생각하고 있어서 야!"

그리고 떼밀듯 하더니 고개를 획 돌린다.

뻔한 거짓말이라도 할 걸 그랬나 싶었으나, 아마 무슨 말을 해도 화를 냈을 것이다. 그럴 것 같았다.

두 사람은 어느새 동문 근처까지 와 있었다. 오늘 하루를 시작하기 위해 움직이기 시작하는 사람들의 모습이 서서히 보였다.

호로는 조금 앞에서 혼자 걸어가고 있다.

대체 왜 저러나 하고 있는데, 문득 걸음을 멈췄다.

"당신."

그 자세 그대로 말했다.

"이름을 불러 봐."

등을 돌린 채 짧게 말하는 호로.

그리고 그 너머로 보이는, 끝에 종이 달린 긴 지팡이.

뒤이어 양의 울음소리가 들려왔다.

호로 너머로 보이는 것은 검은 양치기견을 데리고 선 양치기 소녀.

이 순간 금 밀수는 성공했다. 그것이 기쁘지 않을 리 없다. 순간 노라의 이름을 불러 버릴지도 모른다.

로렌스는 호로의 교묘하고도 속이 훤히 들여다보이는 행동에 웃음이 나왔다.

그래서 입을 열고 '그' 이름을 부를까 싶은 한 순간, 보란 듯이 재채기를 해주었던 것이다.

"에취!"

이로써 어느 쪽 이름을 불렀는지 영원히 아무도 모른다.

뒤돌아본 호로는 '당했다' 하는 씁쓸한 얼굴을 하고 있었다.

로렌스는 그것을 무시하고 손을 크게 흔들었다.

여행길에서 양치기를 만났을 때처럼 오른쪽 방향으로 세 번
돌렸다.

노라가 알아채고 그에 답한다.

호로는 다시금 어깨너머로 노라를 돌아본다.

그때를 기다리고 있었다.

"호로."

늑대 귀가 쫑긋했다.

"역시 호로가 부르기 좋아."

항복을 한 건지 푸아 하고 흰 숨이 호로의 입에서 솟아나왔다.

"…멍청이."

낯간지러운 듯이 웃는 그 얼굴이 늦가을의 따스한 햇살보다도
좋았다.

2권 끝

오랜만입니다. 하세쿠라 이스나입니다. 2권이 나오고 말았습니다. 놀랐습니다.

그러나, 무엇보다 가장 놀랐던 것은 막상 이 2권을 쓰려고 보니 주인공 두 사람의 성격을 까맣게 잊어버리고 있었던 것입니다.

어떻게 그런 일이 있을 수 있을까 하실지 모릅니다만, 그것이 사실이라 본인으로서도 놀랐습니다.

세 걸음만 걸으면 다 잊어버리는 조두(鳥頭)라는 말을 자주 합니다만, 인터넷에서 공포소설을 읽기만 해도 무서워서 화장실에 못 가게 되는 겁쟁이에게는 딱 어울리는 말인지도 모르겠습니다.

그러고 보니 놀랄 일이 또 한 가지 있습니다. 뭔가 하면― 주식을 산 것입니다. 모처럼 상인을 주인공으로 한 소설로 상금을 받았으니 상금을 반쯤 털어 모 우량증권을 샀습니다. 1권에서도 후기에 썼듯이, 주식을 사면 배로 늘어날 상상을 하며 연일 싱글대고 있는 저입니다. 그때처럼 망상을 다부지게 하고 있었습니다만, 대체 어느 집단의 함정인지 주식을 산 그날부터 2주 간 연속 주식시장 전체 9퍼센트 이상의 우량주식이 오르는 날조차 제 주식은 떨어지고, 실은 이 '후기'를 쓰고 있는 가운데서도 뒤에서 그래프가 움직이면서 가격 변동 상황을 낱낱이 전해 주고 있습니다만, 오늘은 소폭 변동이 있는 모양입니다. 역시 떨어졌습니다만. 아무래도 소설처럼 잘 풀리지는 않는 모양입니다. 이상해라….

　이런 한심한 저입니다만, 앞으로도 모쪼록 잘 부탁드립니다.
　1권에 이어 매력적인 일러스트를 그려 주신 아야쿠라 쥬우 선생님, 이번에도 이미지 딱이었습니다. 감사합니다. 그리고 담당 편집자 님. 이번에도 수정이 많아서 죄송했습니다. 다음에야말로, 꼭 다음에야말로 회의가 한 번에 끝날 수 있도록 하고 싶습니다.
　또한, 이 책을 읽어 주신 여러분들, 고맙습니다.
　그럼 3권에서 다시 만나 뵐 수 있기를 바랍니다.

하세쿠라 이스나

1권의 목숨 건 지하수로 대소동에 이어, 또 한 번 절체절명의 위기를 맞게 된 어리숙한 행상인 로렌스와 암팡진 늑대소녀 호로의 장돌뱅이 여행기 제2편입니다. …후후.

은화 가치 변동을 이용해 한몫 잡은 로렌스와 호로가 1권 마지막에 새로운 상품으로 선택한 것은 '후추'였지요. 내용 중에도 나왔지만, 후추 한 알에 은화 한 냥이라 해도 과언이 아니라 할 만큼 당시 후추는 최고급 상품이었습니다. 실제로 콜럼버스, 마젤란 등 수많은 탐험가들이 죽음을 무릅쓰고 미지의 대양을 넘어 신세계를 찾아 나선 이유 중 하나가 후추, 너트메그, 정향 등의 향신료를 구하기 위해서였다고 합니다(흐음, 순수하게 새로운 미지의 땅을 찾겠다는 용감한 탐험정신에 불탄 것이 아니었어…).

그도 그럴 것이, 중세시대에는 아랍상인들의 손을 거쳐 향신료가 유럽으로 들어왔기 때문에 필연적으로 값이 비쌀 수밖에 없었죠. 그러니 직접 향신료를 구해 와 한몫 잡겠다는 야무진 꿈을 안고 유럽인들은 앞 다투어 대양으로 뛰어나가게 됩니다. 이른바 '향신료 전쟁'인 것입니다. 그로 인해 피해를 입은 쪽은 억울하게 식민지로 전락하게 된 서인도 제도를 비롯한 여러 이국의 나라들….

중세시대 유럽의 음식은 무진장 맛이 없었다고 합니다. 게다가 냉장 보관시설이 없는 시절이라 고기에서 악취가 나기 일쑤였는데, 후추를 비롯한 향신료들이 고기의 악취를 가려 주었던 것이죠. 또한 후추는 콜레라와 같은 역병, 악마를 쫓는 약품, 나아가 '미약(媚藥)'으로도 이용되었고, 값이 워낙 비싸다 보니 귀족들 중에는 자신의 부를 과시하기 위해 향신료를 들이붓다시피 하며 먹기도 했다 합니다(장담하지만 분명히 눈물 콧물 말이 아니었을 거야. 자고로 과유불급이라 했거늘…).

하지만 적당히 쓰면 확실히 음식의 감칠맛을 더해 주는 향신료. 인생의 향신료는 서로의 마음을 헤아려 주는 따스한 한마디, 다정한 눈빛이 아닐까 하는데, 이번 2권에서는 로렌스와 호로의 그런 모습을 많이 볼 수 있어서 절로 흐뭇했습니다. 개인적으로는 1권의 빛깔이 상큼한 초록빛이었다면, 2권은 발그레한 복숭앗빛이라고나 할까요(신체접촉이 확실히 잦아졌어…).

그나저나 호로는 복숭아 꿀절임을 먹었을까요? 그 진상은 이 커플의 장돌뱅이 여행기 제3편에서 확인할 수 있겠지요. 그럼 우리 모두 제3권을 기대해 보기로 해요.

_역자 **박 소 영**

늑대와 향신료 [2]

2007년 11월 7일 초판 발행
2024년 4월 10일 23쇄 발행

저자 하세쿠라 이스나 | **일러스트** 아야쿠라 쥬우 | **옮긴이** 박소영
발행인 정동훈 | **편집인** 여영아
편집 팀장 황정아 김은실 | **편집** 노혜림
발행처 (주)학산문화사 | 서울특별시 동작구 상도로 282 학산빌딩
편집부 02.828.8838(전화), 02.828.8890(팩스) | **영업부** 02.828.8986(전화), 02.828.8989(팩스)
홈페이지 www.haksanpub.co.kr | **등록** 1995년 7월 1일 | **등록번호** 제3-632호

ookami to koushinryou vol.2
©ISUNA HASEKURA/MEDIA WORKS 2006
First published in 2006 by Media Works Inc., Tokyo, Japan.
Korean translation rights arranged with ASCII MEDIA WORKS Inc., through KCC.
이 책의 한국어판 저작권은 일본 아스키 미디어 웍스와의 독점계약으로 (주)학산문화사에 있습니다.
저작권법에 의해 한국 내에서 보호를 받는 저작물이므로 불법 복제와 스캔 등을 이용한
무단 전재 및 유포 · 공유 시 법적 제재를 받게 됨을 알려드립니다.

개정판 ISBN 979-11-411-3482-2 04830
ISBN 979-11-411-3481-5 (세트)

값 7,000원

늑대와 향신료

1권

하세쿠라 이스나 지음
아야쿠라 쥬우 일러스트
박소영 옮김

eXtreme novel

행상인 로렌스는 자신의 짐마차 짐칸에 실어놓은 보릿단 속에서
잠들어 있던 소녀를 발견한다.
늑대의 귀와 꼬리를 가진 아리따운 소녀의 이름은 호로.
자신을 보리의 풍작을 관장하는 신이라고 소개한다.
"나는 신이라 불리며 오랜 세월 이 땅에 매여 있긴 했지만,
나는 호로 이외에 그 누구도 아니야"
로렌스는 그녀가 정말로 풍작을 가져다주는 늑대의 화신일까
반신반의하면서도 그녀의 뛰어난 화술에 교묘히 넘어가 함께
여행을 떠나기로 한다. 그런 두 사람의 나그넷길에 뜻밖의 돈벌이 이야기가
날아든다. 그것은 가까운 장래에 어떤 은화의 가치가 올라갈 것이라는 것….
의심은 되면서도 로렌스는 그 이야기에 동참하기로 결정하는데….

XNR-23-1
(주)학산문화사 발행 / 값5,900원

집 지키는 반시
2권

오가와 마사타케 지음
토베 스나호 일러스트
인단비 옮김

eXtreme novel

■■

뛰어난 실력의 크루세이더 루이람의 착각으로 인하여
완전히 황폐화된 오를레유 성.
성의 원래 모습을 되찾기 위해 로비의 수복공사가 결정되었습니다.
그것도 아리아의 반 강제적인 억지로 외지 직공들에게
공사를 맡기게 된 것이죠. 여기서 커다란 문제 발생!
그들에게 이 성이 마(魔)의 성역이라는 것을 들키게 되는 날이면
바티칸이 가만있지 않을 테니까요!
아리아의 제안으로 모두 함께 인간인 척을 하는, 상당히 무리가 뒤따르는
계획이 발동되었습니다. 역시나 이런저런 소동이 벌어지고,
설상가상으로 브라드 경이 성에 눌러앉은 루이람에게 자객을 보낸 것입니다.
거기에 악독한 마녀까지 가세하여 또 다시 대사건~이 일어날 듯한데….

■■

XNR-22-2
(주)학산문화사 발행 / 값5,900원

은반 컬라이더스코프

페어 프로그램 -So shy too-too princess

3권

카이바라 레이 지음
스즈히라 히로 일러스트
현정수 옮김

eXtreme novel

■ ■

엥? 고고한 프린세스, 사쿠라노 타즈사가 페어로 전향한다고?
내가 살아 있는 남자(철부지 꼬마에다 미남)와!?
그, 그럴 리 없어! 누가 그런 바보 같은 소리를!
하지만, …그 말을 꺼낸 사람은 바로 나.
그렇게 된 이유는 제쳐두고, 당연히 나 타즈사에게 불가능이란 없다…고
생각했건만 막상 뚜껑을 열어 봤더니 무섭지, 어렵지, 부끄럽지….
게다가, 그 도미니크 밀러 역시 페어로 나오는 바람에
물러서려야 물러설 수 없게 돼서….
이젠 어쩔 수 없이 멋진 모습을 보여줄 수밖에—
기대하라구, 이번엔 더욱 새로워진 모습의 타즈사니까!!

■ ■

XNR-20-3
(주)학산문화사 발행 / 값5,900원

니노미야 군에게
애도를
6권

스즈키 다이스케 지음
타카나에 쿄린 일러스트
오경화 옮김

eXtreme novel

■■

수학여행! 고교생활 최대의 이벤트가 다가왔다!
'자유행동일은 슈운고와 함께♡'라며 아련한 기대감에 가슴이 부푼 마유.
'염탐에 야밤기습에 대연회♡'라며
발칙한 망상에 여기저기 부푼 남학생 팀.
물론, 운명의 여신이 마유에게 미소 지어 줄 리는 없다.
죽기 아니면 까무러치기라는 각오로 슈운고에게 작업을 거는 마유 앞에
의외의 복병 출현?!
오쿠시로 이로리―미인인데다 성격까지 좋은 안경 소녀.
슈운고에게 다양한 수법으로 접근하는 미소녀 이로리를 상대로
츠키무라 마유, 과연 반격할 방법은 찾을 수 있을까?!
그리고 홀로 집 지키는 신세가 된 레이카 아가씨가 나설 자리는?!

■■

XNR-11-6
(주)학산문화사 발행 / 값5,900원

ROOM NO.1301
여동생은 옵티미스틱!
8권

아라이 테루 지음
삿치 일러스트
현정수 옮김

eXtreme novel

■■

그날 밤은 진짜였다. 자신이 부는 하모니카가 세상을 진동시키고 있었다.
관객들의 숨소리가, 고동이 손에 잡힐 듯이 느껴졌다.
비트와 그루브 소리에 몸을 맡기는 거다. 시이나의 보컬을 느끼면 된다.
한 순간이지만, 그것을 믿을 수 있었다―.
…하지만 역시 나는 진실한 의미의 진짜가 아니다.
시이나는 분명한 진짜이지만.
켄이치는 어쩐지 알 수 있었다.
뛰어난 재능을 가진 자와 자신과의 거리를.
아야도, 히나도, 토키야도 뭔가가 결여되어 있고 뭔가가 돌출되어 있다.
한편, 변하지 않을 거라고 생각했던 13층에서의 나날이 조금씩 변해간다.
어디가 어떻게라고 딱 부러지게 말할 수는 없지만….

■■

XNR-4-8
(주)학산문화사 발행 / 값5,900원

전파적 그녀
1권

카타야마 켄타로 지음
야마모토 야마토 일러스트
최고은 옮김

eXtreme novel

■■

'저의 몸은 당신의 영토. 저의 마음은 당신의 노예. 저의 왕, 쥬자와 쥬우님.
당신에게 영원한 충성을 맹세합니다.' 라며 불량소년 쥬자와 쥬우에게
다가와 느닷없이 충성을 맹세하는 전파녀 오치바나 아메.
쥬우는 그녀의 기묘한 언동이 시간이 갈수록 싫지만은 않은데….
그러던 어느날, 도시를 떠들썩하게 만든 연쇄살인범에게
쥬우네 반 학급위원인 후지시마 카나코가 살해되고, 쥬우는 우연히
그곳을 지나가다 그녀의 사체를 제일 처음 발견하고 큰 충격을 받는다.
쥬우는 며칠 전 아메와 카나코가 심하게 다투던 걸 기억해내고,
혹시 아메가 연쇄살인범이 아닌 지 의심한다.
아무도 믿을 수 없는 상황에서 연쇄살인은 계속 되고,
쥬우는 범인을 찾기 위해 혼자만의 수사를 시작하는데….

■■

XNR-24-1
(주)학산문화사 발행 / 값5,900원

All You Need
Is Kill

사쿠라자카 히로시 지음
아베 요시토시 일러스트
김용빈 옮김

eXtreme novel

■ ■

"출격 따윈 실력 테스트 같은 거 아닌가?"
적탄이 몸을 관통한 순간,
키리야 케이지는 출격 전날로 돌아가 있었다.
도쿄의 머나먼 남쪽, 코토이우시라 불리는 섬의 격전지.
그가 속한 부대는 패배가 확실한 격전을 반복한다.
출격, 전사, 출격, 전사….
죽음조차도 일상이 되는 매일. 루프가 158회를 헤아릴 때,
연기가 피어오른 전장에서 케이지는 한 여성과 다시 만난다ㅡ.
과연, 케이지는 절망적인 전황을 뒤집고
아직 보지 못한 내일로 탈출할 수 있을 것인가?!

■ ■

XNR-21

(주)학산문화사 발행 / 값5,900원

2
The Song Remains The Same

연옥의 에스쿠드
2권-The Song Remains The Same

타카네 준이치로 지음
토모조 일러스트
현정수 옮김

eXtreme novel

■■

핀란드의 어느 작은 마을에 마족과 전설의 마도서
'외도기도서'가 숨겨져 있다는 정보를 얻은
카오루는, 곧바로 잠입조사를 개시한다.
그러나 그 마을의 소녀, 아이리스의 호감을 사버린 카오루는
자신도 모르는 사이에 농사일을 거드는 처지가 되어
본래의 조사는 전혀 진척이 없었다.
한가로운 시골마을의 풍경에 동화되어 가는 그를
어둠의 저편에서 음침하고 위험한 시선으로 쳐다보는
누군가가 있었는데….

■■

XNR-18-2
(주)학산문화사 발행 / 값5,900원

키리사키

타시로 히로히코 지음
와카츠키 사나 일러스트
현정수 옮김

eXtreme novel

■ ■

나는 죽어 있었다.
정신이 든 그곳은 흔히들 이야기하는 삼도천의 강가였다.
눈앞에 나타난 사신 차림의 안내인은,
아직 다 하지 못한 일이 있다고 말한 나에게 새로운 몸을 주었다.
이즈미라고 하는 여자의 몸을….
이즈미가 되어 생활하는 나에게 찾아온 같은 반 친구의 죽음.
범인은 세간을 떠들썩하게 한 연쇄살인범 「키리사키」라고 한다.
어째서… 지금 「키리사키」가 나타난 거지?
그럴 리가 없다. 왜냐하면……
「키리사키」는 바로 나인걸!!

온 몸에 전율을 불러일으키는 사이킥 서스펜스!!
경악을 금치 못하는 충격적 반전!

■ ■

XNR-16-1
(주)학산문화사 발행 / 값5,900원

우리들의 타무라

2권

타케미야 유유코 지음
야스 일러스트
김지현 옮김

eXtreme novel

진로조사서의 희망고교 란에 '고향별에 돌아가는 것'이라고 쓴
불가사의한 소녀, 마츠자와 코마키.
중학교 3학년 때의 여름, 타무라를 매료시켜
그의 마음을 빼앗아놓고는 집안 사정 때문에 먼 곳으로 가 버린다.
고고한 미소녀이지만 외로움을 잘 타는 고집불통의 소마 히로카.
고등학교 1학년 때의 봄, 타무라에게
뜻하지 않게 도움을 받고서 그의 첫 키스를 빼앗는다.
그리고 타무라가 소마에게 키스 당한 날, 어쩐 일인지
오랫동안 연락이 없던 마츠자와에게서 도착한 한 장의 엽서가
파란을 일으킨다. 이제 세 사람의 마음은 어떻게 될까?!

XNR-13-2
(주)학산문화사 발행 / 값5,900원

히라이 가이코츠의
추리 노트
3권

타시로 히로히코 지음
무츠키 문쿠 일러스트
박소영 옮김

eXtreme novel

■ ■

늦더위가 기승을 부리는 도쿄.
"타이치 짱, 잊어버렸어? 나랑 결혼하겠다고 약속했잖아?"
다이쇼 12년. 가이코츠 선생의 제자인
카와카미 타이치 군을 찾아온 고향 소꿉친구 미도리코.
그런 와중에 무역업을 하는 아라이 가(家)의 양녀가
누군가에게 유괴되는 사건이 발생하고,
때마침 그 집을 엿보고 있던 미도리코가 범인으로 몰려 붙잡히고 만다.
가이코츠 선생의 도움도 받을 수 없고, 미도리코로 인해 사이가 어색한 스즈에
게도 부탁할 수 없는 처지인데….
카와카미 타이치 군, 소꿉친구의 혐의를 벗겨주기 위해
홀로 분연히 일어서는데….

■ ■

XNR-19-3
(주)학산문화사 발행 / 값5,900원

사쿠라 BUMP
4권 린인(隣人)

아리하라 타케히로 지음
GUNPOM 일러스트
장길순 옮김

eXtreme novel

사쿠라코가 잠에서 깨어난 곳은 낯선 방이었다.
그곳은 현실 세계의 옆에 있다고 하는
'린인(隣人)'이 살고 있는 세계였다.
'린인'은 마음에 든 인간을 현실 세계로부터 잡아들여
그 혼을 먹는 존재. 함께 잡혀온 소녀들은
하나 둘 씩 사쿠라코의 눈앞에서 사라져간다.
도망갈 방법이 없는 사쿠라코는 점점 불안해 지고
결국 마지막으로 남은 것은 사쿠라코와 ──.
한편, 고로는 사쿠라코를 구하기 위해
'린인'의 세계로 들어가는데….

XNR-7-4
(주)학산문화사 발행 / 값5,900원

렌 Ren

4권

미즈구치 타카후미 지음
시기사와 카야 일러스트
장길순 옮김

eXtreme novel

■■

미래에서 형벌을 받아 현대로 보내진 소녀, 아사츠키 렌.
그녀의 앞에 나타난 '그'는 미래를 지배하는
연산장치 '시간의 의사'의 인격이었다.
'그'의 목적은 렌 자신이 아니라
아키히토를 죽여 미래를 바꾸는 것.
"아키히토 덕분에 난 이 시대에서 바꿀 수 없는
소중한 것을 찾았다구!"
아키히토를 지키기 위한, 그리고 자기 자신을 위한
렌의 최후의 싸움이 시작된다!

■■

XNR-9-4
(주)학산문화사 발행 / 값5,900원

요시나가 씨 댁의 가고일
4권

타구치 센넨도 지음
히무카이 유지 일러스트
김지현 옮김

학산문화사

eXtreme novel

■■

카즈미와 후타바와 가고일은
앤티크숍 '토텐샤'에 갔다가 잠에서 깨어나지 않는 이요를 발견한다.
옛날 꿈을 꾸게 해 주는
정체불명의 아이템 '기억발굴침대' 때문에
3일이나 잠에 빠져 있는 이요는
슬슬 깨우지 않으면 죽어 버릴지도 모르는 상태.
카즈미, 후타바, 가고일은 이요를 깨우기 위해
'기억발굴침대'를 써서 그녀의 의식 안으로 들어가는데….
그곳은 놀랍게도 쇼와 2년의 일본.
그곳에서 그들을 기다리고 있던 것은 과연 무엇일까?!

■■

XNR-17-4
(주)학산문화사 발행 / 값5,900원

노기자카
하루카의 비밀
5권

이가라시 유사쿠 지음
샤아 일러스트
인단비 옮김

eXtreme novel

■ ■

용모수려에 재색겸비, '순백의 별'이라는 별명까지 있는
끝내주는 양갓집 규수 노기자카 하루카.
우연히 내가 하루카의 비밀을 공유한 이래로
우리들의 사이는 점점 친밀해지기 시작했다.
그러던 12월, 누구나 아는 어떤 이벤트를 눈앞에 두고
나는 앞으로의 사태에 대해 심각하게 고민을 해야만 했다.
길거리도 학교도 온통 크리스마스 무드 일색인 와중,
하루카가 갑자기 메이드 카페에서 아르바이트를 시작했다.
양갓집 규수인 하루카가 왜…? 라고 의아하게 여겼지만
하루카가 첫 아르바이트를 열심히 하는 가륵한 이유를 알게 되면서
촉발당한 나는 자신을 되돌아보고, 깨닫고 하다 보니…
어째선지 텐노우지 가의 집사가 되어 있었다.
그렇게 나와 하루카가 맞는 특별한(?) 첫 크리스마스는 시작되었는데….

■ ■

XNR-14-5

(주)학산문화사 발행 / 값5,900원

무시우타
꿈꾸는 여행자
6권

이와이 쿄헤이 지음
LLO 일러스트
김해용 옮김

eXtreme novel

인간의 꿈을 먹는 대신 숙주에게 초능력을 주는 '벌레'가 출현한 지 10년.
꿈을 위해 노력하는 친구들의 꿈이 진심으로 이뤄지길 바라며
함께 응원하는 것을 기쁨으로 여기는 고교생 시오하라 사치토.
그는 자신이 충빙임을 숨긴 채 친구들과의 즐거운 고교생활을 보내고 있었다.
하지만, 노란색 비옷을 입고 하키 스틱을 멘 소녀 시시도 이누코가
나타나면서 사치토의 고교생활은 처참히 무너지고 만다.
이누코의 정체는 전사의 피를 가지고 있는 충빙을 발굴해
일류 전사로 키우는 특환의 스카우터.
그녀는 사치토를 일류 전사로 키우겠다고 선언하면서 지옥훈련에 돌입한다.
한편, 섬멸됐다고 생각했던 신푸는
더욱 강력해진 모습으로 그들 앞에 나타나는데….

XNR-10-6
(주)학산문화사 발행 / 값5,900원

산다 마코토 지음
pako 일러스트
김수현 옮김

렌탈 마법사

7권 –오니의 축제와 마법사(上)

산다 마코토 **지음**

pako **일러스트**

김수현 **옮김**

eXtreme novel

■■

초등학교 2학년이면서 〈아스트랄〉의
신도팀 무녀인 가츠라기 미캉.
그녀가 네코야시키와 함께 본가로 돌아간 후 소식이 끊겼다.
돌아오지 않는 그녀가 걱정된 이츠키 일행은 가츠라기 가로 향하지만,
그들을 기다리고 있었던 것은 엄청난 수의 '오니(鬼)'.
가츠라기 가는 미캉을 '인주(人柱)'로 삼아
오니와 관련된 무서운 행위에 손을 대려 한다.
그리고 마침내 '오니의 축제'가 시작된다.
과연 이츠키 일행은 미캉을 무사히
〈아스트랄〉로 데려올 수 있을까?

▰▰

XNR-8-7
(주)학산문화사 발행 / 값5,900원

반쪽 달이 떠오르는 하늘
8권

하시모토 츠무구 지음
야마모토 케이지 일러스트
주진언 옮김

eXtreme novel

■■

산상제 이틀째.
〈여성 출입 금지〉라고 적힌 비밀 옥션회장에서는
학교 여자 아이들의 사진 경매가
뜨겁게 벌어지고 있었다.
리카의 사진도 고가에 경매가 되었다.
한편 연극부의 공연에 여주인공으로
전격 스카우트된 리카는 드디어 무대에 서려고 하고 있었다.
나츠메와 아키코도 찾아오고 이제 곧 막이 오르려는 순간,
의문의 난입자가 나타나는데…!
감동과 웃음이 가득한 대망의 완결편!

■■

XNR-2-8
(주)학산문화사 발행 / 값5,900원

eXtreme novel

학산문화사